CHIDAN ZHONGXIN
——WANG JINLIN HE TA DE ZHANYOU

赤胆忠心
——王金林和他的战友

时代出版传媒股份有限公司
安徽文艺出版社

唐国平◎著

唐国平，1962年生，安徽广德人。安徽省作协会员，广德市作协副主席。有多篇小说、散文、诗歌作品散见于省内外报刊。2021年出版的《赤胆忠魂——许道珍他的战友》，是其第一部革命历史题材长篇纪实文学作品。《赤胆忠心——王金林和他的战友》是其第二部作品。两部作品前后呼应，成为珠联璧合的姊妹篇。

CHIDAN ZHONGXIN
——WANG JINLIN HE TA DE ZHANYOU

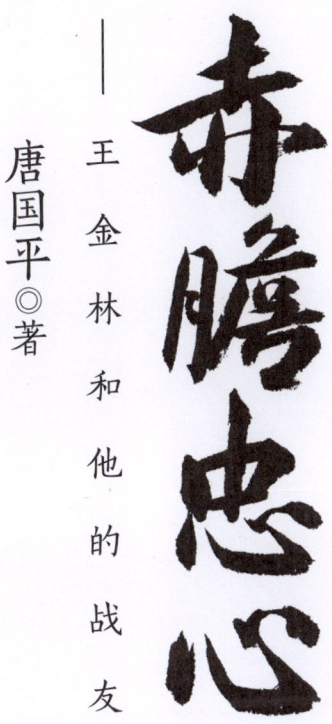

赤胆忠心

——王金林和他的战友

唐国平 ◎ 著

时代出版传媒股份有限公司
安徽文艺出版社

图书在版编目（CIP）数据

赤胆忠心：王金林和他的战友/唐国平著.—合肥：安徽文艺出版社,2023.10
ISBN 978-7-5396-7837-5

Ⅰ.①赤… Ⅱ.①唐… Ⅲ.①长篇小说－中国－当代 Ⅳ.①I247.5

中国国家版本馆CIP数据核字(2023)第165596号

| 出版人：姚 巍 | 策 划：孙晓敏 |
| 责任编辑：张 磊 | 装帧设计：张诚鑫 |

出版发行：安徽文艺出版社　　www.awpub.com
地　　址：合肥市翡翠路1118号　邮政编码：230071
营 销 部：(0551)63533889
印　　制：安徽新华印刷股份有限公司 (0551)65859551

开本：700×1000　1/16　印张：25　字数：400千字
版次：2023年10月第1版
印次：2023年10月第1次印刷
定价：88.00元

（如发现印装质量问题，影响阅读，请与出版社联系调换）

版权所有，侵权必究

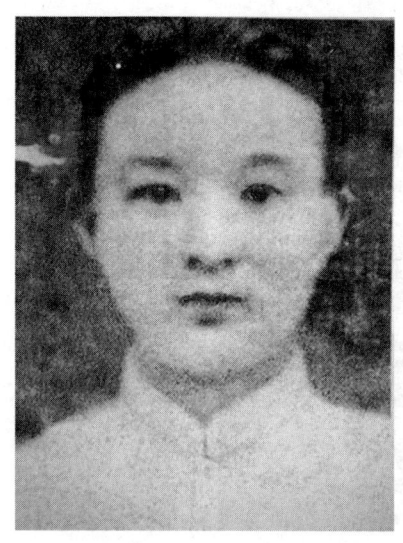

王金林像(摄于1929年夏)

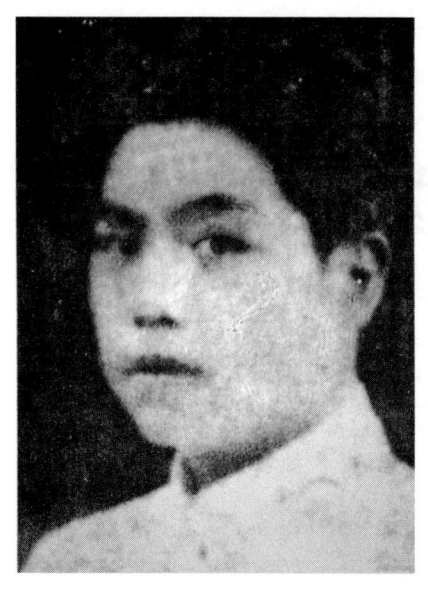

邓国安像(摄于1929年夏)

张国泰像(摄于1929年夏)

王金林自勉诗：有树名金松，耸立在丘垄。时遭霜雪侵，色泽仍青葱。日出高岗东，霜消雪亦融。金松依然健，侵者势成空。

目　录

001 / 序（周其红）

001 / 第一章　　　初生牛犊不畏虎
006 / 第二章　　　少年强则中国强
010 / 第三章　　　男儿立志出乡关
013 / 第四章　　　吾将上下而求索
016 / 第五章　　　英溪街与黄金坝
023 / 第六章　　　风起云涌立潮头
028 / 第七章　　　北伐军进驻广德
033 / 第八章　　　城头变幻大王旗
038 / 第九章　　　宜兴和郎溪暴动
045 / 第十章　　　锋芒初露学潮涌
052 / 第十一章　　广德直属党小组
058 / 第十二章　　年节前后大串联
063 / 第十三章　　广德特别党支部
068 / 第十四章　　安徽省临委委员
073 / 第十五章　　山雨欲来风满楼

080 / 第十六章		筹款买枪显神通
086 / 第十七章		农民夜校传真理
092 / 第十八章		大家闺秀贤内助
099 / 第十九章		打死总比饿死强
105 / 第二十章		皖南红军游击队
112 / 第二十一章		合路口伏击夺粮
118 / 第二十二章		智取戈村和祥川
123 / 第二十三章		黄中道郎溪就义
132 / 第二十四章		策动独树街起义
136 / 第二十五章		广德红军独立团
142 / 第二十六章		东冲巧计除恶霸
150 / 第二十七章		半边天毙杨又新
157 / 第二十八章		木子滩狙琚启炳
163 / 第二十九章		铜沟收编沈云山
167 / 第三十章		辟新区进军姚村
173 / 第三十一章		牛角冲化险为夷
183 / 第三十二章		邓国安重组县委
188 / 第三十三章		江南省委巡视员
193 / 第三十四章		姚村苏维埃成立
199 / 第三十五章		巾帼英雄谢应凤
203 / 第三十六章		水东突袭战遇险

207 / 第三十七章　　血战姚村解危局

213 / 第三十八章　　姚村赤卫团折戟

217 / 第三十九章　　转战水鸣巧周旋

222 / 第四十章　　　郭凤喈浴血宁波冲

229 / 第四十一章　　月克冲议定辟广南

235 / 第四十二章　　建平垱谋定而后动

239 / 第四十三章　　文岱村智审敌奸细

246 / 第四十四章　　走漏风声遭敌突袭

251 / 第四十五章　　各显神通突出重围

257 / 第四十六章　　本性难移终成败类

263 / 第四十七章　　败不气馁重整旗鼓

269 / 第四十八章　　声东击西南出北进

274 / 第四十九章　　初心不改鸦山整编

279 / 第五十章　　　大浪淘沙英雄本色

283 / 第五十一章　　春风化雨润泽民心

287 / 第五十二章　　孝丰失利折断肱骨

293 / 第五十三章　　血债还须血来偿还

297 / 第五十四章　　花鼓塘智救刘祖文

303 / 第五十五章　　秘密策划城市兵变

308 / 第五十六章　　张国泰喋血文昌宫

312 / 第五十七章　　梨壁山反击黎亚豪

319 / 第五十八章　　龚守德甘溪沟捐躯

327 / 第五十九章　　"左"倾冒进兵败誓节

340 / 第六十章　　　王金林汪家冲被俘

348 / 第六十一章　　闵天相洪汤村突围

354 / 第六十二章　　青峰岭窖枪埋火种

358 / 第六十三章　　王金林凤凰墩就义

366 / 第六十四章　　邓国安梦断漕河泾

371 / 第六十五章　　刘祖文魂归荷花冲

377 / 第六十六章　　忠诚铸就热血青春

384 / 一卷峥嵘映徽烈（张旭光）

386 / 后记

序

  天地英雄气，千秋尚凛然。值此新中国成立74周年之际，由广德本土作家唐国平同志创作的《赤胆忠魂——许道珍和他的战友》姊妹篇《赤胆忠心——王金林和他的战友》梓行面世。这部长篇纪实文学作品，是我市推动党史学习教育常态化、长效化的又一部经典作品。

  《赤胆忠心》讴歌的"广德暴动"，是中国共产党人在皖东南大地实行"工农武装割据"的一次具体实践，是一曲荡气回肠的英雄赞歌。书中以翔实的历史文献、档案资料为基础素材，结合大量田野调查，以客观、公正的笔触，运用传统的章回体裁，采取讲故事的方式，将以王金林为代表的一群热血青年，为解救水深火热的劳苦大众，为践行共产党人的理想信念，而前赴后继、浴血奋战的辉煌历史再现于我们眼前。

  中国革命的先驱李大钊同志说过："牺牲永远是成功的代价。""广德暴动"虽然以失败告终，王金林、邓国安、张国泰等热血青年为革命都献出了宝贵的生命，但革命的火种却保存了下来，而且一发呈现"燎原之势"。许道珍、胡惠民等热血青年继续高举先辈们的旗帜，赓续他们未尽的革命事业。

  习近平总书记指出，以史为鉴、开创未来，埋头苦干、勇毅前行。希望每位读者朋友在阅读中，能够学史明理、学史增信、学史崇德、学史力行，进一步传承红色基因、赓续红色血脉、汲取精神斗志，共同为全面建设社会主义现代化国家、全面推进中华民族伟大复兴而团结奋斗。

周其红

2023年9月18日

（作者系中共广德市委书记）

第一章　初生牛犊不畏虎

广德县境最南部的山区，与浙江省孝丰地区和本省宁国县东北部接壤。在孝丰、宁国、广德三县交界的地方，有一座最为峻峭的大山，高峰耸峙，绵延十里许，当地人称之为太山。这太山，因山主峰"山石粼粼，草木不生，四时常湿，远望之，其色莹洁"，古人称其为白石山；又因"盖州之大者，此其首矣"，名太首山。山顶有天阙太乙坛、迎仙道院，还有龙井。龙井四季不涸，每逢大旱之年，北乡畈区农民组队前来求雨，据传是有求必应。

在太山的西南麓，有一泉溪，下流入桐山。山间遍植桐子树，三四月花开，花瓣跌落溪流，鱼虾争食，当地人称之为桐水。桐水下流十里，有数十种杂鱼，骨刺皆软，肉嫩味鲜，当地人昵称为桐花鱼，为"广德四珍"之一。桐水北流，经琳塘、杨滩、朱村，一路下行六十余里，至老莫村，与汭水汇合。

在太山东南麓的高脚岭，有泉一窟，古名汭水。汭水潭湎下注，亦北流至画工冲，绕成道山，经大刘村、柏垫、福巡桥，行七十余里至老莫村，与桐水汇流后名桐汭河。

桐汭河水北出茆林，一路过誓节渡、杨杆，在郎溪境内的合溪口与无量溪汇合，易名郎川河。郎川河自东向西横穿郎溪县境，西入南漪湖，继而北流，汇水阳江，下接当涂姑溪河，径入长江。

桐汭河流域面积一千余平方公里，境内有四合、杨滩、月湾街、柏垫、凤桥、独树、誓节渡、杨杆等乡镇，人口十余万。

誓节渡是一个千年古镇，东临桐汭河，河岸有一个古老的渡口。《左传》载：哀公十五年（前478）夏，楚子西、子期伐吴及桐汭。渡口的历史遗痕，记录着桐汭河源远流长的文明。

古代的江南山区，陆路交通十分不畅，物资的流通主要靠水运。誓节渡口河床宽阔,潭多水深,是一个优良的水运码头。广德西南乡盛产的木材、竹材、三六裱纸等山货,商贾都是通过誓节渡码头,船运至下江一带的常州、苏州、扬州等地,再将食盐、布匹、丝绸等生活用品运回誓节渡。渡口突出的交通枢纽位置,促成了商贸的繁华。早在唐宋时期,誓节渡就成为广德城外的第一大镇。

誓节渡镇在广德州城正西五十余里,两地中间有个叫花鼓塘的小镇。

太平天国运动后期,清军与太平军在广德地区进行了长达五年的拉锯战。因兵灾和瘟疫,境内居民十不遗一,十室九空。同治初年(1862),尚在襁褓之中的王长德便随父母移民来到广德州。当年,先期到达广德州的湖北、河南籍移民已经将好的住房和肥沃的田地圈占。和王长德一家相伴从湖北下江南的还有邓家。他们分别在花鼓塘东南边五六里路远的田里村和黄金坝村安家,两村相距只有两里路。当时这里还是荆棘遍野、虎狼当道的蛮荒之地,经过两代人三十几年的刀耕火耨,王长德一家垦得三十几亩田地,也勉强算得上是个温饱人家。

王长德妻子余氏是邻村余家村人,夫妻因婚后只生了两个女儿,便收养了一个两岁的孤儿做押子为嗣,取名王发林。十年后,已经三十四岁的余氏意外再孕。

1903年10月18日(农历九月初九),王长德的家里,一个男孩呱呱坠地。他中年喜添男丁,甚是欢喜。因黄金坝地处五龙山北首,属传说中的龙兴之渊,故取一个"金"字,遂名王金林,期望儿子将来长成玉质金相,谋得个紫绶金章,以光耀王家门楣。

王金林幼时长得眉目清秀,虽十分顽皮,却聪慧过人,自然是小伙伴们的"大王",经常带领小伙伴们做些"出格"的事情。在夫道尊严的家里,见母亲常常无辜获罪,总是逆来顺受的样子,王金林小小的心里早已埋下愤世嫉俗的种子。他反感父亲封建家长的淫威,却继承了父亲疾恶如仇的秉性。

王长德虽然是个粗人,但懂得"万般皆下品,唯有读书高"的道理,在王金林七岁那年,就把他送到余家村卫老夫子的私塾读了两年。和他一起读私塾的有余家村的朱开轩、龙明忠等人。

周爵三是前清不第秀才,家住花鼓塘西北边三里路的大东湾村。他不仅精研"四书五经",还兼通岐黄之术,在里人眼中是个满腹经纶的饱学之士。因向

王金林读私塾旧址

他拜师求教者甚多,他便在花鼓塘老街办了个村塾。王金林九岁时,转到周爵三的村塾继续读书。和他在一起读书的有邻村黄金坝的邓国安、毛竹塔的龚守德和东冲的胡信勤等人。

在王金林八岁的时候,余氏又为王家生了一个女儿,取名王金山。王金林十二岁那年,两个姐姐先后出嫁。也是这年底,敦厚勤劳的父亲染疾不治,撒手人寰。为了不使王金林辍学,余氏坚决不请帮佣,带着养子王发林、背着幼女王金山长年累月劳作在田间地头。家里虽有三十几亩水田,却都是山沟里的瘠田,收成不高,只够全家人的口粮和王金林的学费开销,鲜有结余。如果年成不好,青黄不接时,他们还要吃几个月的稗糠野菜。

在花鼓塘读书期间,少年王金林都是早出晚归。每天天没亮他就带着课本到野外放牛,早起的农人远远地都能听见他朗朗的读书声。傍晚放学后,他就马不停蹄地赶回家中,帮助母亲种菜、洗衣、烧饭、照看妹妹。晚饭后,除了完成先生布置的作业,王金林就在洋油灯下浏览从先生处借来的《三国演义》《三侠五义》等书。周先生常在人前褒扬王金林是他教授的孩子中最聪敏的一个,将来必成大器。

民国元年(1912),广德知州张赞巽为了保住自己的官职而投机革命,颁布了"光复令",摇身一变改任广德县知事,地方豪绅李世由、彭显庭当选安徽省临时议会议员。在誓节渡这个偏远的山区小镇,许济之、周爵三、阮志鹏、周松甫等地主阶级家庭出身的知识青年,敏锐地嗅到山雨欲来风满楼的气味。

周爵三是个比较新潮的人物,只要有机会,他就对王金林等几个懵懂少年讲述康有为、梁启超的戊戌变法,孙逸仙在檀香山建立的革命组织兴中会,同盟会提出的"驱除鞑虏、恢复中华、创立民国、平均地权"的十六字纲领,辛亥年革命党人在武昌首义,孙中山就任中华民国临时大总统,等等。他还告诉学生们,就在民国五年(1916)春,清末担任过广德知州的李万基重回广德担任县知事。他带领县府的官兵们经常在大街上追捕和砍杀"乱党",广德革命党人张励斋、温镜明等都被逮捕关进北门监狱,在县城北门外的凤凰墩一次就枪杀了十二名革命党人。

在妹妹王金山刚刚三岁的时候,父亲就按照乡里的规矩要母亲给她裹小脚。在花鼓塘读书的王金林看到大多数男人已剪去了辫子,许多新潮人家的女子已经不裹小脚了。他回到家看到妹妹痛苦的样子,多次偷偷帮妹妹松开又臭又长的裹脚布,虽然多次遭到父亲的呵斥和母亲的絮叨,但他依然故我。父亲过世后,王金林就说服了母亲和哥哥,不让妹妹再裹脚了。

村里一家姓王的小户人家,只有五六亩长着毛栎等灌木丛的柴山,全家几口人就指望秋后砍柴烧炭卖到县城换些粮食勉强维持生计。可邻界的山是向村一家姓沈的大户人家的,沈家仗势欺人,硬是将王家的山地占去了一半,还凭着县衙有人,将王家告到法庭,法庭当然判沈家赢了官司。在周先生的幕后支持下,十五岁的王金林代替王家将沈家告到省院。王金林在法庭上据理力争,居然将官司打赢了。他初生牛犊不畏虎的豪气,一时在花鼓塘一带成为茶余饭后的美谈。

1919年春节放假前夕,根据父亲在世时和石板坡龚家定下的婚约,在没有征求王金林意见的情况下，母亲和大哥王发林已经开始准备王金林的婚事了。

早生儿子早得力，这是几千年的乡俗。中秋节过后，母亲就请了媒人，到龚家送了一百天的日子。腊月初八，是个宜嫁宜娶的黄道吉日。

龚家也是和王家、邓家一起从湖北移民到皖南的，落户在石板坡，和田里村只有一里多路的距离。龚家的女儿叫春花，比王金林小月份。

春花虽然目不识丁，却是个勤劳本分的女子。她有个弟弟叫龚福昌，比她小六岁。龚家只有几亩薄田，勉强糊口度日。王金林虽然很不情愿早早就结婚成家，但他是个孝子，不能悖了母亲的意愿。龚春花和王金林结婚后，就劝丈夫向邓国安学习，当个教书的先生，一年也能挣百十块"袁大头"，比种三十几亩田一年的收成还多，全家人都能过上好点的日子。

"大丈夫处世，当扫除天下，安事一室乎？"《后汉书》的这句名言，早就成为少年王金林的座右铭。新婚宴尔的肌肤之亲没有成为羁绊，他不能因儿女私情停下自己探求真理的步伐。

第二章　少年强则中国强

20世纪初,誓节渡镇已经有四五百户人家了。镇子主要由呈丁字形的两条主街组成。镇东是一条南北走向的大街,沿街有渡口、码头、货场、布店、粮油店、酒店、茶馆、豆腐店、南杂百货店等。街中是个丁字路口,一条自东向西的街道上铺设着宽大的青石板,私学馆、区公所、乡公所、广德县立第二高等小学、花戏楼、查家大院、彭家大院、阮家大院等依次坐落在路两边,绵延两里许。

在镇子西边半里多路,有一个只有六七十户人家的周村。周村除了周松甫、周嘉麟等周姓外,还有许姓和彭姓等。县立第二高等小学的校长许济之和他的二弟许勉之、三弟许端甫、四弟许杰就住在这个村子的中间。

许济之的父亲叫许文波,同治十年(1871)前后和哥哥一起从河南罗山移民到誓节渡。由于兄弟俩的勤劳和智慧,开垦和购置了一百多亩山田,还在誓节渡最繁华的中街兴办了一爿南杂百货铺子,店号"许泰豫"。

许文波非常重视教育,他的四个儿子都饱读经书。老大许济之,1880年生,清末考中秀才,光绪三十三年(1907)被广德州署保送至南京两江师范学堂读书。这是一座新式学堂,教书的大多是洋人。学堂开设修身、历史、地理、文学、算学、教育、理化、图画、体操等课目。许济之还先后修习了日语和英语。

当时在南京两江师范学堂求学的还有广德人陈一经的儿子陈书,他在学校和许济之一起加入了孙中山领导的同盟会。辛亥革命后,许济之是广德第一个剪掉辫子的人。

宣统二年(1910),许济之从南京两江师范学堂毕业。和他一起回到誓节渡的还有学堂专门安排送"喜报"的工友。许家门口锣鼓喧天、爆竹齐放,工友站在许家院子门口的一张大八仙桌上宣读"喜报",前来观瞻的乡邻是一拨又一拨。当时的广德知州张赞巽闻讯,也坐轿五十余里前来许家道贺。

民国元年（1912），陈一经担任广德县第一任教育局长，开创新式教育。他在广德县城南二街自己的家中创办私立位育小学，设国文、珠算、唱歌、体育等课目。学生有许杰、郑维新、郑维辅、黎亚豪等三十余人。学生们每天唱着他编写的校歌："进兮！进兮！进进兮！谁谓黄人大梦犹未醒，精神一到，何事不可为？不屈不挠，养成坚韧心。死以不退，好个壮男儿，为国为家，为我众苍生！"他同时还将刚建立不久的州立小学堂改为广德县立小学堂。在校任教的主要有陈书、许济之、向健、郑凤祥（郑维辅父）等。

在陈一经的支持和帮助下，许济之回到家乡誓节渡创办了启明小学堂。为了支持他办学，誓节渡士绅阮维贤一次卖掉两百亩良田，资金全部捐给学校。

1918年，广德县立小学堂改名为广德县立第一高等小学，启明小学堂改为广德县立第二高等小学。在第二高等小学读书的有朱传德、朱学易、周鹤甫等，其中，朱学易是比较聪明的一个，颇得许济之钟爱。

1917年，十四岁的王金林从花鼓塘周爵三的私塾转入誓节渡启明小学堂接受新式教育，同学有方良先、张世敏、黄玉贞、吴庭宾等人。在这里，王金林结识了家住田里戈村的高年级学生朱学易等人。邻村好友邓国安，考入广德县立第一高等小学。

1915年初，许济之四弟许杰到广德县立第一高等小学读书，1917年秋在浙江吴兴（今湖州）省立三中求学。朱学易第二年也转入三中。

1919年许杰从三中毕业后，以优异的成绩考入北京大学地质系，李四光教授从法国回来后，许杰成了他的学生。不久，李大钊、陈独秀等人发动的五四爱国运动在北京爆发。运动迅速波及全国各地，成为一场全国人民反帝反封建的爱国运动。在北大读书的许杰，全身心地投入运动之中，不断把运动发生、发展的各种宣传材料邮寄回广德。在广德，县立第一高等小学校长彭鸣皋、第二高等小学校长许济之，联合全县各小学校长和部分思想进步的教师、学生三十余人，于5月8日在县立第一高等小学成立了广德县五四运动委员会，宣布全县罢课三天。第二天，在小南门夫子庙广场举行了声势浩大的声援北京五四运动的大会，参加会议的有十八所学校的师生一千余人，会后举行了游行示威。游行队伍手持小旗子，并沿途张贴标语，散发传单，高喊"打倒日本帝国主义！""废除二十一条！""收回租界！""不用日货、不买日货、提倡国货！"等口号。

邓国安当时是第一高等小学的学生,参加了游行;王金林作为第二高等小学的学生代表,也进城参加了这次活动。10日和11日两天,各校学生都组织起来,上街宣传,检查、销毁日货。

5月9日夜,许济之和王金林、邓国安从广德县城赶回誓节渡县立第二高等小学,阮志鹏、苏茂斋、阮维贤、朱介亭、张筱斋等几十名教师、学生以及誓节渡街上的商人许端甫等人都在高年级教室等候他们。许济之连夜召开会议,讨论在10日和11日两天组织誓节渡的学生和商民上街游行。他站在讲台上大声宣讲道:"爱国的老师们、学生们、商民们,腐败透顶的北洋政府竟然不顾全国人民的呼声,强迫在法兰西国参加巴黎和会的代表在和约上签字,将德意志国在山东的权益拱手让给日本。对于北洋政府这种无耻的卖国行为,北京大学三千多名同学举行了声势浩大的示威游行,要求惩办卖国贼曹汝霖、陆宗舆、章宗祥,愤怒的学生火烧了曹汝霖的住宅,痛殴了章宗祥。但是,卖国求荣的大总统徐世昌下令军警镇压,逮捕了三十多名学生代表……"

许济之讲到此处,坐在前排的王金林猛地站起来振臂高呼:"严惩卖国贼!还我山东!"

在王金林的带领下,参加会议的人们一遍又一遍地高呼"对日经济绝交!""打倒日本帝国主义!"的口号。

会议决定成立由教师、学生和商界组成的"反日联合会",决定每天上午都上街宣传,查抄日货。

10日一早,"反日联合会"组织的教师、学生和商民五百余人上街游行示威。作为学生代表的王金林,带领邓国安、周嘉麟、许道珍、黄鸣中、张思敏、张思明、许启平等百余名学生沿街逐户对店铺销售的日货进行检查登记,并做封存或销毁处理。

许济之回乡创办新学,就是希冀启迪一代少年,实现教育兴国的梦想。他特别赞赏梁启超的《少年中国说》,把其中"今日之责任,不在他人,而全在我少年。少年智则国智,少年富则国富;少年强则国强,少年独立则国独立;少年自由则国自由,少年进步则国进步;少年胜于欧洲则国胜于欧洲,少年雄于地球则国雄于地球……"抄录在学校墙报的头条,并要求每个学生背诵。

1920年寒假,许杰从北京回到誓节渡。他身着一袭简洁的西洋装,和几个哥哥身上的大襟右衽、左右开裾的长袍马褂相较，显得十分精神且落落大方。他带回的行李是几大包沉甸甸的书刊，其中有《新青年》《新潮》《觉悟》《每周评论》等杂志，还有李大钊的《庶民的胜利》、陈独秀的《文学革命论》、鲁迅的《狂人日记》等书。王金林、邓国安、张思明等几个许济之的得意门生整天泡在周村许家，听许杰讲五四运动的过程以及对当时新文化运动的影响。在他的讲述中，他们第一次听到李大钊、陈独秀、胡适、鲁迅、邓中夏、许德珩等北大进步师生的名字。

整个春节期间，王金林看完了许杰带回来的书刊，不仅进一步了解了五四新文化运动，还第一次了解了远在西欧的马克思和他的共产主义理论、苏俄的十月革命和以工农兵为主人翁的苏维埃政权。

通过和许杰的交流以及阅读他带回的进步刊物，少年王金林的心中豁然打开了一扇通向外面更广阔世界的门，希望和真理就在前面，他要砥砺前行。

王金林记忆力特别好，虽说不能过目成诵，但能做到过目不忘。他是许家的常客，和比自己小十来岁的许道珍、许道琦兄弟成了忘年之交，经常向他们分享自己的学习心得。

第三章　男儿立志出乡关

龚春花和王金林结婚的第二年秋天,就给王家添了个女儿。当时正是菊花盛开的季节,王金林就给女儿起了个好听的名字——菊生。

1921年的寒假,王金林从二高小毕业,好友邓国安也从一高小毕业。岁月已经将两个十八岁的青年塑造成相貌和性格迥异的男子汉。王金林一米六八,身材略显消瘦,白皙而清癯的面庞上嵌着一双机灵的眼睛,显得十分俊逸和洒脱。邓国安比王金林要高半头,身材魁梧,有个外号叫"罗汉",国字形的脸配一对卧蚕眉,掩饰不住一股与生俱来的英武之气。整个春节期间,两人形影不离,吃在一起,有时也睡在一起。王金林总是侃侃而谈,邓国安是听的多说的少。从外表上看,邓国安是大哥哥,王金林是小弟弟。而在相处中,王金林却总是像兄长一样照顾着邓国安。

邓国安和王金林是同一个冬天结的婚,娶了余家堡八分地村的杨子花为妻。

大年初一,王金林和邓国安一起到东湾给先生周爵三拜年。在火塘边坐下后,先生问起两人今后的打算,王金林说想继续读书,邓国安说这几年在县城读书家里为他花了不少钱,不想再读了,想找个事做,减轻家里的负担。

听了两个学生的想法,周爵三道:"金林聪明,是个读书的料,可以到省城或芜湖去继续求学!"

"谢谢先生!"王金林起身给周爵三深深鞠了一躬,"看着我母亲整天在田地里辛苦劳作,哥哥才娶了嫂子,花了不少钱,还欠了一点外债,眼下这个光景,还真不好意思向母亲开口。"

"金林,钱的事情你不要担心,过两天我就去你家和你母亲谈!"周爵三递给邓国安一块花生糖,"罗汉,我看你也不要再到外面去找事做了,过了上元节就到花鼓塘小学来跟我一起教书吧!"

"还不赶快给先生磕头!"王金林见邓国安半天没有声响,便拉着他双双跪在周爵三面前,给先生磕了三个响头。

原来,在来给先生拜年的路上,王金林就给邓国安出了点子,请先生把他安排到公立花鼓塘小学当老师。先生好像看透了他们的心思,也看出他俩难以开口,便主动给他俩纾困。

送两个年轻人出门的时候,周爵三语重心长地说:"你们是我教的学生中最出色的两个,都是有抱负的青年,未来可期。我希望今后你们兄弟一定情若管鲍,要相互辅佐,相携而行……"

王金林知道自己将来的道路一定是崎岖而艰难的,他不能让妻子和他一起涉险,这对她不公平。他和妻子谈了自己的想法,妻子同意和他离婚。母亲是个深明大义的女人,知道忠孝自古难两全的道理,没有阻拦他们。龚春花含泪带着刚满周岁的女儿菊生离开田里村,回到娘家。

开春发岁兮,白日出之悠悠。二月二,龙抬头,乍暖还寒,万物始发。邓国安和王金林这两个踌躇满志的青年,一个留守家乡教书育人,一个背井离乡继续求学。

邓国安挑着王金林的行李,把他送到南漪湖边。王金林乘船到芜湖,在芜湖码头坐轮船到达省城安庆,报考了安徽省立第一甲种农业学校。

第一甲种农业学校的校址在安庆东门外五里庙新河对岸,校长金邦正是曾留学美国的硕士,专修林学,和杨杏佛是同学。学校设有农业法规、兽医法制、林学、蚕桑、地理图画、博物、算学、国文、修身、英文等二十余门课程,学制三年,最后半年主要是实习,开展社会实践活动。王金林学的是农业法规,曾到滁州某个人办的畜牧场实习了两个月。

周松甫是誓节渡周村人,王金林一到安庆就去拜访了他。当时的安庆,学生运动风起云涌,周松甫是学生运动的组织者之一。王金林多次参加了示威游行和罢课活动,在运动中得到了学习和锻炼。

1921年6月,恽代英因地方反动势力的排挤,被迫离开他任教近一年的宣城四师。

宣城四师全称是安徽省立第四师范学校,1913年由校长王德甫联合地方士绅创办。五四运动爆发后,在芜湖领导学生运动的高语罕于5月9日来到宣城四师,指导宣城各校的学生运动。1920年秋,应四师校长章伯钧的邀请,恽代英到四师担任教务主任,并兼教国文和修身课。在四师期间,他在教职工和学生中组建"新知社""共存社""觉悟""新少年社""新文化促进会"等多个进步团体,宣传新文化、新思想,传播马克思主义。当时郎溪、广德在四师的学生有陈文、梁其昌、杨正宗、郑维辅等,他们都是在恽代英的启发下走上革命道路的。

恽代英离开四师时,向学校推荐了萧楚女。萧楚女9月份到任后,继续在四师宣传进步思想,直到第二年秋天离开四师。

1921年10月,安徽社会主义青年团在安庆成立。安徽的青年和学生运动,从此在中国共产党的领导下,走上新民主主义革命的历史舞台。

在安庆求学的三年里,王金林除了努力学习好每门功课,认真做好社会调查和参加社会实践活动外,还积极阅读了《安徽学会周刊》《社会主义史》《新青年》《向导》《安徽评论》《每周评论》《湘江评论》《赤都心史》等大量进步书籍和刊物。刚满二十岁的王金林,对马克思主义理论已经有了一个基本的认识,并初步确立了共产主义世界观。

第四章　吾将上下而求索

　　1924年冬，王金林从第一甲种农业学校毕业回到家乡。看见乡亲们还生活在刀耕火种的原始农业状态中，和省城那样的城市文明比较简直是天与地的差别，他意识到，要想改变中国广大农村贫穷落后的面貌，绝非一人一日之功。他渴望继续求学，掌握更多的知识，为将来实现救国救民的远大抱负打下坚实的基础。

　　面对现实，王金林再也无法向已年过半百的母亲开口，继续到外面读书了。周爵三还在花鼓塘小学当校长，正需要王金林这样有学问的教师，便邀请他到学校担任高年级国文课老师。

　　从省城回来的王金林完全是一个成熟且别样的青年。他白皙而端正的面庞上镶嵌着高高的鼻梁，略尖的下巴上缀饰着薄薄的嘴唇，再加上一双炯炯有神的丹凤眼，虽不能貌比潘安，却也算得十分英俊。特别是略显高开的前额发际线，使他显得睿智和老成。他总是上身着白衬衫，扎在深灰色的制服裤中，这还是他在第一甲种农业学校的校服。有人说他是舍不得添置新衣，更多的人说是一种新潮，他就是想从我做起，将一股新的文明之风吹送到这个还沉睡在几千年礼学儒教中的山乡小镇。这虽然只是死水微澜，却也显示出他开一代先河的勇气和决心。

　　1925年5月22日，上海日纱厂工人代表顾正红在同日方交涉过程中被日方枪杀。30日，上海学生联合会和总工会组织两千余人分多路在租界内游行。在上海大学社会系读书的广德籍学生刘永昌和邻县孝丰的同学王熙分别担任"敢死队"队长和"先锋队"队长。当游行队伍行至英租界老闸捕房门前时，巡捕头子艾迪生下令开枪，当场打死何并彝等四人，打伤三十余人。王熙被捕，刘永昌也因受伤被送进医院。

当时,广德在上海的学生温广彝、何德鹤、张隆佑、王芝宾等人都参加了五卅运动。他们把五卅惨案的消息通过快邮代电传回广德,并寄回标语和传单。

6月5日,广德县教育局和省立第十二中学联合成立广德五卅惨案后援会。广德各界纷纷响应,开展"三罢"活动,声援上海的反帝爱国运动。学生们罢课后上街查抄日货,并集中予以销毁。9日、10日,广德各界两千多人在夫子庙广场举行集会,省立第十二中学校长汪淮在会上报告了五卅惨案的经过,各界代表也先后在会上发言,愤怒声讨帝国主义屠杀中国人民的罪行,支持上海人民的爱国斗争。会后,各界群众举行了声势浩大的游行,高喊"援助上海同胞!""取消不平等条约!""反对英日同盟!"等口号。

7月,广德旅沪学生纷纷回广德,推举刘永昌、温广彝、张隆佑、黄仁辅、胡悦萱五人负责后援会日常工作,大力加强了对工作的推动。后援会下设文书、募捐、游艺、宣传和纠察等股,并派梁其昌到誓节渡联系县立第二高等小学校长阮维贤、教导主任汪泰清以及吴子芳、查宗善等人,建立了"广德沪案外交后援会誓节分会"。随后刘永昌、黄仁辅也赶到誓节渡,和从花鼓塘赶来的王金林、邓国安以及学生代表一起参加了庙前广场大会,会后举行了示威游行,并上街查缴从英、日等国进口的"仇货"。活动连续进行了五天,波及誓节渡附近的牌坊、溪口、朱家庄等十几个村庄。第十二中学师生捐献一百多块大洋,誓节渡师生也通过义演募捐一百多块大洋,全部寄给上海五卅惨案后援会。

暑假结束后,广德旅沪学生回到上海。刘永昌、张隆佑、王芝宾、温广彝、何德鹤、周自衡和在创造社工作的梁其昌一起决定把在上海的所有广德籍知识青年都组织起来,成立"广德青年社"。经过紧张的筹备,于9月在南京路"一乐天"召开成立大会。根据梁其昌的提议,会议决定创办《扫荆》半月刊,刘永昌任主编。刘永昌和王芝宾、张隆佑三人拜访了当时正在上海的国民党一大中央执行委员、建国军第二军军长柏文蔚,请他为《扫荆》题写了刊名。

1926年2月,《扫荆》第一期稿子征齐,由刘永昌编辑排版,刊有列宁、孙中山像,内容主要有刘永昌撰写的《发刊词》、布哈林的《唯物史观》以及张隆佑、王芝宾、何德鹤、周自衡、温广彝等人的文章。大部分文章都是揭露封建社会的黑暗和腐朽,矛头直指广德的土豪劣绅。梁其昌负责发行,还特意给当时的国民党广德县政府机关和土豪劣绅都寄了一份,在广德引起了极大轰动,揭开了"广德青年社"公开反对广德反动势力的序幕。

在花鼓塘小学任教,王金林并没有偏安一隅,而是和广德旅沪学生保持着密切联系,通过各种渠道关注国际国内的形势和全国各地风起云涌的革命浪潮。他和邓国安联络邓行三等几个教师,利用夜晚和礼拜天,以走访学生家长的名义,开展对农村底层社会状况的调查。无田无地贫苦农民悲惨状况的严重程度,是他们原来根本没有想到的。特别是农村妇女,她们头上还多着一座封建夫权大山的压迫。通过调查,他们意识到,解放妇女,不光是解放缠足,更要让女孩像男人一样走进学堂,学习文化。女人只有走出家庭,参加社会活动,才能争取男女平等,才能真正推动社会进步。

在走访活动中,王金林和邓国安结交了朱泽建、陈曹屏、周清远、刘先道、龚克银、段行太、郭炳贵、邓达怀、余家堂、刘世发等学生家长和农民朋友,帮助他们解决了孩子读书和家庭生活上的一些困难,成了他们的知心朋友。

第五章 英溪街与黄金坝

农历三月三,正是春和景明、万物萌发的时节。周爵三、王金林、邓国安、邓行三带着张国泰、胡信民、吴锡璜、胡惠民、黄鸣中、周瑞锦、朱学镛等十几个学生从英溪街出发,沿英溪上溯十余里,一路经大洋桥、梨树林、段家湾、毛竹塔,前往黄金坝。

英溪,源于广德南乡柏垫青峰岭东南麓的罗家冲,经两水街、田里戈村的牧马街、大石桥、黄金坝、花鼓塘、芦塘,在后宫村西汇入桐汭河。

关于英溪的来历,邓国安在课堂上给同学们讲过这样一个故事:很久以前,有一户姓陈的人家,夫妻俩年过半百还是膝下无子。一天夜里,陈翁梦见一位身材窈窕的妙龄女子飘然而至,自称沈淑英,因逃婚与情郎张生私奔,途中情郎张生被强盗所害,她也被强盗霸占。一天深夜,她趁强盗熟睡将其手刃,然后带着张生的遗腹子逃离家乡宣城,沿路乞讨来到孝昆塘,产下儿子后投河自尽。说到这里,女子跪倒便拜,将婴儿襁褓递到陈翁面前:"二老既无承嗣,还乞见怜,将其抚养成人……"陈翁惊醒后,偕妻到沈淑英墓地,果见一男婴。多年后,男孩长成,不仅识文断字,书法、绘画、诗词、音律无所不通。他为了纪念母亲,将门前的小河取名英溪,小村易名英溪村。经过他多年的经营,英溪村成了繁华的商旅之地。明朝万历年间,英溪村演变成英溪铺,成为广德州通往宣州途中的重要驿站。

师生们一路欢歌笑语,来到田里村。王金林的母亲余氏提着满满一淘米篮子清明馍馍,带着手里还拿着一束兰花的小女儿金山,正在村头的路边等着他们。

广德南部山区的移民多来自湖北荆门一带,三月三上巳节用香蒿和面粉做清明馍馍是移民们从老家带来的习俗。王金林几天前就给母亲打了招呼,让她

王金林故居遗址

准备一些清明馍馍,充当今天踏青野营的中餐。

王金林从母亲手中接过篮子,对母亲说:"妈,让金山也跟我们一起去玩玩吧!"

王金山已经十四岁了,长得有些纤弱。她明澈的双眸期待地投向余氏,余氏微微一笑:"去吧,疯丫头!"

他们一行经过田里村沿着英溪河东岸继续上行,来到黄金坝。暮春的江南山乡,早已是一派勃勃生机的景象。英溪河两岸就像是一个芳草如茵的大花园,一块块紫红色和橙黄色的紫云英交相辉映。河堤边的几棵亭亭玉立的辛夷树,正花苞初绽,一袭姹紫,就像刚出浴的少女,含蓄而风姿绰约。西坝头两棵细叶新裁的垂柳,在柔风的抚弄下,尽显十二分的妩媚。坝上部的英溪河,就像一条翡翠雕饰的长龙,蜿蜒旖旎却静若处子。鱼儿在清澈的水中自由自在地游弋追逐,极像一群无忧无虑的懵懂稚子,天真烂漫。坝东的十来亩紫云英都是邓国安和他邻居家的。农人一般在上年的晚季稻收割时将紫云英种子播种在田里,待第二年开春长成三四十公分高的绿苗,翻耕作为基肥。

王金林打开一张六尺见方的纯羊毛毛毯——这是同学张思明送给他写毛笔字做台布用的。张家在石鼓的祥川有几架纸槽，生产的都是优质的三六裱纸，这毛毯就是造纸用的粘帘。他将毛毯平铺在田中央的草地上，请周爵三坐在上面，他和学生们围着周爵三，或坐，或卧。

黄金坝遗址

王金林举起双手示意叽叽喳喳的学生们安静下来，开始讲他们今天野营的第一项内容，给同学们介绍黄金坝的来历。

当年王家和邓家结伴从湖北来到广德花鼓塘，分别寻了几个没有人烟的小村安定下来。他们先是修葺了檩朽桷烂、砖残瓦缺的房子，然后重新开垦了几十亩先民遗留的荒地。而这些旱地只能种一些低产量作物，而且大多都是靠天收，如遇旱灾，就会减产或颗粒无收。为了提高产量，将旱地变成水田，必须在英溪河上建一道拦水坝，引流灌溉。王、邓两家一拍即合，带领相邻几个村百余户人家,从十里外的石香炉石厂翻山越岭运来一百多方的玄武岩石块。经过大家一个秋冬的奋战,近两米高、两米多宽、三十余米长的石坝终于竣工。坝修好后,坝上、坝下沿河两岸的几百亩旱田都变成了旱涝保收的水田,每年都长出沉甸甸的黄澄澄的稻穗,所以村民们就给石坝起了个好听的名字"黄金坝"。

采访张国泰儿子张以德

王金林讲完,一阵掌声之后,邓国安站起来:"同学们,前几天我在课堂上给大家讲了英溪河的故事和少年王金林帮穷人打官司的故事,刚才你们又听了王先生讲的黄金坝的故事,现在大家讲一讲有什么感想?"

"我有!"胡信民站起来,"欲昌和顺须为善,要振家声在读书。陈家因为积德行善,所以才有后来在英溪街的光宗耀祖!"

胡惠民接着道:"池塘积水防秋旱,田地深耕足养家。"

黄鸣中说:"勤奋耕锄收地利,他时饱暖谢苍天。"

朱学铺道:"远水难救近火,远亲不如近邻。我们都是乡亲,要互帮互助!"

见大家都抢着举手发言,唯有张国泰紧锁着眉头一直没有举手,王金林便道:"张国泰,你在想什么?"

张国泰站起来:"王先生,常言道,一块砖头砌不成墙,一根木头盖不成房。一根竹签容易弯,三根麻绳难扯断。如果我们要改造这不平等的社会,要打富救贫,光靠几个人布施行善远远不够。只有许许多多的穷苦人都团结起来,拧成一股绳,才能把土豪劣绅打下去!"

"好,张国泰同学讲得好!"邓国安带头鼓起了掌。

王金林站起来向周爵三鞠了一躬:"校长先生,您的学生不仅都会背诵《增广贤文》,还能理解和灵活运用,这都是您教导有方啊!"他环顾一下四周,"同学们,刚才大家的发言都很好,说明你们都已经在关注我们这个社会的发展问题了。你们出生在有田有山场的殷实人家,所以今天能上学读书。可是,你们知道还有多少像你们这个年龄上不起学的穷苦孩子吗?"

"王老师,我统计过,在我们村是一百比一!"张国泰抢答。

"你们大多都是百里挑一的殷实人家的孩子,过的都是衣来伸手饭来张口的日子。可是,那些穷苦人家的孩子,每天起早摸黑地放牛、砍柴、挖猪菜等等,还得不到基本的暖衣饱食。同学们,你们知道这是为什么吗?"还没等人举手,王金林从包中掏出一本书,右手高高举起,"这里有答案!"

看着孩子们诧异的神情,王金林继续道:"这是一本杂志,名字叫《扫荆》,是我们广德在上海读书的学生们办的一份刊物。这本书上的文章都是他们写的,内容都是揭露封建社会的黑暗和土豪劣绅的罪行!"见坐在地上的同学都纷纷站起来,他突然问道,"你们知道什么是土豪劣绅吗?"

"知道,邓先生给我们讲过!"黄鸣中、朱学镛等几个学生异口同声。

"好!"王金林冲邓国安赞许地点点头,"这些在上海的同学和你们一样,都是有钱人家的孩子,他们中有的人的家长就是土豪劣绅。可是,他们在大城市接受了新思想的教育,参加过震惊全国的五卅运动,开始懂得了只有开展革命运动,打倒土豪劣绅,才能改变中国贫穷落后的面貌。他们把这些想法和做法写成文章,寄给广德各界,这是向广德的土豪劣绅的公开宣战,也是对自己剥削阶级家庭的反叛!"说到这儿,他右手一划,最后指向张国泰,"你回答,他们为什么会这样做?"

"因为他们是中国少年,少年进步则中国进步,少年强则中国强!"张国泰学着王金林的样子,高举起右手,"天将降大任于是人也,必先苦其心志,劳其筋骨,饿其体肤,空乏其身,行拂乱其所为,所以动心忍性,增益其所不能。我们今天读书,不应该是为了将来升官发财,而是学习科学知识和先进的革命思想,将来担负起救国救民的大任!"张国泰的话音一落,王金林带头鼓起了掌。

这时,一直坐在地毯上的周爵三也激动地站起来说:"同学们,刚才张国泰同学讲得好啊!我们做事做人,就是要讲责任和气节!"说完向王金山招招手,"金山,把你手上的兰花给我。"

金山边走边说:"前天晚上哥哥回来嘱咐我到山上掐些兰花,说是今天有用,我昨天下午到前面的稻堆山掐的。"她双手恭敬地将一大束沁人心脾的兰花递到周爵三面前。

周爵三一手接过金山递过来的兰花,一手抚着她乌黑的秀发:"金林先生几次在我面前提起过,想让金山妹妹也进学堂读书,可是现在只有县城有个女子小学,学费还非常高。他们王家供养金林读书时已经负债累累,没有钱再供金山进学堂了。不过金林老师跟我说过,过两年,他一定要在花鼓塘办一个女子小学,让像金山这样的女孩也有读书的地方!"

"好,好!"众人一片欢呼。

周爵三把兰花举到胸前,嗅了嗅,继续道:"子曰:芝兰生于幽谷,不以无人而不芳;君子修道立德,不为穷困而改节。就如你们现在的金林和国安两位先生,他们少年励志,刻苦学习,现在依然是初心不改,位卑未敢忘忧国。希望你们也像他们一样,从小就要有抱负,学好知识和本领,将来才能成为国家的栋梁之材!"

"同学们,刚才校长先生给我们讲了做人做事的道理,大家一定要谨记在心!"邓国安在大家热烈的掌声停下后,边讲拿起地上的竹篮,"现在已经日头偏西了,大家一定是饥肠辘辘了,民以食为天,开饭吃馍馍啰!"

王金林从篮子中拿起一个馍馍,走到周爵三面前:"先生,您先坐下!还请您边吃边给我们讲一讲上巳节的由来!"

"国安,金林的新文学功课做得好,而你的古典文学功底扎实,还是你给学生们讲讲吧!"周爵三接过王金林递过来的馍馍咬了一口,"腊肉腊菜春笋馅,好味道!"

采访邓国安儿子邓有贵（中）

"同学们，刚才校长先生让我给大家讲一讲上巳节的由来，那我就恭敬不如从命了。"邓国安坐在周爵三身边，"这农历三月三过上巳节的习俗最早起源于先秦时期，在汉初已经有文字记载了。最早是用兰花煮汤水沐浴，用来避邪的巫术活动，后来慢慢演变成到河边湿地的集体游春活动。现在，我们把上巳节作为踏青野营的最好时节，还把寒食节的清明馍馍拿来提前享用，这样的春游，岂不快哉，岂不美哉！"

"孔子问曾皙，曾子答曰：暮春者，春服既成，冠者五六人，童子六七人，浴乎沂，风乎舞雩，咏而归。"周爵三端坐毯中，双目微闭，摇头晃脑，口中念念有词，引得师生们都手舞足蹈起来。

第六章　风起云涌立潮头

1926年春,在高语罕、陈延年、谭平山的指导和大力支持下,国民党安徽省党部在安庆邓家坡正式成立,光明甫、周松甫、朱蕴山、黄梦飞、周范文等九人为执行委员,这是以共产党员为骨干成员的国民党左派政权。光明甫、周松甫、朱蕴山三人为常委,沈子修为组织部长,薛卓汉为农民部长,黄梦飞为宣传部长,周范文为青年部长,柯庆施为秘书长。

当时,在安徽法政专门学校读书的广德四合乡大刘村人刘格非,经周松甫和黄梦飞的介绍加入了中国国民党。7月,因为法政专门学校的校长光明甫是国民党安徽省党部负责人,领导全省人民支援北伐战争,领导学界开展反对教会学校奴化教育的斗争,遭到北洋军阀和国民党右派势力的夹攻,刚上任不久的安徽省警备司令陈调元就找了个借口下令把学校关闭。刘格非经安庆中共党组织安排赴广州,考入黄埔军校第五期。

7月初,在上海的刘永昌经恽代英介绍加入了中国共产党的外围组织"济难会"。北伐开始后,恽代英离开上海前往广州,临走之前他对刘永昌说:"国民革命军很快就会打到江南,希望你们这些进步的青年要提前做些准备,发动群众支持北伐。"

7月9日,国民革命军在广州兴师北伐,11月便击败了直系军阀吴佩孚、孙传芳的主力,占领了长江中游的湖北、湖南和江西等省。由李富春任副党代表兼政治部主任的第二军集中于九江、祁门一带,准备进攻安徽,进而进军南京。

7月中旬,中共中央召开执行委员会扩大会议,通过了《农民运动决议案》,加强对农民运动的领导。不久,毛泽东担任中央农民运动委员会书记。随着大革命运动的蓬勃发展,安徽被中共中央定为发展农民运动的重点省份之一。

1925年,许杰从北京大学毕业后回到广德,在广德省立第十二中学任教。

第二年初,因该校并入校址在宣城的省立八中,广德学生都转到宣城就读。于是,许杰离开广德,到省城安庆,由北京大学同学王进展介绍到安庆建华中学教书。不久,他还将长兄许济之十四岁的大儿子许道珍带到建华中学读书。在安庆,许杰很快和老师周松甫取得了联系,并且见到他儿时的朋友周鹤甫。周鹤甫是周松甫的胞弟。经过周松甫的引荐,许杰结识了国民党省党部的光明甫、朱蕴山、黄梦飞,以及以个人名义加入国民党的共产党员葛文宗、周范文、薛卓汉、沈子修、常藩侯等人。不久,在周松甫和周范文的引荐下,他又结识了姚作元、郭成舒等共产党人。

7月初,安徽省国民党省党部在中共党员的推动下,在全省各地组织开展声援和支持北伐的活动,并组织和发动地方武装起义,以策应北伐军向安徽挺进。因为学校放暑假停课,许杰没有回家乡,而是全身心投入党组织领导的各项活动,并在活动中得到了锻炼,通过了党组织的考验。7月中旬,由葛文宗介绍,许杰加入了中国共产党。8月,建华中学因革命活动气氛高涨被军阀陈调元查封,改为安庆第一中学。许杰继续以教师的身份做掩护,开展革命活动。不久,中共怀宁县委成立,姚作元任书记,葛文宗任副书记,许杰和郭成舒为委员。

1927年1月,中共芜湖特别支部为了迎接北伐,派遣夏雨初回到家乡郎溪,筹建国共合作的郎溪县国民党县党部。和他同时回到郎溪协助他开展工作的,是他的妻弟董萌。至北伐军来到郎溪之前,他们已经发展了黄中和等二十余名思想进步的青年加入国民党,并成立了郎溪县国民党县党部临时筹备小组。

就在夏雨初回郎溪时,他的好友陈文在南漪湖揭竿而起。

1921年,陈文从宣城省立第四师范学校毕业回到郎溪后,先在县立第一小学任教,第二年便自筹资金,在家乡毕桥镇创办了毕桥初小。不久,他又与四师毕业的女同学王淑贞在毕桥联合创办了懿贞女子小学。他兼任两个学校校长,聘请思想进步的青年师范毕业生到学校任教。但由于他在两个学校积极反对封建旧习、提倡男女平等、宣传进步思想等,遭到了当地土豪劣绅的反对,两所学校先后被迫停办。1926年秋后,郎溪和宣城交界的南漪湖南岸地区经常出现军阀部队的散兵游勇和土匪侵扰当地百姓。为了加强地方治安,陈文出资收购了十几条散落在民间的枪支,不久后又收缴了一队败兵的三十余条枪,成立了毕桥民众自卫队,并自任队长。由于自卫队在南漪湖查办走私毒品和贩卖军火,触及土豪劣绅的利益,他们联名上书郎溪县政府,诬告陈文"勾结湖匪、筹集军火、图谋暴乱",县长不问青红皂白就将陈文逮捕下狱。在狱中,陈文受尽了折磨。他的妻子彭道娟花钱上下打点,他才被放了出来。

在他被捕关押期间,他原先的部下六十余人,加入了南漪湖崔成邦股匪。崔原是北洋军队下级军官,和陈文素有交往。陈文被释放不久,为了给他报仇,在冬月初三这个月黑风高的夜晚,崔成邦带领百余土匪先是袭击了国民党毕桥镇警察分局,然后火烧了镇上以杜国文为首的土豪劣绅"八大家"。

袭击毕桥后,崔成邦率部连夜转移到南漪湖,而毫不知情的陈文从梦中惊醒后,自知难辞其咎,便挈妇将雏逃到宣城的洪林桥、孙家铺一带的亲友家避难。在外逃亡的日子,陈文想通了一个道理:教育、实业、改革都不能改变这个没有公道和天理的万恶社会,只有带领贫苦民众起来造反,推翻这个万恶社会,穷人才有活路。

"官逼民反",陈文索性"落草为寇",回到南漪湖召集旧部揭竿而起。他振臂一呼,很快就组织了一支一千多人的武装,波及南漪湖南岸地区宣城和郎溪的十余个乡镇。

1927年2月,在上海大学的刘永昌接到恽代英的信。信中说北伐军很快就要进军皖南一带,要求他回到家乡广德,组织和发动工农革命群众,做好迎接北伐军的准备。刘永昌和温广彝商量后即刻从上海出发,回到广德,先找到姚琦和张隆佑等人,决定恢复青年社,并发展会员。于是,他们便召集吉国栋、王传熙、李定慧、陈铭常、孟德卿、刘声远、何德鹤、任显国、周桐旺、朱学易、杨仕模等在东街火神庙开会。会上,刘永昌介绍了北伐军所向披靡的大好形势和工农运动蓬勃发展的局面,并传达了恽代英在信中给他的指示:广德的青年必须行动起来开展工作,准备迎接即将到来的北伐军。

青年社的成员大部分都是各个学校的青年教师和放寒假回家过年的在校大学生,他们热情高、有思想、活动能力强。会议结束后,他们就立即行动起来,不仅在城市里的学生和市民中开展工作,而且还派人到各乡镇去推动乡下的工作。

张隆佑和邓国安是县城一高小的同学,和王金林也是好友,会议结束后的第二天一早,他就和姚琦一起赶到花鼓塘,与王金林、邓国安晤面。经过讨论协商,他们决定在花鼓塘地区先行开展农运试点工作,做好成立农会的筹备工作。

张隆佑和姚琦离开花鼓塘,王金林陪同他俩又前往誓节渡。

邓国安向校长周爵三汇报情况后,便请了假,带着两个老师一起通知龚守德、余家堂等思想进步的农民骨干十余人,准备连夜在花鼓塘小学开会。

2月23日,被北伐军击溃的直系孙传芳部下白宝山、冯绍闵所部败兵由徽州败退广德,占据广德县城和门口塘、流洞桥等重要乡镇,强拉民夫,强奸妇女,民众对其恨之入骨。25日,他们经流洞桥开往江苏宜兴张渚,28日又返回广德,继续在广德城乡劫掠,并向广德富商们索要军饷五万元,限期缴纳。

白宝山部的一个营占据了广德青年社的驻地火神庙,由于事发突然,在青年社驻社工作的吉国栋惊慌失措地将青年社的会员名册和印章等藏在火神菩萨的神龛中。得知这个消息后,刘永昌感到十分紧张,立即通知温广彝、张隆佑、何德鹤和孟德卿等人到他在城东门迎春街的家中开会。

刘永昌心急如焚:"如果名册被发现,我们青年社将有被一网打尽的危险!现在请大家都想想办法,商量下一步我们如何行动?"

温广彝建议道:"我看,为了安全起见,赶快通知名册上的所有人立即撤到南部山区去!"

孟德卿说:"白宝山匪军可能还没有发现名册,目前我们青年社还是安全的。我家的一个瓦匠师傅就住在火神庙的后院墙外,我让他三更时分在院墙上挖个洞,进去把东西拿出来。"

"不行,这样太危险!"何德鹤站起来,"他们一个营至少有三百多人驻扎在火神庙,设有岗哨,挖墙一定有响声。如果被发现,反而弄巧成拙!"

"刚才德卿的话倒提醒了我。"吉国栋双眼骨碌碌转动着,"我认识一个外号叫'化骨丹'的梁上君子,有飞檐走壁的功夫,给他几个小钱,请他去偷出来,应该万无一失。"

提起化骨丹,江湖上无人不晓,但他是个神龙见首不见尾的角色。刘永昌一直紧锁的眉宇稍稍有些舒展:"现在情况紧急,可这个神偷行踪诡秘,你能很快找到他?"

"刘社长,你就放心吧!鳖有鳖路,虾有虾路,我这就去找他商量!"吉国栋说完就站起来准备离开。

"好,你赶快去找化骨丹!"刘永昌站起来,"为了防止万一,我们几个人也马上分头通知名册上的人员,做好随时撤离的准备!"

第二天,吉国栋果然找到化骨丹。化骨丹经过白天的踩点,当天夜里就顺利将花名册和印章从火神庙偷了出来。总算化险为夷,悬在青年社会员心上的一块石头终于落地了。

第七章　北伐军进驻广德

1927年3月1日,得到北伐军已经占领湖州的消息,刘永昌和吉国栋、王传熙立即前往湖州。他们在第二军军部见到副军长鲁涤平,把白宝山部在广德的罪恶行为作了汇报,并请求北伐军尽快向广德进军。

鲁涤平听完他们的汇报,非常肯定地说:"你放心,这几天我们就去广德。"然后就吩咐勤务兵带着他们去见第二军副党代表兼政治部主任李富春。

由于先前恽代英已经和李富春交流过广德青年社的情况,所以对刘永昌他们主动前来联系,李富春非常高兴:"早就知道你们,欢迎你们协助我们搞好民众工作!"然后他又询问广德国民党组织的情况。

"我们广德现在还没有国民党的任何组织,但我们有一个青年社,都是一些渴望革命的青年,我们这次就是代表青年社来欢迎你们的。"刘永昌回答。

最后,李富春给广德青年社三点指示:

一、回广德后立即把民众发动起来,监视反动军阀的一举一动,随时将重要情报送给他;

二、北伐军到广德时,要组织群众热情欢迎,并张贴宣传标语,气氛要热烈;

三、给第二军军部和政治部各找一个办公的地方,最好不要打扰老百姓。

刘永昌三人从湖州回到广德,当天晚上就在他家召集青年社成员开会,及时传达了李富春的指示,并做了分工布置。大家热情高涨,连夜分头开展工作。会后,刘永昌根据大家了解的白宝山军队情况,连夜写了一份敌情报告,派王传熙第二天一早送给李富春。

3月5日,白宝山风闻北伐军已经抵达长兴,便命令主力部队一早就开始向宜兴方向撤退,连原先向广德地方土豪索要的五万元军饷也来不及索取。当天晚上,刘永昌又召集青年社成员在夫子庙旁的齐天庙召开会议,听取大家这几天发动群众的工作情况,具体讨论了迎接北伐军入城的工作安排,并商定将第二军军部安排在东街的孙正和老店,将政治部安排在离军部不远处的东门李子祥家。

3月7日上午十一点钟光景,北伐军先头部队一个班采取偷袭的方式占领了东门城门楼,将青天白日旗插在城楼上。在城内尚未撤离的小部分白宝山部士兵看到北伐军的旗帜后,慌乱地往北门方向溃逃。北伐军的小股部队尾随追击到北门。溃不成军的白宝山部队拼命北逃,经过门口塘、流洞桥,向宜兴方向遁去。

按照约定好的时间,下午三点,刘永昌带领广德县城各界人士两千多人,在东关街娘娘殿聚集,迎接北伐军入城。见北伐军还未到,刘永昌就带着青年社的十余人往前走了一里多路,才遇见坐着四人抬轿子的鲁涤平。

"鲁军长,欢迎您大驾光临广德!"刘永昌走到轿子跟前,"迎接您的大队人马就在前面不远的娘娘殿。"

"好,好!"鲁涤平下轿同刘永昌一起步行,一路听取了刘永昌关于军部办公用房等各项工作的汇报,高兴地道,"刘永昌同志,你们干得不错,很有成绩!"

一到娘娘殿,欢迎的人群就秩序井然地分列在街道两边,高喊着"欢迎国民革命军!""打倒土豪劣绅!""打倒反动军阀!"等口号。鲁涤平看着热情激昂的广德民众,非常高兴,挥动手中的帽子向路边的群众致意。一路上,他没有再坐轿子,和欢迎他的民众一起步行并交谈。

把鲁涤平送到军部驻地后,欢迎队伍继续在街上游行到傍晚结束。刘永昌跟随鲁涤平进了军部,带着他在住房前后转了一圈。

孙正和是广德最大的商号,东南西北四门都有孙家的店铺,都是前店后坊的格局。这孙正和东号离十字街不到五十米,前后三进,有二十几间房子,都很宽敞明亮,鲁涤平看后十分满意。

从军部出来,已经是傍晚六点,刘永昌又带着吉国栋、王传熙、陈铭常到东关街迎接李富春。刚到东关街,就见李富春骑着大马带着十几人匆匆而来。刘永昌把他们带到政治部驻地。一坐下来,李富春就开门见山:"刘永昌同志,你们的群众工作做得很好。但干革命工作更要一鼓作气,你们要立即抓紧落实两件大事:一是要召开一个声势浩大的群众大会,欢迎国民革命军;二是成立国民党广德县临时党部,推进各项工作开展……"

"报告李主任,我们广德还没有一个国民党员,党部怎么建呢?"刘永昌急着插话道。

"共产党员有没有?"李富春问。

"据我所知还……还没有!"刘永昌支支吾吾地回答,在场的其他人也都摇了摇头。

"你们青年社的成员都很不错,是不是可以把青年社改为国民党临时党部?"

刘永昌和吉国栋、王传熙交换了一下眼色:"我们认为可行,但必须由你们政治部决定,我们照办!"

李富春叫勤务兵把党务科长叫来,问道:"广德党的组织问题你们党务科考虑过没有?"

"报告李主任,我们考虑过。我们认为,广德青年社可以改成县党部,但其中的人员还要进行审查,不能让土豪劣绅分子混进来!"党务科长是个二十几岁的年轻军人,显得十分精明果敢,"请刘同志将青年社的花名册报给我们,并将每个人的详细情况注明,党务科审查后,再报李主任和刘同志两位决定。"

第二天,刘永昌就将青年社成员花名册报到政治部党务科。第三天,李富春就通知刘永昌到政治部:"党务科审查了你们送来的花名册,认为你们其中的四十八人符合条件,可以转为中国国民党党员,发临时党证,并成立国民党广德县临时党部。"李富春说到这里停下来,叫勤务兵给他们的茶杯续满开水后继续道,"我决定让你担任县党部的常务委员,并由你提名九个执行委员人选!"

经过提名和审查,决定由刘永昌、温广彝、孟德卿、张隆佑、何德鹤、陈铭常、许贤林、吕志松、李定慧(女)九人为执行委员,王芝宾、杨仕模、张曾荫、张醒辰(女)、吉国栋、张轩珍、张紫垣为候补执委。临时县党部还进行了具体分工:刘永昌为常务委员,温广彝任组织部主任,何德鹤任宣传部主任,孟德卿任工人部主任,吕志松任商民部主任,陈铭常任农民部主任,李定慧任妇女部主任。

国民党广德县临时党部成立后,根据李富春的指示,要全面发动民众参加革命运动,重要的是要组建各种民众组织,以领导各项工作的全面开展。经过临时县党部议定,决定如下:彭怡先、应卓群、温季愚为商民协会筹备委员;姚琦、张民权为农民协会筹备委员；李定慧、张醒辰为妇女协会筹备委员；丁继周、夏之兰为工会筹备委员。邱村、誓节渡、柏垫、笄山、流洞等区都相继建立了分会。

各个协会的筹备负责人立即开展工作，召开各行业会员会议。特别是农民协会，在西乡以花鼓塘为中心、南乡以卢村为中心的农民运动很快就如火如荼地开展起来了。

因为北伐军执行了严明的纪律，对群众秋毫无犯，亲如家人，得到了老百姓的拥护。为了支援北伐军，广德还成立了军需供应委员会和运输队、担架队、向导队等。9日、10日两天，北伐军主力经过短暂的休整，分两路向江苏省的溧阳和宜兴继续追击白宝山部队。

3月12日，按照李富春的指示，国民党广德县临时党部在城南操场举行孙中山逝世两周年纪念大会，国民党广德县临时党部的执委和农民、工人、商人等三千多人参加了大会，第二军军部和政治部也有几人参加了会议。会议开始后，宣传部主任何德鹤首先致辞，接着刘永昌就开始演讲，号召全县民众行动起来，铲除贪官污吏，打倒土豪劣绅。他讲话中间，场下突然有一批人向主席台投掷石块，并且挥舞着木棍冲向主席台，台上的执委们奋起反抗。但由于这些闹事的地痞流氓是土豪劣绅事先安排好的，而执委们没有防备，都被打伤冲散了，会议被迫中止。

刘永昌等执委到政治部向李富春汇报了土豪劣绅砸会场的嚣张行为，李富春听了很生气，当即指示广德县临时党部必须把土豪劣绅的嚣张气焰打下去。

刘永昌带领执委们回到县党部，召开紧急会议，决定对肇事的土豪劣绅实施逮捕。

姚琦和王金林、邓国安在乡下得到消息后，带来西乡农民几百人和彭怡先、张民权、丁继周带领的各民众协会人员共一千余人，立即把陈觉民、陈凤章、俞希、吴平之、詹家鹏等土豪劣绅的家都抄了，并逮捕了陈觉民、陈凤章、吴国骥及其走狗等七人，交给县公安局看管。

在北伐军进城后不久，李富春就任命周赢干担任县长。周赢干担任广德县长后，将原县民团武装改为自卫队，邓秀山担任队长。

通过这次声势浩大的群众斗争，广德城乡民众都发动起来了，他们认识到了团结起来的力量。在县城,丁继周带领五百多名工人冲进城东的天主教堂,捣毁了耶稣和圣母的雕像,并将西班牙神甫胡木铎驱逐出广德;在卢村、誓节渡、独树等地先后召开了群众大会,与当地的土豪劣绅展开了斗争,有的地方甚至将封条贴到土豪劣绅的大门上。

  国民党广德县党部成立后不久,王金林就应张隆佑、陈铭常、姚琦等人的邀请加入了国民党,并协助陈铭常开展农民运动。在农民部和农民委员会,王金林十分活跃。一是因为他在省第一甲种农业学校读书时,就阅读过彭湃的《海丰农民运动报告》等介绍农民运动的文章,有一些理论基础;二是在皖北实习期间参加过农民运动实践,有一定的实践经验;三是这两年他和邓国安在广德西乡的花鼓塘、誓节渡、苏村、独树、凤桥等地农村开展了大量的农村社会调查,对农村的社会结构和农民的生活状况有比较深入的了解。在实际工作中,王金林不仅是西乡农民运动的总负责人,也是全县农民运动的主要决策者之一。

  3月上旬,花鼓塘小学就成了西乡民众迎接北伐军的总部。王金林、邓国安、邓行三等人成天都忙着培训农民运动骨干、写标语、做旗子、找人谈话安排工作。中旬的一天,他们在学校门口搭了个大台,召开了花鼓塘农民协会成立大会。当时会场上是人头攒动,彩旗飘扬,群情激昂。"打倒列强除军阀!""打倒土豪劣绅!"的口号响彻云霄。花鼓塘小学的学生还上台演唱了王金林填词和谱曲的《农民歌》:

> 不打鼓来不敲锣,农民苦楚实在多,实在多。
> 没奈何,且听我唱个农民歌。
> 提起雇工真辛苦,起早睡晚为雇主。
> 为雇主耕和锄,他吃细来我吃粗。
> 自耕农人真可怜,一天到晚苦不停。
> 苦不停,无余粮,衣食不足终生贫……
> 牛马生活到如今,只怪我们不齐心。
> 土豪劣绅资本家,就怕我们反抗他……

第八章　城头变幻大王旗

　　1927年3月4日，慑于由程潜总指挥率领的国民革命军北伐部队中路军的强大攻势，盘踞在安徽的军阀陈调元和王普归顺北伐军，分别被改编为国民革命军第三十七军和二十七军，陈调元就任三十七军军长兼北路军总指挥。3月底，陈调元又被蒋介石任命为安徽省政务委员会主任。

　　3月20日，蒋介石自九江到安庆检查工作，和蒋一同到来的还有郭沫若，陈调元亲率兵舰前往迎接。22日，陈调元为了表达他的归附之心，代表安徽省政府举行欢迎蒋的宴会。许杰被国民党安徽省党部作为服务人员安排参加宴会。宴会开始前，郭沫若将许杰叫到一边："小许，请你在安排座位时，将我和蒋离得远一些。"

　　许杰领会郭沫若的意思，因为蒋介石的反革命嘴脸已经公开显露出来，郭、蒋之间已经是面和心不和。由于许杰在湖州读过几年书，会讲浙江话，所以中共安庆党组织事先安排，让他在宴会上向蒋介石提出一些尖锐的问题。

　　宴会开始后，许杰瞅准机会向蒋介石发问："蒋中委，请你给我们解释一下国父孙中山先生联俄、联共、扶助农工的三大政策好吗？"

　　蒋介石因为不久前下令杀害江西赣州总工会委员长陈赞贤（共产党员），反共反革命的面目已经暴露无遗。听到许杰的提问后，他一下无法正面回答，显得有些尴尬。但他毕竟老奸巨猾，当即把脸转向右边的陈调元，用浓重的浙江地方口音道："你们安徽就是派别多，希望你们精诚团结，拥护中央！"

　　第二天上午，蒋介石就下令总司令部的特务处长杨虎，指使青洪帮头子雇用大批流氓地痞捣毁了国民党安徽省临时党部，并当场将薛卓汉、江爱吾、万心斋、刘剑冰（女）等数十人打伤。临时党部的主要负责人周新民、葛文宗、周松甫、舒传贤、周范文等人因为接到郭沫若的密报，在蒋下令通缉之前就隐蔽起来了。许杰在接到郭沫若通过周新民派人送来的信后,也立即逃离安庆,回到了广德。

郭沫若在亲历了安庆"三二三"事件之后,进一步看清了蒋介石反共反革命的面目,在3月底愤而离开蒋介石,来到南昌朱德的寓所,写下了著名的讨蒋檄文《请看今日之蒋介石》。

4月12日,蒋介石在上海发动反革命政变,第一次国共合作破裂,成千上万的共产党人和革命群众倒在国民党反动派的屠刀之下。

"四一二"反革命政变的消息传到广德,温广彝、何德鹤等人纷纷离开广德。刘永昌、姚琦、彭怡先、丁继周到县政府见到县长周赢干,向他请示下一步工作如何开展。

"现在时局有了很大变化,我也准备离开广德。"周赢干听了他们的来意,便开门见山道。

刘永昌听了周赢干的话,急忙道:"你是县长,怎么能离开广德呢?我们今天来就是和你商量一下对策的!"

"根据我所知道的情况,革命内部出现了同室操戈的情况。下一步局势会怎样发展我不清楚,估计对我、对你们都不利!"

"怎么不利?"刘永昌不解地问。

"宁汉分裂了,南京成立了国民政府,武汉方面也成立了国民政府,汉口方面是积极维护国共合作的。我们的谭军长、鲁副军长、李主任都要转到汉口去了,现在两派搞得水火不容。我是第二军派来的,我不走怎么行呢?"

"我也是第二军安排的,要走一起走!"刘永昌急了。

"好!二、四、六军的政治部大都是共产党员,你们也派两个代表,我们一道去看看。"周赢干很干脆就答应了。

5月中旬,周赢干、刘永昌、周桐旺离开广德刚到湖州,陈觉民就带着黎在符和曹瀛一个营的兵力占领了广德。

黎在符一到广德便开始反攻倒算,立即下令关闭城门,搜捕临时县党部人员和各协会进步人士,取缔农会、工会等北伐期间建立起来的民众团体。

周赢干、刘永昌、周桐旺三人在太湖南岸租了一条小船,通过运河前往杭州。在杭州码头到杭州市内的火车上,他们碰到了盛魁龙、陈英章、李立新三个广德的土匪头子。一个多月前,他们因是广德县国民政府通缉的要犯,一直在外逃亡。真是冤家路窄,他们估计周赢干三人可能是被通缉的共产党员,便起了歹心,亮出手枪,将他们劫持到一个旅店,把他们身上所带的钱搜去,只给他们留了点路费。

被洗劫后,三人在杭州分手。周赢干带着周桐旺去了南京,刘永昌到苏州去找几个同学。

刘永昌刚到苏州,晚上住在旅店,几个警察就把他从被窝中拖起来,押到苏州市国民政府公安局。公安局局长出示了国民党广德县"清党"委员会发给他们的公函,要求他们协查刘永昌等共产党嫌疑犯。

走投无路的刘永昌想起了他和周赢干分手时,周给他留下的通讯地址,便要求发一封电报。这位局长一看收件人竟然是国民革命军总司令部的上校副官杨梦言,便没有立即把刘永昌交给广德方面。

原来,这位公安局长和杨梦言是好朋友,周赢干和杨梦言又是故交。他们先是想办法将刘永昌押到南京,再想办法洗白"共产党嫌疑"的罪名。在杨梦言家,刘永昌不仅见到了周赢干、周桐旺,还见到了从广德逃过来的温广彝、彭怡先、丁继周、姚琦、温季愚等十几人,见了面大家自然高兴一阵,但都为仓皇出逃没有带多少钱发愁,更为不知道将来的出路在何方而陷入迷惘。

为了帮助从广德逃到南京避难的原国民党广德县临时党部的这一二十个青年,周赢干硬着头皮求见南京市卫戍司令贺耀祖。他曾当过贺的秘书,可是贺的部下开始却把他当作共产党嫌疑犯扣押。原来,贺也接到广德寄来的协查通报。经过周赢干的详细解释和杨梦言的多方斡旋,贺最终认定广德案件不是共产党嫌疑犯案,而是地方派系之争,不宜处理。

在广德,以陈觉民为首的国民党右派当局知道刘永昌他们在南京也有后台的情报后,怕他们以后回广德报复,便派江祖荫、徐志仁两个中间派代表来南京要求谈判和解。经过反复磋商,最终达成谅解,双方既往不咎,不再相互报复。

逃到南京的二十余人分批回到广德,刘永昌也因上海大学被封,无法继续上学,一个月后便回到广德,准备和张醒辰举办婚礼。

可是到家还不到一个星期,驻扎在广德的营长曹瀛便派两个士兵到刘家传话,要他到营部谈话。他当时不在家,得知消息后感觉凶多吉少,便和王传熙一起逃到了宣城。

在宣城,他们碰到陈铭常。陈说武汉国民政府正派程潜将军率部东征,讨伐蒋介石在南京另立的国民政府,不日就要到达宣城。四天后,东征军先头部队开到宣城,刘永昌和陈铭常作为广德民众代表求见了参谋长马崇禄,向他详细汇报了广德发生的情况,请求他们进军广德。马当即表示,东征部队不日将进军广德,广德县长要换,匪营长要解决。但是,他要求刘永昌在重新掌握广德政权后,不要对土豪劣绅搞得过火。

在马崇禄派第一师师长张翰率部进军广德的前一日,刘永昌和陈铭常坐轿子回广德途中,得知曹瀛也从宣城回广德,并夜宿誓节渡的一家旅馆。他们俩在誓节渡县立第二小学借宿,在校长阮维贤的帮助下,调动了誓节渡的自卫队和警察三十余人包围了曹瀛入住的旅馆。曹瀛因是土匪出身,武功了得,竟跳窗越墙,趁夜色逃回广德县城。

第二天,张翰带领一师到广德时,曹瀛、陈觉民、陈凤章、詹家鹏等已于昨天半夜从笔架山翻越城墙逃往外地。张翰进城的第一件事,就是解除曹瀛部队的武装。

彭怡先又主政广德商会,为东征军筹备军饷。但是,就像鲁迅所说"城头变幻大王旗"一样,广德城里再也没有出现大革命失败前那样一种轰轰烈烈的场面了。

"四一二"反革命政变后,王金林和邓国安也遭到土豪劣绅的报复,无法在花鼓塘小学任教。邓国安听说东北辽宁抚顺煤矿一带招工人,便带着只有十三岁的学生黄鸣中远离家乡,去寻求救国救民的光明道路。

王金林虽然留在家乡,但土豪劣绅还乡团把他列为"共产党嫌疑犯"进行通缉,他只得改名换姓,在同学张思明的帮助下,到石鼓的祥川,以当私塾老师的身份做掩护,继续开展农运工作。

东征军占领广德后,恢复了刘永昌、陈铭常等人的职务,但当初的临时县党部成员大部分都是学生,回校读书去了。其余的国民党员,因为"四一二"反革命政变发生后,已经同土豪劣绅达成妥协,大部分人当初的革命意志已经丧失。刘永昌已经是独木难支,很难将广德的工农运动再发动起来。他费了很大的力气找到王金林,让他担任国民党广德县党部农民部长,主持农运工作。王金林回到县城后,便一个一个寻找当初开展农民运动的骨干,但一部分人因为蒋介石背叛孙中山的三民主义而对革命的前途失去信心,也有的被土豪劣绅的反攻倒算吓破了胆,不愿再出来抛头露面。在地主阶级家庭出身的知识分子中,只有陈东武、闵天相、华家宽等少数人能背叛自己的阶级,坚持走革命的道路,而像龚守德、余家堂、王大亚等那些出生在农村的贫穷农民骨干,都旗帜鲜明地跟随王金林。

可是,马崇禄任命的广德县长却是他年迈的父亲马梁。他不仅庸碌无能,而且贪得无厌。他儿子派他到广德来当官,纯粹就是为了敛财。他主政期间,不管是哪一派的人,只要送钱,就有官当。土豪劣绅当然有的是钱,便投其所好。一时间,广德的政界和各个社会团体组织是鱼龙混杂。

7月15日,汪精卫领导的武汉国民政府也发动政变,蒋汪合流,在全国范围内实行白色恐怖,成千上万的中国共产党人倒在血泊之中。陈觉民等外逃的土豪劣绅纷纷回到广德,在政府机构和民众团体组织中夺权。刘声远等人却见风使舵,转身投靠南京蒋介石政府。

丁继周和姚琦因为是工人和农民运动的领袖,在两次打击土豪劣绅的斗争中都是一马当先,成为土豪劣绅必欲置之死地而后快的眼中钉。姚琦、丁继周、周桐旺被迫离开广德。姚琦后来在南京被国民党特务逮捕杀害。而刘永昌、王金林、陈东武等人虽然坚持在国民党广德县党部,但一时显得势单力薄,无法继续在县政府层面推进工农运动,只得暂时虚与委蛇。

第九章　宜兴和郎溪暴动

1927年3月10日,李富春率领国民革命军第二军政治部及先头部队抵达郎溪,夏雨初组织郎溪各界一千多名群众手持小旗子在东门埂沿河大道欢迎北伐军入城。当晚,在李富春入住的凤凰墩旅馆,夏雨初向他汇报了国民党郎溪县党部成立的筹备情况。第二天,国民党郎溪县临时党部成立,夏雨初担任主任执行委员、董萌任组织部长、祁光华任宣传部长、章向荣任农民部长、吕梦松任妇女部长、曹先齐任武装部长等,同时,还成立了农民、工人、商人协会等多个社会团体,开展工农运动,支援北伐。

夏雨初烈士故居

夏雨初烈士陵园正门

4月26日,反动的国民党新任县长张仲权纠集土豪劣绅组成的"东部党"八十余人,手持枪械,包围了夏雨初领导的国民党郎溪县临时党部,将文件、钱财抢劫一空,并将夏雨初、董萌等十八人逮捕关进监狱。直到7月,被关押人员才在夏雨初的兄长夏雨人等人的全力营救下出狱。

出狱后,夏雨初并没有被国民党反动派的残酷镇压所吓倒,而是立刻带领和他一同出狱的七个同志,一起到东边邻县宜兴去学习农民运动的经验。月底,夏雨初从宜兴回到郎溪,便开始组建郎溪地方中共党组织。8月中旬,他到芜湖中共安徽省临委请示工作。下旬,省临委决定建立凤台、庐江、宣城、郎溪四个通信处,他被任命为郎溪通信处负责人。省临委组织部长王步文指示他立即在郎溪建立中共地方党组织。早在3月北伐军到达郎溪时,他已经秘密发展了几名优秀分子入党。9月初,以这几个党员为基础,成立中共郎溪特别支部,他和董萌分别担任正、副书记。

1927年11月1日,江苏省宜兴县爆发了中共江苏省委领导的农民武装起义。起义总指挥万益和史观芬、宗益寿、段炎华、匡梦苏五人组成"农民暴动行动委员会",于10月31日深夜安排部分农军骨干潜入城中埋伏作为内应。其他各路农军两千多人陆续按计划在城外集结。11月1日上午,只见三颗信号弹升空,暴动的农民高呼"农民革命胜利万岁！""杀尽贪官污吏、土豪劣绅！"等口号,分路进攻并占领宜兴国民党县政府、公安局、商团,打开监狱,释放被羁押的共产党员和革命群众六十余人,镇压了罪大恶极的土豪劣绅十余人。起义队伍占领全城后,立即召开群众大会,万益在大会上宣布"宜兴工农革命委员会"成立,并发布了《告全县人民书》。

宜兴暴动震惊了国民党南京政府,紧急就近调派国民革命军第十三军二师四团一营等部,向宜兴气势汹汹地开来。面对敌人强大的攻势,工农革命委员会决定撤离宜兴县城,转移到苏浙皖三省交界的山区开展游击斗争。在浙江长兴北部山区,总指挥万益率领的农军被大地主张鸣皋武装包围,万益等几个主要领导人由于叛徒告密不幸被俘,宜兴暴动失败。万益被俘后,坚贞不屈,于22日在宜兴体育场被杀害,年仅二十七岁。

11月8日,中共中央决定解散中共安徽省临时省委,23日,决定将安徽省境内津浦路沿线及以东地区(包括广德、郎溪)的中共党组织划归中共江苏省委领导。

12月底,中共宜兴县委根据江苏省委的指示,派参加过宜兴暴动的葛琴、史济殷、范迪斋等前往郎溪,协助中共郎溪特别支部开展农运工作。郎溪特别支部决定建立一所学校,安排他们当教师做掩护。夏雨初选择了县城南门的孔庙做校址,取校名为"建平公学"。不久葛琴又通过中共宜兴县委先后派来吴懿君(女)、季梅(女)、潘丽华(女)、徐世璋和史耀华等人来到建平公学,以当教师做掩护,开展建党和农运工作,为郎溪暴动做准备。

1928年2月,葛琴、史济殷、范迪斋就在校内外发展了吕文学、董远祥、高翔(后叛变)、张国汉等十余名共青团员,并在建平公学内成立中国共青团郎溪县委员会,葛琴任书记、史济殷任宣传部长、范迪斋任组织部长,归中共宜兴县委领导。3月,中共宜兴县委负责人宗益寿来郎溪检查党、团工作,对郎溪的工作表示了肯定,并决定加强对农民运动工作的领导,积极酝酿农民暴动。4月,宗益寿又以中共江苏省委巡视员的身份再次来到郎溪。夏雨初带着他深入农运工作开展较好的郎溪南部山区姚村等地,开展调查研究。之后,两人一起在建平公学主持召开了党、团联席会议，传达中共江苏省委紧急决定——《组织全省农民暴动计划》，并强调郎溪的党、团工作要重点深入农村，向广大农民做广泛动员，号召他们起来同土豪劣绅做斗争。根据中共江苏省委的指示，郎溪特别支部决定在近期举行农民暴动。

《传奇将军》书影　　　　　　　《夏雨初传》书影

夏雨初在加紧加快农运工作的同时，决定改造陈文带领的宣郎广民众自卫团，作为郎溪农民暴动的主要力量。

夏雨初回乡一年来，对老同学陈文在南漪湖"落草为寇"的一举一动掌握得清清楚楚。他利用清明节回乡祭祖的机会，带着妻子董淑回到毕桥蒋顾村，并趁在毕桥镇访问朋友的机会，悄悄来到镇西小菜园，见到了陈文夫妇。陈文这一年也时刻关注夏雨初在郎溪发动民众支援北伐部队、组建国民党郎溪县党部，以及创办建平公学等情况，十分渴望和老同学合作。夏雨初向陈文介绍了中共郎溪特别支部以建平公学为基地开展农民运动情况，并动员陈文，以他的自卫团为主要武装力量，发动"郎溪暴动"。

陈文从夏雨初处了解到，郎溪已经有了共产党组织，十分高兴。对夏雨初提出的对自卫团进行改造的方案，他当即拍案赞成。

陈文在毕桥和夏雨初见面后不久，又受到史济殷的邀请，秘密来到郎溪城内的建平公学，和郎溪特别支部的同志进一步进行了交流沟通，正式安排对自卫团的改编，将原来良莠不齐的自卫团从两千多人缩减到四百余人，和郎溪农民协会的部分骨干组成一支五百余人的郎溪农民自卫团，陈文任团长，夏雨初任党代表，董萌任副党代表。农民自卫团分四个营，集结到南漪湖南岸绵羊山一带秘密集训，做好随时参加暴动的准备。

在农民自卫团整改和训练工作取得成效之后，夏雨初又及时召集有陈文列席参加的党、团联席会议，决定成立由夏雨初、陈文和葛琴三人组成的暴动指挥部，全面指挥暴动工作。会议还决定由葛琴负责建平公学内的组织工作，并和程金鹿秘密组织城内的以手工业工人为骨干的工人突击队，在暴动开始后负责在城内接应；史济殷和范迪斋负责组织教师和学生组成的宣传队，在暴动胜利后及时在全县开展宣传工作，发动广大民众支持和参加革命运动。

一切准备就绪后，暴动指挥部决定在5月9日拂晓开始暴动。5月8日，夏雨初指派建平公学女教师吴懿君、季梅化装秘密前往毕桥通知陈文。在约定的时间，城内的工人突击队和城外陈文的农民自卫团里应外合，很快就占领了郎溪县城南门，并迅速攻占了县警察局、县国民自卫团和县政府。县长栗伯龙和自卫团长刘涧泉仓皇出逃，县教育局长周孝安被逮捕。

5月10日，暴动指挥部改名为郎溪县工农革命委员会，颁布了夏雨初起草的《告全县人民书》，旗帜鲜明地提出了"铲除贪官污吏，实行土地革命"的政治主张，并在钟鼓楼前召开了两千余人参加的庆祝暴动胜利和郎溪县工农革命委员会成立大会。大会公审并处决了民愤极大的贪官污吏周孝安、卢小泉等人。

会后，工农革命委员会打开了国民党郎溪县最大的粮库积谷仓，将一千余担大米分给正面临春荒的穷苦百姓。同时他们还打开了监狱，释放百余名在"四一二"反革命政变后蒙冤被捕的所谓的"政治犯"。

建平公学组织的宣传队活跃在街头巷尾，张贴标语，开堂演讲，宣传工农革命委员会的革命政策。农民暴动队伍进城后纪律严明，对老百姓秋毫无犯，深得广大民众的信任和拥戴，当天，街上的商店就开门营业了。

占领县城后，夏雨初考虑到郎溪四面通衢，无险可守，且距离驻有国民党重兵的芜湖、宣城较近，敌人很快就会重兵压境，形势十分危急，就和陈文商量，打算先主动撤出郎溪县城，经广德、孝丰开赴江西，与江西的工农红军主力会师。可是，陈文认为敌人短时间还难以集结重兵来"围剿"，暴动部队还要进行休整和补充。另外，陈文还有些骄傲轻敌的思想，把启程的时间一拖再拖。夏雨初见大家的思想一时难以统一，情况又万分危急，就安排大部分从宜兴过来的同志和建平公学的师生撤离郎溪。张国汉、李鹤、董远祥、高翔等十余人转移到上海，通过创造社的梁其昌进入上海浦江中学就读。

5月17日，驻芜湖的国民党三十七军派一个营，会同宣城石逢山一个营向郎溪农民自卫团发起进攻。

5月18日，广德、溧阳两县的国民党政府也奉命调集兵力到郎溪配合三十七军开展"围剿"行动。

陈文、夏雨初带领农民自卫团经过两昼夜的浴血奋战，先后击退敌人的三次猛烈进攻，终因武器装备和兵力悬殊，损失惨重。19日凌晨，陈文、夏雨初带领百余名战士从城东南杀开一条血路，突出重围，经跑马岗、石槽撤到郎溪南部山区，在宣城、宁国、广德三县交界的姚村鸦山一带坚持游击斗争。

姚村一带的山区盛产毛竹，到处都是加工土纸的纸槽，从事生产土纸的工人较多。从北伐时期开始，夏雨初

抗日英雄陈文纪念碑

就十分关注姚村的工运和农运工作。纸槽工人陈建富等人发动当地群众给陈文和夏雨初领导的郎溪农民自卫团以极大的帮助和支持。

国民党军队占领郎溪后，公开通缉以夏雨初为首的中共郎溪特支成员十三人、共青团郎溪县委四人和陈文等，并开始对革命群众进行了血腥屠杀，在南门外郎川河滩一次就屠杀革命群众三十余人。

在鸦山坚持游击斗争一个多月后，依靠当地革命群众的支持，陈文和夏雨初的队伍基本上站稳了脚跟。但夏雨初和陈文知道，国民党政府绝对不会让他们偏安一隅，很快就会派重兵来鸦山"清剿"。他们总结了这次暴动失败的教训，研究下一步如何生存和发展的问题，决定由夏雨初到上海找中共江苏省委汇报郎溪暴动的情况，并请求省委对下一步工作的指示。

7月初，夏雨初化装成商人，经广德前往上海，几经周折后找到中共江苏省委机关，向省委负责同志汇报郎溪暴动的情况，并请求省委将郎溪的情况转告中共安徽省党组织，同意他回到郎溪，重组旧部，东山再起。当时，党中央把领导上海工人运动放在非常重要的位置，更需要他这样有丰富工作经验的同志，最后还是决定把他留在上海。他只得服从党组织决定，化名张建华，留在上海沪西区秘密开展工运工作。

陈文带着百余人的暴动队伍，坚持在鸦山地区开展游击斗争。9月，国民党南京政府又调派装备精良的第九军步兵一旅，会合宣城、广德、溧阳、高淳四县国民党地方部队向鸦山合围。暴动队伍与强大的敌人周旋，转战到宣城的双沟、莲花塘、鸦山岭等地，与敌激战数日，终因寡不敌众，弹尽粮绝，不得不分散突围。最后，他带领卢海涛、朱克义等七名战士突出重围，亦取道广德，经太湖前往上海寻找夏雨初。他多次到和夏雨初约定好的地点闸北黎明书局（地下党联络点），始终没有见到夏雨初，只得带领和他同到上海的部下另谋出路。

姚村的陈建富等人在暴动失败后转入地下，隐蔽在群众中间。

第十章 锋芒初露学潮涌

周鹤甫和许杰同年，从小在一起长大，他们两家在誓节渡街上的店铺也是相邻。周鹤甫家的店号"周永兴"，是经营布匹的。他十三岁就被哥哥周松甫带到安庆第二模范小学读书，十六岁转到南京继续读书。1926年毕业后到安庆，经哥哥安排，周鹤甫到国民党安徽省临时党部的宣传部担任干事。"四一二"反革命政变后，在周范文的领导下，周鹤甫转入地下，秘密为党工作。9月，由王步文、周范文介绍，周鹤甫加入了中国共产党。

1927年5月，武汉国民政府组织东征军讨伐蒋介石。刘格非在武汉参加了东征军，宁汉合流后因不满蒋介石背叛革命，就离开国民党军队，来到安庆，住在许杰家。当时的许杰因为担任中共怀宁中心县委委员，又要上课教书，忙得不可开交。见刘格非思想比较进步，又是自己在广德中学的学生，知根知底，许杰便安排一些散发传单、传递情报之类的工作让他做。10月，许杰和中心县委副书记葛文宗一起介绍他加入中国共产党，安排他在安庆的各大学校中组织开展学生运动。

"七一五"反革命政变后，在国民党广德县党部，表面上大家一团和气，背地里都是各打各的小算盘。由于得到国民党安徽省政府的支持，陈铭常、刘声远、孟德卿等反共势力，以城市中心派为支撑，已基本上掌控了广德的政局。刘永昌、王金林等具有共产党色彩的人已经成为小众。王金林这半年在国民党县党部的薪资应该是丰厚的，是他当教师的一倍还多。但是，他都拿去救济贫困的工友和农友了，年底回家过年，还是囊中羞涩。

正月初二，王金林照例要给周爵三和许大先生（许济之）两位恩师拜年。在许大先生家，他见到了回家过年的许四先生许杰。他刚给恩师磕过头，就见张芝山、张思明父子拎着大包小包来给大先生和四先生拜年。

张思明家住石鼓祥川村,父亲张芝山是广德县八大地主之一,家里有万亩良田。据传,当年张家祖上从湖北下江南到荒无人烟的石鼓祥川,开始了刀耕火种的生活。他们家在湖北老家是开纸槽的,就选择了几个先民遗留下来的麻塘,准备腌麻造纸。在村边有一个最大的麻塘,挖开厚厚的淤泥,下面竟然是一层黄灿灿的金子和白花花的银子。这些金银的来历,一说是太平军的一个将领隐藏下来的,还有一说是当时的一个大财主为了躲避湘军的劫掠而藏在麻塘中的,后因瘟疫全家无一幸免。这笔巨大的财产被张家捡了个漏,有了这意外之财,张家便广置田产、大兴土木,才有今天张芝山、张思明父子两代人的豪横。张思明已经从广德中学毕业,得知自己的老师许杰开春就要到省城安庆教书,也想跟他一起到安庆读书。

大家在厢房的火塘围坐一圈,边吃着宣城水东的蜜枣和宁国墩的山核桃,边听许杰侃谈:"安徽大学将在开春后正式成立并开始招生,校长刘文典是陈独秀和刘师培的得意门生,曾留学日本,在北大教过书,为人正派,思想新潮。"

许济之的大儿子许道珍和张思明是誓节渡二高小的校友,他两年前就跟叔叔许杰到安庆第一中学读书了,听说王金林和张思明来了,也搬个木墩子坐在他俩中间。

张思明也是个朝气蓬勃的青年,在前两年北伐时期,跟着王金林参加过几次群众运动。他父亲张芝山是个比较开明的地方绅士,一直非常支持许济之的教育改革。对王金林这个广德西乡的翘楚,他也是非常赞赏,希望儿子将来多结交这样的朋友。

"金林、思明,我希望你们今年就去报考安徽大学预科。"许杰呷了一口金龙山的碧螺春茶继续道,"今年首次开考,是个机会,你们可以先到我们一中复习,然后参加入学考试。"

"四先生,您啥时启程去安庆,就把犬子带上吧!"张芝山忙道。

"好的!"许杰回答。

"金林,你不是很想继续读书吗?这次安大开考,是个好机会啰。"许大先生见王金林沉默许久没有说话,便拍了拍他的肩膀。

"先生,现在的县党部都是一些蝇营狗苟之徒,我确实无法独善其身了!我也不想在广德待下去了,广德的政治天空太阴暗了……"王金林掐住了话题。

"金林,还犹豫什么？你就和思明一起跟我去安庆。"许杰见王金林还拿不定主意的样子,就插话道。

"不瞒几位先生,前几年,家母为了让我读书,变卖了十几亩好田,还借了些债。这两年我在花鼓塘教书挣的几个银子,还不够我东扯西拉的。现在家母已经是快六十的人了,我实在不忍心让她老人家再为我操劳了。"王金林向许大先生、许四先生和张芝山拱了拱手。

"我知道,这几年王先生挣的钱都拿出来救济贫苦的农会会员了……"张思明拉了拉坐在自己旁边的张芝山的棉袄袖子,"大大（父亲）,您看这……"

"王先生,我资助你两百块'袁大头'怎样？如果不够,你再跟犬子说！"张芝山显得十分慷慨。

"这……"王金林犹豫不决。

"张兄如此慷慨解囊,我替金林多谢啦！"许济之起身抱拳拱手。

王金林也急忙起身给张芝山三鞠躬。

"金林,你是我们广德的青年俊彦,更是我们西乡的翘楚。思明小你几岁,还没有到过省城,没见过什么世面,有你照应,我就放心了！"张芝山也起身抱拳拱手。

"太好啦！这下热闹了,我在安庆再也不孤单了！"许道珍高兴地拍起了巴掌。

正月初六,农村还在过年的喜庆气氛中,玩船、玩龙、玩狮子、玩犟驴子的走村串户拜门子,你方唱罢我登场,好不热闹。许杰带着王金林、张思明、许道珍、朱学镛等学子,顶着刺骨的猎猎朔风,从誓节渡出发,经毕桥从南漪湖坐小火轮前往安庆。

到安庆后,许杰把王金林、张思明安排在安庆第一中学补习功课。许杰一边教书,一边协助姚佐元、葛文宗开展党的地下工作。他家是中共怀宁中心县委的一个联络点,经常召开党组织秘密会议。

在许杰家,王金林见到了广德老乡刘格非。五卅运动时期,他们在广德城里见过一面,并无深交,但许杰把他俩情况都介绍给了对方,这次在许家邂逅,他俩都有相见恨晚之意。

刘格非带着王金林参加了安庆一中、安徽法政大学等校的共青团活动,有时还参加党组织活动。王金林根本没有时间为报考安大复习功课,他白天参加各种活动,晚上如饥似渴地阅读许杰和刘格非提供给他的陈独秀、李大钊、毛泽东等人关于马克思主义理论、党的建设、工农武装割据以及土地革命等方面的文章。在考试前的一个多月时间,王金林就已经成为安庆各校有名的活跃分子。

4月上旬,根据葛文宗的指示,刘格非也考入安徽大学预科。他的宿舍成为中共怀宁中心县委在安大的一个联络点。不久,党组织又派共青团怀宁中心县委书记俞仲则进入安大文学院读书,负责在学生中开展共青团组织建设工作。

同时,王金林和张思明都顺利通过测试,考入安徽大学预科。入学不久,王金林就和刘格非、俞仲则等进步同学一起组织了文艺社和马克思主义研究会。很快,王金林结识了胡琦、刘树德、陈处泰、刘复彭(刘丹)等中共党员,以及陈一烷、欧阳惠林、关梅生、吴彩霞等共青团员和进步学生。

暑假期间,张国泰和邹恩雨从湖州吴兴公学转到安庆东南中学就读。

邹恩雨比张国泰大一岁,祖上是湖北应山人,清同治元年(1862)移民广德大南乡的四合乡霞嵩岭。经过几代人开荒拓展,到邹恩雨这一辈,邹家已是当地殷实之家。

清同治八年(1869),张国泰的太上祖张礼祥带着两个弟弟从湖北钟祥县段家庄来到花鼓塘西南边五六里路的下山斗村住下,并在万岁冲一带垦荒造田,传至张国泰的父亲张上珍已经是第五代。张上珍,别号品三,是个学识渊博之人,在西乡是有名的士绅。他有两个儿子和一个女儿,大儿子叫张国宝,张国泰是他的小儿子,女儿嫁给大村村的龚发兴。

张国泰自小乖巧、聪慧过人,被父亲视若掌上明珠。从花鼓塘高小毕业后,父亲就把他送到国立湖州第三中学(吴兴公学)读书。当时,和他同去湖州三中读书的还有广德的邹恩雨、朱学镛、程鹏轩、佘溪萍等人。他和朱学镛、邹恩雨思想活跃,行动力强,是校学生会的骨干。当时,"济南惨案"发生,日军在济南杀害中国同胞一万多人,引起了全国人民的愤慨。他奔走呼吁,联合湖州各校成立湖州学生联合会,参加声讨日军暴行的爱国运动。运动结束后,湖州国民党当局对他和几个学生运动领袖加以迫害。他和邹恩雨、朱学镛无法继续在湖州三中读书,便来到安庆继续求学。在安庆,他们很快和王金林、刘格非、许道珍联系上了。在王金林的引导下,他们都参加了学校的进步学生组织。张国泰在 1928 年 7 月底由胡琦等人介绍,加入了中国共产主义青年团。

1928 年 8 月,安大秋季开学,王金林转入文学院政治系,张思明转入教育学院教育系,刘格非和俞仲则转入文学院文学系。党组织决定由刘格非接替胡琦,担任安徽省青年整理委员会常务委员兼组织部长、安庆市反日会委员兼总务部长。

不久,王金林由许杰和刘格非介绍加入了中国共产党,正式成为中共党员。根据党组织安排,在安徽大学成立中国共产主义青年团安大支部,由王金林担任支部书记,在中共怀宁中心县委的领导下开展工作。刘格非在中心县委宣传部的主要工作,就是在各个学校的进步学生组织之间串联,领导学生运动的开展。

9 月下旬,共青团怀宁中心县委成立,俞仲则任书记,钱益丰任组织部长,王金林任宣传部长,加强对安庆学生运动的领导。根据葛文宗和许杰的指示,刘格非配合王金林在全市领导开展学生运动。

当时,安徽的教育大权掌握在国家主义派手中。国家主义派掌门人韩安担任国民党安徽省政府教育厅厅长,他思想极其反动,顽固打压进步的学生运动。为了党的工作在教育界能够顺利开展,中共安徽省临时委员会决定开展驱逐他的运动。

当时,经中共宣城县临委的安排,中共党员江干臣在安大预科班学习,他也是学生运动的主要负责人之一。

江干臣,1906 年出生在宣城孙家埠一个农民家庭。在宣城省第四师范学校读书时受到中共党员田道生、王子建等人的影响,阅读了大量进步书籍;1927 年冬,经祖晨、田道生介绍加入了中国共产党,并担任中共宣城独立支部组织委员。他在秋季入学后,很快就同安大党组织取得联系,积极参加党组织活动。

11 月中旬,和安大一墙之隔的省立第一女子中学举行十六周年校庆,演戏招待来宾。安大学生到女子中学看戏,因为没有门票被拒绝入场,引起纠纷。女子中学校长程勉是个国家主义派,他诬陷安大学生捣乱会场,侮辱女生,并向公安局报案。旋即,他又组织部分女子中学师生到教育厅请愿,要求开除带头闹事的安大学生。为了揭露国家主义派的阴谋,王金林带领安大团支部十几名学生代表到安庆各校宣传,说明事实真相,并到省政府、教育厅请愿,要求罢免程勉的校长职务。韩安根本不听请愿学生代表的意见,拒绝撤换程勉。王金林、刘格非因势利导,将斗争锋芒转成反对韩安。正在局势愈演愈烈之时,蒋介石来到安庆,他把刘文典叫去训话,并下令刘文典开除肇事学生。

蒋介石用手指着刘文典:"看你这样,简直就是个土豪劣绅!"

刘文典也不甘示弱:"看你这样,简直就是个新军阀!"

蒋介石怒不可遏:"教不严,师之惰!闹事学生夜毁女校,破坏北伐秩序,是你这学阀横行的结果,不对你撤职查办,就对不起先总理在天之灵!"

刘文典也是气势如虹:"提起先总理,我和他在东京搞革命的时候,还不知道你在哪里!青年学生虽然正值风华正茂,但不等于理性成熟。如果我是学阀,你拿这些小事大做文章,那你就是新军阀!"

蒋介石气急败坏:"我马上就把你关起来,看你还嚣张!"

刘文典从容不迫,昂首就擒,不失文人气节。

刘文典被蒋介石无理关押的消息不胫而走,安庆各校的学生顿时沸腾起来了。安庆中共党组织决定及时发动全城各校学生总罢课。11月23日,王金林、刘格非等学生运动领袖率领三千余名大、中、小学校的学生到国民党安徽省党部向蒋介石请愿,要求释放刘文典、罢免程勉、惩办韩安。

蒋介石提出同意接见学生代表,进行谈判。

王金林决定亲自带领二十四名学生代表参加谈判,与蒋介石正面交锋。但是,暗中指挥请愿活动的葛文宗等人考虑到王金林是学生运动的公开领导人物,名声太大。蒋介石连刘文典都羁押了,他去一定是凶多吉少。中共怀宁中心县委决定他只担任游行请愿队伍总指挥,不要参加与蒋介石的谈判。

学生代表刘树德、陈处泰、刘复彭、陈一烷、欧阳惠林、关梅生、邵慕真等二十几人到国民党安徽省党部面见蒋介石。可是,他们刚到谈判现场,蒋介石张口就威胁、谩骂了一通,指责学生是受了共产党的蛊惑,这样闹是要坐牢掉脑袋的。没有给学生代表丝毫辩解的机会,蒋介石说完就拂袖而去,把学生代表晾在谈判现场。

第二天,蒋介石就下令通缉学生代表和组织游行请愿的学生领袖,陈一烷、刘复彭、关梅生、欧阳惠林、吴大鹏、章理备等五十余人被逮捕。其中吴大鹏、章理备在狱中被害。王金林、刘格非、江干臣也都在被通缉的名单之中。经组织安排,王金林从安庆撤到芜湖,由省临委委员王步文安排在省临委机关工作。

许杰也遭到通缉,他在北大时的同学郭咸中将消息透露给他,他第二天就离开安庆回到广德。刘格非在安庆潜伏月余后到上海,在北四川路永安里创造社找到梁其昌,暂时住下来。

刘文典被蒋介石关押一个多月后,经蔡元培出面营救出狱。

安大的张思明,安庆一中的许道珍,东南中学的张国泰、邹恩雨、王壬之等人都因参加学生运动被学校当局开除。

第十一章　广德直属党小组

　　1928年11月底,许杰从安庆回到广德誓节渡。第二天一早,他就赶到许济之担任校长的广德县立初级中学,周松甫和周鹤甫兄弟都在该校教书。许杰到学校和大哥打了个照面后,就立即去拜见他的启蒙老师周松甫。周松甫告诉许杰,下个月他大哥许济之就要担任县教育科科长。因为他大哥的极力举荐,自己马上就要担任广德中学校长。眼下,学校急需好的老师,希望许杰能到广德中学搞教务工作,许杰欣然同意。听说刘格非现在上海,周松甫希望他马上去上海一趟,把刘格非也找回来到广德中学任教。

　　许杰到上海,在创造社见到了梁其昌和刘格非。他说明来意:"周松甫思想进步,他担任广德中学校长,我们回广德搞教育工作,是个好的掩护。格非,我这次来上海就是代表他,请你回广德中学任教的。"

　　刘格非听了许杰的话很高兴:"周松甫担任校长,我当然乐意回广德!"说到这儿,他转向梁其昌,"预人(梁其昌化名),这还是要听从组织安排!"

　　"正好,我也要告诉你们一个好消息!"梁其昌非常兴奋,"就在昨天,我们沪宁路区委根据中央的指示,决定由我负责组建广德地方党组织,并在广德地区开展工人和农民运动,继宜兴和郎溪暴动之后,组织更大规模的广德暴动!"

　　"广德县城里只有一些手工业工人,没有产业工人,很难成立工人协会组织,形成不了发动城市暴动的力量。在北伐时期,丁继周领导的工会组织就是个架子,一触即溃。至于农民运动和学生运动,王金林和邓国安在我们西乡做了些工作,效果还是很不错的。"很显然,许杰对广德的工农运动了解得非常清楚。

　　"对,我早就听说王金林是广德的农运大王,广德建党和开展农民运动工作,少不了王金林。特别是农村工作,他比我们都有经验!"刘格非也发表了自己的意见。

"几天前,我在沪西工人区见到了夏雨初同志……"梁其昌刚说到这,就被许杰打断。

"夏雨初,郎溪的夏雨初?了不起的同志!"许杰感慨道。

"夏雨初还活着?报上都说他和陈文在姚村被击毙了!"刘格非满脸惊讶。

夏雨初在郎溪暴动失败后到上海,经党组织安排,和夫人董淑在曹家渡棚户区创办了工人夜校,向广大贫苦工人宣传革命道理。

"夏雨初同志不仅活着,而且还好得很!"梁其昌竖起大拇指继续道,"郎溪暴动虽然失败了,但夏雨初在郎溪发展的党员和农运骨干不少人都转移到了上海,有十来个人都在沪西工人区做工运工作,其中有个叫黄中道的,是今年春天郎溪暴动时的农民运动骨干,很有工作经验。我和夏雨初同志已经商量过,决定派他和你们一起到广德,负责广德的建党和农运工作。"

第二天,梁其昌将黄中道从沪西工人区带来,和许杰、刘格非见面。

黄中道是郎溪涛城人,二十一岁,兄弟五人,因他在兄弟中排行老四,大家都叫他黄老四。他和小自己两岁的五弟黄中德都是建平公学的学生。在郎溪暴动前,黄中道被夏雨初安排到涛城一带开展农运工作,不久后又被安排到陈文的部队开展改编工作。由于他的工作非常出色,被中共郎溪特别支部作为重点发展对象。郎溪暴动开始不久,夏雨初提前安排他们兄弟俩和张国汉、李鹤、高翔、董远祥等十几人撤离郎溪到上海。经过梁其昌的安排,黄中德、高翔、董远祥等在赫德路浦江中学继续读书,黄中道、李鹤、张国汉等人被安排在沪西工人区从事秘密工运活动。8月,黄中道由夏雨初和梁其昌介绍加入了中国共产党。

梁其昌因为要协助夏雨初在年底组织上海"日资内外棉纺厂工人同盟大罢工",暂时抽不开时间去广德,就由黄中道代表他到了广德,筹建中共广德直属小组。黄中道因为腿上生有烂疮,大家就直呼他"黄烂腿"。

在回广德之前,梁其昌、许杰、刘格非和黄中道在一起商量,认为许杰在广德中学担任教务主任,不宜面目太"红",在完成广德地方党组织的创建工作后,就不再与广德地方党组织和党员发生横向联系。

从上海回广德前,刘格非就和周鹤甫联名给在芜湖的王金林写了一封信,敦促他立即回广德。王金林接到刘格非、周鹤甫的来信,向王步文作了汇报,王步文同意了他回广德工作的请求。

王金林回到广德时,许杰、刘格非、黄中道已经到广德。根据事先的约定,他们在东门迎春街的刘永昌家会面。

刘永昌是四合大刘村人,刘格非是他亲叔叔。他们刘家祖上七人因躲避战乱,在南宋初年从河南开封移民到广德梨山上阳茅田山落户,后因人丁兴旺,便有一支迁往地广人稀且土地肥沃的太山东北麓的汭河两岸发展。经过近千年的瓜瓞延绵,大刘村已经是个拥有千余人的繁华小镇。太平天国运动后期,由于战乱和瘟疫,刘氏人口骤减。

到刘格非这一代,刘家在大刘村虽然已不再有昔日的辉煌,但靠祖上留下的田地和房产,以及缫丝厂、绸缎店,还是富甲一方的豪门。刘家在广德县城的东街有十余间房屋,主要是经营绸缎和布料。刘格非、刘永昌的少年时期都是在这里度过的。

刘永昌在上海大学读书时,参加了王步文等安徽同学组织的安徽学生驻沪办事处。由于他在学生运动中表现突出,由上海大学中共党组织发展为秘密党员。"四一二"反革命政变后,他因为没有暴露身份,继续在国民党广德县党部工作。

1927年3月,国民党安徽省党部被蒋介石下令查抄之后,周鹤甫先跑到武汉他哥哥周松甫处,不久接到安庆党组织的通知,安排他和刘格非一起报考黄埔军校。哥哥周松甫因为不知道这是中共党组织安排的,不同意他去黄埔。周鹤甫回到广德,校长许济之安排他到县立广德初级中学教书,和党组织失去联系一年多。接到许杰和刘格非的通知,回到党组织怀抱,他感到十分激动。

许济之得知刘格非回广德的消息后,就让许杰将他带到教育科,推荐他担任县立女子小学校长。在女子小学当校长,比在县中学当教师的工资要高一倍多,他当然十分乐意。

刘永昌将后排一间堆放杂物的房子让佣人打扫干净,摆放好桌椅板凳,备置了棋牌、香烟、瓜子、花生,燃好旺旺的一盆栎树炭火,静候尊贵的客人。

谈笑有鸿儒,往来无白丁。刘永昌和夫人张醒辰站在店门口迎接贵宾。

王金林、刘格非、周鹤甫、黄中道等人一个个或长袍马褂,或西装革履,如期而至。

根据刘永昌的安排,老板娘张醒辰亲自在前台站柜,不允许任何人从店堂进入后屋。

众人见面,围着火塘坐定后,刘格非拍着坐在自己右边的黄中道的肩膀说:"同志们,先给你们介绍一下,这位是黄中道同志,他是受梁其昌同志的委派,到广德来帮助我们建立地方党组织的。"讲到这里,刘格非站起来表示欢迎。

大家握手寒暄坐定之后,刘格非道:"现在会议正式开始,请黄中道同志主持会议。"

"同志们,在来广德之前,夏雨初、梁其昌同志代表中共沪宁路区党组织和我谈话,决定由我来广德负责组建广德地方党组织!"黄中道说到这儿,在两个小腿上揉了揉,"目前,在广德的党员只有你们五人,可能在外地的广德籍党员还有,我们就不计算在内。"

"周松甫校长应该是党员吧?"王金林插话道。

"我认为他应该是在两年前就入党了。"刘格非接着道。

"我问过我哥,他说还不是。"周鹤甫插话,"应该是国民党左派。"

"周校长是不是党员,我们不要管,以后类似这样的问题大家都不要公开讨论,这是一条纪律!"黄中道扫了大家一眼接着道,"现在我宣布,连我在内一共六名党员,正式成立中共广德县直属小组。根据中共沪宁路区党组织的安排,提名由我任小组组长,请大家发表意见!"

"同意!"其他五人都把右手伸出,六只手叠加在一起,架在火塘上方。

"好,我们广德地方党组织就算正式成立了。根据上级党组织的指示,我们今后工作的重点主要有两个方面:第一是发展党员,就是在工人、农民以及革命的知识分子中发展党员,扩大党组织的力量;第二是我们党组织和党员的任务,就是像北伐时期一样发动工人和农民起来参加革命运动,条件成熟后组织城市和农村暴动,建立苏维埃政权,开展对国民党反动派的武装斗争!"黄中道环视大家一圈,"至于具体如何发展党员、开展工运和农运工作,请大家发表意见!"

"我们广德现在的国民党县长马梁是个老好人,没有什么能力,也没有什么政治立场,对我们开展工作估计不会有什么危害。但由刘声远、陈铭常、胡信勤他们几个把持的国民党县党部却反动得很,我们的行动不能让他们察觉到!"刘永昌第一个讲话。

"陈铭常在北伐时期思想是很进步的,怎么说变就变了?"王金林有些疑惑地问。

"大革命就是大浪淘沙,真革命还是假革命都会表现出来的!"黄中道说。

"黄中道同志初来乍到,对广德的情况还不熟悉,我就先发表一下我的想法,供大家参考。"王金林喝了一口茶,继续道,"第一,在县城各学校的教师和高年级学生中发展党员和团员,这是我们城市工作的重点,格非和鹤甫是教师,这一块由你们二人负责;第二,永昌在国民党县党部,要时刻掌握反动派的动向,知己知彼,这对我们非常重要;第三,就是农村工作,黄中道同志有这方面的经验,我在北伐时期也搞过农运,就由我们两人负责这一块的工作。"他讲完后,大家都表示同意他的意见。

"关于农运工作,我还有几点想法。第一,我们这次开展农运工作的重点地区应该放在西乡,西乡的花鼓塘、凤桥、独树、苏村等地都有大革命时期的群众基础,特别是花鼓塘一带,邓国安在贫苦百姓中的威望很高。他现在东北辽宁的抚顺煤矿,来信说年前就回广德。他是一个很坚定的革命同志,我们可以首先发展他,由他协助黄中道同志在花鼓塘一带开展试点工作。第二,我当过半年多的农民部长,对全县各地的农民运动情况都很清楚,像卢村、杨滩、柏垫、下寺等地都有一些搞过农运的农民朋友,我想抓紧和他们都联系上,在全县范围开展我们的工作!"

王金林讲到这儿,黄中道插话道:"金林同志,你讲得很有道理,但你应该留在县城,发挥更大的作用。邓国安在西乡已经有较好的群众基础,有他协助,我们在西乡会实现我们的目标!"

"中道同志,我是这样想的,在广德中学有四先生和鹤甫,在女子小学有格非,而一高小现在没有我们的人。一高小的青年教师多,是我们必须开展工作的地方,我就去一高小当教师……"王金林一副志在必得的样子。

周鹤甫打断王金林的话:"金林,到一高小当老师,这也太委屈你啦!"

"谈不上什么委屈,都是为了革命工作。我有个同学叫陈东武,他现在在万桂山一高小教书。我同他联系过,他已经同校长胡悦萱和教务主任周自衡讲好了,年后就让我去报到!"王金林讲话有很重的湖北口音,刚柔相济,总能给人留下深刻的印象。

第十二章　年节前后大串联

已经是三九严寒季节，路上的积雪被行人的步履践踏成泥泞，田野和低矮的山丘却还是银装素裹。天上的日光虽然亮得有些刺眼，却没有半点暖意。路上行人稀少，偶尔可见远处的雪原上几个黑点在蠕动，那是赶山的猎户和几只猎犬在追逐猎物。农闲季节，也是辛勤劳作一年的农民蛰伏休闲的时节，村里的老人们三五成群聚集在向阳避风的墙角晒太阳捉虱子，年轻人则聚在一起摇骰子赌铜钱，没有钱的佃农，只在旁边看热闹干喝彩，饱个眼福。

但在每个村子，总有几户有钱人家，在高高的院墙里面杀年猪、打糍粑、点豆腐、熬糖、调酒等，却是另一番热气腾腾的忙碌景象。真是冰炭两重天，穷富都过年。

王金林带着张欣武（黄中道化名）以老师家访的名义走村串户。每到一村，他们就先到有钱人家家访。有钱人家都有孩子在学校读书，天地君亲师，他们都是非常敬重教书先生的，争抢着请先生喝酒吃饭。王金林也不客气，吃在有钱的地主家，筷子一放下，就到村上贫苦的人家嘘寒问暖，有时也到赌桌上去扎堆哄热闹。就这样，年前一个月不到的时间，他带着张欣武先后走访了向村、大石桥、黄金坝、田里村、十八里店、枫塘铺、英溪街、石板坡、余家、董家冲、高村、东冲、文昌宫、下山斗、长桑园等大大小小三十几个村庄。张欣武结识了龚守德、邓行三、王发林、龚发兴、段行太、朱泽剑、周清远等百余名农运骨干，还结识了回家过年假的刘祖文、朱学镛、胡信民、周瑞锦等学生。

腊月二十三小年节，邓国安带着黄鸣忠千里迢迢从东北赶了回来，王金林和张欣武在花鼓塘老街的黄鸣忠家等着他们。

邓国安和张欣武都是身材魁梧的汉子，两人一见如故，大有相见恨晚之意。当晚，他们促膝长谈。张欣武和王金林先后向邓国安介绍了中共广德党小组成立情况,并希望他能加入党组织,在党的领导下开展农运工作。邓国安听到广德党组织希望他提出入党的申请,激动地站起来,握着张欣武的手:"在煤矿,我已经向党组织递交了入党申请书,现在我再写一份申请书交给党组织!"

张欣武早已从王金林的口中了解了邓国安的经历。他紧紧抓着邓国安的双手:"国安同志,真是响鼓不用重敲,欢迎你加入我们党组织!"

"国安,我和张欣武同志就是你的入党介绍人,明天上你家吃杀猪饭!"王金林也站起来。

"我家杀猪啦,你怎么晓得?"邓国安面露疑惑。

"我们下午就是从你家过来的,嫂子说年猪就等你回来杀。"王金林伸了伸懒腰,"现在都已五更天了,嫂子的热被窝还等着你呢,小别胜新婚,赶快回你的黄金坝去吧!"

第二天一早,王金林让黄鸣忠带着张欣武去了黄金坝,自己赶到县城陈东武家,邀他一起去见一高小校长胡悦萱。胡悦萱表示,王金林这样一个安大的高才生能屈就来一高小任教,是求之不得的好事,并确定给他最高的薪资待遇。

陈东武家住流洞桥王村,在安庆体育专科学校读书时认识在第一甲种农业学校读书的王金林,两人寒暑假来回都是结伴而行。王金林有时生活拮据,陈东武总是慷慨解囊。陈东武参加了校内校外的多个进步学生团体,接触了大量宣传革命的进步书籍,并且加入了共青团组织,毕业后到邱村的唐兴寺三高小教了一年书后转到一高小教书。他的新思想和新的教学理念,得到校长胡悦萱的赏识,很快就成为骨干。

王金林回到田里村已经是腊月二十九。他到黄金坝的邓国安家把张欣武接到自己家过年。年初一,他带着张欣武照例先给周爵三和许大先生拜年,然后从誓节渡到郎溪的涛城给张欣武的父母拜年。

张欣武的父母住在他大姐家,两位老人见四儿子突然回来,悲喜交加,老泪纵横。

黄中道,号欣武,所以化名张欣武。兄弟姐妹八人,他在兄弟五人中排行第四。他和三哥黄中和、五弟黄中德逃亡上海后,国民党郎溪县政府烧了他们家的房子,两位老人只得四处流浪。更让两位老人担心的是,三个儿子逃走后半年都没有音讯。

张欣武和王金林躲在大姐家的灶屋吃了碗水饺,不敢久留,给父母磕了三个响头,从后门出来,绕开大路,奔向毕桥的蒋顾村,给夏雨初的母亲拜年。

夏雨初的妻子董淑在郎溪暴动失败后,带着刚满周岁的儿子道焜巧妙躲过敌人的追杀,逃到宣城,三个月后辗转到上海和丈夫团聚,协助丈夫开展地下工作。

夏家的房子是四水归池、走马转楼的徽式建筑,前后两进。哥哥夏雨人是个十分精明的商人,在郎溪县城独家代理经营美孚洋油(煤油、柴油),是郎溪县城屈指可数的大财主。但他仗义疏财,从不吝啬。父亲早逝,弟弟夏雨初是他一手带大的。北伐军到郎溪,他一次捐献一万块大洋;北伐军离开郎溪后,国民党反动派将夏雨初等人逮捕关进大牢。为了营救弟弟,他又被反动派敲走了两万块大洋。弟弟创建建平公学,他出资鼎力相助。弟弟在上海的家庭开支和中共地下交通站的费用,都是他倾囊相助。他对张欣武和王金林的到来非常高兴,热情款待他们。从张欣武的口中得知弟弟一家在上海安好,他饱经风霜的面庞绽放出灿烂的笑容。

吃过晚饭,给夏雨初的母亲磕头后,王金林和张欣武乘着黑黢黢的夜色掩护,不知摔了多少个跟头,在后半夜才回到田里村。

第二天就是正月初三,王金林又借拜年串门的名义,带着张欣武和邓国安马不停蹄从向村出发,经戈村、独树街、月湾街、石鼓、祥川转了一圈,见到了朱学易、余家堂、邓达远、刘定一、吴子华、梁其贤和张思明等人。朱学易、余家堂、邓达远、吴子芳、何德鹤和吴子华,都是梁其昌的同学和好友,他都有亲笔书札托张欣武转递。信中内容大体都是张同志受他的委派到广德西乡开展农运工作,希望他们能响应参加,出力出钱。

梁其昌,1902年生人,兄弟三人,他是老大,老二梁其贤,老三梁其成。祖上是宣城水东镇人,太爷辈中有清朝巡视盐政的五品盐官在芜湖盐司,水东的梁家因此有两艘大船常年从芜湖经南漪湖、水阳江运盐到郎溪、宣州的孙家埠、水东一带,成为皖东南一带的巨贾。梁家鼎盛时期不仅在水东、孙家埠一带广置良田,还在毗邻的广德月湾街购置了几百公顷山田。到他这辈,虽然家道中落,却还是瘦死的骆驼比马大。

梁其昌父亲十年前过世,母亲主持家政。他和二弟梁其贤近年来在外读书

与梁其昌故居留守老人（右）合影

和工作，回家的时间很少，母亲和老三生活在一起。年前，二弟回来变卖家产，为广德暴动筹集经费，不到一个月时间，三下五除二，贱卖的贱卖，送人的送人，几百公顷山田所剩无几。

王金林和张欣武、邓国安来到月湾街梁家，见到了梁其贤。他和王金林同庚，在北伐时期搞农运时见过几面，算是老相识。他们四人在月湾街周围的各个村庄转了一圈，见到了十几个农运骨干，其中有大塘的吴本富，龚村的冯光才，海峰的黄宗林、杨家富、胡道标、郑发典，陈村的吴光生、戴东秀、戴修东等人。他们中有的是梁家的长工，有的是佃户，梁其贤这次回来白送给他们每家几亩口粮田和柴山。跟着梁家闹革命，打土豪，分田地，他们都愿意冲锋在前，不怕掉脑袋。

在月湾街逗留了几天后，梁其贤带着王金林、张欣武、邓国安从老费村翻过老鸦山，经四家槽，到达祥川的张思明家。

张思明也被安大开除了，王金林还不知道这事。张思明回到家，父亲张芝

月湾乡地名图

山就让他在家闭门思过、复习功课，准备开春后让他到南京报考国立第四中山大学。

张欣武是第一次来到祥川，看到张家大院四周高墙壁垒，东南角和西北角各有一个碉堡。经门岗通报，张思明出来迎接。四人先是到二进正堂给张芝山夫妻磕头拜年，王金林对去年张家资助他表达了感激之情，并对张思明因学潮被学校开除表示了歉意。

张芝山虽然在礼节上没有怠慢四位客人，但王金林明显感觉到他没有了去年在许家的那种热情，表情十分冷淡。本打算同张家父子好好聊聊在苏村、石鼓一带开展农运工作的事，王金林最后还是把话咽进肚里，从张家告辞。

张思明把四人送到村口，一路上王金林简单向他说明来意，还是想劝他不要去南京读书，和自己一起开展农运工作。张思明说自己的父亲向来强势，容不得他们兄弟有丝毫的忤逆行为。

第十三章　广德特别党支部

　　王金林、张欣武、邓国安、梁其贤四人从张家出来，经广明庵后山到达毕沟的小章村，来到王大亚家。

　　王大亚在誓节渡第二高小读过两年书，比王金林高一个年级，因家境不裕辍学，北伐时期就参加过王金林领导的农运。他见四人翻山越岭来家做客，甚是高兴，当即表示愿意带头在石鼓一带发动农民起来参加革命活动。他根据王金林的指示，连夜通知了毕沟、祥川、七塔、乌沙等村的张学榜、汪金储、吴梓庭、杨金章、汪金山、彭永太、左文祥、左锦洲、吴青鹏到他家聚会。王金林、张欣武和梁其贤，轮流给他们讲解如何把贫苦的农民兄弟组织起来，建立农民自己的组织——农民协会，团结起来拧成一股绳，就能打倒土豪劣绅，开展分田分地的土地革命。

　　离开王大亚家后，他们又来到苏村的朱介亭家。朱介亭的大儿子朱传德是王金林在二高小的同学。朱传德带着他们走访了八家村的汪玉生和加谷的丁成顺等农运骨干，后经打鼓台回到誓节渡镇上许端甫家。许端甫在誓节渡街上开有一个销售南杂百货的小店，还兼做誓节渡邮政代办点。

　　许端甫是许济之的二弟，读过几年私塾，有一点笔墨功底，人称"许三先生"。他和郎广一带的青帮头子邵锦堂是拜把子兄弟，邵和上海滩的杜月笙是结拜兄弟。他有一副为人仗义的豪侠面孔，时常出面替别人打抱不平。在广德西乡黑白两道，很少有他摆不平的事情。五四运动时期，他是查抄"仇货"的领军人物，也是王金林他们一高小学生的"后台老板"。那时，他和王金林就是无话不谈的朋友。

　　由于连日奔波辛劳，张欣武的烂腿病发作，许端甫就请来他姐夫阮志鹏给张欣武看诊。阮志鹏在誓节渡学馆读私塾时跟先生学过"乖"（中医），后来还上过清末广德小学堂。他思想新潮,和许端甫志同道合,成为知己。辛亥革命时期,他是誓节渡带头剪辫子的人。许济之在誓节渡创办启明小学堂,他应邀到校任教,教过王金林的珠算课。

阮志鹏因为张欣武是王金林的朋友,就十分认真地让病人脱去棉裤,一看两腿从上到下都是斑斑点点的溃疡,发出阵阵刺鼻的腥臭味。他又看了看病人的舌苔,并搭了一会儿脉,然后一板一眼地道:"病人这个烂腿病是由于血路闭塞、瘀滞,导致血寒而凝。医治必须活血化瘀、疏通血脉,濡养肢体,使病症得以减缓,但难以根治。"

"先生所言极是,"张欣武从床上坐起,"我这烂腿,在上海看过洋医生,他说这是什么脉管炎,的确难以根治。"

"金林,你去弄一斤上好的蜂蜜,每天在给疮口用酒精消毒之后,就把蜂蜜均匀地涂抹在疮口上。一个礼拜,疮口就会长出新肉,血水就不会再流了,但很痒,病人要咬牙忍耐,绝不能抓挠。"阮志鹏从随身携带的药箱中取出药棉和碘酒,边给病人擦洗疮口的脓血边道,"这几天,你就在三先生这里休养,我过来给你做几次穴位按摩,能很快缓解你的病症。"

阮志鹏叫许端甫端来一盆旺旺的炭火,让张欣武脱掉棉袄趴在床上,在他的少海、后溪、阳陵泉、太溪等十几个穴位交替按摩。他边按边对身边的邓国安道:"天磨,你记住这十几个穴位,每天选四个穴位交替按摩半个时辰,会有很好的效果。"

阮志鹏给张欣武按摩一番后,在许端甫端来的盆中洗了把手,又让许端甫拿来笔墨纸砚,边开方子边对许端甫说:"三先生,病人得的是脉络热毒症,可以先用四妙勇安汤清热解毒,化瘀通络。我这单方主要有牛膝、丹参、蒲公英、云湖、黄檗、赤小豆等,你先到丁志仁的药铺去,看能不能抓齐全。"

许端甫刚要走,王金林就拎着一瓶蜂蜜进来了,阮志鹏就用棉球蘸着蜂蜜在张欣武的腿上轻轻涂抹:"这一个礼拜,你棉裤就不要穿了,就在这个床上待着别出屋。"

张欣武望着王金林和邓国安:"这……"

"烂腿,你就按阮先生说的好好养几天,先把烂腿治好,来日方长嘛。我明天要到城里学校去报个到,就不能在这里陪你们了。"王金林转身对邓国安和梁其贤说,"你们在这里,有什么事,就对三先生说,还有大先生、二先生,他们都是自家人!"

"张老弟,有什么事,你们只管吱声,我们跑腿!"许端甫笑道。

王金林见阮志鹏已经收拾好药箱,便对他说:"阮先生,我也走,顺道送送您!"

王金林和阮志鹏在誓节渡老街话别后,回家整理了衣服和书籍等行李,由大哥王发林挑着,经枫塘铺到广德。

正月十六是各个学校例行开学的日子。学校给王金林分配了一间宿舍,他让给了许启康、卢光启、王文喜、陈中浩几个学生住,自己和陈东武住在一起。三到六年级都有他的课,其中高年级的学生有许启康、许启广、王文喜、卢光启等人,教师和他交往较多的有闵天相、邓达远、胡致和、蒋伯达等人。

王金林和陈东武的书架、办公桌、床头和床下到处都是书报杂志,最多的是创造社发行的《创造月刊》《象牙之塔》以及《洪水》等十余种刊物,其中有郭沫若、成仿吾、茅盾、鲁迅、郁达夫、叶灵凤等人写的《彷徨》《呐喊》《女神》《从文学革命到革命文学》等文章,一时成为进步青年教师和学生们争相借阅的书籍。教师和学生们看书后有一些弄不懂的问题和观点,都到陈东武的房间请教和开展讨论。表面看,他们的房间是一个青年教师和学生讨论文学艺术的沙龙,实际上王金林却借这个地方做掩护,在青年教师和学生中传播进步思想,为在进步教师和学生中发展中共党员和共青团员做思想上和政治上的准备。

说干就干,周鹤甫利用周松甫校长和许杰教务主任的掩护,在广德中学的教师和青年学生中秘密宣传革命理论,发展党员和青年团员。刘格非也在女子小学和其他学校教师中秘密串联。教师赵英、邓达远、闵天相、华家宽等人都先后秘密加入了中国共产党。

也就在王金林刚到一高小任教时,梁其昌就派中共党员张震(化名)到广德,了解广德党组织成立后的工作开展情况。张震到广德后,首先听了刘格非、王金林和周鹤甫关于城市党建工作的汇报,然后在王金林的陪同下,到花鼓塘、誓节渡等地转了一圈,在黄金坝邓国安家召开了中共广德特别支部成立会议。

会议根据中共上海沪宁路区党组织的指示,中共广德直属小组撤销,成立中共广德特别支部,归中共江苏省委领导。张震担任支部书记,委员有王金林、丁继周、张欣武、高翔。特支下设城市、学生、孝昆塘(花鼓塘)、誓节渡四个党支部,有张震、周鹤甫、刘格非、丁继周、陈东武、邓达远、闵天相、刘祖文、邓国安、张国泰、王金林、张欣武、高翔、朱学镛、胡信民、徐鸿猷、陈中模、刘文华、戈登明等二十名党员。

会议最后做出决定:一是继续发展党员,重点是要在农民中发展党员;二是加大农运工作的力度,并以花鼓塘为中心,在西乡的几个乡镇全面开展农运工作,建立农会、妇女会、共青团等组织。

中共广德特别支部成立后,城市支部有党员九人,主要是教师、学生和工人。他们人人都积极行动起来,很快又确定了吴子芳、刘定一、杨质经等一批青年教师、学生和其他小资产阶级知识分子为发展对象;学生支部在朱学镛、胡信民的领导下,很快就把陈中浩、许启康、许启广、王文喜、卢光启、方锦德等思想上积极要求进步的学生团结在党组织周围;孝昆塘和誓节渡支部在王金林、邓

邓国安、黄中道组织开展农运活动旧址

国安、张国泰等人的推动下,更是大张旗鼓地在西乡的农民、教师和学生中展开,林家旺、戈宗义、段行太、邓行三、张学榜、朱泽剑、周清远等农民运动骨干都成为发展对象。

经过一个多月的实地调查,张震、王金林、张欣武、丁继周、高翔在王金林家召开了支委会,决定就中共广德特别支部的建设及工作情况,写一份书面报告给中共江苏省委,并请示省委对广德工作的进一步指示。

会议结束后,张震立即让王金林、刘格非和高翔带着中共广德特支给中共江苏省委的报告,到上海汇报工作,自己留下来和邓国安一起,在花鼓塘一带继续开展农运工作。

王金林在城里一高小任教,请假太多。不过,他请假走后,总是陈东武和其他几个进步教师给他代课,没有耽误学生们的学习。校长胡悦萱是个思想比较开放的知识分子,对王金林、陈东武等人的行为,采取了睁一只眼闭一只眼的态度,任其自由发展。但是,教务主任周自衡已经蜕变成国民党右派,是国民党广德县清党委员会的委员,他早就看王金林、陈东武不顺眼,暗地里监视着他们的一举一动。

第十四章　安徽省临委委员

　　1929年3月下旬，中共安徽省委成立大会预备会议在芜湖召开，参加会议的有尹宽、王步文等省临委委员和各市、县地方党组织负责人及代表，梁其昌、刘格非、王金林和高翔作为广德代表参会。在临委会上，广德代表将《广德党务工作报告》提交大会，并由王金林代表广德党组织，将广德党组织建立后短短三个多月时间的工作情况作了详细汇报。在整个安徽党组织因为省临委书记尹宽的家长式作风而陷入相对低迷状态时，广德的工作却是别开生面，异军突起，得到全体与会者的高度赞扬。会上，梁其昌、王金林当选为省临委委员。

　　预备会结束后，根据上海党中央的指示，各地代表立即集中前往上海，参加中共中央主要负责同志主持召开的安徽工作会议。会上，尹宽和王步文不仅对省临委过去一段时间在工作上存在的问题意见不一致，而且对下一步工作的重点也产生了重大分歧。

　　尹宽认为农村革命形势处于低潮时期，组织农民暴动的条件还很不成熟，安徽工作的重点应该放在开展工人运动上，准备在芜湖等地举行城市暴动。他的这种指导思想，虽然严重脱离了安徽工作的实际情况，却迎合了当时在中央占主导地位的"立三路线"。

　　王金林被作为指定代表在大会上发言，他根据广德农运工作开展的实际情况，阐述了农运工作的必要性和紧迫性。贫苦农民要求打倒土豪劣绅、建立苏维埃政权、实行土地革命的热情空前高涨，皖东南地区农民运动的高潮已经到来。他的发言有理有据，雄辩有力，全面支持了王步文的观点，得到了大部分与会代表的赞同，也引起了中央领导的高度重视。

　　由于党内各级组织反应激烈，5月24日，中共中央决定暂时取消中共安徽省临委，安徽的工作由中央直接领导。尹宽离开安徽，被调回上海的党中央机关工作,安徽的工作由王步文负责。

5月上旬,中共安徽党组织在上海会议结束后,党中央在上海三马路亚洲大旅馆组织了一期干部培训班。王金林、梁其昌、杨从虎等五十多名安徽代表留下来参加了为期两个月的培训班学习。培训班由恽代英负责,在上海的党中央主要领导人都给学员上过课,内容主要是传达和讲解在莫斯科召开的中共第六次代表大会会议精神、"八七会议"精神,以及党中央关于工农运动、城市和农民暴动等政治路线和工作策略。

刘格非和高翔没有参加培训班学习,回到广德传达安徽工作会议精神了。

一天上午,梁其昌刚下课走出课堂,就看见刘格非神情慌张地从走廊另一头过来,把他拉到一边:"不好,预人,广德出事啦!"

"快说,出什么大事啦?"梁其昌眉头紧蹙。

"陈铭常、刘声远、胡信勤他们和我们翻脸了,下令逮捕周松甫、周鹤甫、许四先生和我。我们得到消息,连夜从广德逃了出来!"刘格非显得十分沮丧。

"他们三人现在在哪里?"梁其昌急切地问道。

"昨天到上海后他们说要去找周新民,我们就分手了。"刘格非道。

"其他人有没有危险?"梁其昌问。

"刘声远他们这次好像主要是针对周松甫的,其他人应该没有危险。"刘格非回答。

"我们先到食堂吃中饭,金林已经去了那里。"梁其昌松了一口气,"吃完饭我们到房间再细聊。"

梁其昌、王金林和刘格非吃完饭后就急忙回到旅馆房间,把门关上,听刘格非介绍了广德的情况。

国民党广德县党部在大革命失败后就被陈铭常、刘声远、胡信勤和孟德卿等人把持。他们不仅对王金林、刘格非等人的共产党身份有所怀疑和警惕,更是忌惮周松甫、许杰等人在广德的影响。特别是周松甫,曾经是国民党安徽省党部的创始人之一,在全省都有一定的影响。广德县长曹运鹏一上任就登门拜访周松甫,两人成为至交。周松甫、许杰、刘格非都是广德的翘楚,不仅占据了广德教育界的大半壁江山,甚至和县、区、乡各级国民党政府官员都有广泛的交往。

俗话说:卧榻之侧岂容他人鼾睡？陈铭常、刘声远、周自衡、吕志松、孟德卿、胡信勤等人认为,长此以往,无异于养虎为患。于是他们密谋合计,罗列了数条周松甫、周鹤甫、许杰、刘格非四人共党嫌疑的罪状,并派胡信勤秘密前往安庆,向省长陈调元告状。陈调元听信了胡信勤的说辞,立即饬令广德县长曹运鹏逮捕周松甫等四人。

曹运鹏接到饬令后,立即把情况告知了周松甫,并在夜里安排守城门的士兵打开城门,秘密放周松甫、周鹤甫、许杰、刘格非四人出城。第二天上午,曹运鹏才传达省府命令,大张旗鼓地在广德城乡四处捉拿周松甫等重要共党嫌犯。

听了刘格非的讲述,梁其昌和王金林都感觉广德的形势非常严峻。他们两人连夜赶到法租界中共江苏省委驻地,向省委负责同志汇报了广德发生的情况,并向省委提出立即回广德工作的意见。省委同意了梁其昌回广德的意见,建议王金林留在中共上海省委机关工作。

王金林坚持认为,刘格非和周鹤甫暴露离开广德,对广德城市支部的工作影响很大。目前自己还没有暴露,危险不是很大,必须及时回广德,扭转目前广德城市工作的被动局面,以免给广德全局工作造成更大的损失。最后,省委领导和梁其昌都被王金林说服,同意他也提前结束培训,和梁其昌一起回到广德。

就在梁其昌和王金林准备动身离开上海时,得到通知,因为中共安徽省临委取消,广德党组织继续归中共江苏省委领导。梁其昌作为江苏省委巡视员,到广德指导工作。

王金林和梁其昌秘密回到誓节渡,来到许端甫家。张震、邓国安、张欣武得到通知,也秘密赶到许家。他们连夜召开特别支部工作会议,分析和讨论了眼下的局势。

"四先生他们四人逃出广德后,我们是在第二天才得到消息。我和张欣武同志立即商量采取紧急应对措施,决定暂停我们的一切组织活动,隐蔽我们的主要党员同志,并抓紧弄清国民党县党部这次行动的内幕!"邓国安说到这儿,抬眼望着张震。

张震接着邓国安的话说道:"通过我们这几天的观察,反动派方面好像再没有多大动静,这是不是他们故意让我们放松警惕,引我们上当?"

"根据以往的经验,敌人如果掌握了更多的线索,他们一定会穷追猛打,不会给我们留太多的时间。他们这次的行动,真是让人有点丈二的和尚——摸不着头脑!"张欣武把双腿架在茶几上,明显是痒得难过。

"金林,你对这件事怎么看?"梁其昌用手揉搓黄烟丝。

"我同意烂腿的意见。"王金林边吃花生边说,"刘声远他们几个可能听到了一些风声,但他们并没有掌握我们的具体情况。他们这次的行动虽然有些超常,但也许是敲山震虎。曹运鹏放跑他们,是骑虎难下,还是顺水推舟,确实有些让人捉摸不透。我的意见是,明天多派几个人到县城陈东武、吴子芳、何德鹤、刘永昌等处了解情况。"

"我同意大家的意见,明天就多方行动,务必把这件事弄清楚!"梁其昌猛吸一口铜头紫竹杆的烟斗。

"哦,还有,"王金林接过梁其昌递过来的烟斗,"明天派张国泰去一趟城里,找一下胡信民,让他到他哥哥胡信勤那里打听一下!"

"好,这个办法管用!"邓国安道。

第二天夜里,梁其昌、王金林、张欣武等人都在枫塘铺毛竹塔的龚守德家焦急地等待消息。八点多钟,许端甫、邵德兴、张国泰、方锦德等人陆续从城里赶回,他们探到的消息大同小异。特别是张国泰通过胡信民从他哥哥胡信勤处得到的消息尤其可靠。和王金林预料的差不多,国民党县党部书记长兼清党委员会主任刘声远就是为了排除异己,达到坐大自己的目的。

虚惊一场,大家都松了一口气。

"明天,我可以大摇大摆地回到一高小了!"王金林眉飞色舞、手舞足蹈,"陈东武已经被提拔为县教育委员会委员,他已经向县教育科长许济之提议让我替补刘格非走后留下的空缺,担任女子小学校长,薪酬可翻三个跟头!"

梁其昌坐在椅子上没有起身,一人静静地在想着心事。他国字形面庞上镶嵌一对卧蚕浓眉,眉下标配着不大却深邃的双眸。这几年虎穴龙潭的地下斗争经历,已经让他饱经风霜。虽然都是二十七八岁的韶华青春,与王金林总是富有感染力的激情飞扬大相径庭,他显得老成持重。

王金林见梁其昌一个人坐在一旁发愣,就示意大家都回到座位上。梁其昌缓缓抬起头,用沉静的目光环视大家:"同志们,这次刘声远他们虽然没有大动干戈,也许他们确实还没有掌握我们广德党组织成立以来这几个月的具体内幕,但是他们显然也不是空穴来风,我们决不能掉以轻心。"

梁其昌说到这里站起来继续道:"城市工作,有金林同志负责,要秘密进行,要多做一些工人和士兵工作;农运工作,我和张欣武、邓国安同志主要负责,以花鼓塘为中心,向整个大小西乡全面铺开,并逐步向南乡杨滩、四合,北乡下寺渗透,为广德暴动做好准备!"

"暴动?"龚守德惊喜地睁大双眼。

龚守德和邓国安同庚,他俩是亲姑老表。他和邓国安一样长得人高马大,是龚发兴赶山队(狩猎队)的骨干。他和龚发兴都是百步穿杨的神枪手,猎物只要被他们盯上,就在劫难逃了。

第十五章 山雨欲来风满楼

1929年6月初,中共芜湖特委(也称"芜湖中心县委")成立,宋士英担任书记,主要就是指导无为、含山、南陵、宣城、旌德以及广德等地方县委的工作。此时,广德的工作实际上是接受中共江苏省委和中共芜湖中心县委的双重领导。

王金林踌躇满志地来到一高小校长胡悦萱的办公室,却被当头泼了一瓢冷水。

6月的一天下午,县教育科长许济之来到一高小,告诉胡悦萱,县长曹运鹏把他召到县府,说是刘声远等几个县党部的人认为王金林一直很"左",思想激进,经常在教师和学生中发表对抗政府的言论,不宜担任女子小学校长。虽然他替王金林进行了一番辩解,但曹运鹏还是决定暂缓对王金林担任女子小学校长的任命,等暑假期间由县党部搞一个调查,再做决定。不能担任女子小学校长,王金林就继续在一高小以教书做掩护,领导城市支部和学生支部秘密开展活动,发展党员。陈东武、闵天相、华家宽、朱学易、许启康、方锦德、陈中浩等青年教师和学生就是这一时期秘密加入共青团组织或中国共产党的。

暑假期间,许启康、卢光启等几个学生毕业离开一高小,王金林把床铺从陈东武的房间搬出,回到自己的宿舍。他通过在安庆当律师的周松甫给县长曹运鹏写了封信,曹运鹏基本上确定了让王金林担任女子小学校长的方案。

就在此时,张国泰在湖州三中时的一个同学,现在国立浙江大学读书。他从杭州到广德游玩,随身携带一部德国徕卡相机,这是当时世界上最先进的相机。这种便携式照相机,在广德还没有,在花鼓塘更是稀罕物件。张国泰和同学周瑞钊、梅佑应、梅佑康陪着浙江来的客人一起到黄金坝去拜访王金林和邓国安。

王金林和朱学易也相约来到黄金坝邓国安家。众人见面,一番寒暄之后,

左起：张国泰、周瑞钊、梅佑应、王金林、梅佑康、朱学易、邓国安（摄于1929年夏）

客人给大家介绍了照相机的功能和特点后，便主动提出给大家照个合影。

"既然这个相机是调焦的，我们就到村外找一个景致好的地方照个合影吧！"王金林道。

"我赞成先生的主张！"张国泰拍了拍手，"依我看，上次我们去的黄金坝风景就不错！"

"好，我们就到黄金坝去！"邓国安带头走出院子。

众人一路谈笑，来到黄金坝。盛夏的英溪河两岸，不再有春天时节的万紫千红，而是满眼绿油油的稻秧。他们顺着英溪河堤上行，在山边一块坡地上停下脚步。拿着相机的摄影师，选择一处枫香树林做背景，让众人一字排开，按下快门，留下了这一珍贵的历史瞬间。

6月底，在杭州之江大学附中参加学生运动又被学校当局开除的许道珍回到家乡誓节渡。暑假期间,他在誓节渡介绍了在广德中学读书的广德籍学生陈中和、徐鸿猷,郎溪籍学生张国祥、李允功、孙瑾(后叛变)加入共青团组织。暑假结束后,他们一起转入宣城省立第四中学。许道珍以他们为骨干,建立了四中共青团支部,他担任团支部书记。

四中共青团支部在中共宣城县临委的指导下,创办了两个宣传进步思想的刊物《锄头》和《血光》。《锄头》的主编就是广德学生胡信民,《血光》的主编是万新亚。

徐鸿猷家在潘家花园有一幢别墅,团支部根据党组织的指示,就在徐家建立了一个秘密交通站,转送和传递广德、郎溪、宣城、芜湖、南京、上海等地来往的人员和情报。

7月初,王金林陪同梁其昌深入广德西乡、南乡各地,到贫苦农民中间检查和指导农运工作。半年多时间以来,通过梁其昌、张欣武、邓国安等人深入细致的工作,整个广德西乡、南乡的农运工作已经取得了显著成效。农运骨干余家堂、林家旺等五十多人,经过党组织的引导、教育和培养,已经成为独当一面的农会干部。其中余家堂、林家旺、吴本聚等十余人已经秘密加入了中国共产党。大、小西乡和大、小南乡各地的农民协会组织建设都在紧锣密鼓地进行之中。

张国泰、刘祖文、许道珍、邓行三、胡惠民、丁广照、陈中模、周瑞钊等青年团员一方面加紧在花鼓塘、誓节渡一带发展团员,另一方面担负起指导各地少年童子团(少年儿童先锋队)的建设,培训了周嘉麟、张思齐、许道琛、周瑞锦、王金山、黄鸣中、张二妹、邓彩玉、杨清秀、彭珊绮等一批优秀的少先队员、妇女工作的骨干。

阮志鹏、朱学易、吴子华、方良先、方良庆、刘定一等一批地主家庭出身的乡村教师也先后加入革命阵营。向村、东湾、独树街等地还陆续兴办起农民夜校和妇女识字班。王金林作词谱曲的《农民歌》和《妇女自叹》等歌曲,通过夜校和识字班开始向民间广泛传播。

农民歌

莫打鼓来莫敲锣,听我唱个农民歌。
提起农民真正苦,流血流汗养地主。

提起农民真可怜,家中没有半亩田。
苛捐杂税租子完,妻子儿女不团圆。
提起农民真伤心,一年挣了三元钱。
不够吃来不够穿,他说穷人无算盘。
土豪劣绅实在坏,逼迫穷人儿女卖。
卖儿女来哭哀哀,眼泪汪汪往下筛。

妇女自叹

未曾开言泪沉沉,喊一声冤屈的姐妹们,
我的同胞,我的姐妹,为什么男女不平等?
六七岁孩儿裹起脚,行走一步多艰难,
还要挑菜挖菜根,风吹日晒不像人。
一年两年长大了,百样的针线未学成。
做套新衣要出门,忍声吞气不吭声。
多少穷人被饿死,多少穷人遭灾难。
好好的夫妻活拆开,家破人亡两分散。
大人饥寒还能熬,小孩饥寒多可怜。
锅前跑到锅后喊,喊得妈妈心发酸。
被压迫的女同胞,莫说自己不值钱。
团结起来好分田,幸福生活万万年。

通过近一个月深入细致的走村串户,以及与最底层的贫苦农民同甘共苦,王金林、梁其昌、邓国安、张欣武、张国泰等广德农民运动的主要负责人形成共识:广德农民运动的高潮即将到来,广德地方党组织必须顺应这一大好形势,加强党的组织建设,为领导好这一场伟大的农民革命斗争做好政治和组织上的准备。

张震已在5月回上海向中共江苏省委汇报工作,被留在省委机关。广德党组织工作临时由梁其昌负责。调查结束后,梁其昌主持召开了有王金林、邓国安、张欣武、丁继周、张国泰、龚守德等人参加的特别支部委员扩大会议,会议对特别支部成立半年来的工作进行了总结,对下半年的工作如何开展进行了充分讨论。会后,梁其昌带着赵英经芜湖到上海,向中共芜湖中心县委和中共江苏省委汇报工作,并请求上级党组织对广德工作的进一步指示;王金林继续到广德县城一高小教书,领导城市和学生支部工作;邓国安、张欣武、张国泰等继续在西乡一带发动农民,并领导开展小规模的"三抗"(抗租、抗息、抗债)运动,以增强农民协会组织的凝聚力和战斗力。

暑假结束后,王金林并没有如愿以偿担任女子小学校长,表面原因就是以县党部书记刘声远为首的城市中心派极力打压西乡派势力的派系斗争。

当时广德有城市中心派、北乡派和西乡派。西乡派力举许济之为首领,可许济之却显得十分逍遥,往往把自己置身派系斗争之外。秋季开学后不久,城市中心派为了打压王金林,便向县政府状告陈东武有共产党嫌疑,县长曹运鹏便派国民党县自卫队队长邓秀山前往缉捕陈东武,陈东武接到密告后逃到上海。自卫队在陈家搜出了大量红色书籍,坐实了他共产党嫌疑的"罪名"。王金林也因此受到牵连。中心派不仅极力反对王金林担任女子小学校长,还甚至嚷嚷着要解除王金林一高小教师职务,安排他到广德中学担任一名普通的教务员工,但最终因许济之和胡悦萱等人的极力反对而暂时作罢。

城市中心派把持的国民党县党部已经视王金林为眼中钉、肉中刺,对他进行跟踪监视,使他的行动受到了极大限制。为了城市支部工作的正常开展,他秘密安排胡惠民到城市支部协助工作。

胡惠民接到王金林布置的任务,很快就到城里联系了朱学镛、胡信民、张北华、佘溪萍等人,在东门沁芳园秘密召开城市支部工作会议,推进城市工作的开展。

广德城里当时还没有产业工人,只有一些手工业者、匠人、人力车工和一些店铺的帮佣,很难组成团结有力的工人协会。丁继周带领几个工人运动的骨干常常深夜在街上张贴一些内容如"打倒詹家鹏!""打倒温二少!""打倒国民党!"之类的宣传标语,更加引起了城市中心派的忌惮。已经调任县自卫队副队长的周自衡,带人将丁继周等工运骨干秘密逮捕并杀害。

丁继周被杀害后,王金林在广德城里的处境就显得更加凶险。

10月底,梁其昌从上海回来,带来上级党组织的指示,决定在年底成立中共

中共广德县委成立大会遗址

广德县委员会,并由县委领导和组织明年开春的广德农民武装暴动。

经过一个多月的充分准备,梁其昌和王金林等人认为成立中共广德县委员会的条件已经成熟,并决定把会议地点选在花鼓塘北边十余里的董家冲邓行三家中。

董家冲是一个只有几十户人家的小山村,村里大多都是穷苦人家,是可靠的堡垒户。

邓行三,号达五,1906年生。1921年,邓行三就读于宣城省立第四师范学校时,受到过恽代英和萧楚女进步思想的启迪;和王金林、邓国安一起在花鼓塘小学任教期间,受他们进步思想的影响极大。1929年秋,他和林家旺、林宏生等人由张欣武、邓国安介绍加入了中国共产党。

邓行三兄弟三人,他排行老三。老大邓鼎三,号铸九,安庆法政专门学校毕业,曾是广德西乡名噪一时的新派人物。他收藏有一副李大钊的手书对联:杯酒淡亦永,文章老更工。厅堂中还挂有一副条屏,文曰:能受天磨真铁汉,不遭人妒是庸才。据说,这是左文襄公的手迹。邓国安的号名"天磨",就是邓鼎三给他起的。

在东冲村采访张国泰孙子张成本

12月底,梁其昌在邓行三家主持召开了中共广德县委成立的全体党员大会,王金林、邓国安、张国泰、林家旺、龚守德、余家堂、孙家府、戈宗义、张欣武、段行太、王大亚、刘祖文、邓行三、林宏生、方旌德等三十余人参加了会议。会议选举王金林任县委书记,梁其昌、邓国安、张欣武、张国泰等人为县委委员。

会议决定,进一步加强党团组织建设,建立区、乡、村级农会组织、妇女组织,扩大红色区域,发动贫苦农民开展更加激烈的"三抗"斗争,为广德暴动做好各方面的准备。

第十六章　筹款买枪显神通

中共广德县委成立后，王金林和梁其昌等县委领导为了实现在明年开春举行广德暴动的计划，决定首先解决武器问题。当时，毛泽东同志提出的枪杆子里面出政权和实现工农武装割据的理论，已经成为全国各地武装暴动的指导方针。可是，目前在广德组织暴动的最大问题，就是没有党领导的军事武装力量和工人武装加盟。而组织起来的农民虽然革命热情高涨，但他们只有铁锹和锄头，用这些冷兵器去对付土豪劣绅和国民党军队的快枪利炮，显然是以卵击石。

为了解决武器问题，王金林在会上提出四步走的方案，得到了大家的一致赞同。

第一步，筹集资金到上海等地去买枪。

第二步，收集军阀混战时期散落在民间的部分枪支。

第三步，动员开明地主上缴看家护院使用的枪支。

第四步，武装夺取部分土豪劣绅的武器。

时间紧迫，怎么能在短期内筹措到这么大一笔款子，王金林让大家一起想办法。

梁其昌道："我家的山田，这两年已经由二弟差不多卖光了，卖的钱都交给组织作为活动经费了。前几天，我又让他回去，除了给母亲和小弟留一点口粮田，其余的山田全部卖光，在月湾街的几间店铺也都卖掉，也只凑到四百块大洋。"

张国泰说："我回去动员我大（父亲），把我家的山田也卖一些，争取也搞个四五百块大洋。"

"前天，我去找了周爵三老先生，他已经同意拿出二百块大洋帮助我们。"邓国安望着大家继续道，"我再找亲朋好友借一点，顶多还能弄到百来块大洋。"

刘祖文一直低着头："我家穷,我读书还是我大伯父拿的钱。我昨天也到他家求他给我们捐半条枪的钱,被他狠狠地骂了一顿!"

"他大伯刘绍鼎就是个一毛不拔的铁公鸡!"龚守德气呼呼地道,"他家的大师傅参加了几次我们的活动,硬是被他解雇了,还扣了半年的工钱!"

"这种恶霸,就是我们首先斗争和革命的对象!"张欣武语气铿锵。

"如果我们几个县委委员每人配置一支手枪,就得六七支,每支一百多块大洋。照这样计算,那还相差甚远。"梁其昌面现忧郁之色。

"根据现在的形势,贫苦农民连温饱都成问题,哪还能拿出钱给我们?有一些开明的士绅虽然一直支持我们,但我们也还不能大张旗鼓地向他们筹钱购枪……"王金林说到这儿便站起来,话锋一转,"我有一个不成熟的想法,大家看看是不是可行?"

"金林,有什么想法,说出来大家听听。"邓国安道。

"过几天是冬月初一,正好是我母亲的六十寿诞。"王金林神采飞扬,"我想以给老人家做寿为名,筹集资金!"

"萱堂六十寿诞?"梁其昌有些不解其意,"这样不妥吧?"

"没有什么不妥,而且非常妥当!"王金林站在堂屋中央,习惯地挥舞着右手,"我在城里和各个乡镇都有交好的同学和同事,他们都是有钱的主,只要我把请柬送去,他们都会给足面子的!"

"这个办法好!"张欣武也激动地站起来,"给我们大、小西乡的每个土豪劣绅也都发一份请柬,看谁敢不来!"

"给土豪劣绅也发请柬?我们干吗向他们低头!"张国泰年少气盛。

"张欣武同志讲得有道理!"梁其昌一拍大腿,然后竖起大拇指,"我原先还怕这样大张旗鼓会引起敌人的怀疑。这给敌人也发请柬是个好点子,既是请君入瓮,又能打消他们的怀疑,这是一石二鸟的妙计!"

"不,应该是一石三鸟!"坐在角落一直憋屈的刘祖文语惊四座,"还有就是看谁是拒收请柬的坏鸟!"

"真是三个臭皮匠,赛过诸葛亮。我开始还怀疑这个计划是否可行,经过大家这么一讨论,还真是一石三鸟!"王金林手指着张国泰和刘祖文,"你、你,再叫上黄鸣中,就专门负责给土豪劣绅送请柬。其他人的请柬也拜托在座的各位分个工,把请柬亲自送到每个客人的手上,还要他们给个回话。确实不能到场的,给钱捧个场的更好,还省一餐酒席!"

第一次参加县委委员扩大会议的林家旺一直没有发言,这时却虎着脸在一旁咕哝:"好是好,我就替你着急,看你以后拿什么回礼!"大家一听,知道他是调侃,都哈哈大笑起来。

冬月初一的前三天,王金林就向校长胡悦萱请了一个礼拜的假,回家给母亲办六十岁的寿宴。

王家前后左右的十来户邻居,都腾出房子给王家办寿宴。寿宴开的是流水席,干的稀的都有,整整开了一个礼拜。前来贺寿的有县府和区、乡公所的官员,有县城和乡村的教书先生,有土豪和劣绅,有白道也有黑道,有青帮也有洪帮,有鹤发也有髫童,正是各路神仙粉墨登场。这排场,在花鼓塘一带是前所未有的。

周爵三是主支客司,许端甫、邓国安、朱学易、邓达远、张国泰等人都是副支客司,闵天相、邵德兴、余家堂三人是账房先生,龚守德、龚发兴、朱学镛、刘文华、胡信民、方良先、张世敏、林家旺、肖行广、王大亚、黄鸣中等人都是打杂的行堂。

寿宴的头两天,来的都是县城和区、乡的达官贵人,许济之、胡悦萱、胡信勤、吴子芳、何德鹤、何元培、许勉之、阮志鹏、苏茂斋、张思明、周桐旺、朱开轩、陈藻等人都是坐轿子来的,给老寿星磕头吃了碗寿面就走了;土豪劣绅像是商量好的似的,都派了大管家来送几个大洋的寿礼,多数磕个头就走,有几个没走的就加入麻将牌局,或是坐庄掷骰子。

最后几天来的客人,都是十里八乡的穷苦人,他们不用送礼,给老寿星磕个头就行。想吃几天都可以,干的稀的都有。其中有的甚至是卷着铺盖拖儿带女来吃救灾粮的,但他们都很自觉,只吃稀粥不吃干饭,吃完饭就帮着干些劈柴、挑水、洗碗、烧火的杂活。

借这个机会,各个乡的农运骨干都先后来到田里村,秘密参加了由梁其昌、张欣武、邓国安、王金林等人的讲课培训,接受了新的任务。

第七天,寿宴结束前,王金林来到账房,看了收取礼金的账簿,让三个账房先生将一半多的礼金散发给穷苦的农民,帮他们度过眼前的饥荒。

母亲的寿宴办完,王金林就要回到学校去。梁其昌认为这次寿宴的场面大,土豪劣绅的耳目多,难免走漏风声。为安全考虑,王金林必须立即辞去一高小教师职务,回到花鼓塘,和他一起领导和组织农民暴动。

王金林却坚持认为,目前的形势正是处于大战前夜,如果他这时提前离开一高小,必然会引起国民党县党部的惊慌和警觉。他能再坚持一个月到寒假,可以起到麻痹敌人的效果,也给邓国安和张欣武他们留出更多的时间,为明年开春暴动做更充分的准备工作。

王金林回到一高小后,不仅没有畏畏缩缩,反而有事无事就往国民党县党部和政府跑,成了曹运鹏和刘声远府上的常客。对于王金林一反常态的表现,他们虽然是疑惑重重,却也看不出什么破绽,都以为他是为了能得到女子小学校长的职位而溜须拍马。

寒假一到,王金林光明正大地回到花鼓塘。这一天正好是腊八节,天上纷纷扬扬地飘着鹅毛的大雪。王金林起得早,从城里回到家里还不到八点钟光景。灶屋里还有母亲煮的满满一大锅热气腾腾的腊八粥。知道儿子今天回来,母亲余氏昨天就让女儿金山到石板坡龚家把孙女菊生接过来,让金林父女见上一面。

王金林在一高小任教不久,就曾带着母亲到学校玩过一次。就像刘姥姥进大观园一样,她见什么都稀奇。特别是几个青年女教师,个个长得都像仙女下凡似的。听儿子说,他下半年就要当女子小学的校长,她便想到孙女菊生已经到了上学的年龄,就想让儿子年后带着这个苦命的孩子到城里念书,将来也成为一个有出息的女子。

王金林见到菊生,就一把把她搂在怀里,抚摸着她冻得通红的小脸蛋。菊生一年多没有见到大大,倒显得十分拘谨。余氏端着满满一大白碗腊八粥递给王金林:"菊生,让你爸爸吃腊八粥。"然后拉着菊生,"跟奶奶到灶屋去吃,吃完了奶奶就跟你爸爸说,让他过年后就带你到城里去念书。"

广德的腊八粥,就是每年的腊月初八早上,用咸鸡爪、咸鸭爪、咸鹅爪、腊肉以及粳米、糯米、黄豆、南瓜、山芋、薏米之类的五谷杂粮等至少八种食材,放在锅里一起煮。先用大火煮沸一刻钟,然后用文火再熬半个时辰,便做成了喷香可口的腊八粥。

王金林一碗刚下肚,妹妹又端上满满一碗递给他:"二哥,罗汉哥一早就过来,说让你回来后到黄金坝去一趟,他们都在那等你。"

王金林一口气吃完碗中的稀饭,将小半碗腊肉丁和咸鸭爪子剩下,递给妹妹:"金山,拿去给菊生吃!"说完,他便冲进门外的飞雪之中。

听说邓国安已经回来了,王金林的心激动得快要跳出来。他直接从已经落有两三寸厚雪花的草籽田里抄近路奔向黄金坝邓国安家。

邓家的房子都是坐南朝北的平房,前面三间是瓦房,后面五间是草房,中间是个院子,院子东西两侧是牛棚和猪圈等七八间小房子。这些房子是邓家爷爷辈下江南时自己动手盖的,虽不阔气,但很宽敞。

王金林一身雪冲到邓国安门口,门却在里面闩上了。他敲门喊了几声,杨子花就把门打开:"国安他们在后屋,正等你呢!"

"嫂子你忙!"王金林头也不回就冲里屋走去。

邓国安听到前屋的声响,就从里面走出。王金林一个健步上前:"罗汉,你可回来了,"他向邓国安的胸膛打了一拳,"整整三十二天!"

"我们是昨天晚上到的家,只有三十一天!"屋内传出梁其贤的声音。

梁其贤、张国泰、张欣武一排站在堂屋中间,脸上都挂着笑容。

"罗汉兄,枪买到没有?"王金林关心的只有枪。

众人表情诡异,笑而不答。

王金林恍然大悟,上前拨开站在中间的梁其贤和张国泰,只见六支锃亮的盒子枪并排放在八仙桌上。

王金林上前抓起一把,"咔嚓"拉了一下枪栓:"这三把是正宗的德国卢格,这一把是德莱塞!"还有两把他没能说出名字。几个月前,在中央培训班,省军委书记李硕勋给他们上过枪械课,讲解过卢格和德莱塞等几种德国枪型。

"小梁,快给我们讲讲你们是怎么搞到这些德国货的!"王金林一边玩弄着手中的枪,一边又急不可待地问。

"罗汉,你就给金林讲讲吧,看把他急的。"梁其贤看到火塘上的铜水壶直冒白气,赶快走过去把开水灌进篾壳水瓶。

"我们一到上海,就按照你给的地址找到陈东武,他有一个朋友在上海江西路德国谦信洋行买办周宗良手下办事,路子很广。我们和他朋友谈了几次,谎称买枪是为了对付东洋武士的,他朋友还给我们多弄了一支。"邓国安也拿起一支德莱塞在手中熟练地摆弄着。

"大家别都杵在那儿,过来烤火!"梁其贤等众人都坐下后,绘声绘色道,"枪虽然是到手了,可怎么闯过一道道关卡运回广德?我们想了很多办法,将大本的《东方杂志》中间挖个洞,将手枪放在里面,在外面摞上好书,捆成一捆,从外面就看不出来了,又把子弹包成小包,放在苹果篓子中间。我们先坐谦信洋行的货船到太湖南岸,再换乘小船到官斗小镇,离泗安还有十五里地就提前下船,避开泗安检查站和自卫队的哨所。在官斗,有我们事先安排好的联络点,船一到岸,就有人来把货接走,走十里小路到龙山,一路避开检查站,回到广德就安全了!"梁其贤向邓国安竖起大拇指,"这一路,多亏罗汉兄的精心安排!"

"预人兄没有回来?"王金林问道。

"他把买枪的事情办好后,就去找江苏省委汇报和请示工作去了。他让我们先回来告诉你,省委李维汉书记指示,要我们做好各方面的准备,在明年开春就举行广德暴动!"邓国安回答王金林的问话。

"好吧,那我们就先开个会,讨论一下这几支枪的分配和使用纪律!"王金林道。

第十七章　农民夜校传真理

王金林抽空去了趟广德县城，向城市支部和学生支部的朱学镛、刘文华、王文玺、杨质经等人传达了县委的指示后，就立即赶回家。刚一到家，就听母亲说，张国泰托人带来口信，要他立即去一趟东冲小学。

东冲是个比较大的村庄，有一百多户人家。其中的胡姓是本地人，村中最好的瓦房都是胡姓的。胡信勤、胡信民兄弟的家就在村中的胡家大院。胡家的祖上胡廣，明朝永乐年间以岁贡入给事中，后升任左副都御史（正三品）。由于其"说直敢言"，被异党构陷降职外放，老年叶落归根，死后葬在东冲村东南三里的箬坞冲。墓地面积约两千平方米，墓前用青砖铺砌的神道长九十五米，两旁对列旗杆座，立有石人、石马、石羊、石犬等石像生。据传，当时出殡有十八口棺材，分别葬在方圆四五里的山上，让后世企图盗墓者难辨真伪。

村中有一祠堂，为先民所遗，作为村里的公屋使用多年。几年前，这里被胡家改成了东冲小学。张国泰去年秋后从安庆回来后，就在学校教书。今年秋天，他根据党组织的安排，和胡信民一起在这里开办了第一个农民夜校，利用夜晚时间教农民和上不起学校的穷人家孩子识字。入冬后，天气太冷，学校提前放假，他就将夜校的讲课改在白天。远近十余里的青年农民也因为农闲在家，便慕名前来听课，甚至还有几个女生。

梁其昌、邓国安、张欣武、胡惠民都曾受张国泰邀请前来给夜校学生上过课，讲述农民参加革命和翻身做主人的道理。

王金林走进东冲小学，张国泰正在给学生讲解什么是苏维埃政权。看见站在教室门口的王金林，张国泰立即上前，把他拉进教室："同学们，这就是我常给你们说到的我的先生王金林！"

三十多个学生中，有一大半是第一次见到王金林。他们全部起立，给王金林深深地鞠了一躬:"王先生好!"

张国泰挥手往下按了按,示意大家坐下:"同学们,现在请王先生给大家讲话!"

王金林走上讲台,用眼睛扫了一下下面的学生,大部分都不认识。最后一排有两个女孩,十六七岁的样子,长得十分秀气。

王金林转过身,看了一眼黑板上的"苏维埃"三个字,然后转向学生:"同学们,刚才张先生给你们讲什么是苏维埃,我给你们讲什么呢?"

"王先生,听说你上过省城的大学,满肚子都是学问!"坐在最后排的一个女孩站起来,"还听说你同蒋介石吵过架,骂得他狗血喷头,有这事吗?讲给我们听听!"

"这位同学,你叫什么名字,哪个村的?"王金林问。

"我原先叫二丫头,没有大名。上夜校后,张先生给我起了个大名,叫杨清秀!"杨清秀柳叶眉下一双水灵灵的丹凤眼,齿皓唇丹,天生丽质。和她同桌的女孩叫彭珊绮,脸上飞起了红晕。

王金林端详了一会杨清秀:"杨清秀同学,请坐下!"然后转身将黑板上的"苏维埃"三个字擦掉,用粉笔写上"工农革命的死敌——蒋介石"。

"我没有和蒋介石吵过架,但我的先生许杰当面搞得蒋介石下不了台!"王金林转身面向同学们。

"许杰是誓节渡的许四先生吗?"有学生举手,王金林一看是鲍声学。

王金林点点头:"有一次,省主席陈调元请蒋介石吃饭,许杰搞服务。他当面质问蒋介石为什么背叛孙中山的三民主义,背叛国民革命,搞得蒋介石非常难堪。但是,蒋介石就是个政治大流氓,第二天,他就下令捣毁了国民党左派领导的省党部。"

"蒋介石不是国民党反动派的头头吗?他们这不是老母鸡打架——窝里斗吗?"杨清秀又站起来问。

"国民党原来的领袖孙中山是支持工农革命的,他死后,国民党分裂成左、右两派。左派和我们共产党搞联合,是革命的,进步的;孙中山逝世后,蒋介石背叛孙中山,背叛革命,成为右派,是反革命的代表人物……"

王金林在给夜校的学生上了一节课后,就让胡信民、胡惠民继续给学生上课,他和张国泰、张欣武一起到黄泥山、独树等几个地方的农民夜校去看看。

杨清秀和彭珊绮提出要跟着他们一起去,王金林爽快地同意了。

黄泥山夜校,教课的先生主要是熊为政和刘定一,学生有张银生、谢应凤(女)、刘正元、郭炳贵、陈崇高、黎学林、戴文堂、郑子富等三十余人,都是农民运动的骨干。王金林和张欣武、张国泰给他们讲了几节课。王金林主要讲什么是苏维埃政权、男女平等和工农革命的前途;张欣武主要讲如何开展农运工作、农民协会如何建立、协会的权利和责任;张国泰讲了如何建立村赤卫队、共青团、妇女协会和童子团组织,这些组织在苏维埃政权建立后的地位和作用等等。

第二天一早,他们简单吃了顿山芋稀饭后,就离开黄泥山,踏着已经成冰的残雪,经桥头、仙人洞、翻石灰丫子,前往独树街。

独树街,原名双林镇。镇中原有两棵硕壮的枫杨树,在清朝光绪年间,其中一棵被雷电击中烧毁,后来镇里人就将双林镇改名独树街。这独树街自古就是商贸重镇。镇子西边是桐河,河岸有码头和渡口。每年春夏水旺,南部山区杨滩、月湾以及柏垫地区的木材、竹材、药材、三六裱纸等山货经此装船或上竹排,经誓节渡、杨杆进入郎川河,入南漪湖黄金水道。

独树街有一条南北走向的街道,是用清一色的青石板铺成的,两旁都是店铺,货色五花八门。这是一条从广德通往河沥溪的古驿道,从广德城出南门,经大石桥、戈村、大范村、独树街、月湾街到宣城的水东、港口,然后到宁国县重镇河沥溪。

独树街南头是国民党独树乡自卫队的驻地,有自卫队员三十余人,队长马忠海是宣城人。

王金林等五人到达独树街时,已经是正午时分。看见街中的丁字路口有一家食为天饭店,杨清秀就回身扯了一下王金林的衣袖,笑靥如花:"王先生,你总说民以食为天,看,还真有!"

"还真有这样给店起名号的。"王金林抬头一笑,然后摸了摸口袋朝杨清秀和彭珊绮做了个鬼脸,"可是,这个民不包括没有钱的贫穷百姓,我现在是囊中羞涩,一介贫民。"

五人从中街往南,绕过马忠海自卫队驻地,来到火家冲口邓家山边村邓达远家。邓家是独树街一带的大地主之一,房子十几幢连成一片,都是走马转楼,每幢楼房之间在楼上都有门可通。邓达远家六间瓦房正房朝南,东西两侧是四间厢房,中间是院子,前院墙两米多高。房子后面就是碉堡山,有后门可直接上山。邓达远是邓家长房长子,自幼就聪明伶俐。邓家设立有私塾馆,他六岁入庠,十八岁从省立广德第十二中学毕业后,就在广德一高小教书。

年初,王金林到一高小任教后,就和邓达远成为好友,并介绍邓达远加入了中国共产党。中共广德特别支部成立后,受王金林派遣,邓达远回独树街一带开展农运工作。他把自家最后一进的房子腾出来,办起农民夜校,刘开元、陈汉明、戈宗义、陈广进、解吾仁、宫宝贵、李春贵等二十多人参加夜校学习。

邓达远昨天就已经接到王金林派人送来的口信,一早就派家里的帮佣到各村通知。中午刚过,三十多个农运骨干陆陆续续来到邓家。

邓达远一直在前门口等着,见他们五人走来,互道寒暄之后,便将他们带进院子。院子里的人见王金林等人进来,都连忙站起来。王金林立即紧赶几步,上前和他们一一握手,嘘寒问暖。

邓达远让陈汉明和汪天顺从屋里搬出个八仙桌,放在院子中间。吃完中饭后,王金林和邓达远商量,决定由张国泰带着杨清秀和彭珊绮先教大家唱歌,他和张欣武、邓达远到庄头村去找方良先、方良庆兄弟。

梅溪是桐河的支流,庄头村在梅溪的中段,再溯流而上三里多路便是戈村。村中的方忠维是个读过多年私塾的老夫子,是独树一带有名的士绅。方家有一百多亩竹山,有五间两层木楼瓦房和十几间做纸的厂房。他家有四个儿子,老大早夭,老二良先,老三良庆,老四良新。方家兄弟三人在今年夏天都参加了农会,并成为梅溪一带的农运骨干。

王金林他们三人走后,张国泰先给大家讲解了什么是农民协会、如何成立农民协会等问题,一讲就是两个多小时,太阳都快要落山了,天气立马冷起来。张国泰让大家转到屋内,由杨清秀教唱王金林新编的《妇女受压迫》等歌。

会员们虽然在夜校学认的字还不是很多,但杨清秀和彭珊绮教得认真,他们听得认真,特别是几个十四五岁的小姑娘学得更认真,已经会唱了。

邓达远白天带着王金林一行到解村、朱村、梅溪、侯村、洼塘、余家垱、莫村走村串户,晚上又回到邓家山边村给农运骨干上课,转瞬四天过去。第五天一早,王金林因和梁其贤约定在月湾街见面的时间已到,便带着四人来到月湾街的梁其贤家。吃过中饭,梁其贤又带着他们走了十四五里山路,来到胡村。

胡村是一个有一百多户的山村,山多田少,山上长的主要是毛竹。朱学易在胡村有一片毛竹山,山边有一架纸槽,长年有十几个长工给他家生产三六裱纸。朱学易和梁其昌小时候就是同学,这是两年前梁其昌低价转让给他家的。北伐军占领广德时,梁其昌就写信给朱学易,让他找刘永昌参加革命活动。后由刘永昌和陈铭常的介绍,加入国民党。蒋、汪合流后,他被国民党广德县党部任命为西七区党部执行委员。年初,梁其昌邀王金林到戈村动员他参加革命工作,并介绍他秘密加入中国共产党。当时,由于他属于西乡派,和国民党广德县党部的刘声远、胡信勤、孟德卿等合作不好,被他们排挤,早已心生怨恨。如果能借梁、王的势力将他们扳倒,他也就有出头之日了。他便很爽快答应了梁、王,而且利用自己的有利身份和职务,积极推动了凤桥、独树、月湾几个乡农民运动工作的开展。

根据梁其贤和朱学易的安排,月湾农民夜校就设在朱学易的纸厂,学生主要是附近老费村、黄村、海口冲、板栗园等纸厂的工人,教课的先生是梁其贤和朱学易。有时,方良先也过来帮忙。在老费村纸厂有几个女工,其中有个叫赵永安的,三十来岁,像男人一样有力气,且性格泼辣,嗓音洪亮,能说会道,有一定的号召和组织能力。

1928年秋,共产党员李同洲、阮大佑等人来到郎溪县姚村乡,秘密开展农运工作,发展党员。赵永安是姚村乡夏桥蔡村人,和丈夫彭本富,同村的好友吴清福、费新海、张传和等人一起秘密参加了农运活动,接受了进步思想。1929年秋,李同洲得到梁其昌在月湾街一带开展工运工作的消息后,就派彭本富夫妻来到月湾老费村纸厂当纸工,学习如何开展工运工作。

通过几天的走访,王金林发现,在各个纸厂工人中,有很多人是宁国、孝丰、宣城和郎溪等外县的人。他们都很穷,大部分都是一辈子娶不到媳妇的单身汉。有的甚至是为了躲避当地土豪劣绅的追杀逃亡出来的,怀有深仇大恨。王金林认为,他们是属于无产者中革命要求最积极的一部分,如果加以正确的引导和教育,他们也会成为工人阶级的优秀分子,具有坚强的革命性和斗争性。张欣武同意王金林的观点,也同意加强对这批纸厂工人进行训练,让他们成为下一步开展武装斗争的骨干力量。

一晃,王金林五人从东冲出来十来天了。

月湾、杨滩、独树一带基本上都是湖北随州一带来的移民,腊月二十三有过小年节的习俗。海口冲徐正才正好是不惑之年,家里有老母亲、妻子和三个孩子。他原是梁家几十年的佃户,年初梁其贤将八亩冲田无偿送给了他。冲田虽然收成低了些,但旱涝保收,而且没有遭受蝗灾,家里日子比往年都好过些。王金林、梁其贤、朱学易等六七人在徐家过了个小年节,并且参加徐正才老母亲主持的祭灶活动。这民间祭灶活动,主要内容就是送灶王爷上天,希冀来年有个好收成,每天锅里都有饭煮,全家人都能吃饱肚子,健康平安。

祭灶活动结束后,他们一行七人走了十几里夜路回到月湾街梁其贤家。梁母已经安排用人烧好澡锅,众人先后都洗了个热水澡,然后围在火塘边,一边嗑瓜子剥花生,一边听王金林海阔天空地闲聊了半个时辰。由于连着十几日奔波,大家都哈欠连连。

王金林见好就收:"我们这次半月的调查工作,经过大家的共同努力,已经圆满完成。今晚大家早些休息,做个好梦。明天一早,我们就打道回府。"

第十八章　大家闺秀贤内助

冬雪断断续续下了半个多月,地上的积雪已有一尺多厚。往日熙熙攘攘的宣广大道,今天却是行人寥寥。远望枫塘铺方向,只见一个黑点在雪地里急速地向英溪街移动。

在花鼓塘东街的黄鸣中家,邓国安、张欣武、梁其贤、张国泰、刘祖文、胡惠民、陈中模等人正围坐在火塘边,召开孝昆塘支部扩大会议。

邓国安主持会议:"同志们,年前的几天时间,大雪封门,群众都躲在家里,狗子们(国民党自卫队)也都龟缩在县城里,这正是我们开展工作的好机会。今天把大家召来,就是要讨论年前这几天的工作。下面,就请张欣武同志具体讲一讲。"

"同志们,年前我们的任务就是尽快在黄金坝、八分地、东湾三个地方把农民协会建立起来。我们分成三个小组开展工作:邓国安同志担任黄金坝小组组长,张国泰同志担任东湾小组组长。我担任八分地小组组长,每个小组在明天必须召集小组的骨干分子开会,明确任务,特别是党员、团员要勇敢地站到革命斗争的最前头!"张欣武挥舞右拳比画着。

"今年秋蝗虫成灾,许多地方颗粒无收。我们这次上门发动,必须做到不漏掉一户。特别是做好对那些春荒断粮户和连过年都揭不开锅的贫苦农户的统计,农民协会成立后的第一件事就是帮助他们解决过年的问题……"张国泰刚说到这儿,龚守德气喘吁吁推门进来:"孔东衡带着三十多个狗子已经过了石板坡,直奔花鼓塘而来!"

"好吧,今天的会议到此结束,大家分头行动!"邓国安说完站起来拉住要出门的陈中模,"中模,年前的行动你就不要参加了,回流洞桥去吧,过完年早些过来。"

"好的！"二十来岁的陈中模很机灵，一溜烟钻进红毛山后的小树林，准备绕道白水塘、门口塘回到流洞桥王村。

黄鸣中家是一座坐北朝南、四水归池的木架楼房。房子前面是个院子，院子前面是三间临街的平房，是个中药铺子。黄鸣中的爷爷黄日链和父亲黄成松是大、小西乡一带有名的郎中。黄鸣中是家里的独生子，被家人视为掌上明珠。七岁那年，父母就给他找了个比他大三岁的童养媳，并把他们都送进了王金林和邓国安执教的花鼓塘小学读了四年书。毕业后黄鸣中到广德城里和宣城继续求学，他的童养媳就在家里的药铺当起了药剂师。

在黄鸣中家的院子里，邻里们正在热火朝天地打糍粑。张国泰带着张欣武、梁其贤从后门出西街向东冲方向疾去，邓国安、刘祖文等人则留下来和村民一起打糍粑。邓国安脱下棉袄就抡起石锤，"夯哧、夯哧"地打起石臼里的糯米糍粑。

"哐当！"虚掩的院门被推开，一队身着缁衣的县自卫队士兵端枪冲进院内。"所有人站着都别动！"一个小头目模样的人叫嚣道。

孔东衡左手拿着帽子，右手拎着盒子枪，气势汹汹地跨进院门，看见邓国安正抡着石锤，汗流满面，便道："嗬哟，这不是邓校长吗？咋也干起这粗人干的活？"

孔东衡是国民党广德县自卫队城厢中队队长，和邓国安有过几面之缘。

"哟，原来是孔队长大驾光临，有失远迎！"邓国安放下石锤，"这药店的少东家黄鸣中是我学生，他家今天杀年猪，请我来喝猪血旺子汤！"邓国安用衣袖揩了揩脸上的汗水，笑道，"孔队长，我这抡几下暖和暖和，不算僭越礼仪有辱斯文吧？"

"哪里，哪里……"孔东衡嘴上说着，眼睛却东张西望。

黄鸣中端着一杯热茶递到孔东衡面前："孔队长，请屋里坐，喝口热茶！"

"你就是黄鸣中？"孔东衡突然翻脸。

"出啥事啦？孔队长这样兴师动众！"邓国安把石锤放进石臼里。

"本职接到线报，说今天这里聚众，开什么农民协会，想闹事啊！"孔东衡转向邓国安。

"哈哈,腊月皇天的,都在准备年货,闹什么事呀!"邓国安接过刘祖文递来的棉袄,"孔队长,看您这见风就是雨的,带着兄弟们在这冰天雪地中东奔西跑,也真够辛苦的!"

"为保一方平安,必须恪尽职守呀!"孔东衡一脸的无奈。

"明中,把给我的那只猪后腿拿来孝敬孔队长!"邓国安接着对孔东衡道,"那就让您的兄弟们到前后屋都看看?"

"有邓校长在这儿,哪还有什么刁民?哈哈,叨扰了!"孔东衡终于笑了起来。

黄鸣中将一只三十多斤重的猪后腿从屋里拿出来,小头目连忙笑嘻嘻地接过后走出院门。

"黄鸣中,你是个读书人,就好好地做学问!今后如果发现有共产党人的活动,立即到县城向我报告!"孔东衡将枪插进盒子,然后戴上帽子,双手向邓国安一拱,"邓校长,打扰了,告辞!"

邓国安、黄鸣中将孔东衡送到门外。

"姓孔的,看你还能嚣张几天!"龚守德从灶屋走了出来。

送走孔东衡带领的自卫队,邓国安把龚守德叫进屋内:"守德,从今天发生的事情来看,一定是有人给孔东衡通风报信了,这要引起我们高度的警惕。年前,我们正在六七个村组织成立农民协会,安全工作一定要做好,今天就多亏了你。你马上回去,在郎步街、山关岭、五贡山、十八里店、喇叭口一路多设几个递步哨,不管是白天还是夜晚,都要有人值守。另外,今天是谁给孔东衡报的信,你也要调查调查!"

龚守德走后,邓国安和刘祖文赶往下山斗张国泰家。

下山斗是一个只有二十几户人家的小村庄,但大多都是殷实人家。村上基本上都是明清时期的老房子,坐西朝东,沿着山脚一字排开。村前是一条自南向北的小堰,堰水长年清澈,堰岸每隔一段就有为村上女人们涤纱淘米而搭建的石板挑台。

张国泰家在村子的最北头,前后三进,走马转楼结构。北山墙边还有十几间后来搭建的矮屋,用于长工、佃户们居住和堆放农具。屋后是一座小山,有后门可通。山上是茂密的树林,从此到五龙山下的万岁冲,五百余亩山场都是张家的。

邓国安、刘祖文来到下山斗村头,只见一个十八九岁的小伙子站在村口张望,看见他们就迎上来:"邓先生、刘先生,二位请进屋!"

"鲍声学,梁先生他们到了吗?"邓国安边走边问。

"梁先生和王先生他们早到了,就等你们啦。"鲍声学把他两人让进屋,从外面把门关上,又回到村口来回溜达。

邓国安和刘祖文进门厅,经过一个七八米见方的天井,来到张家前堂,只见堂中的太师椅上坐着一个眉目清秀的少妇,双腿放在一个一米来高的木火桶里,手里捧着一本厚厚的线装古籍,她是张国泰的妻子吴邦秀。还未等她开口,邓国安上前一步道:"弟妹,我们又来打扰了!"

"邓先生、刘先生,都是自家兄弟,不要客气。"吴邦秀把书放在桌上,起身冲他俩躬了躬腰身,"他们都在后屋,你们进去吧,我在这儿看着!"

吴邦秀上身着天蓝色、领口和袖口都有金丝镶边的右开襟棉袄,鸭蛋形的脸上一双丹凤眼,薄薄的双唇像抹了胭脂一样红润。她青丝高绾髻鬟于顶,显得既古典又雅致。

吴邦秀娘家是西乡苏村吴家冲的大户人家,嫁给张国泰也算是门当户对。丈夫长年在外求学,就是寒暑假期也经常在外办事,今年秋季回家乡东冲教书,总算消停了些。可是不到一个月,他又在村里办了个农民夜校,经常是夜不归宿。

吴邦秀在娘家当姑娘时,家里给哥哥吴顺成他们请了个私塾先生,她也跟着瞟学了几年。不料,她天资聪慧,比几个兄弟学得都好。太史公的《史记》、司马光的《资治通鉴》等古籍她都已通览。嫁到张家后,丈夫带回的书刊,她全部阅读了。通过书籍,她知道了什么是古往今来,知晓了孙中山领导的辛亥革命,知晓了陈独秀、李大钊倡导的新文化运动,知晓了共产党人领导的农民运动。最近半年来,家里经常来一些年轻漂亮的女人,她当然知道她们都是农会的妇女干部,但心里不免还是有一些失落和酸楚。她爱自己的丈夫,更敬仰自己的丈夫。她想过和丈夫一起走出家门,投身于滚滚的时代洪流。可是,嗷嗷待哺的儿子又成了她无法砸开的桎梏。

邓国安和刘祖文经过后天井，进入后屋，一看，七八个人围着火塘在烤火。除了王金林、梁其昌、张国泰、张欣武外，还有三个年轻女子，都是二十岁左右的年纪，模样都很俊俏。这三个女子，邓国安都见过。年龄稍大一些的是梁其昌的恋人赵英，在广德女子小学当教师。另外两个姑娘一个姓杨一个姓彭，都是茆林村的人。

邓国安和刘祖文落座之后，吴邦秀就端着满满一托盘葵花子过来，绕着圈子让每人都抓了一大把，最后在彭珊绮旁边站住，边往她的棉袄口袋里塞着葵花子边道："妹子，你们这小小年纪，又长得这么水灵，出来搞革命工作，就不怕被狗子咬吗？"

"嫂子才是我们西乡最出名的大美人，哪个不晓得！"彭珊绮一口地道的河南口音，"我们跟着梁先生、王先生、张先生一起闹革命，搞妇女翻身解放运动，就是丢了小命也值当！"

"嫂子，我们穷人命苦，穷人家的女人命更贱，都是嫁鸡随鸡、嫁狗随狗。今天王大哥、邓大哥，还有国泰哥哥这些先生领导我们妇女起来闹革命，建立妇女会，让我们女人团结起来跟男人斗争……"

杨清秀讲到这里，被吴邦秀笑着插话打断："清秀妹子，我们妇女联合起来不是要跟所有的男人斗争，而是跟有封建夫权思想的大男子主义做斗争！"

"呀，大妹子，我看你每天窝在屋里，大门不出的，只知道在家奶孩子，哪晓得你竟能讲出这么新潮的大道理，真看不出来！"赵英鼓起了掌。

"嫂子是知书达理的大家闺秀，又是国泰哥哥枕头边上的人，就是近墨者黑嘛……"杨清秀还没有说完，就引得众人哈哈大笑。

笑声停止后，吴邦秀将托盘交给张国泰，自己退了出去。

邓国安把刚才在花鼓塘发生的事情详细给大家讲了一遍。

"看来，敌人对我们最近的行动有所察觉，我们必须提高警惕！"梁其昌眉头紧锁，"刚才在路上，我和张欣武同志分析了一下，估计是东湾的刘绍鼎派人给孔东衡通风报的信！"

张欣武显然有些气愤："他一向反对我们的农运活动，前天又开除了两个积极参加农运的长工!"

"你们没来之前,我和预人商量了一下,通知你们过来,主要是讨论下面这几件事情。"王金林向梁其昌那边望了望,"预人,那我就先讲了。"

见梁其昌点点头,王金林继续道:"第一,江苏省委和安徽党组织的指示,认为广德举行农民暴动的条件已经具备,要我们利用开春时节农村闹春荒这个机会,组织农民开展分粮斗争,进而举行暴动。第二,建立以党员为骨干的农民赤卫队武装,惩治土豪劣绅,缴获他们的武器,分掉他们的粮食。第三,先在黄金坝、黄泥山、独树街、月湾街几个条件成熟的地区建立农民协会和妇女组织。特别是成立妇女组织,这一点非常重要。通过我们这一年多的农运工作得到的经验来看,一个家庭,如果女人不解放、不支持,男人就很难坚持到底。第四,时机一成熟,我们就举行武装暴动,建立游击队武装,打击反动武装,保卫革命胜利果实,发展苏区,建立苏维埃政权,进而开展土地革命!"

见王金林四点意见讲完,梁其昌道:"今天是腊月二十七,还有两天就要过年了,现在大家讨论一下,年前还有哪些紧要的工作要做。"

"我认为,年前最最重要的工作,就是帮助那些没有年饭米的贫苦农民度过这个年关!"邓国安道。

梁其昌问:"这样的贫苦人家有多少?"

王金林答道:"每个村至少两成五,不到正月十五,断粮户就会增加到五成。"

"乖乖,这么严重,怎么解决呢?"梁其昌眼睛转了一圈。

"简单,打土豪呗!"张欣武看见大家都吃惊地望着他,便继续道,"我的意见是年前就拿刘绍鼎开刀,把他家的粮食都分了,让没有年饭米的穷人也吃个饱饭!"

"我看这个办法好,既解决了眼前的问题,又让贫苦农民都看到了希望,还震慑了土豪劣绅!"邓国安立即替张欣武做了说明。

"是个好办法,"梁其昌点点头,"城里也在过年,国民党县政府已经放假,正月初十之前是不会办这个案子的!"

张国泰表态:"我同意!"

刘祖文也表态："我也同意！"

"明天夜晚就行动，但是行动一定要掌握好分寸！"王金林站起来对刘祖文道，"刘绍鼎是你大伯，你明天下午再去跟他谈一次，这是先礼后兵。如果他愿意带头拿出大部分粮食救济穷苦人，我们感谢他；如果他还是冥顽不化，就把他先控制起来，然后再分了他仓库的粮食，最好不要伤人！"

第十九章　打死总比饿死强

天刚黑下来,王金林、邓国安和黄鸣中的父亲几人坐在药铺里喝茶聊天,药铺门前路上走着一群一群挑着箩筐和背着麻袋的人,向东湾村方向奔去。

大约半个时辰后,突然从东湾方向传来"啪"的一声枪响。又过了约半个时辰,段行太气喘吁吁地跑来,压低声音对王金林和邓国安道:"出大事了!"

"不要着急,慢慢说!"王金林递给段行太一杯热茶。

"今天到东湾的有三四百人,刘绍鼎不仅不怕,还带着两个拿枪的家丁驱赶前去分粮的穷人。龚守德好说歹说他都不听,还叫家丁向龚守德开枪。一旁的龚发兴忍无可忍,拔枪就把刘绍鼎放倒啦!两个家丁见东家被打死了,都乖乖地把枪放在地上,没有反抗。"段行太喝一口茶继续道,"见刘绍鼎一死,众人就砸开仓门,开始分粮!"

"意料之中!"王金林和邓国安相视一笑,然后站起来,从屋里走到屋外,"这些分到粮食的穷苦乡亲,明天过年能吃顿饱饭啦!"

1930年的年关,对于广德西乡的穷苦人来说,真是一道生死关口。由于秋季蝗灾绝收,又加上冬天十几年不遇的大雪,不仅断粮,连地上的野菜都难挖到。

而年关过后,接着又是更难挨过的春荒。一年之计在于春,人误地一时,地误人一年呀!没有春天的种子播下,就没有秋季的希望和收获。土豪们囤积着粮食,企图卖出更高的价格;劣绅们更是奇货可居,高利贷像孙猴子一样一连翻了几个跟头。

人为财死,鸟为食亡。土豪劣绅为了发不义之财,全然不顾穷人的死活,也把自己推向了火山爆发的中心;像鸟一样命贱的贫苦农民,只能为了争得一口活命的粮食铤而走险,和土豪劣绅以命相搏了。

东湾分粮斗争的胜利,极大鼓舞了广大饥民的斗志。在西乡的石鼓、杨杆、凤桥等地都爆发了饥民自发的抢粮斗争。

整个正月,整个西乡,农民运动如暴风骤雨席卷着冰雪覆盖的大地。各个村里的贫苦农民不再像往年一样走村串户相互拜年,而是互相串联,争先恐后地报名加入村农民协会、农民赤卫队、妇女会、青年团、互济会、童子团等群众组织。黄金坝、东湾、八分地村的农民协会组织率先成立。就像多米诺骨牌效应一样,东冲、向村、芦塘、茆林、黄泥山、胡村、庄头等百余个村庄都相继成立了农民协会。

邓彩玉、吴元娣、杨清秀、彭珊绮等十几个妇女干部,在花鼓、誓节渡、苏村、石鼓、月湾、独树、柏垫、凤桥、梨山等地巡回演讲,讲述了生活在社会底层的一个又一个贫苦妇女的悲惨遭遇。特别是讲了发生在黄泥山的真实故事,一个只有十一二岁的童养媳,因为饥饿,偷吃猫钵的一点剩饭被婆婆发现,硬是被活活折磨而死。台下从十几岁的儿童到六七十岁的老奶奶,无不失声痛哭。

千百年来受压迫最重的农村妇女,第一次看见了妇女团结起来向封建礼教抗争的力量。她们认识到,只有团结起来参加革命运动,才有彻底解放的希望。

各地的妇女会组织,一方面领导妇女支持农民协会和农民赤卫队的工作,为他们筹集粮食、做鞋子、站岗放哨、传递情报,另一方面还要和坚持夫权的丈夫以及维护夫权的公婆做坚决的斗争。觉醒了的妇女都积极参加革命运动,这极大推动了整个广德西南乡农会组织的蓬勃发展。

面对风起云涌的大好形势,王金林和邓国安、梁其昌、张欣武、张国泰等县委委员商量,决定召开花鼓乡各村农协委员参加的会议,讨论如何进一步规范各村农民协会组织,建立村级农民赤卫队,进一步开展分粮斗争等工作。邓国安向王金林提议,把开会的地点定在花鼓塘村农协主席林家旺家。

正月十五元宵节,也是开年第一大节日。林家旺把在镇压刘绍鼎时分得的三十斤糯米全部碾成米粉,做成汤圆招待参加会议的人员。参加会议的有县委委员,花鼓塘、黄金坝、八分地、东冲、董家冲、十八里店等村的农协委员三十余人。

会议下午一点开始,由王金林主持,他首先请林家旺介绍花鼓塘农民协会成立的情况。

林家旺是花鼓塘黄家墩人，年幼时在周爵三的私塾念过三年书，家里虽有几亩薄田，但还不够一家老小吃半年。为了养家糊口，他除了辛辛苦苦种好几亩薄田，还需给地主打短工。他身体强壮，性格豪侠仗义，常替穷苦人打抱不平，在花鼓塘一带的名望很高。

　　"王金林同志让我先讲，我就抛砖引玉。其实，黄金坝和八分地的农会成立得都比我们花鼓塘要早，比我们做得好。我们花鼓塘的农民协会成立，主要得益于镇压了刘绍鼎。那天晚上，到东湾刘家分粮，东湾村几乎没有人敢去，花鼓塘人也只去了一部分。后来看到刘绍鼎被我们坚决镇压了，花鼓塘和东湾的人都拥去了。第二天，看到农会组织发挥出来的作用，我们花鼓塘原先一直在犹豫和观望的雇农和中农都到农会来报名，要求加入农会，甚至连几个地主也要求加入。所以目前我们花鼓塘除了几个土豪劣绅以外，基本上都加入了我们农会！"林家旺讲完坐下后，王金林示意段行太接着讲。

　　"我们黄金坝的农民协会工作，主要是实行编组制度，就是以自然村为单位，每十五人为一个小组，设小组长一名；每十五个小组为一个大组，设正、副大组长各一名；每二十五个大组为一村，建立村农会，设主任一名、组织委员一名、宣传委员一名、妇女委员一名、经济委员一名，农会委员都是党员。我们在群众中的威信很高，他们对我们很信任，有困难就找我们帮助解决……"段行太虽然只有二十来岁，但确实是个聪明能干的小伙子。他在王金林和邓国安的接济下读了三年小学，不仅能说会道，还是个敢说敢干、有勇有谋的青年。

　　被王金林点名的龚守德站起来："我们黄金坝是第一个建立村农民赤卫队的，成立时二十人，现在已经五十人。我们每个小自然村为一个小队，村农会有一个中队。一般十八岁到三十岁的为先锋队员，参加村中队；超过三十岁的留在小队。我们村中队有一把盒子枪，是县委配给我的。村中队的骨干成员是龚发兴和他赶山队的猎户，个个都是神枪手，可惜都是土枪……"

　　龚守德讲到这，望了一眼梁其昌，继续道："正月初五，梁先生就带我们到独树一带收了七八条国民党溃兵散落在民间的快枪。枪都是好枪，可惜没有几颗子弹。年前，我们在打刘绍鼎家时也搞了两条长枪，加起来也有十来条枪了。现在，以我们赤卫队的力量，对付几个土豪劣绅就是小菜一碟……"

　　"上次杀刘绍鼎，县委领导批评了我，我接受。可是，当时刘绍鼎太猖狂了，搞得我们骑虎难下。幸亏我们提前做了两个家丁的工作,他们才没有开枪。我见势不妙,就抢了我叔叔的枪,先下手为强,把老东西干掉再说!"龚发兴还没等龚守德说完就站了起来。

"刘绍鼎明里暗里有几条人命的血债,我们孙家就有一条人命。这样的恶霸不除,大部分贫农和佃农就不敢参加农会,跟着我们干革命!"孙家府也站了起来。

"同志们,刚才大家讲到了镇压刘绍鼎,都认为龚发兴做得好。从开始到现在,我也是这样认为的,大长了我们农会的士气,灭了土豪劣绅的威风,推动了我们各地农会组织的建立……"王金林边说边站起来,用手示意大家安静,"可是,我们共产党是有组织有纪律的政党,也要求我们参加革命的每一个人都要严格遵守组织纪律!我们在座的大部分人和土豪劣绅都有深仇大恨,因为他们身上都有我们穷人的血债,国民党反动政府却放任他们为所欲为,所以我们才要起来革命,杀他们的头!可是,虽然他们该杀,但不是哪个个人说杀就杀的,而是要经过我们农会组织,经过审判,公布他们的罪行,让广大的民众都来参加镇压他们的革命行动!"

王金林讲到这儿停下来,让孙家府、马成林、杨荣生、邓彩玉、周清远等人都先后作了简短的工作汇报和交流发言。

晚饭就在林家旺家简单地吃点糯米汤圆,没有菜馅,林家旺妻子抱出一养水坛辣椒酱,被大家吃了个精光。

晚上继续开会。会议最后形成四个决定:

一、建立村级苏维埃政权。将五个村级农会组织合并,成立施村、八分地两个中心村农会,并建立苏维埃政府。段行太担任施村苏维埃政府主席,组织委员林家荣,宣传委员林家旺,下辖的各个村农会主席为委员;八分地苏维埃政府主席孙家府,组织委员朱锦成,宣传委员马成林,下辖的各村农会主席为委员。

二、加强苏维埃政府所属的赤卫队武装建设,通过捐献、购买、收缴等形式取得枪支弹药;每个村赤卫队要制造大刀、梭镖、长矛等冷兵器武装赤卫队员,为即将开展的武装斗争做好准备。

三、开展"抗租、抗税、抗捐"的新"三抗"斗争,继续开展分粮斗争。春耕即将开始,大部分农民不仅没有种子,有的已经揭不开锅了。组织"吃大户",分掉他们囤积的粮食,以满足贫苦民众最迫切的生存需求。

四、针对一部分地主已经向县城和外地运粮的行为,苏维埃政府发布通告,设立检查站,一律不允许粮食外运,否则全部予以没收。

会议结束后,王金林和梁其昌带着龚守德等十余个武装赤卫队员,在邓达远、吴子华、王大亚等人的配合下,按图索骥,继续在独树的吴家冲一带收集彭建章部丢弃在民间的枪支弹药。吴子芳是吴家冲的大地主,有十余支枪被他家的佃户收藏。王金林找到吴子芳,没有花一分钱就把枪全部搞到手。

1929年12月10日,驻常州三十二军独立第四旅第十二团第一营营长李炳新、第三营营长彭建章受反蒋派居正、蒋尊簋策动哗变,彭建章自称"护党救国军"旅长,截断沪宁铁路,随即南退,占领宜兴,与率部前来追剿的李仙洲团等部激战,终因寡不敌众,从宜兴退至广德,在独树一带与五十七师激战数日,于19日从独树街败走江西。彭建章部败退时,在吴家冲一带丢弃了部分枪支弹药,被当地的老百姓和土匪收藏。

早春二月的江南,还是春寒料峭。二月二,龙抬头,无论是湖北还是河南来的移民后代,都有炒黄豆敬龙王爷的习俗,祈求全年风调雨顺、五谷丰登。可是今年,觉醒的贫苦农民再也不信天,不信神,更不信邪,只信共产党,信农民协会,信自己。

根据元宵节会议的决定,林家旺、段行太等人在农历二月二这天带领花鼓塘、黄金坝农会会员八百余人,高呼"打死总比饿死强!"的口号,在龚守德带领的施村赤卫队的掩护下,分掉了董家冲地主邓道全、曹万和家稻谷六千余斤。

在董家冲分粮斗争发生十天后,王金林、梁其昌、邓国安、张欣武带领八分地、施村的农会会员一千多人,手持大刀、铁锹等武器,分掉陆家铺大地主李光恕、李光春、李光先、李四的稻谷六万余斤,缴枪三支,击毙凶悍家丁一人。

陆家铺分粮的第三天上午,陆家铺农会主任陈玉伦和几个农会干部在小杨妃山开会,被国民党广德县北二区区长樊世才带领的民团包围。为了掩护其他战友突围,他仅凭一杆猎枪和敌人纠缠,最后被樊世才逮捕杀害。

陈玉伦是余家高村人,在村上读过几年私塾,三十四五岁年纪,家里有二十几亩水田和五十余亩竹山。他为人仗义,常出头替穷苦村民鸣不平,在陆家铺、余家高村一带的威信很高。去年秋天,邓国安、张欣武到他家动员他参加农运工作,他很爽快就地答应了。十几天前陆家铺村农会成立,他当选为主席。

第二十章　皖南红军游击队

陆家铺分粮后，土豪劣绅便连夜向国民党广德县自卫队花鼓塘中队胡队长行贿五十块大洋，请他带领队伍镇压农会会员，并帮他们抢回被农会分掉的粮食。

第二天一早，到陈塘参加分粮斗争的农会会员挑着粮食刚走到陈塘和花鼓塘中间的高村，就遭到胡队长带领的二十几个自卫队士兵的阻拦。村赤卫队员刘大月为掩护挑粮群众，手持大刀和敌人展开战斗，被敌人开枪击中，倒在血泊之中。

在陈塘指挥分粮的王金林得到胡队长从花鼓塘出发的消息后，便立即安排张欣武、龚守德带领赤卫队三十余人快速赶到高村，正好遇见自卫队袭击挑粮群众。张欣武带头冲向敌人，一枪就撂倒一个自卫队士兵。胡队长见势不妙，丢下一具尸体和三支长枪，连滚带爬地逃回花鼓塘据点。

陈塘的分粮斗争是中共广德县委第一次公开领导的农民运动，亮出了自己的旗帜，拉开了广德农民武装暴动的序幕。王金林在八分地主持召开了花鼓塘区苏维埃成立大会，林家旺当选为区苏维埃主席，委员有段行太、龚守德、孙家府、周清远、邓行三、陈东林、邓彩玉等人。

会议进一步明确了苏维埃政权的性质、权利和义务，区苏维埃政府机构的设置及工作流程。同时，花鼓塘区苏维埃赤卫队也宣布成立，龚守德担任区赤卫队队长。

花鼓塘区苏维埃政府成立的第二天，王金林又亲自带领区赤卫队和农会会员一千多人浩浩荡荡开进戈村，包围了大地主温少光的大院，不费一枪一弹，缴获长枪十二支，分掉仓库粮食五万余斤。

广德城西街的温家，是广德县最大的地主之一。温家在广德城西郊、东郊、

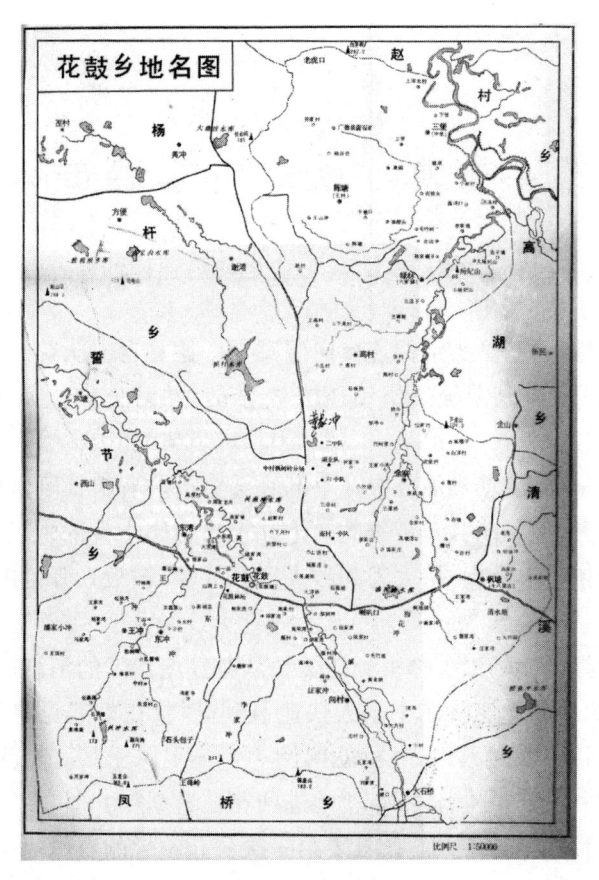

花鼓乡地名图

西乡、北乡等地有良田千余公顷。当时的民谣"董家的钱、温家的田、黎家的权",真实反映了当时三大家族在经济和政治上影响广德社会的基本县情。温少光是温姓家族的一支,在城里有住房和多处店铺。他家仅在戈村一带就有良田五百余亩、房屋百余间,其中粮仓就有五十余间。每年秋天他把低价收购佃户的租粮囤积起来,第二年春夏青黄不接之时,以高出秋粮三到四倍的价格贷给佃户,以赚取比田租高几倍的利润。他家仓库四周都是两米多高的院墙,院墙东南西北都建有碉堡,二十来个家丁常年带枪护卫。

温家的代表人物温季愚属于城市中心派,戈村的朱学易属于西乡派,两家本来就势同水火。这次,朱学易接受王金林交给的任务,提前秘密说服了守护温家粮仓的大部分家丁,要他们在赤卫队到来时里应外合,主动交出武器和粮食。

戈村分粮后,苏维埃政府又组织贫苦农民分掉了杨杆乡汤村和誓节渡芦塘等地地主陈文清、许德新、吴协堂、李二瘪子的粮食五万余斤。

以花鼓塘为中心的广德西乡农民革命运动迅速向西乡、南乡各地蔓延,形成燎原之势。各地的苏维埃政权纷纷建立,各区、乡所属的农会、赤卫队、妇女会、童子团、互济会等群众组织亦如雨后春笋般蓬勃兴起。各地的妇女会在赵永安、谢应凤、杨清秀、彭珊绮等人的带领下,不仅担负起洗衣、做鞋、做饭、送茶、照料伤员等诸多事务,还重点以教唱革命歌曲和召开诉苦会等形式开展宣传鼓动工作;整个苏区十八岁以下的少年儿童,除了地主家的孩子,不管是放牛娃还是学生,都参加了童子团。

童子团分小队、中队和大队,隶属共青团领导。各地建立童子团二十几个,有一千四百多人。黄鸣中、邓彩珠、许道琦、张思齐等人都是童子团的干部,他们主要从事张贴标语、散发传单、传递情报、站岗放哨等工作。

互济会组织由同情和倾向革命的开明士绅组成,主要工作就是到国民党政府统治的"白区"活动。许端甫、阮志鹏、苏茂斋、阮维贤、周爵三、吴子芳、邵德兴、方锦德都是互济会的秘密成员,他们主要的工作就是搜集情报、传递信件、购买物资、保释被国民党政府逮捕关押的苏区工作人员等。

西乡、南乡各地苏维埃政权的建立,立即掀起一场暴风骤雨式的分粮、"五抗"、双减和反霸斗争高潮。虽然还没有开展没收地主、富农的土地和财产,实行分田分地的土地革命,但是,大部分土豪劣绅已经吓破了胆。方成虎、陈继堂、童有清、张芝山、蔡老五等大地主纷纷逃到广德县城和宁国县河沥溪镇等地。国民党区、乡政府及所属武装都龟缩到据点里,不敢对苏维埃政府发动进攻。

逃亡到县城和其他地方的地主们,企图悄悄地将自家囤积的粮食转移到"白区"。针对这一现象,各地苏维埃政府立即组织赤卫队员、农会会员和童子团团员,在所有通往"白区"的道路路口设立检查站,严禁粮食外流,保障苏区人民能填饱肚皮。

农民赤卫队在石板坡、油榨岭、十八里店等地先后截获大地主方成虎、陈继堂、何汉群、童有清、王小伦等偷运往广德县城的稻谷八十余万斤。

为了进一步扩大胜利成果，保卫新生的苏维埃政权，保护苏区人民的生命和财产，中共广德县委决定成立一支由党领导的武装队伍。

3月底，王金林在黄金坝邓国安家主持召开县委扩大会议，梁其昌、邓国安、张欣武、张国泰、龚守德、余家堂、林家旺、邓行三、刘祖文、段行太等二十几人参加了会议。

"同志们，"梁其昌讲话总是不急不躁、不紧不慢，"年节前后，我们仅仅用了一个多月时间，就通过分粮斗争教育和团结了西乡、南乡两个地区的上万名农会会员，建立了花鼓塘区苏维埃政府及几十个村苏维埃政府，这是一个巨大的胜利。但这还远远不够，我们还要向大西乡的独树、月湾、石鼓、苏村，南乡的梨山、四合、杨滩，西北乡的杨杆、白水、下寺一带发展，然后再向东乡和北乡发展，包围并夺取广德县城。因此，我们必须建立一支由县委直接领导的武装队伍……"

"打倒土豪劣绅！保卫红色苏维埃！"张欣武带头喊起了口号。

"下面，请书记王金林同志就如何开展游击斗争发表讲话！"喊口号结束后，梁其昌向大家挥挥手，会场立即安静下来。

"同志们，据我们在城市工作的同志密报，广德的土豪劣绅已经通过安徽省政府向南京政府请求出兵，蒋介石已经下令派首都卫戍团一个营来广德。这没有什么可怕的，只要他们胆敢进入我们苏区，我们就像包饺子一样，一口一口把他们吃掉！"王金林说到这儿，话锋一转，"但是，打仗是要真刀真枪地干，不是吹牛皮说大话。所以，我们也要有一支精明强干的武装队伍。江西井冈山地区朱毛的部队叫工农红军，在我们皖西暴动的农民队伍也叫工农红军，我们也应该打出红军的旗号！"

"红军，红军万岁！"龚守德喊起来。

"我们就叫广德红军游击队！"张国泰激动地站起来。

"广德红军游击队，这个名字好！"王金林也站起来，"我们周边的宣城、郎溪、宁国等县的农民运动都在开展，我们的苏区很快就会扩大到宣、郎、宁一带，我提议，我们的队伍叫皖南红军游击队！"

采访胡惠民的儿子胡永华

采访黄鸣中儿子黄传政

"好,皖南红军游击队这个名字响亮,我首先同意!"梁其昌示意王金林、张国泰坐下,继续道,"名字起好了,游击队的队长谁担任最合适,大家发表意见!"

"我建议邓国安,他在我们农民中的威信高,而且身强力壮,是打仗的好手!"龚发兴抢先发言。

张国泰举手:"我同意邓国安!"

段行太举手:"我也同意!"

"我选张欣武同志,他有郎溪暴动的经验,是个对党忠诚的党员!"林家旺举手。

"我认为,王金林同志任队长最合适。他不仅是我们中间学问最高的,而且马列主义理论水平也最高,头脑灵活,点子和方法也最多!"张欣武见林家旺提他,立即站起来表明自己的观点。

"我也认为王金林同志担任游击队长最合适!"邓达远站起来,"队长不仅要能打仗,更要会打仗。诸葛亮就是摇摇扇子的儒将,那叫运筹帷幄!"

"王金林同志是我们的书记,游击队应该他当家!"龚守德接着表态。

邓国安站起来:"我和王金林同志从小在一起长大,这么多年,我都是听他的。我同意他担任游击队长,也会一如既往地支持他的工作!"

余家堂、闵天相、朱学易等参加会议人员都纷纷表态,基本上都是支持王金林担任游击队长。

"同志们,我们的游击队武装,是党领导的武装,王金林同志是我们的书记,由他担任队长,有利于统一思想和果断决策。刚才大家都纷纷表态,大多数同志同意由王金林同志担任游击队长,理由很充分,我也同意大家的意见!"梁其昌站起来继续道,"综合大家的意见,我宣布由王金林同志担任皖南红军游击队队长!下面,请王金林同志给大家再讲讲!"

"谢谢大家对我的信任,也谢谢梁其昌同志代表上级党组织对我的信任!"王金林走到梁其昌面前,伸出双手,紧紧握住梁其昌的双手,"预人兄,你是广德党组织的创始人,一直在后台兢兢业业地工作。这两年多以来,你为革命几乎变卖了梁家的所有财产,为广德的农民暴动做了大量的铺垫。可以说,没有你,就没有今天的大好局面。可是,你又要奔赴新的战场。你这一走,我感到心里空落落的……"王金林两眼发红。

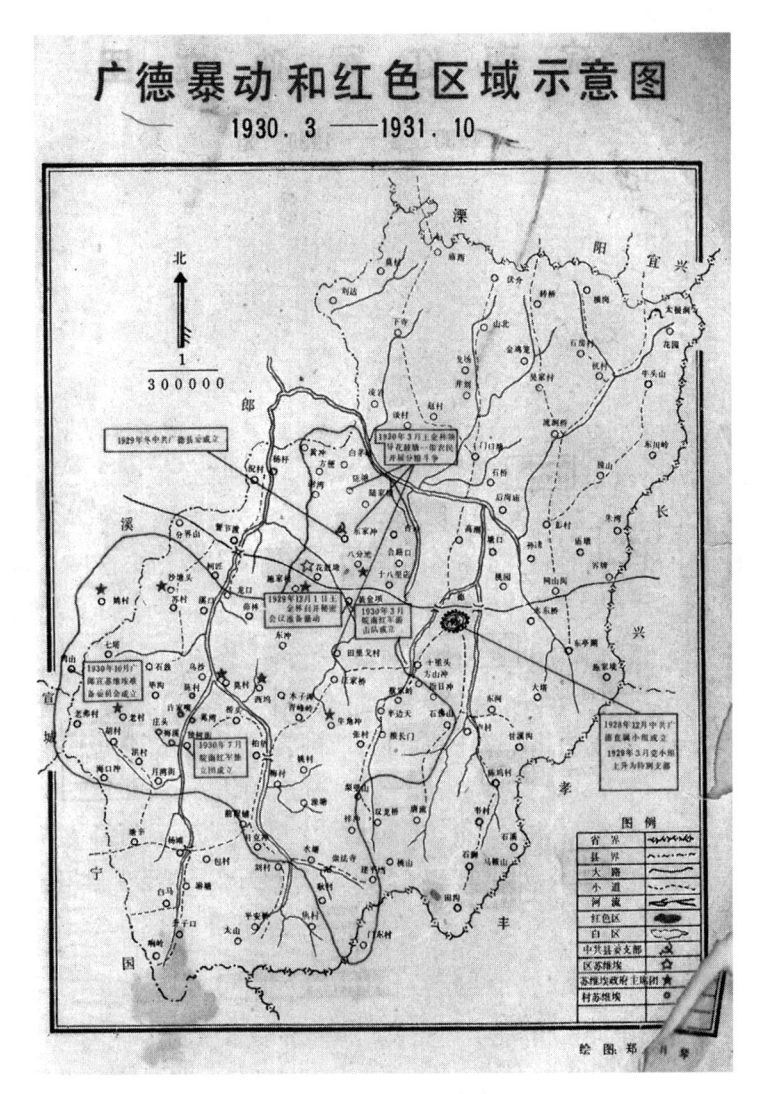

广德暴动和红色区域示意图

　　看着梁其昌消瘦许多的面庞,众人受王金林情绪的感染,都不禁流泪,邓彩珠几个女人还低声抽泣。

　　最后,会议决定从花鼓塘、西坞等区、乡赤卫队选调六十余人成立皖南红军游击队,并将四十余支快枪全部集中起来,由游击队统一安排使用。

　　根据王金林的提议,张欣武担任游击队教导员,龚守德担任副队长。中共广德县委机关随游击队行动,领导即将到来的反"清剿"行动。

第二十一章　合路口伏击夺粮

广德暴动就像一声惊雷，在皖南的上空炸响，引起了国民党南京政府的极大恐慌。4月初，国民党安徽省政府主席陈调元一方面撤换"剿共"不力的广德县长汪琦，调山东济南的周景清担任广德县长，另一方面请求国民党南京政府派出首都卫成部队前来广德"剿匪"。团副李元凯率领一个营三百余人，在国民党广德县地方武装的配合下，向苏区发动了第一次"清剿"。

面对敌人的强大攻势，王金林带领红军游击队采取"避敌主力，待机出击"的方针，从花鼓塘转移到独树街一带活动，所到之处，大批贫苦农民和造纸工人纷纷要求参加游击队。为了对抗国民党正规部队和地方武装的进攻，分化和瓦解敌人阵营，壮大红军游击队力量，王金林派王大亚、邓达远到国民党独树保安中队马忠海部秘密开展策反工作。为了配合策反工作，他还亲自编写了《士兵歌》：

　　士兵兄弟们，都是穷苦人。
　　没有田和地，没有钱和银。
　　地主老财们，逼去当团丁。
　　官长如虎狼，饷银克扣尽。
　　士兵兄弟们，听我唱红军。
　　官兵如兄弟，平等又相亲。
　　大家快起来，齐心投红军。

张国泰带领胡惠民、刘祖文等人将《士兵歌》油印成传单，在西乡各地的自卫队中秘密散发，甚至还通过朱学镛、胡信民、佘溪萍、徐鸿猷在广德县城内的国民党部队中散发。有几个士兵看到传单后,主动携枪向游击队投诚。

歌声就是号角,为了保卫红色政权和革命的胜利果实,翻身解放的贫苦农民彭来妹、汪凤荣、徐金海、汪天顺、吴永来、吉光彩、吉光明等三百余名青壮年纷纷报名加入红军队伍和赤卫队,拿起武器投入残酷的阶级斗争。

李元凯到达广德后,受到国民党广德县政府和土豪劣绅的热烈欢迎。特别是那些从西乡逃出的土豪劣绅,纷纷前往犒劳卫戍团官兵。

国民党广德县自卫队队长邓秀山的自卫队虽然号称七百余人,但大部分都是从各乡镇拼凑起来的乌合之众。加上李元凯的人马,一千多人的队伍也算是浩浩荡荡。他们从西门郎步街出发,经山关岭、五贡山,沿宣广大道直奔枫塘铺而来,开始了对皖南红军游击队的第一次"清剿"。

花鼓塘区苏维埃赤卫队设立的递步哨早已一站接一站地将敌人的一举一动传报给在施村的段行太。段行太一边派人到黄金坝给区苏维埃主席林家旺和已经开往独树一带的王金林送信,一边安排村里农会干部随村赤卫队一起向文昌宫、五龙山转移。

李元凯的队伍耀武扬威地开进花鼓塘,花鼓塘保安中队胡队长已经在英溪桥头迎接。李元凯听完胡队长的报告,哈哈大笑起来:"你们真是厌包,就几个秀才造反,看把你们吓得屁滚尿流!"

"报告李、李团长,'匪首'王金林不知道使用了什么妖术,简直就是一呼百应,穷鬼们都跟着他起、起哄……"胡队长结结巴巴地说道。

李元凯不屑一顾地看了胡队长一眼,转向邓秀山:"邓队长,你就安排十来个熟悉地方情况的人给我带路,我的队伍进山'清剿'就行了,你们就留在这里'肃清'地方武装吧!"

邓秀山知道李元凯是想独霸功劳,这也正是他求之不得的事。他和队副孟德卿、周自衡商量后,从誓节渡、花鼓塘、柏垫、独树、月湾、苏村等乡镇自卫队中挑选二十几名谙熟地方乡情的士兵配合李营行动。李营经凤桥乡的戈村、西坞,从桥头涉水过氽河,从石灰丫子向独树街搜索前进。邓秀山则带领余下的自卫队六百多人在花鼓塘、誓节渡、凤桥一带大肆劫掠,捣毁各地村苏维埃机关,搜捕农会干部、红军战士和赤卫队战士的家属。

东冲一带熟悉当地舆情的恶霸地主詹侯贤、郑尚文、陈老鳖等人,公开出来指认农会干部、红军战士和赤卫队战士家属，导致没有转移的村农会干部叶国良、查培仁等人被逮捕杀害；花鼓塘赤卫队队长王发林、誓节渡天平赤卫队队长陈相喜、八分地赤卫队员张义城等人都在掩护群众撤离的战斗中英勇牺牲。

县自卫队所到之处，都陷入白色恐怖之中。

王金林带领游击队在五龙山和金龙山一带，不是消极被动地逃跑，而是采取灵活机动的战术牵着李元凯的鼻子走。他带领百余人的队伍时聚时散，有时分成几个游击小组，利用熟悉的地形和群众提供的准确情报，昼夜不停地袭扰敌人，拖得他们筋疲力尽，然后又及时把握战机，主动出击。

一个多月时间里，游击队同敌人展开了大小十几次战斗。游击队二班班长曾余庆，战士霍家贵、陈少寿等十几人在战斗中英勇牺牲。

5月初，王金林、邓国安、张欣武带领的几支队伍在金龙山阳太保殿会合。

阳太保殿是座千年古寺，大多建筑都已损毁，只剩残垣断壁，仅有大雄宝殿尚在风雨飘摇之中。殿中的十八罗汉木雕塑像都是缺胳膊少腿的，东倒西歪在各个犄角旮旯。龚守德带领战士把屋内的所有泥木菩萨都搬出来，放在门外的空地上，把屋内简单地打扫一遍。县委机关的领导都被安排在房子最东的一间，其余的四间就是战士们的"大床"，虽然潮湿，霉味冲鼻，但几天几夜没有合眼的战士们倒头就睡，个个鼾声如雷。

而县委和游击队的领导们没有睡觉，他们正抓紧时间开会。

"同志们，在这近一个月来的反'清剿'斗争中，我们游击队采取了机动灵活的方法，和敌人兜圈子、捉迷藏，以小的代价取得了较大的胜利，消灭了反动士兵三十多人，缴枪二十多支，消耗了敌人的有生力量，打击了他们的嚣张气焰，也锻炼了我们的队伍。可是，县自卫队的狗子们却给我们花鼓塘、西坞等地的苏维埃政权造成了极大的破坏，我们二十多个农会干部和赤卫队员被他们杀害或关在监狱里！"王金林讲到这里顿了一下，"张国泰，你带一些钱，和朱学镛再到上海去一次，向上级党组织汇报我们近期反'清剿'斗争的情况，请求上级党组织多派一些军事干部来支援我们。另外，想办法再弄几支手枪！"

"好，我明天一早就动身！"张国泰道。

"王大亚，你那里还有多少大洋，都让张国泰带去！"王金林望着坐在对面墙角的王大亚。

"报告王书记,这一段时间打土豪共得一千二百三十块大洋,用于抚恤牺牲同志家属,派人到外县购买枪支弹药和布匹、食盐、鞋帽、电筒等物品,已经用去将近一半!"县委的经济管理员王大亚站了起来,"我这就去安排!"

"报告王书记!"龚守德站起来,"听说王发林同志为掩护战友突围,受伤后被白狗子逮捕,还关押在花鼓塘,敌人对他使用了各种酷刑,但是他没有招供,宁死不屈。给我一个班的人,我去把他救出来!"

张欣武也站起来:"我也去!"

"敌人在花鼓塘驻有重兵,你们去不是送死吗?"王金林眼睛发红。

"敌人开始没有杀害王发林大哥,也没有把他押解到县城,可能就是他们设的一个圈套,让我们去钻。"邓国安用手按了一下王金林的肩膀,"不过,我昨天得到情报,敌人已经在花鼓塘杀害了发林大哥。金林,节哀……"邓国安已经眼圈发红。

"发林大哥是个好人哪,我们一定要为他报仇!"段行太举起手中的快枪。

"嘘!"王金林向外面指指,示意大家讲话轻一些,不要影响外面的战士睡觉,"今天休息一晚,明天我和龚副队长带领二十个战士到五龙山一带活动,看看花鼓、杨杆那边的情况;国安和欣武同志各带一部分人留下来和敌人继续纠缠,寻找机会狠狠地敲他们几下!"

杨杆乡地处广德的西北部,西北和郎溪县搭界,东部隔白茅岭与白水塘相望,南部和誓节渡毗邻,桐汭河经阳山顶西麓流入乡境,河两岸是广袤且肥沃的农田。由于前一段时间苏维埃政府禁止粮食外运,封锁了途经陆家铺、合路口的郎广大道,杨杆一带的粮食无法运往广德县城。李元凯下乡"清剿"后,大地主魏干成、杜义友、杨义声、张国田等人准备乘机将六万余斤粮食偷运到广德县城。杨杆农会摸清这一情况后,立即将情报传递给正在芦塘一带活动的林家旺,林家旺带着邓行三立即赶到五龙山万岁岭,见到了王金林,及时报告了这一情况。

王金林沉思一会儿,极目远方,目光定格在横山和白茅岭之间的枫树岭。枫树岭东边不到五里路就是合路口。这合路口,自明清起就是广德州到属县郎溪途中的一个驿道。驿道宽阔,可通骡马车,亦称郎广大道。

"抢运六万斤稻谷,得需一千担箩筐。"王金林收回目光,望着林家旺,"老林,你们能够组织一千个农会会员在今天后半夜秘密赶到合路口吗?"

"王书记,你是准备在合路口截粮吗?"林家旺面露疑色。

"对,就在合路口设伏!"王金林胸有成竹,"你是怕他们有三十来人的商团卫队和家丁,我们只有二十来人,对付不了他们吧?"

林家旺点点头:"是的。"

"他们虽然有三十人,却都是乌合之众,到时候打起来,跑得会比兔子还快。龚虾子,你们几个神枪手到时候可得手下留情,这些当兵的也都是穷苦人。"王金林转向林家旺,"秘密组织一千人,不走漏风声,你们能做得到吗?"

"能!"林家旺、邓行三异口同声。

"好,你们明天凌晨寅时把人带到枫树岭,我们在那里会合!"

林家旺、邓行三两人领命而去。

子时一刻,王金林、龚守德就招呼游击队员起床,悄悄赶往段家湾。段行太下午已经潜回家,让母亲准备了一些饭团。游击队员们填饱肚子,便兵分三路出发。一路由段行太带领五人在喇叭口一带埋伏,观察花鼓塘方向的敌人动向;一路由龚守德带领五人前往山关岭方向,观察县城方向敌人的动向;一路由王金林亲自带领龚发兴、陈东林、童祖华、戈宗义等十人前往枫树岭。寅时二刻,三路人马直接到合路口会合。

王金林提前赶到枫树岭,安排陈东林和龚发兴先到合路口侦察地形,安排戈宗义、童祖华各带一人到枫塘、余家一带警戒,自己和刘祖文则留在枫树岭等候家旺、邓行三带领的挑粮大军。

果然,寅时一到,林家旺、邓行三、邓彩珠、张二妹等人就带着五路挑粮大军从芦塘、余家、枫塘几个方向悄悄赶到枫树岭集合。集合完毕,正准备出发,杨杆农会就派人前来报告,土豪劣绅的运粮车队已经从杨杆街出发了。

王金林叮嘱林家旺等人将挑粮农会会员带到程家老湾北边的小树林中埋伏,自己和刘祖文赶到合路口,见到陈东林和龚发兴,察看了他们选择的埋伏地点。不一会儿,龚守德、戈宗义、童祖华、段行太等人按时全部赶到合路口。王金林让龚守德安排在离合路口村半里路的地方设置了路障,二十人分成两队,王金林和龚守德带领十人埋伏在路北的小山岭上,陈东林、龚发兴带领十人埋伏在路南的树林中。

东方的天空刚刚露出鱼肚白,吱吱呀呀的车轱辘声就从小窑村方向传来。不一会儿,长长的车队进入了游击队的伏击圈,走在最前面的商团士兵看见有人为设置的路障,就惊慌地叫喊起来。

"啪!"一声清脆的枪声打破寂静的天空。只见龚守德手里拎着盒子枪,站在山岭上高声喊道:"路上的人都给我听好啦,我们是王金林的红军队伍,只打地主恶霸,不杀穷人。你们放下枪和粮食,我们绝不会伤害你们的性命!"

"土匪抢粮了,快跑吧!"送粮队伍中有人高喊。这是农会安排的内应,故意造成混乱局面。

"快跑吧,逃命要紧!"趴在地上的兵丁们都赶快爬起来,争先恐后地往回逃跑。

见有三四个家丁把枪丢在地上,魏干成的押粮大管家向商团的士兵喊着:"大家不要跑,不要把枪丢了,逃跑回去都是要枪毙的!"

其他的士兵听见管家叫喊,都不敢再把枪丢下,只顾拼命往回逃。其中有一个商团士兵又回转身捡地上的枪。

"砰!"一声枪响,南边的树林中龚发兴扣动汉阳造扳机,捡枪的士兵应声倒地。

"兄弟们,给我打!打死一个重重有赏!"大管家站在马车上挥舞着手中的短枪。

"砰砰!"又是两声枪响,大管家从车上一头栽到地上。

后面车上还有几个管家模样的人,跳下马车夺路而逃。一眨眼工夫,路上送粮的士兵和车夫跑得一个不剩。路两边埋伏的红军战士都冲到路上。

王金林一边安排段行太带着五个红军战士把警戒哨放到合路口村头,一边安排龚守德带领十来个战士向敌人逃跑的方向追击一程,把他们赶得无影无踪。

战斗一结束,一千余名农会会员挑着箩筐蜂拥而至。不到一刻钟,六万斤稻谷都被农会会员们分装挑走了,路上只剩三十余辆东倒西歪的马车和十几匹惊魂不定的骡马。

此时,王金林抬头看着东方,太阳就像一个火球,从横山凹冉冉升起。

第二十二章　智取戈村和祥川

1930年5月，根据中共江苏省委的指示，梁其昌赶到芜湖，见到了临时负责安徽地方党组织工作的王步文，向他汇报了广德暴动的具体情况和中共江苏省委关于广德工作的意见，希望尽快组织和发动宣城地区的农民暴动，以策应和支持广德。

王步文根据中共中央的指示，再次到宣城巡视工作，梁其昌和他同行。

中共宣城县临委自去年春天恢复后，重点开展了发展党员和基层党组织建设工作。经过一年的时间，到王步文再次来时，已经建立了五个区委、十五个支部，发展党员二百一十名。巡视期间，王步文和梁其昌参加了五个支部的学习和培训活动。经过半个多月的巡视，他们了解到水东镇有两千多名煤矿工人，如果工作做得好，这将是一支重要的革命力量。王步文、梁其昌和宣城县临委商量，决定让梁其昌留在宣城一段时间，协助宣城开展工运工作。

梁其昌的祖辈是水东镇人，在水东一带的梁姓族人，给他深入煤矿工区开展工人运动提供了极大方便。经过两个多月的艰苦工作，宣城县临委在水东建立了以煤矿工人为主的直属党支部。

这一时期，皖南红军游击队反击国民党首都卫戍团对苏区进行残酷"清剿"的消息，不断从各个渠道传到梁其昌耳中。他知道王金林等广德同志的艰难，而自己却只能眼睁睁看着，为了减轻国民党军队对广德苏区的军事压力，必须加快宣城工农运动的步伐，及早发动宣城暴动。

广德苏区的军民在王金林的带领下，经过两个多月的反"清剿"斗争，一次次挫败了国民党军队的进攻。特别是李元凯的第三营士兵，处处被动挨打，个个垂头丧气。有一些贫苦家庭出身的士兵，受到红军宣传的影响，不愿意打穷人的军队,三三两两地携带枪支弹药向红军游击队投诚。红军游击队从开始的被动挨打逐渐转向主动出击。

6月中旬,西坞区苏维埃政权在黄泥山成立,何家生担任区苏维埃政府主席团主席,郭炳贵任组织委员,何振兵任宣传委员,谢应凤任妇女委员,陈崇高任赤卫队队长。

在西坞区苏维埃成立的当天夜里,中共江苏省委特派员李邦兴从上海来到广德。

家住杨滩的李文政读过几年私塾,在邓达远的带领下参加了红军游击队。王金林把他留在团部当文书。他虽然二十刚出头,做事却像个老学究,一板一眼的,所以有人给他起了个外号"小老李"。

李邦兴来后,为了和"小老李"区别,王金林就给他起了个外号"新老李"。除了王金林等几个负责人之外,没有人知道他的真实姓名,都叫他"新老李"。

摆在王金林、张欣武、邓国安等县委几个领导人面前的最紧要的工作就是如何增加枪支弹药,加强游击队武装,更好地对抗国民党军队更大规模的进攻,保卫苏区,保卫红色政权。

王金林在听取多方面的意见后,决定和张欣武兵分两路,分别突袭戈村自卫队和老费村地主彭楚臣武装。

王金林带着游击队五十余人,天刚黑就来到离戈村只有三里多路的稻堆山埋伏下来。然后,他和龚守德、龚发兴等五人悄悄摸进戈村朱学易家。朱学易刚洗完澡,正叼着水烟袋。王金林一进屋就对朱学易道:"大耳朵,我们今天晚上就要缴戈村自卫队的枪,你马上去一趟,看看他们在干什么。"

"好的,我这就去。"朱学易趿着木屐,"吧嗒吧嗒"地踏着石板路向村东的民团驻地走去。

大约过了半个时辰,"吧嗒吧嗒"的木屐声由远及近。

朱学易一进屋,满脸笑容:"今天站岗的正好是我家的一个内侄儿,其他的人都在屋里掷骰子,玩得正在兴头上。我已经跟内侄儿说好了,他放你们进去缴枪,完事后,你们把他捆着带走,他跟你们上队(参加游击队)。"

"守德,你把队伍带去,枪缴了就行,不要伤人,愿意上队的就带着,路上再盘查。"王金林又转向邓行三,"行三,你就留在这儿陪我。"

龚守德带着龚发兴立即消失在黑夜中。邓行三接过王金林递过来的手枪，机灵地蹦跳到院子里，把院门关上，守在大门后。

"学易，县党部最近的情况如何？"王金林边喝茶边道。

"温家的粮食在戈村被分后，他们就到县政府告了我的状，虽然没有证据，刘声远和孟德卿对我是越来越怀疑，我这第七分区执委的位子就是一张冷板凳！"朱学易一脸的无奈。

"学易兄，此处不留爷，自有留爷处！"王金林站起来，激情飞扬，"你看看现在的形势，整个大、小西乡的民众都在觉醒，革命斗志空前高涨，这是一股不可阻挡的革命洪流，一切陈旧、腐朽、落后、反动的东西都要被扫荡！"王金林冲着朱学易，紧握右拳，举过头顶，"吾辈青年，当此革命大潮汹涌澎湃之际，尚不拔剑而起，挺身而斗，摧毁这个腐败之旧社会，解几万万黎民于倒悬，更待何时？"

王金林放下高举的右手："学易兄，现在我们红军队伍人也多了，枪也多了，当务之急就是缺少干部，特别是有文化的干部，你就上队吧，搞政治指导工作。只要我们勠力同心，拿下广德县城指日可待，就让刘声远、孟德卿他们去啃草皮（枪毙）吧！"

"金林，我上有父母，下有妻儿，事关一大家十来人的性命，难以取舍呀！"朱学易紧握王金林的右手，"金林，自古忠孝难两全！我虽然不能上队，但我会全力以赴支持你！"

"学易兄，根据共产国际的指示和我党六大会议精神，在广大农村打倒一切地主阶级，没收其土地，分配给广大的贫苦农民，实行耕者有其田的政策是一股势不可挡的洪流。你我的革命引路人梁预人已经给我们做出了榜样，张国泰、邓达远、闵天相都变卖了自家的田地资助革命。你家良田百亩，不如现在主动卖出大部分，留足口粮田就行了，免得被动……"王金林刚说到这，门被推开。

"报告王书记，任务已经圆满完成！"龚守德拎着盒子枪走进来。

"好的，我们走啦！"王金林松开握着朱学易的手，"学易兄，好好考虑考虑我刚才的话……"说完转身走出院门。

另一路由张欣武、邓国安、李邦兴带领的红军游击队，经余家垱、庄头，翻过桃花岭，到达胡村。

吴子华在胡村开的南杂百货店是中共广德县委的一个重要联络站，梁其贤、吴子华、方良先、赵永安等人接到通知,已经在店里等一个多时辰了。

彭本富、赵永安做工的老费村纸厂,就是彭楚臣开的。彭家看家护院的家丁都由纸厂男工人轮流担任,只管饭,不另发工资。工人们都是心中愤懑,敢怒不敢言。特别是外地工人,受剥削和压迫最重,工钱少得只能勉强养活自己。彭本富、赵永安带领他们成立了工会,在梁其贤领导的农会的支持下,和彭楚臣展开要求增加工资待遇的斗争,取得了初步胜利。赵永安在工人中的威望很高,大家都叫她"赵大姐"。她在接到红军游击队要缴彭楚臣自卫队武装的通知后,就给几个当班的家丁打过招呼,让他们到时候做内应。

张欣武、邓国安、李邦兴带领游击队不费一枪一弹就进了彭家院子,收缴了家丁手中的十条枪。彭楚臣见风使舵,主动捐出三十担大纸。厂里十几个外地工人主动要求上队,邓国安和张欣武同意了他们的请求。

两支队伍完成任务回到万岁冲会合,休整了一天,王金林给石鼓祥川的同学张思明写了一封信,让方良先亲自送到张家。

方良先走后,他又派人把王大亚和朱学易找来,让他们立即赶到独树,和邓达远一起加快开展策反国民党第六区政府武装——独树保安中队。

方良先从石鼓回来,带回张思明给王金林的回信。王金林看信后立即点火烧毁,把龚守德叫来,对着龚守德耳语一番。

吃过晚饭,张欣武、龚守德带着七十余名红军战士和赤卫队员,趁着夜色的掩护,一路翻山越岭,经茆林、眠羊岭、乌沙,到石鼓村时已经是子夜时分,张朝发、张国臣、余应江等农会干部正等着他们。

张思明在南京读书认识了傅作义的一个部下,帮助他买了一支手枪和十几条长枪。他家前后有两个碉堡,家丁十六人。这些家丁,都是由张家的佃户轮流担任。

龚守德听完张朝发等人的汇报,便悄悄向祥川开进。他们刚到张家大院前,就被碉堡上一个站岗的家丁发现,他正要开枪,就被眼疾手快的龚发兴一枪打中,摇摇晃晃倒在碉堡里。龚守德趁机高喊:"同志们冲啊!"

"缴枪不杀!"几十个红军游击队战士一拥而上,推倒张家大院的栅门,正在门房睡觉的六七个家丁还没有穿好衣服就乖乖做了俘虏,七支长枪被游击队员们缴获。

可是，家丁头目陈友山带着另外十余个家丁跟着张思明的二弟张思静从侧门逃到山上，他们带走了一支手枪和六支步枪。

张思明知道红军游击队今晚要来，就在房间里看书。听到外面枪响，立即拿起眼镜，便从后门逃到山上。原来，王金林多次动员他参加革命工作，他因为家大业大，无法背叛自己的家庭和阶级，没有答应王金林，但他又不敢反对王金林，便同意在经济上支持革命。王金林要他的十几条枪，他又不能明送，只得瞒着父亲和其他人，和王金林唱了这出双簧。

张芝山一个多月前已经躲到广德县城，家里交给大管家崔学帮看管。

龚守德带人冲进里屋，将张思明的小弟弟和大管家崔学帮从被窝里抓出来。大管家崔学帮拿出准备好的五百块大洋，龚守德收下了。他根据王金林的指示，没有为难张家的其他人，也没有翻箱倒柜地强取豪夺。但因为没有完成预定的缴枪任务，在撤退时便将张思明的小弟弟带回游击队驻地。

从第二天夜里开始，张芝山便派陈友山将当时没有被红军游击队缴去的一支手枪和六支长枪，以及一万块大洋分几次送到红军游击队。一个月后，他的小儿子被释放。

从张思明家撤出后，龚守德、陈东林带领红军游击队一路大张旗鼓地开到苏村，配合农会骨干张正洪、盛奎元、张朝发、余应江等人，以沙塘头为中心，率先在张家祠堂成立宝花村苏维埃主席团，张正洪任村苏维埃主席团主席、盛奎元任副主席、余应江任组织委员、张国臣任宣传委员。

至此，红色区域已经在南乡以及西乡的花鼓、誓节渡、凤桥、柏垫、独树、月湾、石鼓、苏村等地全面开花，连成一片。龚守德根据王金林的指示，在郎溪和广德交界的大、小腰山一带继续扩大游击区，为开辟郎溪的姚村地区打开红色通道。

第二十三章　黄中道郎溪就义

张欣武、龚守德带领的红军游击队缴了张思明家的枪后，其他秋毫无犯。在张家休息了一个上午，吃完中午饭，他们就从独家冲经羊牧洼翻山抄近路向化成庵进发。

因为是在大山深处，张欣武认为敌人不敢贸然深入，就放松了警惕，没有安排先锋探路，率队直奔化成庵。

"砰砰砰！"几声枪响，走在前面的游击队班长张金富中弹倒地。

"卧倒！"张欣武大喊一声，一跃跳进路旁的树林，其他战士都就地卧倒，滚进路旁的草丛。

原来，国民党宁国县保安团接到命令，前来广德参加"清剿"皖南红军游击队。团长胡有洪率领百余人的队伍悄悄摸进化成庵，正在埋锅造饭，两个放哨的士兵发现了红军游击队，便立即开枪报警。

张欣武见只有两个站岗的士兵，以为是独树街的自卫队，便立即从地上跃起，手起枪响，击中其中一个，另一个掉头就跑，边跑边喊："有'共匪'！有'共匪'！"

"同志们，跟我冲啊！"张欣武高喊着带头冲向化成庵。他的身后，跟着长长一溜猫着腰向前的红军游击队战士。

"嗒嗒嗒……"对面突然响起了机枪声，冲在最前面的张欣武踉踉跄跄倒进路旁的沟里。他的身后，几个战士中弹负伤，对面的枪声越来越密。

"同志们！打，给我狠狠地揍白狗子！"龚守德和龚发兴连忙匍匐爬到前面，被密集的机枪子弹压在离张欣武只有十米距离的一个土坎下。

"队长，我看这股敌人有两挺机枪，一定是敌人的正规部队，来者不善呀！"龚发兴对着龚守德的耳朵大声道。

石鼓乡地名图

"他们穿的是保安团的服装,可能是从宁国来的。你带十几个人到左边的小高坡上,专门去打机枪手!"龚守德对着龚发兴的耳朵道,"黄烂腿伤得不轻,我把他救出来我们就撤!"

不一会儿,左边高坡上响起密集的枪声,敌人的机枪果然哑了,一会儿便又集中射向高坡龚发兴那边。龚守德手向后一挥,身后的段行太跟着他一跃而起,扑向张欣武。只一刹那间,龚守德和段行太架着张欣武就拐进茂密的树林中。对面敌人的枪弹又密集地打过来,红军战士也猛烈地开枪还击。

龚守德和段行太将张欣武架到一个安全的地方,查看了张欣武的伤情。张欣武手腕、大腿和肩膀三处中弹,血流不止。段行太脱下衬衫,撕成三块,龚守德简单给张欣武包扎止血。

"虾子(龚守德外号),赶快带领队伍从原路撤退……"张欣武紧咬牙关,"敌人和我们是遭遇战,还不清楚我们的实力,附近可能还有敌人的队伍,你们不要管我,赶快撤退!"

"行太,你去通知龚发兴,掩护我们原路撤退!"龚守德说完,背起张欣武就走。

龚守德带领红军游击队一路撤退十余里,甩开了敌人的追击,来到毕沟王大亚家。

这毕沟村位于两山之间,东、西两面是高峻的山峦,盛产毛竹。村中一百多户人家,五百余丁。据传,原来因村里多书香人家,崇尚笔墨,故名笔沟。后又因毕姓人居多,又称毕沟。

王大亚得信赶回家中,立即给张欣武和另外两个伤员处理伤口。他本来就是个江湖郎中,家里备有一些治疗跌打损伤的草药,可以处理一些简单的外伤。可是,张欣武的手腕中弹,三角骨、豌豆骨都被打碎,尺骨和桡骨两个动脉血管都露在外面,如果不及时做截肢处理,一旦感染,就会危及生命。

没有麻药,也没有外科手术刀,生生砍断战友的手腕,王大亚下不了狠手。张欣武用砍刀截断自己的手腕。王大亚看着战友"壮士断腕",两眼含泪用烧得通红的犁铧尖铁将战友手腕截口烧焦,以达到止血消炎的目的。

几度死去活来,张欣武硬是没哼一声。"手术"后,根据张欣武自己的要求,龚守德安排王大亚等人秘密护送他到郎溪姚村一个"关系户"家养伤,自己带领游击队秘密回到余家村和王金林会合。

得知黄中道身负重伤的消息,王金林和邓国安都心如刀割。

余家村的八分地村,是一个有二十几户人家的自然村。周清远是周家的老四,二十六岁,是个血气方刚的青年。余家村赤卫队一成立,他就担任赤卫队队长,在带领群众开展分粮斗争、镇压地主和反"清剿"斗争中表现得十分勇敢。王金林带领红军游击队在余家村会合休整,周家成了红军游击队的临时指挥所。周清远带领赤卫队负责整个余家村外围的警戒工作,几天几夜都不敢合眼。

转眼,张欣武到姚村养伤已经一个多礼拜。王金林决定由邓国安、龚守德带领王大亚等七个精干的游击队员前往姚村,接张欣武归队。他们走后,王金林也带着队伍启程,前往独树街,准备收编独树街保安中队马忠海部。

第二天夜里,邓国安一行赶到郎溪姚村。可是两天前,因叛徒告密,张欣武已经被郎溪县姚村乡自卫队的高队长带人抓走了。

邓国安和龚守德、王大亚商量后决定秘密前往郎溪,想办法营救张欣武同志。

邓国安等人悄悄来到郎溪潘家庄,他们在黄家见到黄中道的父亲黄仁春和大哥黄中理。黄仁春在民国初年曾担任过郎溪九十六保总保长,负责全县农业生产;黄中理曾留学日本,回国后曾担任郎溪县国立第一高等小学校长。从他们父子口中了解到,黄中道现在还被关在郎溪监狱,郎溪的土豪劣绅联名上书国民党郎溪县政府,要求将他就地正法。因为他是共党要犯,不许家属探监和保释,其他情况就不清楚了。

邓国安在郎溪山下铺找到红军游击队地下联络员沈梦翔,通过他联系上中共郎溪沙桥党支部书记李允功,请中共郎溪地方党组织协助营救黄中道。

1930年初,李允功、孙瑾、张国祥在宣城省立第四中学,经万亚心、任新民等人介绍加入了中国共产党。3月,他们回到家乡郎溪,在涛城沙桥发展了水世玉、王成林、王祖玉、肖守良、张国桢等七人入党,并建立中共沙桥党支部。

沙桥党支部通过关系,花钱买通了郎溪监狱的看守,同意黄家安排黄中道的外甥女陈锡富秘密探监。陈锡富是个只有十四岁的女孩,她提着装有饭菜的篮子,战战兢兢地走进戒备森严的监狱,见到了牢房里的舅舅。看着舅舅戴着沉重的脚镣,破烂不堪的衣服遮不住身上累累的伤痕,全身上下到处都是腥臭的脓血,她只知抽泣。舅舅和她讲了些什么,她一句也没有听清,只看见舅舅右手已经没有,用左手拿起小墩子上的纸和笔,写了几个字,揉成一个小团子,放在两只空碗中间。

邓国安接到黄家送来的条子,看了半天才认出是"要解芜湖"四个字。

"既然要解芜湖,那我们就赶快劫狱,救出教导员!"龚守德压抑着胸中的怒火。

"罗汉,快做决定吧,不然就晚了!"龚发兴两眼冒火。

"看守监狱的国民党警察有一个排,还配有两挺机枪,我们九个人只有四支手枪,硬去劫狱,那不是拿鸡蛋碰石头吗?"邓国安否定了龚守德和龚发兴劫狱的想法,"我们再想想其他的法子……"

"他们如果要将教导员押解到芜湖,肯定要到毕家桥坐船。我认识毕家桥民团一个姓刘的小头目,如果他能给我们提供消息,我们可以在湖边实施营救……"王大亚在一旁插话。

"这个主意好!我们马上分头出发,在毕桥镇子北街的天主教堂集合!"邓国安起身,"行三,你现在就赶回去,向王书记汇报这里的情况,看他有什么指示,速去速回!"

"好的!"邓行三领命而去。

邓国安、龚守德和王大亚三人一组先走。随后一炷香时间,龚发兴带着余下四人,尾随他们而行。

毕桥原名盛家墩,清嘉庆时改为毕桥,位于南漪湖南岸三公里处。源于广德县境腰山的碧溪,经姚村、十字铺到达毕桥镇西,北流入南漪湖。镇西河岸有码头,商船来往串联。

毕桥镇街上有一条三百多米长的青石板路,路两旁都是店铺,十分繁华。这是一条从郎溪县城通往宣州的古驿道,有近千年的历史。街道的中间处有一座大院,郎溪国民党保安团毕桥中队就驻扎在这里,队长刘昭武是宣城洪林人,出身贫寒,在南漪湖当过土匪,参加过陈文领导的"宣郎广农民自卫团"。

王大亚从民团把刘昭武约到镇东的仁义茶馆,进了一个僻静的雅间。坐在里面的邓国安和龚守德见他们进来,便起身相迎。

"我来给你们介绍一下,"王大亚向邓国安、龚守德介绍刘昭武,"这位是我的至交刘昭武,毕桥中队的刘队长!"

"久仰久仰!"邓国安热情地向刘昭武伸出双手,刘昭武却很敷衍地伸出一只手。

"这两位是我的老板邓先生和龚先生!"王大亚接着向刘昭武介绍邓国安和龚守德。

四人坐定,龚守德掏出一包老刀牌香烟,抽出一支双手递给刘昭武:"刘队长,请!"

王大亚赶忙划着火柴,给刘昭武点燃。刘昭武吸了一口,惬意地吐了一串烟圈:"姓邓的,有什么事要本职办的,说来听听!"

"刘队长快人快语,在下也不拐弯抹角,我们此来,真的是有要事相求!"邓国安说到这,向龚守德使了个眼神,龚守德便起身走到门外,把门带上。

"有一个外号叫黄烂腿的人,你听说过吗?"邓国安压低声音。

"黄中道?!"刘昭武先是一惊,然后也压低声音,"听说郎溪暴动失败后同陈文一起逃到了上海,你们认识?"

"认识。"邓国安回答,"听说你也参加过陈文的队伍!"

"你们是什么人?"刘昭武猛地站起来,把手放在腰间的手枪套上。

邓国安安然地坐在刘昭武对面,面色平静,一动不动。王大亚敏捷地同刘昭武一同站起,把手按在刘昭武的手上:"昭武兄弟,坐下喝茶,听邓老板给你说清缘由!"

见对面的邓国安泰然自若,加上王大亚的右手已按住他放在枪匣子上的右手,左手也按在他的肩上,实际上已经控制住了他,他便坐下,把放在枪匣子上的右手拿起:"邓老板,愿闻其详!"

"黄烂腿在广德受伤后躲在姚村养伤,被姚村的高队长抓捕,现在关在郎溪监狱,近日将押解芜湖,我们准备在毕桥营救他,想请您相助!"邓国安双手抱拳。

"你们是王金林的部下?!"刘昭武满脸惊愕。

"正是,在下邓国安!"邓国安端起茶杯呷了一口。

"您是邓国安,广德红军三当家的?"刘昭武赶紧站起来连连双手拱拳,"在下有眼不识泰山!"

"昭武兄弟,不用客气,都是自家人,请坐下喝茶!"邓国安亦站起,客气伸出右手,示意刘昭武坐下。

"邓……邓兄,我为生计落草,后投陈文,随他参加共产党领导的郎溪暴动。暴动虽然失败,但我敬佩你们共产党人!"刘昭武见邓国安坐下,也坐下继续道,"黄中道给我们农军讲过课,我们都很佩服他。他既然有难,我当全力相救。我和我的二十六个兄弟,听你们安排!"

邓国安又站起来,向刘昭武伸出双手:"我代表皖南红军游击队队长王金林和全体红军战士,谢谢昭武兄弟!"

刘昭武也站起来伸出双手,四只大手紧紧握在一起。

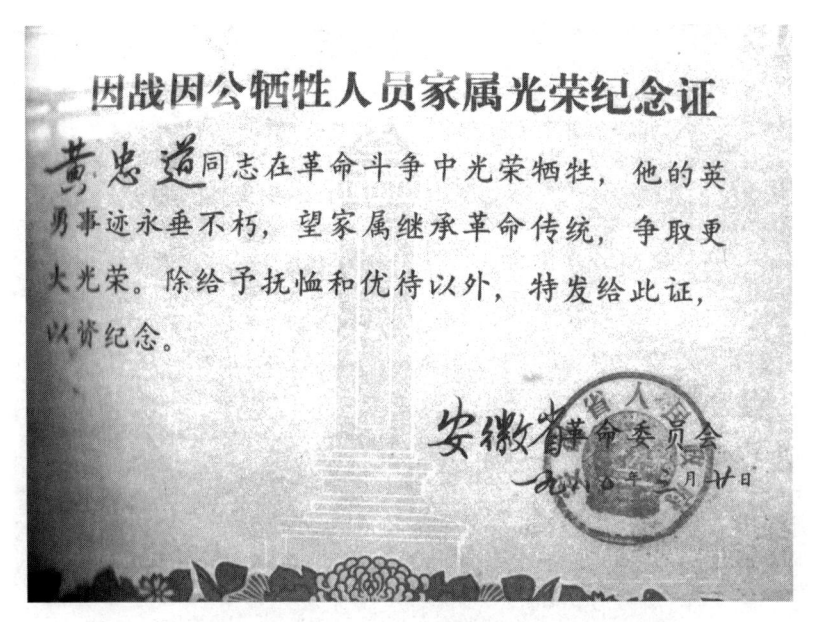

发给家属的黄中道光荣纪念证,"忠"字为误记

当夜,邓国安八人都住进了毕桥保安中队住所。

第二天一早,刘昭武和王大亚一起就前往郎溪县城探听押送黄中道的郎溪警察什么时间动身。

邓国安、龚守德七人留在毕桥,买了好酒好菜,和自卫队的士兵喝得天昏地暗。通过和士兵交谈,了解到他们都是穷人出身,大都当过土匪,参加过郎溪暴动,参加自卫队,只是为了混口饭吃。

第三天下午,刘昭武、王大亚从郎溪县城回来,一副垂头丧气的样子。

原来,国民党郎溪县长刘吾醒和国民党广德县直属郎溪区党部书记张源长,应郎溪多名大地主的要求,已在昨天夜里将黄中道秘密杀害了。

噩耗传到家中,黄中道的妻子当场昏厥,抑郁病重,不久辞世,年仅十九岁。

邓国安、龚守德、王大亚、段行太等人都是黄中道介绍加入中国共产党的,他们为没有能够及时营救出他们革命的引路人而痛心疾首。受到他们的感染,整个毕桥民团也笼罩在悲愤之中。在邓国安一行向刘昭武告别之际,民团的二十几名士兵集体向邓国安和刘昭武提出请求,希望加入广德红军游击队。

黄中道烈士墓

　　对于毕桥保安中队士兵的举动，邓国安心中有数，这是这几天他们耐心宣传的结果。邓国安让王大亚同刘昭武谈过，刘昭武却犹豫不决，没有下定最后的决心。

　　刘昭武没有想到跟随他三年的生死兄弟，还有几个都是磕头拜把子的，只三天时间就被共产党赤化。他如果不同意跟大伙一起走，就成了光杆司令，还无法向国民党郎溪县当局交代。他脑子一转，对邓国安道："听说王金林是个文武双全的豪杰，我就佩服这样的人，你们只要同意我拜他老人家做干老子（干爹），我就把我这二十几人全带过去！"

　　刘昭武十几岁就当土匪，拜过六七个土匪头子当干爹。在土匪窝里混，只要土匪头子愿意收你做干儿子，就没有人敢欺负你。

　　"昭武兄，你开啥玩笑，"王大亚笑着拍拍刘昭武的肩膀，"你今年三十岁，比我们王队长年长三岁，这、这怎么合适？"

　　"我们红军队伍有纪律，不允许搞拜把子、搞小圈子……"邓国安还没有说完,刘昭武的副官,也是他的拜把子兄弟周玉洲大声道:"在我们绺子里,干老子比干儿子小十几岁都是常事!"

"我们都是郎溪和宣城的人,到你们广德,没有个靠山,我们心里虚!"一个络腮胡子的士兵接着道。

"是呀!""就是嘛!"士兵们叽叽喳喳。

邓国安看了看二十几个士兵肩上扛着的崭新的汉阳造,便以非常肯定的语气道:"行,我先答应你们的要求,回去再和王队长商量!"

"还有就是我们兄弟必须编在一起,永不分开!"又一个士兵道。

"这个也行!"龚发兴抢答。

吃过晚饭,邓国安和刘昭武把两支队伍合在一起,悄悄离开毕桥,向广德进发。

第二十四章 策动独树街起义

1930年7月初,张国泰来到上海法租界中共江苏省委机关,向省委领导详细汇报了广德的工作,并根据王金林的意见,请求省委在政治干部和军事干部两方面给予大力支持。

张国泰离开上海后,中共江苏省委专门召开广德工作会议,从苏联留学回国的邱宏毅也列席了会议。

1928年6月,中共六大在莫斯科召开。邱宏毅是党组织安排到苏联的留学生,作为大会的指定代表列席会议。毕业后,邱宏毅回到在上海的中共江苏省委机关工作,协助省军委起草了给广德党组织的指示信,并被省军委以特派员的身份安排到广德指导红军队伍建设。

王金林和李邦兴带着红军游击队来到独树街西边十余里远的化成庵,一边训练队伍,一边等待王大亚和独树民团马忠海谈判的消息。

王金林吃过晚饭,正在起草一份文件,李邦兴带着一个文质彬彬的年轻人进来。

"他叫邱宏毅,是江苏省委派来指导我们工作的特派员。"李邦兴向王金林介绍邱宏毅。

"你好,王金林同志!"邱宏毅热情地向王金林伸出双手。一听口音,王金林就知道他是四川人。

"欢迎,欢迎!"王金林热情握着邱宏毅的手,"广德的革命形势发展得太快,我就是盼望中央和省委多给我们派一些得力的政治和军事干部过来!"

"我出发前,见到过张国泰同志。他向省委详细汇报了广德的工作,省委领导肯定了你们的工作。但是,省委领导认为你们县委还不够大胆和主动,甚至拖了群众的后腿!"邱宏毅从怀中掏出一个黄色的油皮纸包,"我这次来,给你们带来了省委给广德工作的指示。我建议,立即召开县委和红军干部联席会议,传达省委给广德的指示。"

"好的,邱宏毅同志,我马上安排开会!"王金林接过邱宏毅递过来的油皮纸包,"张国泰同志这次没有和你一起回来?"

"张国泰同志还在上海找关系买枪,可能还得一段时间才能回来。"邱宏毅回答。

当晚,负责交通联络的王大亚就根据王金林的指示分别派人到花鼓塘、誓节渡、苏村、石鼓、月湾、杨滩、四合、柏垫、梨壁山等地的苏维埃政府、农会和赤卫队去送通知。第二天上午,各地的负责人陆陆续续来到化成庵。下午,邱宏毅在会上传达了中共中央第六次代表大会会议精神。当他在会上讲到没收地主阶级的土地和财产,一切权力归农会时,全场欢声雷动。参加会议的干部,大多数是贫苦农民出身,他们当场带头喊出"消灭一切地主和富农!""一切权力归苏维埃!""土地革命万岁!"的口号。

化成庵会议开了整整一天,参加会议的除了朱学易、吴子华等少数地主、富农和知识分子出身的人员情绪低落外,大多数人都是意气风发,准备投入一场更大的革命风暴之中。

当晚深夜两点,邓国安和刘昭武带着队伍来到化成庵。王金林没有睡觉,一直在等着他们。邓国安详细向王金林汇报了黄中道牺牲的情况,王金林泪如泉涌。第二天上午,王金林为刘昭武的自卫队加入皖南红军游击队举行了热烈的欢迎大会,有四百多名游击队员和农会会员参加。

第二天上午,王金林和邱宏毅、邓国安、李邦兴等人又一起讨论红军队伍建设的几个问题,并形成一致意见。

一、王金林负责策动独树街自卫中队起义。

二、邓国安带领胡惠民继续到上海买枪。

三、独树街自卫中队起义加入红军队伍后,队伍扩大到三百余人,一百五十多条枪。皖南红军游击队应该重新整编,打出广德红军独立团的旗帜。邱宏毅、李邦兴负责成立广德红军独立团的准备工作。

国民党广德县独树自卫中队建制是一个排,三十余人。队长马忠海,宣城县人,他老婆是独树街南边六七里路的大丁村人;哥哥马忠英是国民党宣城县自卫队大队长；副队长郭凤喈是一个山东大汉，原是彭建章部的一个排长，因负伤掉队被吴明帮（吴子芳之父）收留，先在当地当护林警察，后加入独树自卫中队；崔德品和汪天冲是自卫中队的两个班长，都在国民党的正规部队当过兵，受过正规的训练，参加过多次战斗。

马忠海和郭凤喈、崔德品、邓达远是磕头拜把子兄弟，方良先也和他们素有交情，常在一起打麻将。

王大亚因为给受伤的郭凤喈看过病，也给马忠海和自卫中队的大多数士兵看过病，在自卫中队是可以自由出入的人。朱学易和汪天冲是江北无为的老乡，并且有国民党广德县党部第七分区执委的身份，也是可以自由出入自卫中队驻地的。经过王大亚、邓达远、方良先、朱学易等人几天紧锣密鼓的工作，从中队长马忠海到每个士兵，都同意起义，加入红军游击队。

综合各方面情报，王金林决定最后约见马忠海、郭凤喈等人。

马忠海是一个非常讲义气的人，只要朋友有难，他都能拔刀相助。不管是白道黑道，还是三教九流，都得敬他三分。他能在独树这个卧虎藏龙的地方驰骋纵横数年，不光靠一个"义"字，还有就是他善于审时度势。王金林在整个西南乡闹红，几个有钱有势的土豪劣绅都成了刀下之鬼，不仅各乡镇的自卫队谈虎色变，就是首都卫戍团的李元凯也被搞得灰头土脸，进退维谷。独树区区一个中队，能在这个火焰山上跳舞半年多时间，一方面靠的是他在红军里的朋友多，和红军是井水不犯河水，另一方面是他平时对手下兄弟的约束很严，没有像其他的自卫队在地方横行霸道、鱼肉乡里。红军队伍是仁义之师，到现在还没有为难他，这点他看得很清楚。

卧榻之侧岂容他人鼾睡？他心里有数，独树自卫中队这颗钉子迟早都要被红军拔掉。这次红军策反他的部下，他早已心知肚明。他不能和红军作对，把自己推到一个不仁不义的境地，但如果他参加红军，国民党当局是绝对不会放过他一家老小十几人性命的。想来想去，让部下反水投红军，自己溜之大吉，对国共两方面都是个交代。

王金林很理解马忠海的心境，这也是道不同不相为谋，没有极力挽留他。送走马忠海，王金林又让王大亚把郭凤喈请进来。

郭凤喈一米八几的个子，二十五六岁的样子，虎背熊腰，站在那儿就像一尊铁塔,是一个典型的山东大汉。他家里很穷,是被抓壮丁当的兵。看着当官的克扣军饷,草菅人命,他恨透了腐败的国民党政府。共产党领导的红军这样拼命为穷苦农民打天下,他早就想加入红军队伍。好朋友王大亚几个月前就向他传达了王金林的指示,让他多做马忠海和自卫中队官兵的工作,争取全队起义,参加红军。

王金林因为早已从王大亚那儿了解了郭凤喈的情况,同郭的见面就省去了许多客套,直奔主题:"郭凤喈同志,欢迎你加入我们红军队伍!"

"我早就想投奔红军了!"郭凤喈握着王金林的双手,两眼发红。

"革命不分早晚,请坐!"王金林坐下后继续道,"你来得正是时候,我们红军队伍就需要你这样有战斗经验的指战员!"

王金林让郭凤喈坐下,自己又习惯地站起来:"我了解过,彭建章很会练兵,打仗也很有一套。你在他手下当了六年兵,做到了排长,一定不是个孬货。在我们红军的队伍,你至少得当个连长!"

"谢谢长官栽培!"郭凤喈一个标准的立正动作,随后向王金林敬了一个军礼。

"好!我们红军队伍现在发展得很快,人多了,枪也多啦,又增加了毕桥民团和你们独树民团,我们可以大干一场啦!"王金林边说边在堂屋踱圈子,"王大亚,明天一早,你就陪郭凤喈同志去独树街把中队的士兵都带过来,我在这儿给他们开个热烈的欢迎大会!"

第二天上午,独树中队郭凤喈等三十二人在独树街公开宣布起义,并携带全部枪支弹药,在王大亚、邓达远组织的两百多名赤卫队员和农会会员的簇拥下,一路高唱王金林编写的《士兵歌》,开往化成庵皖南红军游击队驻地。

当天下午,邱宏毅主持了欢迎独树中队起义加入红军队伍的大会。会上,王金林发表了即席演讲。他极富感染力的表达,把参加会议的红军战士和赤卫队战士的情绪都调动起来,跟着他的节奏时悲时喜,有哭有笑。演讲结束后,杜有典、朱泽剑负责的红军宣传队,邓彩珠、杨清秀带领的妇女歌咏队,邓行三、张二妹带领的儿童宣传队,刘祖文、彭珊绮带领的团员突击队先后上台表演了丰富多彩的文艺节目。

第二十五章 广德红军独立团

正在战士们观看节目的时候,王金林和李邦兴悄悄离开会场,回到王金林的住处。

李邦兴拿出他和邱宏毅制订的《广德红军独立团建制方案》(简称《方案》)草稿交给王金林审查。王金林看后,做了一些修改,决定连夜召开广德县委委员和红军游击队排级以上干部参加的会议,对方案进行讨论。

当天晚上,会议在化成庵罗汉堂召开,由王金林主持。他没有开场白,直接让李邦兴宣读《方案》。

李邦兴宣读完毕后,全场响起了热烈的掌声。掌声后,邓行三等人又带头高喊起"红军万岁!""中国共产党万岁!""打倒国民党反动派!"等口号。

"刚才听中央来的新老李同志宣布让王金林同志担任团长,我们郎溪过来的人一百个拥护!"第一个站起来抢着说话的刘昭武,他是《方案》中拟定的第三连连长。

刘昭武坐下后,王大亚就站起来:"王金林是我们皖南红军游击队的创始人,他不仅识文断字,还像诸葛亮一样能掐会算。虽然是个教书先生,可他从不矫情,行军、打仗,样样都行,让他担任独立团团长,我们一千个拥护!"

"王金林当团长,我们跟着干革命到底!"刘祖文站起来喊道,"可是,让邱宏毅当政委,当红军独立团的家,我认为不行!"

"是呀,小邱才来几天呀,就坐第一把交椅?"站起来讲话的是周玉洲,拟定的三连副连长。

"我们选邓国安当政委!"龚发兴站起来。

"对于邱宏毅同志,我和大家一样,也是第一次和他一起工作。他虽然年轻,但革命经历比在座的各位都要长,都要丰富。他是我们党组织派到伟大的苏联学习政治和军事的,他参加了我们党在苏联召开的第六次代表大会,最了解我们党关于土地革命的方针政策。他刚回国,就被党中央和省委派到我们广德巡视指导工作,这是党对我们广德红军和革命的重视。这次广德红军游击队改编成广德红军独立团,邱宏毅同志担任政委职务,也是省委和中央的决定,我们必须坚决执行!"王金林话音一落,下面一时鸦雀无声。

"王、王团长,我、我还不是党员,又刚参加红军队伍,让我当营长,我、我恐怕不够资格吧?"郭凤嗒站起来,面对王金林,结结巴巴地讲了几句。

"老郭,坐下吧!"王金林迈几步,走到郭凤嗒面前,双手按在他双肩上继续道,"大家刚才听到郭凤嗒同志讲的话了吗?他说他今天才参加红军队伍,还不是共产党员,他还没有资格当营长。就像刚才有的同志说邱宏毅同志没有资格当政委一样,是这回事情吗?我在这里肯定地告诉大家,绝对不是这回事情!"王金林高高举起右手,用力向下一劈,"我们是红军队伍,不是草寇!我们这次成立红军独立团,不是梁山好汉论功行赏排座次,是革命工作的分工。郭凤嗒同志虽然今天才正式加入红军队伍,但是,我们在去年初开展农运工作就和他取得了联系,他不仅全力支持我们的工作,还根据党组织的指示,一直秘密在独树保安中队内部做说服动员工作。我们在独树街这一带的苏维埃政权、农会、赤卫队都建立起来了,没有他们独树中队的秘密配合能行吗?"

"不行!"崔德品原是独树中队的一个班长,这次拟定担任第二连连长,"这次我们中队三十多人能全部参加起义、加入红军,都是老郭一个一个做工作的。特别是我们队长马忠海,他开始是反对的,见老郭已经和大家是一条心了,就只好顺水推舟同意了。国民党政府多次让我们去捉拿农会干部和游击队战士家属,都被我们敷衍过去了。我们不是今天才参加革命的,和大家一样,我们早就在为革命工作了!"

"啪啪啪……"王金林带头鼓掌。

"按对革命的贡献和功劳,提议龚守德同志当营长大家应该是心服口服的。可我这次为什么没有提龚守德当营长,而只提他当副营长呢?这是因为我们这次把游击队改编为独立团,就是要走上一条正规化建设我们红军队伍的道路。我们红军不仅要敢同敌人打仗,而且要会打仗,要消灭敌人,而不被敌人消灭!前几年的北伐战争,国民革命军能够以弱胜强,以排山倒海之势很快就战胜强大的北方军阀集团,谁说说这是为什么?"

"因为当时的北伐军主力部队的军官大多数都是共产党员,特别是叶挺将军的独立团,共产党员都带头冲锋陷阵!"邓达远见半天没有人回答,便站了起来。

"邓达远同志也是个能文能武的将才,也可以担任营长,至少可以担任连长。但是,这次我准备只让他担任连指导员。连指导员是个非常重要的位子,就是要在我们连队发展党员,建立党支部,像北伐军一样,发挥共产党员的先锋作用!"王金林说到这里,右手用力握拳举过头顶,然后将拳变成兔耳状,伸直食指和中指,"刚才邓达远同志讲了北伐军取得胜利的第一点,还有第二点也很重要。哪个同志能回答,这第二点是什么?"

王金林举着兔耳手绕场一周,大家都在摇头,最后,邱宏毅举起了手。

"好,下面就请邱宏毅同志给大家讲一讲这第二点,大家欢迎!"王金林回到自己的位子坐下。

"同志们,我想王金林同志要给大家讲的第二点,应该就是北伐军中营、连、排级下层军官不仅是共产党员,而且大多数都是黄埔军校毕业的学生。他们在黄埔军校受过专业的军事培训,掌握了一套在战场上和敌人作战的基本方法,知道什么样的敌人用什么样的方法去对付。大家可能还不知道,我们新老李同志就是黄埔军校第四期毕业的,也参加过北伐战争!"邱宏毅讲到这里,众人一片惊讶之声。

"呀,真人不露相!"

"哇,人不可貌相呀!"

……

"国民党卫戍团有一个叫任狗头的连长,很狡猾,能打仗,杀害了我们十几名红军战士和赤卫队员,大家都对他恨得咬牙切齿。据了解,他就是黄埔军校第六期毕业的!"邱宏毅见大家交头接耳,"嘘"声一片,便停了一会儿,待大家停止议论,都用专注的眼神望着他时,便继续道,"王金林同志在推荐郭凤嗒同志担任营长的时候给我和李邦兴同志介绍过郭凤嗒的情况。他是一个从江北打到江南的老兵,当过士兵、班长、排长,参加过几次军事培训。他参加过几十次战斗,也多次在战场上负伤。他的战斗经验,是我们所有人都没有的。所以,让他当营长,就是要加强队伍的正规化训练,提高作战能力!"邱宏毅说完坐回王金林身边。

王金林带头给邱宏毅鼓掌。掌声停止后,他站起来:"我们红军独立团成立后,将要担负起更加重大的对敌作战任务。我们不仅要在西乡和敌人展开游击战争,还要向南、向北、向东发展游击根据地,最后包围广德县城、占领广德县城,然后还要向郎溪、宣城发展,向徽州发展,向芜湖进攻!"

"好,好!"参加会议的人员大部分都激动地站了起来。

"大家坐下,大家坐下!"王金林挥手让大家坐下后继续道,"我们红军队伍在前方和敌人战斗,我们的后方苏区谁来守?谁来建设?我们的苏维埃政权、农会、农民赤卫队、妇女会、共青团、童子团、互济会等等谁来组织?谁来领导?"

"邓国安!"林家旺抢答。

"对,邓国安、张国泰都是最好的同志。他们做地方工作有经验,有方法。只有地方工作做好了,我们红军才有饭吃,才有衣穿,才有立足之地,才能打胜仗。你们说,地方工作重要不重要?"

"重要!"众人异口同声。

龚守德站起来:"我明白了,同意邱宏毅同志当政委,也同意郭凤嗒同志当营长。我也给党表个态,当好郭营长的助手!"

林家旺站起来:"同意龚守德同志的意见!"

"同意!""同意!"……大多数人都站起来,只有刘昭武等几个毕桥自卫队起义过来的人还在嘀嘀咕咕,没有站起来。王金林觉察到了异常,便让大家都坐下,自己也回到座位上:"刘昭武同志,你有什么想法,请公开发表!"

刘昭武慢腾腾地站起来,慢吞吞地说道:"其他的也没啥意见,就是营和连的建制应该沿袭游击队的建制,各连的排长也应该由连长提名。这样,打起仗来上下齐心!"

"我们红军游击大队,军事干部和武器配备得很不均衡,好枪快枪都集中在个别连队,有的连队只有十几条长枪,其余的都是土枪和大刀,形成不了战斗力。"王金林用眼睛扫了一圈,继续道,"我们这次改编的原则,就是要打破原有的建制,合理配置人员和武器!"

"王大队长,哦,不,"刘昭武朝王金林拱了拱手道,"王团长,我们过来投奔红军时可是说好的,我们兄弟都是烧香拜把子的过命交情,这次整编,如果把我们兄弟分开,这不是过河拆桥吗?!"

"俗话说:打仗亲兄弟,上阵父子兵;兄弟齐心,其利断金。把我们都拆散了,还怎么上阵打仗呢?"三连的二排长时小侉,瘦高个儿,一对三角吊眼,咋看咋寒碜。

"就是嘛,他们几个学生娃娃只喝了点洋墨水,枪都没摸过,能知道怎么打仗?"周玉洲是个矮子,坐在毕小田的身边,被遮住大半个身子,咕哝了一句,许多人还不知道是谁说的。

王金林"呼"的一声站起,正要发火,旁边的邱宏毅起来按住他的双肩,并示意他坐下。

"同志们,刚才大家的发言也不是没有道理。我们红军队伍才成立不到半年时间,你们都来投奔红军,说明大家是相信我们共产党和共产党领导的红军队伍的。但是,我们红军队伍是有纪律的革命军队,大家都是革命同志。革命队伍里是不允许搞个人小团体和兄弟会的……"邱宏毅讲到这儿,见大家都在交头接耳,便也俯下身子,在王金林的耳边轻轻耳语一番,然后直起身体,"大家请静一静,刚才我和王金林同志商量了一下,认为刚才同志们所提的意见有一定的道理,我们决定这次部队改编,暂时不打乱原来连排的编制。但是,每个连队都要配备政治指导员,对我们的战士进行政治思想教育,以增强我们红军队伍的战斗力!"

思想统一后,王金林继续主持会议。

会议首先通过了皖南红军游击队改编为广德红军独立团的决议,接着通过邱宏毅担任独立团政治委员、王金林担任团长、李邦兴担任副团长兼参谋长、王大亚任政治部主任、杜有典任宣传部主任、郭凤喈担任第一营营长的任命。最后,根据王金林和郭凤喈的提名,通过龚守德担任第一营副营长、陈东林担任第一连连长、崔德品担任第二连连长、刘昭武担任第三连连长的任命。另外成立团部直属警卫连,汪天冲担任连长。

会后,王金林和邱宏毅先后找梁威(梁其贤化名)、吴子华、张国泰等人谈话,让他们分别担任第一、二、三连政治指导员。

根据王金林的安排,闵天相在红军独立团成立之前就悄悄离开队伍,回到家乡下寺新村,发动贫苦农民参加农运,建立农会,为红军进军北乡做好准备工作。

王金林没有给邓达远安排具体职务,让他暂时在参谋部协助工作。

王大亚领导的政治部主要是做青年团、妇女会、童子团以及后勤保障工作等等。彭本富、赵永安、方良先等百余人都在政治部工作。

广德红军独立团成立时三百余人,长、短枪一百八十余支。因为刘昭武等人提出了反对意见,邱宏毅和王金林采取了暂时妥协的办法,暂停实施《方案》中提出的对连、排队伍重新进行整编的计划。

第二天下午,广德红军独立团成立大会在化成庵门前的广场上召开,王金林主持了大会。红军战士三百余人没有统一的军帽和制服,只在右手臂上佩戴一只临时赶制的红袖章,袖章正面是用红漆写的"广德红军独立团"七个字,侧面是镰刀和斧头图案。军旗也是杨清秀带领几个妇女连夜赶制的,绣着"中国工农红军广德红军独立团"十三个大字。

二连有个排长叫王培寿,和郭凤嗒一样,也曾是个北方兵,受伤后留在独树,参加独树自卫中队,在郭凤嗒手下当副班长。他原是一个炮兵,王金林和郭凤嗒找他谈话,让他想办法制造土炮,准备成立一个炮兵连。

广德红军独立团成立后不久,为了发挥共产党员在红军队伍中的先锋作用,王金林决定在独立团设立"党务委员会",龚守德担任委员会书记,王金林、邓达远担任委员,进一步规范红军队伍中的党组织建设工作。党组织注重在基层红军战士中发展党员,党员很快就由开始的十余人发展到六十余人。

第二十六章　东冲巧计除恶霸

广德红军独立团成立的第二天上午,又接着召开县委委员和红军连级以上干部会议,讨论红军独立团下一步主要的行动方向。

会议开始后,林家旺汇报了国民党反动武装对苏区发动第一次"清剿"行动以来,花鼓塘、东冲一带的恶霸地主詹侯贤、郑尚文、陈老鳖等人,对苏维埃政权和革命群众进行疯狂的反攻倒算,十几个赤卫队员和农会会员被杀害的情况。

龚发信、陈东林、肖行广、段行太、龚守德等人也纷纷站起来发言,表达了对土豪劣绅的极大愤慨,强烈要求红军独立团向花鼓塘一带进军,镇压恶霸地主,打击土豪劣绅的嚣张气焰。

"同志们,在这次国民党首都卫成团对我们苏区的'清剿'行动中,一些土豪劣绅充当了反革命的急先锋,对我们革命战士和群众实行了残酷的屠杀和迫害,这个账我们必须记下!我的哥哥被他们杀害,我的妹妹被他们毒打下狱,我的家被他们抄了几次,这个仇我们都记在心里!"说到这里,王金林站起来,"但是,这不仅仅是我个人的仇,这更是阶级的仇!冤有头,债有主,这个主就是万恶的国民党政府。我们开展土地革命,最终是要消灭地主阶级的,但绝不是杀掉所有的地主和富农就完成了。我们要镇压的,只是那些仇视革命的土豪劣绅和地方恶霸。刚才有些同志提出的要镇压的十几个地主的名单,我认为还需要好好商量一下,对其中几个有血债、民愤极大的予以镇压,但不要打击面太宽……"

"前天,邱宏毅同志给我们介绍伟大的苏联,把富农阶级全部消灭了,一切权力归苏维埃,所有土地归集体,农村建立集体农庄。我们建立苏维埃政权,不彻底打倒地主、富农,不没收他们的财产和土地,怎么能够开展土地革命呢?"站起来发言的是花鼓塘区赤卫大队队长孙家府。

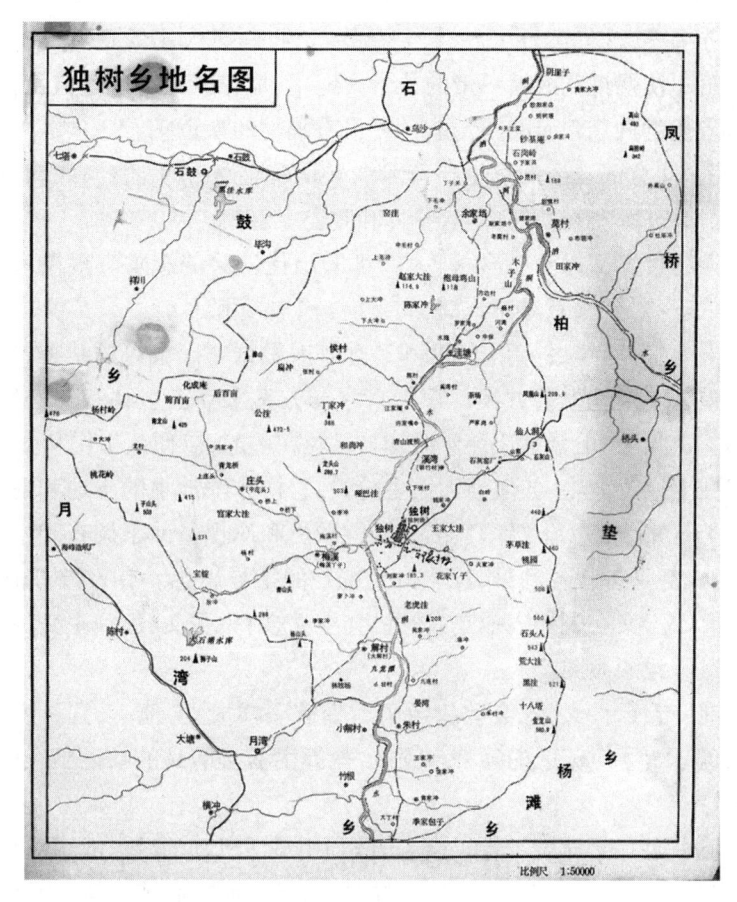

独树乡地名图

"是呀,这些地主现在已经和我们势不两立了,不杀他们,我们就要被他们杀头!"八分地赤卫队长周清远也跟了一句。

"郑尚文、陈老鳖必须砍头!"

"詹侯贤是个大恶霸,不能放过他!"

众人七嘴八舌,搞得王金林进退维谷,杵在会场中间。

"同志们,刚才听了大家的发言,我很高兴,看到了同志们的革命觉悟和高涨的革命斗志与激情。我们共产党领导的工农革命,就是要向伟大的苏联学习,消灭一切剥削阶级,消灭资本家、地主和富农,没收他们的财产和土地,建立社会主义苏维埃政权，实行工农兵当家做主。我同意大家的意见，红军独立团成立后的第一仗就打花鼓塘一带的几个大地主，把花鼓塘地区建成我们红色的堡垒！"邱宏毅的四川口音总是给人一种没有隔阂的亲近感。

"我完全同意邱政委的意见！"李邦兴转向王金林，"王团长，我们参谋部会后就拟订一个进军花鼓塘的方案，给你和政委审定！"

所有人的目光都对着王金林，大家都看出他一脸的沉重。很快，他就恢复了昂扬的状态："好吧，新老李，你就先拿出一个方案吧！"

第二天上午，李邦兴、龚守德和邓达远等人根据昨天会议的精神，拟订出一个镇压花鼓塘一带地主的方案。李邦兴拿着方案来到王金林和邱宏毅的住处找王金林。这几天，王金林让邱宏毅和自己住在一起，以便谈工作和交流思想。

关于在土地革命中，如何消灭地主阶级，怎样分配地主的土地和财产，王金林在思想上有些迷茫。上级虽然多次派特派员和巡视员前来调查和指导工作，可是，来的人都是各吹各的号，没有一个统一的指导思想。有人指责他是"左"倾，是盲动主义，又有人指责他是右倾机会主义、山头主义、逃跑主义，甚至还有人说他有改组派的倾向。

苏区在一天天扩大，农会政权像雨后春笋一样成立，地主、富农纷纷逃走，国民党已经开始了对苏区的经济封锁，食盐等生活必需品的缺乏已经引起苏区群众的恐慌。

反"清剿"斗争以来，广德红军游击队利用灵活机动的游击战术对付外来的卫戍团，完全可以应付。而真正难对付的是以当地地主武装为基础新组建成的各地民团，团丁基本上都是当地的地痞流氓。他们熟悉当地情况，总是出其不意地偷袭农会和地方赤卫队。各村赤卫队仅有几支土枪，其余的就是大刀和长矛，一旦被民团包围，除了逃跑就是被屠杀或束手就擒。当红军游击队得到消息赶来救援时，悲剧却已经发生了。

更让王金林为难的就是李邦兴鼓动一批红军干部天天叫着要扩大红军队伍，要把各地的赤卫队都编入红军队伍，去消灭各地的自卫队和民团，然后进攻广德县城……

王金林看了李邦兴交给的方案，满脸不高兴，拿起毛笔，将方案中拟订的二十几个将被镇压的地主名单圈去一大半，只留下十人。

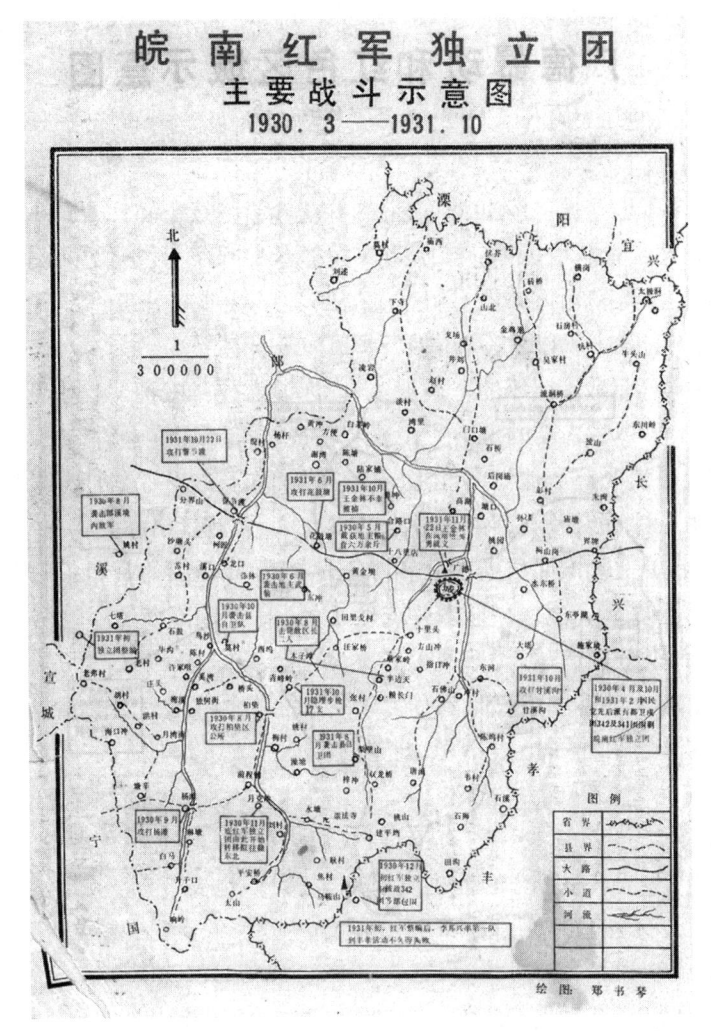

皖南红军独立团主要战斗示意图

　　李邦兴在旁边瞅着王金林也不和他们商量就圈掉十几个人的名字，也是满脸不高兴："我们参谋部是征集群众意见拟订的，你这大笔一挥就去掉一大半，怎么向群众交代？王团长，我看你这是典型的家长式作风！"

　　"新老李同志，砍人头不是割韭菜，头砍了再也长不出来啦！你们这样简单杀掉二十几个地主,就消灭了地主和富农阶级吗?没有,这只能是把所有的地主和富农都逼上敌人的梁山去了,让本来孤立的土豪劣绅队伍变得强大,这对我们革命队伍的壮大有什么好处呢?"王金林对上级派来的特派员动不动就扣帽子十分恼火。

"只有镇压这些地主,花鼓塘一带的群众才敢继续支持和参加农会,青年也才会加入我们红军队伍。你应该听听广大群众的呼声,是他们要求镇压这些恶霸地主,给你哥哥和牺牲的烈士们报仇的!"李邦兴原先在王金林面前总是谨小慎微,自从邱宏毅来了以后,就开始当面顶撞王金林了。

"你说他们都是该镇压的恶霸地主,请你说出被我圈掉的这十几个地主、富农,他们都干了哪些恶霸的事情?"王金林已经按捺不住胸中的怒火。

"是啊,既然要镇压他们,必须公开宣布他们的罪行,让他们死个明白,也让群众看个明白!"邱宏毅看到王金林真的发火了,就赶紧出面。

"这个名单是参谋部根据农会和赤卫队的干部提供的资料拟订的,具体的情况我就不清楚了。"李邦兴显得有点理亏。

"情况都没有搞清楚,就把这个方案拿出来?你这个参谋长是怎么当的?"王金林火上加火,"你可能只听到孙家府、龚发兴他们几个人的意见,被他们给蒙骗了。这个名单里面,大部分和他们个人有恩怨,他们这是想借机公报私仇!"

"新老李,我认为团长讲得有道理,我们讲民主,但也要有集中的原则。消灭地主阶级,不是杀掉所有的地主。对地主,我们也要有个区别对待的政策!"邱宏毅让王金林和李邦兴都坐下,"我同意王团长的意见,先拿少数恶霸地主开刀!"

"这样也行,"李邦兴顿时像一个泄了气的皮球,"明天我们就去把这十个恶霸地主捉来,然后召开一个几千人的群众大会,公开审判他们的罪行,公开处决他们!"

"这个办法好,既灭了敌人的威风,又鼓动了群众的革命热情,我赞成!"邱宏毅一脸的兴奋。

"反'清剿'斗争以来,我们离开花鼓塘已经几个月,国民党地方自卫队多次在这一带拉网'清剿',农会干部和赤卫队员都躲进山里,几个区和村的苏维埃政府都被敌人破坏,无法正常开展工作了!"王金林像先生向学生提问题一样看着李邦兴和邱宏毅,"你们想过没有,这时候召开公审大会,到哪里去弄几千人参加大会?有多少农会会员敢上台揭露恶霸的罪行?"

"这……这……还真没有想……想过。"李邦兴已经完全没有了脾气。

"这倒是个实际问题,"邱宏毅望着王金林,"王团长,你的意见……?"

"这个问题还不是主要的,最重要的是我们在花鼓塘这样兴师动众,近在咫尺的敌人会视而不见吗?敌人在誓节渡、广德城都驻有重兵,到花鼓塘也只有一个时辰的路程。这几个月时间,卫戍团一直在寻找我们决战,我们这样大张旗鼓不正好是他们求之不得的吗?他们肯定会调集兵力把我们包围,即使我们红军能突围出去,可是地方农会又要遭殃!"王金林蹙着眉头,"这样下去,我们更会失去群众对我们的信任,不敢再接近我们!"

"干革命就会有牺牲,我们不能因为敌人强大就不敢同他们斗争!"李邦兴咕哝一句。

"这不是敢不敢的问题,而是怎么干的问题!"王金林白了李邦兴一眼。

"王团长,你就说吧,这仗怎么打好?"邱宏毅看出王金林胸有成竹。

"解决这几个土豪劣绅不是难事,但我们要做得干脆利落。你俩各带一队人马,全都穿上自卫队士兵的服装。正好毕桥和独树两地自卫队起义带来了狗子的服装,你们就扮成狗子的模样,直接上门抓人就是了!"王金林面露微笑。

"这办法好!"邱宏毅拍案叫好,"既迷惑了敌人,又达到了我们的目的!"

当天夜晚,王金林带领红军独立团开到五龙山北麓的万岁冲驻扎。第二天一早,邱宏毅、孙家府和李邦兴、龚守德各带领一支队伍,全部换成国民党自卫队服装,大张旗鼓地开进东冲、文昌宫、施村一带。王金林带着一半的队伍留在万岁冲,随时准备策应他们。

红军队伍换成自卫队服装,村民们真的以为狗子队又来骚扰了,便奔走相告,有的跑到山上,有的把门关死,只有几家地主大开院门,把他们迎接到家中。

只用半天时间,两支队伍都顺利完成任务,将张玉贤、王海山、郑尚文、陈老鳖以及詹侯贤等十余名罪大恶极的土豪劣绅镇压。李邦兴和龚守德多杀了一个姓刘的女地主,因为她将自家十二岁的童养媳虐待致死。邱宏毅临时听取孙家府和几个游击队战士的建议,到下山斗张国泰家,将张国泰的父亲张品三从

皖南红军独立团烈士墓及纪念碑

家中诓出，在村头的树林中枪杀。

这次东冲的斗争，还缴枪四支，没收部分恶霸地主的粮食百余担。

在万岁冲指挥战斗的王金林听到张品三也被当成恶霸地主镇压，十分恼火，嚷着要枪毙孙家府，驱逐省委特派员邱宏毅。经过李邦兴和龚守德等人半天的劝解，王金林还是怒火中烧，免去了孙家府大队长的职务。因为不了解当地的实际情况，导致镇压恶霸的斗争出现重大差错，邱宏毅也向王金林做了诚恳的检讨。王金林无奈，只得作罢，连夜赶到下山斗张家，向吴邦秀解释误会，并安排好张品三的后事。

张国泰带着从上海购买的三支手枪，从芜湖坐船经水阳江到达南漪湖。在宣城洪林桥地下联络站，得知父亲张品三已在四天前被红军镇压了，他心中像打翻了五味瓶,没吃没喝,在旅店躺了整整一天一夜,眼窝黑了一圈。回到家里,父亲的尸体已经装殓入棺,只等他回来发丧下葬。他和胞兄张国宝商量后,就让自家的几个长工在村子北边的张家坟山打了个井(墓穴),把父亲悄悄下葬。当天夜里,王金林和邓国安带着龚守德、陈东林、龚发兴、孙家府等十余人,不声不响地潜入墓地,每人都给张品三磕了三个响头。

回到万岁冲,王金林见到了从郎溪姚村赶来联系工作的李同洲、陈建富和阮大佑等人。王金林听取了他们关于郎溪农运工作情况的介绍后,同意在一个月后进军郎溪,协助他们开展姚村暴动。在红军政治部工作的彭本富、赵永安,跟李同洲他们一起回到郎溪姚村。

第二十七章　半边天毙杨又新

广德红军独立团初战告捷，红军士气大振。邱宏毅和李邦兴建议王金林攻打国民党重镇柏垫，为红色苏区进一步向南乡杨滩、四合、桃山、梨山发展铲除障碍。

1930年8月6日，王金林、邱宏毅各带着两百余名红军战士和赤卫队员分两路向柏垫镇进发。王金林、郭凤喈带领一队从火家冲翻金龙山进入柏垫的下七里冲，准备从南边进攻柏垫区公所。邱宏毅和李邦兴带领的另一队红军战

国民党柏垫区公所旧址

士,经石灰丫子和桥头,准备从北边进攻柏垫。他们刚走到大刘村,就和前往广德城的柏垫商团三十余人遭遇。双方相距两百多米远,同时发现了对方。

狭路相逢勇者胜,李邦兴立即命令两个司号员吹响冲锋号,向商团发起进攻。可是战斗一开始,红军战士和赤卫队员就各自为政,赤卫队员拿着大刀和红缨枪冲在最前面,老红军游击队员居中,武器精良的原毕桥自卫队起义战士却慢腾腾地跟在后面。

柏垫商团的士兵面对红军队伍的冲锋,没有自乱阵脚,他们且战且退。跑在最前面的赤卫队员房胜友、杨清华等人中弹倒地,赤卫队员才放慢了追击敌人的速度。陈东林带领的老红军游击队员从后面跟上来,向商团发起攻击。在追击的过程中,有三个商团士兵被击毙,其余的士兵这才加快速度逃往柏垫镇。

龟缩在柏垫镇的国民党保安中队五十余名士兵听到枪声,立即向刘村方向赶来,和商团士兵会合后,一边负隅顽抗,一边通过镇东南的汭河大桥撤往施梅村,经姚村逃往梨壁山。

王金林带领的队伍刚到下七里村,就听见刘村方向传来隐隐约约的枪声,他们便加快步伐赶到柏垫镇南头的汭河边,看着已远远遁去的敌人队伍,只得望"河"兴叹。

柏垫战斗是王金林、邱宏毅、李邦兴、郭凤喈等红军独立团领导精心策划的一场突袭战斗,虽然占据优势,最终却打了个平手,不仅没有完成预定的作战任务,还牺牲了几名赤卫队骨干。战后,王金林让李邦兴立即将部队带回化成庵,并让他负责召集了班长以上的干部会议,讨论和总结战斗经验和教训。

王金林和邓达远、余家堂带领一个连的红军战士驻扎在火家冲。第二天一早,郭凤喈带着二十余名游击队员来到火家冲,将李邦兴写的柏垫战斗总结交给王金林。王金林拿起总结浏览一遍,大致内容是:

一、赤卫队员忠勇可靠,尤其是共产党员敢打敢冲,不怕牺牲,但是缺乏军事常识和战斗经验;

二、红军游击队员基本可靠,也敢打敢冲,有一定的战斗经验,但缺少训练,战友之间缺少配合,仗一打起来就各自为政;

三、毕桥起义的士兵有作战经验,服从指挥,但战场上缺乏主动性,甚至畏缩不前,贪生怕死。

建议：一是开展红军队伍和赤卫队员的军事训练；二是开展红军战士的政治教育。

看完李邦兴的总结，王金林阴沉的脸终于露出笑容："新老李这个总结搞得好，找出了问题，也提出了解决问题的办法，也算是将功补过啦！"

"新老李昨天回去开会到半夜，后半夜也没有睡觉，把这个总结弄出来已经天亮了。"郭凤嗜道。

"达远，我跟凤嗜回化成庵，你们也要总结经验。另外，加强递步哨，防止敌人的突然袭击！"王金林从桌子上拿起两把盒子枪插在腰间，"一旦大批的敌人来了，你们必须先阻击和延缓敌人的进攻，掩护苏维埃政府和群众撤退！"

"团长，你放心！保卫人民群众利益就是保卫红色苏维埃，这是我们红军队伍铁的纪律，我们坚决遵守！"邓达远高声回答。

王金林刚回到化成庵，梨山张村赤卫队情报员李家春前来报告：南五区区长杨又新在梨壁山一带耀武扬威，到处搜捕农会干部。独树莫村赤卫队队长陈汉明在梨山上阳协助开展农运工作，不幸被杨又新抓捕杀害。

梨山张村旧貌

半边天古道

杨又新，原名杨绍基，张村（张复村）人，其家和华家宽家相距不过三里来路。他从省干部传习学校培训回来后担任区长不到两个月，就两次带人抄了华家宽的家。

王金林和邱宏毅、李邦兴商量，让他们留在化成庵继续编写训练大纲和操练部队，自己和二连连长崔德品带着化名为顾新旺的二连指导员兼一排排长华家宽及三十余名游击队员连夜赶到粮长门下面不远的半边天，准备打杨又新一个埋伏。

这半边天是个地势十分险要的隘口，粮长河水自南向北流经这里。河西是广德县城通往南乡梨壁山、遐嵩、杨滩的要道，沿河道路绵延一里多。路西边山势嵯峨、峭岩壁立，高十数丈不等。岩壁上有摩崖诗三十余首，其中民国三年（1914）粮长名绅黄永恩和朋友的奉和诗"泥墙茅舍路边斜，春日寻幽谷口家。芳香青葱攒岭树，风惊红紫颤崖花。梯田叠上耕云顶，钵饭新餐煮蕨芽。邂世明朝来采药,一锄相伴老烟霞",单道此处风景迥异。

由于山峰耸峙,在谷底溪畔的幽林曲径中只能看见一半天日,所以当地百姓称此地为"半边天"。相传,巉岩上有一棵大桂花树横空斜出,香飘数里,所以亦有"桂门关"之称;又因关隘常有土匪出没,里人又戏称"鬼门关"。

这个"鬼门关"是杨又新上任从广德到梨壁山的必经之路,王金林决定在河对面的山坡上,专等杨又新进"关"。他让华家宽挑了十名枪法较准的士兵在离摩崖石刻只有五十米的地方埋伏下来,专门射击杨又新。他这是擒贼先擒王的战术。

第二天一早,果然如华家宽侦察的情况一样,杨又新骑着马带着五十多名自卫队士兵从十八里店过来。他做梦也没有想到,这边风景独好的桂门关,今天真的就是阎王索命的"鬼门关"。

杨又新骑马走到"鬼门关",因为路险,骑马难以通过,便从马上跳下来,让马弁牵着马,自己走在马屁股后面。

等到杨又新的队伍有一半进入"鬼门关",王金林便高喊一声:"打!"

"叭叭叭……叭叭叭……"一阵枪响,杨又新急忙躲到马后面的沟中。

华家宽看得真切,便高喊一声:"王团长,我带人去活捉杨又新!"华家宽说完一跃而起,带着一个班战士向河对面冲去。

崔德品见状,立即指挥其余的战士开枪封锁了"鬼门关"口,没有进来的自卫队士兵胡乱向河对岸游击队阵地开枪,已经进入"鬼门关"的拼着命往回逃,有十余人中弹倒地。

华家宽带头涉过水深齐胯的粮长河,在岸边抓住趴在地上战战兢兢的杨又新的两条腿就往河坎下拉。就在这时,一个趴在路边的自卫队士兵朝着华家宽开了一枪,正中他的胸部。

从华家宽身后冲上来的几个红军战士击毙了杨又新和几个自卫队士兵。

看到华家宽中弹,崔德品立即像箭一样跃入河水中,背起华家宽的尸体就往回撤。

这时,"鬼门关"口的自卫队士兵架起了两挺机枪,打得王金林和战士们都抬不起头。见杨又新已经被打死,王金林下令撤出战斗。

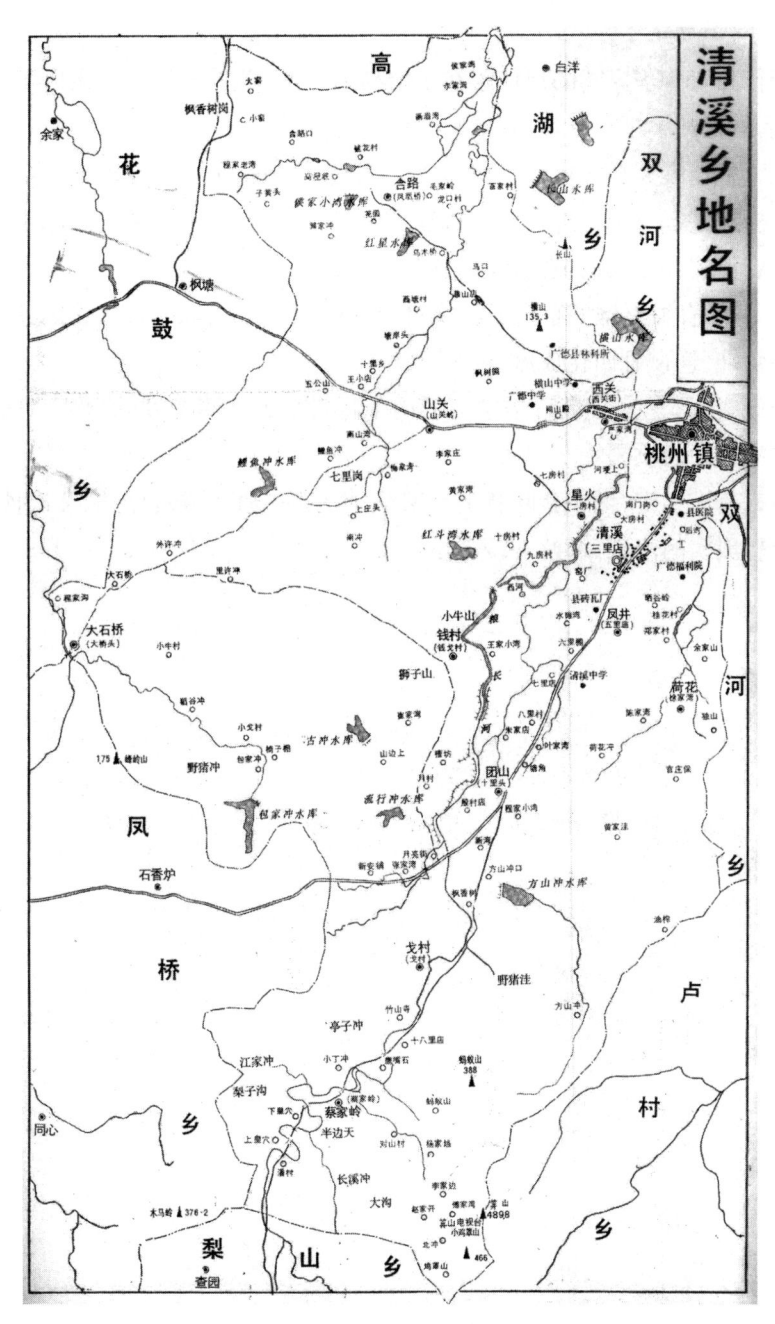

清溪乡地名图

崔德品背着华家宽的尸体跟在王金林的后面，顺着长溪沟向南跑了一里多地，背后的枪声越来越密集，好像是给他们送行。

　　王金林让崔德品把华家宽尸体放下，用手将华家宽的眼皮合上，声音哽咽："华家宽同志，杨又新已经被我们镇压了，你的血没有白流！"说完站起来对身边的李家春道，"小李，你去曹冲华家通知他哥哥来收尸！"

　　将华家宽的尸体隐藏好后，王金林带着队伍一口气从木马岭翻山进入同心村的牛角冲，连夜赶回化成庵。

　　当天夜里，李家春带着华家宽的两个哥哥悄悄将华家宽的尸体背回曹冲，安葬在家对面的桃园岭上。

　　后来有人告密，说顾新旺就是华家宽，华家因"通共"被自卫队几次抄家，本来还比较殷实的华家，从此一蹶不振。

第二十八章　木子滩狙琚启炳

在半边天战斗结束后的第二天下午,王金林正看着李邦兴编写的《红军士兵训练大纲》草稿,邓达远气喘吁吁地跑进来:"报告团长,西七区区长琚启炳带着一百二十多人的队伍今天下午突然耀武扬威地回到独树街的区政府驻扎,还到处张贴布告,敦促几天前起义的自卫队士兵携带枪支投案自首,否则格杀勿论!还说马忠海已经在郎溪被抓捕归案。"

"王团长,我们这里现在有两百多人,一百来支枪,我带领队伍去消灭他们!"站在一旁的李邦兴手握着腰间的盒子枪说道。

"他们的队伍都是些什么人?"王金林问邓达远。

"我是躲在树林里看的,好像一半是卫戍团的黄狗子,一半是自卫队的黑狗子,至少有两挺机枪!"邓达远回答。

"新老李,这个琚启炳是个受过正规训练的家伙,这次是有备而来,气势正盛……"王金林边踱步边说。

"我马上把汪天冲在莫村的警卫连和各村的赤卫队都调过来,红军和赤卫队加起来有六百多人,先把他们包围起来再说!"李邦兴斗志昂扬。

"新老李,先别慌,让我想想……"王金林继续踱着圈子,"他们武器比我们好,如果我们不能在半天时间把他们消灭,他们的援兵就会赶到,我们就要吃大亏!如果他们只是先头部队,故意引诱我们包围,他们的大部队再把我们包围起来,那就危险了……"

"邓达远!"王金林停止踱步,"你马上安排到月湾街、杨滩、桥头、鹰岩子四个方向侦察,搞清楚有没有敌人的援兵!"

"是!"邓达远立即出门。

"新老李,去把余家堂和郭凤嗒叫来!"王金林说完又在大堂中间来回踱步。

不一会儿,余家堂、郭凤嗒都来了。

"从目前的情报来分析,琚启炳这次过来,可能只是来探探情况。如果是这样,他一定不敢久留,可能就住今天一个晚上,明天就会回县城!"王金林望着郭凤嗒,"凤嗒,如果打琚启炳,你的队伍能上吗?"

"琚启炳一上任就克扣我们的军饷,大家对他都恨得牙痒痒!打他,只要我打头阵,兄弟们绝不含糊!"郭凤嗒站得笔挺。

"余家堂,他们回广德城,一定会经过你们大范村,那儿地形你熟悉,我想在那一带打他个埋伏,你看哪里好?"王金林又望着余家堂。

余家堂当过几年的道士,经常给人看风水,对远近十里八乡的地形都了如指掌,并且谙熟各处的风俗人情。

"那就在我家住的地方——木子滩!"余家堂绘声绘色地说道,"木子滩上面就是黄泥山,这一段路两边都是山林,我们埋伏在两边山上,一定打他个人仰马翻!"

"新老李,你和郭营长带一个连,今晚就埋伏在木子滩。琚启炳是骑马的,你们选择一个好的地势,突然袭击,集中火力把他干掉就行了!"王金林见李邦兴还有些不解的样子,又道,"真对打起来,只要他们的机枪一响,我们就要吃亏!"

"这倒也是!"郭凤嗒一口山东侉子腔,"和他们从南京来的正规部队相比,我们现在还是一群乌合之众!"

"什么?你敢说我们红军是乌合之众!"李邦兴双眼圆睁,"你这是长敌人志气,灭自己威风,是逃跑主义行为!"

余家堂在旁边咕哝道:"有多大的脚,穿多大的鞋。郭队长说得有道理,我们还是应该和以前一样,不要和他们硬抗!"

"新老李,他们两个说得在理。起义过来的士兵虽然是老兵,但他们思想转变还需要一段时间。我们独立团老战士,会打枪的还不足三成,但都是我们红军的宝贝,不能让他们轻易就牺牲了。如果把他们训练出来,都是以一当十的勇士,所以我们需要多培养像你这样懂军事的干部。"王金林停了一下,继续道,

"这一仗还是我带他们去打,你抓紧把我们部队的训练大纲搞出来,不仅红军队伍要训练,赤卫队也要加紧训练!"

"好的,团长,我抓紧时间把训练大纲搞出来,包你满意!"李邦兴还是斗志昂扬。

当晚天一黑,王金林就和郭凤喈带领崔德品的二连一百余人悄悄开到木子滩,在余家堂的安排下,在几家农会会员家住下来休息。王金林带领郭凤喈、邓达远、崔德品、余家堂、周玉洲等人到木子滩一带察看地形。

余家堂带着他们往大范村方向走了近一里路,这里正好是个隘口,路北是个突出的山包,易守难攻,往后撤退也方便。小山包长满了一人多高的杂树,也便于隐蔽潜伏。

"凤喈,你说这仗怎么打好?"王金林问站在身边的郭凤喈。

"我护送过琚启炳,他一般是骑马走在队伍的后半部,我们放过前队,就打他的后队!"郭凤喈回答。

"好,到时候你挑选十个枪法好的战士,找几个好的伏击点,只要琚启炳一进入射程内,就一起向他开火,必须把他干掉。然后不要恋战,立即撤退,我们在后面掩护你们!"王金林又道。

"好!"郭凤喈领命而去。

一切安排妥当,王金林和邓达远、余家堂等人撤到离阵地两里路远的牛王庙。这里有一座明三暗五的两进楼房,当地人叫熊家老屋,很宽敞,屋内有三个地洞,有一洞还可通往后山,王金林每次到西坞、范村一带,就住在熊家老屋。

他们一进院子,就看见张国泰、郭炳贵、陈崇高、邓达怀、谢应凤、杨清秀、彭珊绮等人站在院内迎接他们。

此时已经是子夜时分,王金林走到已经给他安排好的里屋,床上的被单都是杨清秀刚才换上的。他解开腰间的皮带,掏出别在腰间的两把盒子枪,放在床头。

"金林哥,满身都是汗,先擦洗一下吧!"杨清秀端着满满一小木盆温水进来,含情脉脉地望着王金林,"看你最近又黑又瘦了许多,哪还像个教书先生的样子!"

"唉,形势发展得太快,苏区和红军在不断地扩大,黄烂腿牺牲了,邓国安去了上海,这邱政委新来乍到还摸不着边,新老李又是个愣头青,朱学易、吴子华、方良先他们几个有点学问的都还不肯上队。"王金林洗了把脸,把毛巾递给杨清秀,让她帮忙擦洗后背,"现在的摊子越搞越大,我手下却没有多少能用得上的人……"

"金林哥,我们十里八乡的老百姓都拥护你,把你当成了英雄和救星,他们都说,跟着你闹革命,就是死也不后悔!"杨清秀边给王金林擦洗脊背边动情地说道,"我也是,跟着你革命,就是死了也值!"

"我们男子汉大丈夫,为了理想和信仰,死不足惜!"王金林转身双手按着杨清秀的双肩,"清秀,我就是担心母亲、妹妹金山、你和珊绮这些人,还有成千上万刚刚翻身过上几天好日子的贫苦农民,国民党反动派不会善罢甘休的,他们很快就会再次疯狂地反攻倒算……"

"金林哥,就是上刀山下火海,我都跟着你!"杨清秀倚在王金林胸前。两颗年轻的心,紧紧偎依着,颤抖而共振。

第二天一大早,每隔半个时辰,就有交通员从独树街送来情报,琚启炳和他带领的队伍龟缩在区政府大院,戒备森严,没有外出的迹象。

邓达远派出到各地的探子纷纷回来报告,都没有发现异常情况。

王金林从屋内走出,已经是日上三竿。院子中间摆着一只八仙桌和四条板凳,邓达远和张国泰坐在板凳上谈心,看到王金林出来,张国泰便站起来边说边把手中的纸条递给王金林:"这是我昨天夜里赶着写出来的《歌唱十二个月》的歌词,请先生斧正并谱曲!"

王金林拿起张国泰递过来的一沓三六裱纸,坐在板凳上正看着,余家堂和彭珊绮各端着一大碗热气腾腾的面条从厨房出来。

"千事万事,不关饭事!"余家堂吆喝道,"团长,吃面啰!"

王金林把纸递给张国泰:"你这首歌词写得很好,念给大家都听听吧!"然后接过余家堂递过来的大碗面条。

张国泰站到院子东头,拿着手里的三六裱纸,高声朗诵道:

正月里,是新年,
我们革命同志聚一团,
一要玩龙灯,二要玩旱船,
过新年人人都喜欢。
二月里,龙抬头,
我们穷人出了头,
……

王金林吃完面条,就拿起张国泰填写的歌词,按照传统《十二月歌》的民间小调,一句一句地教唱起来。

转眼就到了吃中午饭的时间。交通员报来的消息,琚启炳还是按兵不动。

看王金林还在教几个女同志唱歌,邓达远在一旁急得满头大汗:"团长,这个琚启炳是不是今天不回城了?"

"达远,是你说的没有看见他们带着粮食?"王金林问。

"是的,这个我看得清楚!"邓达远回答。

"他们到达独树街后就没有离开区公所到外面搞粮食,这也是你报告的?"王金林对着邓达远道。

"是的,根据你的指示,他们一进独树街,我们就派几路人监视他们的一举一动!"邓达远答。

"这就对啦!"王金林紧握右拳,"他们随身带的干粮最多也就能吃两三顿,下午他们一定会回城。余家堂,把准备好的饭团和茶水送到木子滩,告诉郭营长,琚启炳的队伍下午一定会回城的,让他们做好战斗准备!"

余家堂、郭炳贵、陈崇高、谢应凤等人挑着饭菜和茶水离开熊家老屋后,王金林和张国泰、杨清秀等几人也开始吃午饭。还没有吃完,在外面负责警戒的邓达远就急匆匆进来:"王团长,你真是料事如神!刚才交通员来报,琚启炳提前吃了中饭就带着狗子队伍启程,现在已经翻过石灰丫子,就快到桥头啦!"

"终于来了!"张国泰放下手中的饭碗。

"张国泰,慌什么?从桥头到木子滩,还得半个时辰。我们把饭吃完,把水喝好，然后到后面山头上一边乘凉一边看热闹。"王金林笑着道。杨清秀和彭珊绮也望着张国泰嗤笑。

午时一过，琚启炳的"一"字长龙队伍慢慢穿过刘家嘴村，进入郭凤喈的伏击圈。

果不其然，琚启炳还是像往常一样骑着大马走在队伍中间稍后的地方。郭凤喈、崔德品、周玉洲等十支"汉阳造"的枪口都随着琚启炳移动。琚启炳的眉眼郭凤喈都看得清清楚楚。郭凤喈明白，团长这一招叫百万军中取上将首级。

"叭！"郭凤喈在扣动扳机的同时高喊一声："给我打！"

"砰砰砰……"十余发子弹射向琚启炳和他的战马，他身中数弹，然后又被受伤的战马掀到路旁的水沟里。

见任务已经完成，郭凤喈压低声音道："撤！"

他们刚撤到后坡，敌人的两挺机枪就从左右两个方向向他们埋伏的山包打来，山上的树枝像刀砍一样簌簌往下直落。琚启炳尸体旁的自卫队士兵都趴在水沟里，向两边的山林中胡乱打了一阵枪，见红军游击队早已不知去向，便抬着琚启炳和几个士兵的尸体，灰溜溜地向汪家桥方向撤去。

第二十九章 铜沟收编沈云山

杨又新和琚启炳两个区长被红军镇压后,西九区区长张绍池也在石鼓被赤卫队镇压。他们三人是同学,都在国民党安徽省传习干部学校受过"反共"训练,被县长周景清特地安排到西南乡对付农民暴动,却没有料到他们上任不久就被红军镇压了。这给了国民党广德县政府以极大震慑,西南乡的区、乡政权纷纷瓦解,土豪劣绅都逃往广德县城和宁国、宣城、郎溪等地。国民党首都卫戍部队也因"清剿"不力而争吵不休,李元凯被调离广德,由副团长黄栋成接任。

黄栋成接受了李元凯轻敌的教训,听取了刘声远、孟德卿等人的劝告,放弃了原来的深入苏区寻找红军游击队主力决战的"兜剿"之法,改为"以民攻民"之策,把重点放在筹办地方民团武装,以期达到"标本兼治"的目的。他与县长周景清协商,召集了县城里的八大家和地方土豪詹国贤、蔡祖苞、查宗泉、龚炳、刘金龙等人开会,决定发挥地方自卫队武装和地主自办武装的作用。为了迅速建立民团武装,他们在全县各地张贴布告,甚至派特务把布告贴到了苏区。

周爵三收藏有一套传忠书局刻印的《曾文正公全集》,王金林少年时浏览过。当年,曾国藩组建湘军,就是从团练开始,招募穷人打穷人。广德县政府这次大张旗鼓扩张民团,把民团作为进攻苏区的主要力量,实行"以民攻民"的策略,就是湘军团练的翻版。对于刚刚建立的各地苏维埃政权和弱小的红军队伍,这简直就是釜底抽薪。如果失去了广大群众的支持,苏维埃政权就是一个空架子,红军队伍就是无源之水、无本之木了。

最让王金林焦虑的是江苏省委的七月来信,根本没有从广德实际出发,没有考虑广德工作中存在的诸多困难,却三令五申,要求迅速扩大红军队伍,向敌人发动最猛烈的进攻,全面开展分田分地的土地革命运动。如果真是这样,虽然一时激发了广大贫雇农的革命斗争热情,但势必把那些同情和支持革命的小地主和富农都推到反革命的阵营,给苏区带来的将是前所未有的军事和经济压力。

李邦兴和邱宏毅都是外地口音,深入基层和群众交流非常困难。他们打仗很勇敢,却只愿意和红军队伍一起行动,而独立团的干部和战士又常常不听他们的指挥,战斗一打起来都是各自为政。柏垫战斗,就是一个血的教训。在实际工作中,他作为广德党组织和红军独立团的负责人,总是在唱独角戏,往往是顾此失彼。每当烦恼的时候,王金林总是想起和黄中道在一起的日子。

在上次的县委扩大会议上,王金林检讨了错杀张品三等支持革命的开明士绅所带来的巨大消极影响。可是,邓国安和张国泰这两个他最亲密的战友却不以为然,甚至批评他有些右倾。而省委这次的指示,对他和广德党组织的批评,已经是十分尖锐了。内忧和外患就像两把尖刀,一前一后向他刺过来,如何化解这个危机,王金林感到非常无助。

就在王金林瞻前顾后的时候,龚守德从石鼓派人送来情报,说是郎溪毕桥一带的土匪一百余人同意接受收编,加入红军队伍。

得到这个消息,王金林精神大振。他召集邱宏毅、李邦兴、张国泰、邓达远和郭凤喈等人开了个碰头会,决定由邱宏毅和郭凤喈带领一个连前往石鼓的铜沟收编毕桥土匪武装,他和李邦兴两天后到铜沟和他们会合。

1928年4月,陈文对"郎溪农民自卫团"进行了整顿,对部分品行不端的土匪进行清除,沈云山、毕小田等三百余人被清除出"郎溪农民自卫团",没有参加郎溪暴动。沈云山、毕小田等人离开陈文的队伍后,又纠集一部分土匪,继续在毕桥、洪林桥、姚村一带打家劫舍。广德暴动后,国民党郎溪县政府加强了自卫队的力量,会同三四一团二营一起对沈云山部土匪进行清剿。沈云山率部退到郎广交界的大、小腰山一带,为了生存和发展,他们主动派人找到在这一带开展工作的龚守德。

邱宏毅和郭凤喈来到铜沟,龚守德带着陈东林、吴梓庭、吴青鹏等人在高山庵迎接他们。吴梓庭和吴青鹏都是铜沟人,刚刚从赤卫队上升到独立团。沈云山、毕小田的土匪队伍经常通过广郎桥窜到铜沟一带活动,和吴梓庭、吴青鹏打过交道。龚守德来到石鼓后,吴梓庭便向龚守德报告了沈云山、毕小田这股土匪的情况。龚守德本来打算缴了这股土匪的械,但听到他们有三十余支短枪和五十余条长枪,就没敢轻举妄动,便派陈东林、吴梓庭到土匪队伍中去做一些工作。

在高山庵,邱宏毅让吴梓庭、吴青鹏带领石鼓的农会会员为已经断粮的沈云山、毕小田土匪队伍筹集了三千多斤粮食,作为欢迎他们弃暗投明加入红军队伍的见面礼。

沈云山和毕小田已经是穷途末路,经过和邱宏毅一天的谈判,他们除了要求原土匪队伍按整连的建制不打破外,几乎答应了邱宏毅提出的所有条件。邱宏毅认为,先把土匪队伍收编过来,然后再派政治指导员过去,进行政治教育和队伍改造也不迟,就勉强答应了他们的要求。

收编后的第二天,王金林带着另一路独立团战士来到铜沟。他和李邦兴到沈云山的连队看望了收编过来的百余名战士,给他们讲了一番共产党领导穷人闹革命的道理。然后,根据李邦兴的建议,临时召开红军独立团连长以上干部会议,决定对广德红军独立团重新进行整编,并对在红军队伍建设中做出较大成绩和对敌作战勇敢的同志进行表彰。

"同志们,经过龚守德同志的积极工作,争取了沈云山、毕小田农民游击队的一百多人枪,加入我们红军队伍。这说明一个道理,就是国民党政府失去了民心,失去了贫苦大众的支持。我们是贫苦大众的军队,敌人越'清剿',我们的队伍越壮大!现在,我们广德红军独立团已经扩大到六百多人,三百八十条枪,还有大炮五门!"说到此处,王金林站起来,"新老李同志建议对红军独立团重新整编,下面,请他发言!"王金林说完就坐下了。

李邦兴站起来:"同志们,一个月前,我们广德红军独立团成立时只有一个营和一个警卫连的建制,号称一个团。今天我们已经真正有了接近一个团的兵力,是名副其实的独立团。我的建议是,在原先建制的基础上,将一营改为三营,将第一连、第二连、第三连改为第七连、第八连、第九连;增设一个第二营,二营下辖第五、第六两个连;警卫连不变,增设一个炮兵连;一营暂缺!"

根据与会人员的积极发言和激烈讨论,会议最后决定,对广德红军独立团

连以上干部进行安排:

政委:邱宏毅;

团长:王金林;

副团长:李邦兴;

参谋长:李邦兴;

第二营营长:沈云山;

第二营副营长:周玉洲;

第五连连长:毕小田;

第六连连长:时小侉;

第三营营长:郭凤喈;

第三营副营长:龚守德;

第七连连长:朱远发;

第八连连长:崔德品;

第九连连长:刘昭武;

警卫连连长:汪天冲;

炮兵连连长:王培寿。

原一营一连连长陈东林,因为抽吸大烟被降职,调到警卫连担任副连长兼一排排长,接替他的是原一营一连副连长朱远发。

第三十章 辟新区进军姚村

张树生,原名陈思隆,曾用名程荫隆,1901年生于四川宜宾泥溪。1925年考入上海大学社会科学系,并加入中国共产党。1927年10月,被党组织派到苏联高等射击学校,后转步兵学校学习。1930年夏回国到上海,不久就被党中央分配到中共江苏省委工作。此时,广德暴动已经名声大振,江苏省委负责同志就安排他到广德巡视,了解情况。

张树生从南京到芜湖,通过中共皖南特别行动委员会护送,秘密来到宣城鳌峰潘家花园徐鸿猷家。

徐鸿猷将张树生护送到水东,见到中共宣城县委书记史泗群。由于宣城国民党当局已经开始了对广德苏区的全面封锁,一时无法进入广德,他和张树生就由史泗群安排,在孙埠和水东一带调查农运和工运情况。半个月后,张树生根据史泗群的建议,回上海向党组织汇报在宣城了解到的情况。

张树生到达上海中共江苏省委机关,汇报了这次到宣城巡视的情况,并且认为广德完全有发展成为大根据地的可能。正巧,碰到邓国安带着交通员孙达本也在向省委汇报广德工作,并要求选派干部到广德。省委认为张树生十分了解广德的情况,就派他以省委巡视员的身份前往广德调查指导工作。

张树生和孙达本经芜湖到宣城孙埠,一打听,国民党政府把通往广德的所有道路全部封锁,搜查比前一段时间更加严。孙达本是个只有二十来岁的青年,他从湖州坐船到上海的路线是邓国安事先安排好的。这次从孙埠到广德的路线,他根本不熟悉。张树生上次在这一带搞过调查,认识一个当地的农会干部,通过他安排了一个当地的村民给他们带路。

第二天凌晨,带路的村民带着他俩绕开国民党民团在大小路口设立的检查站,在灌木林中用刀砍出一条可以通行的道路。遇到几处陡峭的悬崖,他们都是攀缘着葛藤而上。爬到山顶时,已经是下午一点多钟。虽然手和脸都被荆棘划破,鲜血淋漓,但终于避开了敌人的封锁,闯过了难关,两人心里虽苦犹甜。他们让带路的村民返回,就躺在一棵大树的树荫下休息。

"不许动,举起手来!"张树生和孙达本睁开眼睛,两只黑洞洞的枪口正对着他们。见两人的左臂上都戴着红袖章,张树生便断定他们是农民赤卫队的队员。

"你们是干什么的?"其中高个子问。

"找队伍的!"张树生回答。

"找什么队伍?"又问。

"找游击队!"又答。

"你们一定是狗子派来的狗鼻子(民团侦探)!"高个子头一摆,"老西瓜,把他俩捆起来!"

老西瓜解开缠在腰间的细麻绳,不由分说将他们两人捆了个结实,然后带着他们来到一个叫鸦山的小村子。他俩被关在村北一个单独的房子里,有门岗日夜看守。

张树生和孙达本由于疲劳至极,躺下就睡着了。第二天他们醒来,却不被允许出门。白天,有三三两两的人来盘问他们。晚上门外总是磨刀霍霍,听得他俩心惊肉跳,不知赤卫队要干什么。第四天,又来了几个人,其中一个身材魁梧的人,看样子像个头目。

"你们到底是干什么的?"来人问。

"是来找王金林的游击队!"孙达本答。

"我们凭什么相信你们?"来人又问。

"我就是王金林派到上海去的,如果不信,就把我们带到王金林那儿,不就清楚了吗?"孙达本回答。张树生身上带有用药水秘写的介绍信,但他还是不能确定他们到底是不是王金林的游击队,所以不敢拿出来。他灵机一动,给他们讲了一番为什么在农村建立苏维埃政权的道理。

问话的人正是陈建富,他听了张树生讲的一番道理,不是一般探子所能讲出来的,判定张树生一定是上级党组织派来的大干部,不便再多问,也不敢怠慢,便派刘海和熊恩才两个精干的赤卫队员,连夜把他们送往广德苏区,去见王金林。

刘海是姚村乡夏桥村人,熊恩才是姚村乡永丰殿村人,他俩都是姚村赤卫队的骨干,一个月前在龚守德的游击队参加过训练。他俩带着张树生二人翻山越岭走了三十来里路,到达红军独立团驻地高山庵。

铜沟整编工作结束的当天夜晚子时,张树生四人来到高山庵。见到张树生,王金林非常高兴,让王大亚安排张树生和孙达本先洗澡休息,自己和邱宏毅听取了刘海和熊恩才关于姚村农民运动开展情况的汇报。

陈建富和李同洲自一个月前在化成庵和王金林告别回到姚村后,就开始在鸦山、茶冲、邵家冲、夏桥、永丰殿、姚家塔等村发动贫苦农民和纸工,组织起了近五百人的农民赤卫队,已经公开竖起了"三抗"大旗,为下一步举行姚村暴动做好了准备。

刘海和熊恩才出发前,陈建富和李同洲同他们谈了半个小时,指示他俩把姚村的情况向王金林作一个全面的汇报,并请求王金林带领广德红军独立团进军郎溪,领导和支持姚村暴动。

第二天,王金林召集干部会议,让张树生以中共江苏省委巡视员的身份传达了中共江苏省委的最新指示:第一,为了加强对广德、郎溪、宣城三县土地革命的领导,推动更大范围的武装斗争,建立广郎宣三县大根据地,决定成立中共广郎宣县委,张树生担任县委书记;第二,立即召开广郎宣苏维埃政权成立大会,开展分田分地运动,为创建以广德为中心的大根据地做好准备;第三,向宣城的水东、孙埠进军,推进水东和孙埠暴动,建成广郎宣三县大根据地,然后向芜湖进军。

会上,还根据张树生带来的省委指示,改"广德红军独立团"为"皖南红军独立团"。

王金林在会上详细介绍了陈建富和李同洲在姚村一带组建农民赤卫队的情况,并表达了进军郎溪,攻打国民党郎溪姚村乡公所的意见。

一听要攻打姚村乡公所,消灭高队长的自卫队,为黄中道同志报仇,王大亚、龚守德、郭凤喈、崔德品等人都热泪盈眶。

高队长在抓到黄中道后,得到了国民党郎溪县政府的嘉奖,并给他的姚村自卫队增加了人员和武器,他因此变得更加嚣张和跋扈。

两个多月前,沈云山和毕小田在毕桥被郎溪县自卫队剿得东奔西突;躲到姚村,又被高队长追着屁股打,伤亡和跑散了几十个兄弟。他们投靠红军,就是想借红军的力量报一箭之仇。于是,他俩表达了参加攻打姚村的意愿,并表示愿意打头阵。

王金林最后一锤定音,决定立即攻打姚村。

会议一结束,王金林就让龚守德连夜安排交通员赶往姚村送信给陈建富,要他们组织赤卫队和农会会员配合战斗。

第二天一早,王金林、龚守德和邱宏毅、沈云山带领红军游击队和赤卫队六百余人兵分两路,分别从广郎桥和苏村的八家进入郎溪境内,准备从南北两个方向夹击姚村。

邱宏毅、沈云山带领一路红军队伍从广郎桥进入郎溪境内,计划从南边进攻姚村,队伍在东门村遇到陈建富带领的四百余名赤卫队员,便合兵一处,浩浩荡荡向姚村挺进。他们刚到村头,巡逻的自卫队士兵就发现了他们,并向他们开枪。高队长听到士兵的报警,立即判断是王金林带领的红军队伍打过来了,便带着六十余名自卫队士兵边打边往十字铺方向撤退。

王金林、龚守德带着队伍从苏村的八家进入郎溪境内,计划绕到姚村北边的下天门,切断敌人向十字铺方向逃跑的路线。可是,他们刚到鬼门关,离下天门还有五六里路,就听见姚村方向传来密集的枪声。按照昨天晚上的部署,两支红军队伍中午十二点从南北两个方向同时进攻姚村,争取全歼姚村自卫队。可是,才十一点,南边的战斗已经提前打响。

听见枪声,王金林命令队伍跑步向姚村方向前进。当他们赶到姚村时,高队长带着自卫队已经从下天门逃往十字铺。

此一战,只打死三个自卫队士兵,缴枪八支。虽然没有达到打死高队长的目的,但缴获了他的战马,打击了国民党在姚村的势力,极大地鼓舞了广大姚村的贫苦农民和纸厂工人的革命斗志。他们纷纷要求加入农会、赤卫队和红军队伍。姚村的鸦山、茶冲、邵家村、九村、永丰、姚家塔、夏桥一带的农会组织纷纷建立;郎溪涛城的山下铺、长乐铺一带的贫苦农民也奋起响应,建立农会。

姚村战斗结束,王金林让李邦兴、郭凤嗜带领三营回到苏村、石鼓一带开展工作。他和邱宏毅带着警卫连,同沈云山带领的二营继续留在姚村,指导和帮助陈建富、李同洲、黄大栋等人开展姚村苏维埃政权的建设工作。

就在皖南红军独立团进军姚村的同时,因"清剿"红军不力,首都卫戍团副团长黄成栋带领首都卫戍团灰溜溜地撤离广德,苏区军民的第一次反"清剿"斗争胜利结束。

历时五个多月的反"清剿"斗争,经过大小数十次战斗,歼敌一百多人,镇压恶霸地主四十余人,收编地主、土匪武装两百余人。红军队伍已经发展到六百余人,枪四百余支,赤卫队发展到千余人,赤色地区已经发展到花鼓、杨杆、誓节渡、苏村、石鼓、独树、月湾、柏垫、凤桥、梨山等十余乡镇一百五十多个大小村庄,面积达到六百余平方公里,人口五万多人。

此时,从广德苏区不断传来好消息:莫村苏维埃主席团在独树莫村成立,仰荣玉任主席;兴花村苏维埃主席团在石鼓乡老村成立,严德功任主席,张国华任副主席;桂花村苏维埃主席团在凤桥牛角冲成立,红色区域面积在逐渐扩大。

半个月前,在宣城水东搞农运工作的梁其昌派人送来一封信,信中说宣城的党组织力量很强,农运和工运工作开展得很扎实,中共芜湖中心县委书记史秀峰已经指示宣城党组织,尽快组织宣城暴动,打破国民党反动派对广德苏区的封锁和进攻,将广德和宣城的红色区域连成一片。但是,水东和孙埠是宣城国民党政府在东南部的两个重镇,自卫队力量十分强大;另外,因为党组织还没有开展兵运工作,国民党军队内部起义的可能性极小,单靠组织农民赤卫队和工人纠察队是很难取得暴动胜利的。宣城党组织希望王金林能带领广德红军队伍攻打水东和孙埠,推动宣城暴动。

王金林这次进兵郎溪姚村,除了支持郎溪暴动,另一个目的就是打通通往宣城水东地区的通道,为进军宣城水东做准备。

国民党首都卫戍团离开广德,并不是敌人的彻底失败,而是新一轮集结的开始。王金林明白,一场新的更加残酷的斗争即将到来。在这场斗争到来之前,他必须抓紧时间把南乡的杨滩、四合等地的国民党地方自卫队武装和地主民团武装消灭干净,建立苏维埃政权和巩固的游击根据地。南乡的根据地建立后,再西进宣城,就无后顾之忧了。

姚村的苏维埃政权建设工作开展得如火如荼,王金林心中十分快慰。开辟姚村的目的已经达到,王金林决定带着红军队伍回师广德,开辟杨滩和四合地区。

第三十一章　牛角冲化险为夷

王金林带领红军队伍回到化成庵，和李邦兴带领的红军队伍会合后，就开始制订向大南乡杨滩、四合一带进军的方案。

李文政是杨滩人，干过木匠，现在在张国泰的领导下开展共青团组织建设工作。他列席了开辟杨滩的会议，在会上报告了目前杨滩乡的自卫队和地方民团加起来不到一百人，且战斗力也不是很强的情况。

陈高典是窦家茅棚村人，二十一岁，是王金林在一高小的学生，家里有几十亩山冲田，是村上比较富裕的家庭。1929年冬，他就根据王金林的指示，回到杨滩一带配合李文政秘密开展农运工作。

会议根据李文政提供的情报，决定由邱宏毅、李邦兴带领郭凤嘈、沈云山的五个连和独树、月湾等地的赤卫队员共一千余人前往攻打国民党杨滩乡公所；王金林率领警卫连布防在柏垫的前程铺一带，准备阻击从四合和广德方向增援杨滩的敌军。

红军要进攻杨滩的消息，早已被担任杨滩乡乡长兼自卫中队队长的蔡祖苞获悉。他一方面秘密集中了自卫中队和民团士兵四百余人，另一方面又通知驻扎在河沥溪的国民党宁国县自卫团两百多人，连夜秘密赶到杨滩布防。

邱宏毅和李邦兴根本没有侦察到敌情的变化，部队一到杨滩东边的桐河桥头就吹响军号，向杨滩集镇发起猛烈进攻。

军号一响，红军独立团七连三排一班班长冯大贵带着张银生等战士跃上杨滩大桥，冲向对岸。他们刚冲到桥中间，对面桥头一个茶馆的窗户内伸出一挺机枪，"哒哒哒，哒哒哒"，冲在前面的冯大贵、吉光彩、马小业等人全部中弹，掉进河水中。河水都被烈士的鲜血染成了红色。

吉光彩的哥哥吉光明和马小业的弟弟马小其，先后跳进河里救人，也被对

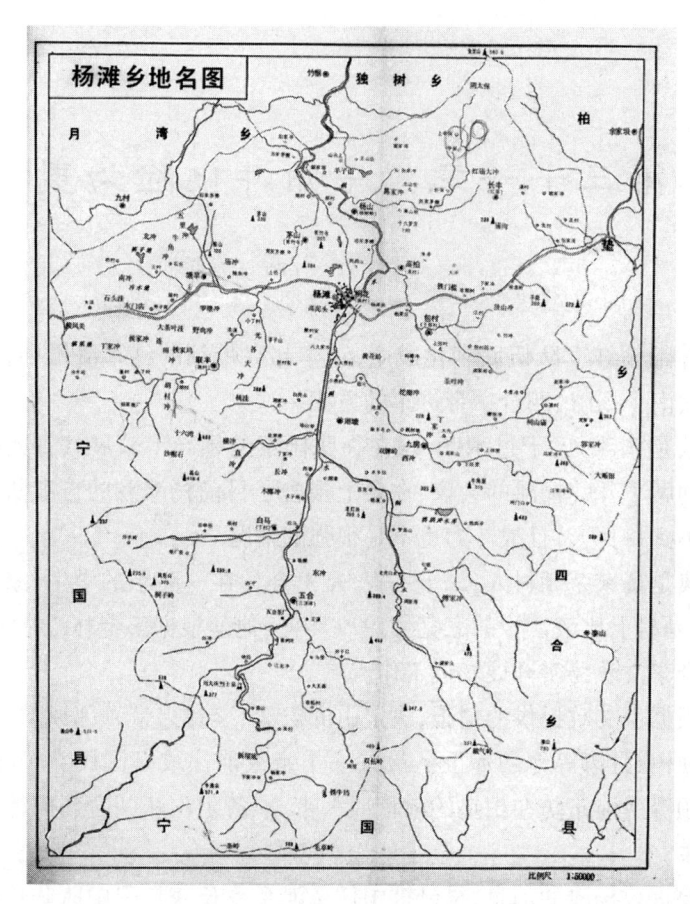

杨滩乡地名图

岸的乱枪打死。

　　邱宏毅是这次进攻杨滩的总指挥,见敌人的兵力比预计的强大得多,一下子六神无主。毕竟,他还没有直接指挥过战斗。这次战斗,是李邦兴提议让邱宏毅担任总指挥的。他想独立协助邱宏毅指挥战斗,也显示一下自己的军事才能。

　　李邦兴一方面指挥郭凤嗜和沈云山组织火力和敌人正面对抗,另一方面听取了崔德品的建议,同意他带领八连绕道桥下三里多路的高村涉水渡过桐河,从杨滩镇北面的侯村向敌人的侧翼发起进攻。

据守杨滩镇的蔡祖苞、蔡祖潦和宁国保安团团长胡有洪商议,一边由蔡氏兄弟固守杨滩大桥,不让红军过河,一边由胡有洪组织自卫团士兵向崔德品的队伍发动反击。

崔德品八连的士兵主要是由农民赤卫队提升上队的,只有十支步枪和四十支土枪,其余的都是梭镖和大刀。面对武器装备远远优于红军独立团的胡有洪自卫团的猛烈攻击,崔德品指挥红军战士占据有利地形,一次又一次打退自卫团的进攻。战斗从日出一直打到日落,击毙胡有洪自卫团士兵二十多人,红军游击队战士戴学文、张应和、郑发典、张银生五人在战斗中壮烈牺牲。

崔德品在战士们打完所有的子弹后,主动撤离战场。在东边进攻的邱宏毅和李邦兴,始终没有攻破敌人的防线,也在天黑前主动撤离战场。驻守杨滩镇的敌人也不敢追击,顺着桐河向南撤退十余里,在白马庙驻扎。

经过一天的战斗,红军战士已经是精疲力竭。邱宏毅和李邦兴带着队伍顺着桐河向北撤回到化成庵休整。

第二天上午,由于叛徒告密,胡有洪带领宁国自卫团包围了窦家茅棚,抓住了陈高典的父母、妻子和尚在襁褓中的女儿陈礼荣,并扬言要杀死他们,烧掉房子。躲在屋后茅山上的陈高典,为了营救父母和妻女,只得下山束手就擒。胡有洪将其押到塘辛村,绑在戏楼的柱子上,并开枪威胁要他供出其他的同志。胡有洪见他宁死不屈,就安排把他押到宁国继续审问。在走到宁国长虹铺龚家坞时,陈高典趁自卫队士兵不注意时挣脱捆绑的绳索,跑进离村三里多路的一个尼姑庵。自卫团士兵在庵中又将他搜出,吊在村中的一棵大枫香树上。他虽然遭到了严刑拷打,但是坚决不肯出卖组织和同志,恼羞成怒的胡有洪开枪将他杀害。

得到进攻杨滩的红军队伍已经撤退的消息后,王金林也带领队伍经柏垫的施梅村、姚村、大坞撤到凤桥两水街附近的砖瓦窑。

这砖瓦窑距牛角冲冲口三里来路。已经连续行军七八个小时的红军战士是又累又饿,王金林便决定在此安营扎寨,埋锅造饭。

吃完午饭已经是下午两点,突然,从冲口汪家塔方向传来枪声。大家一听就明白,这是哨兵发现敌情报警的枪声。

"报告!"警卫连三排排长苏宗财气喘吁吁地跑进来,"冲口方向发现大批狗子正向冲里开来！"

"是哪个部队？有多少人？"王金林镇定自若。

"报告，有黑狗子，也有黄狗子，黑压压的满冲都是，少说也有五六百人！"

"你们有多少人在冲口？"王金林问。

"我们有一个排，正在和他们交战！"苏宗财答。

"你赶快回去，进一步搞清敌人的情况！"王金林大声命令。

"是！"苏宗财转身跑去。

王金林站起来："看来，这是县城的敌人得到我们攻打杨滩的消息前来增援的。哨兵判断得应该不错，他们应该有六百人以上！"

"管他多少，兵来将挡，水来土掩，我带人把他们打回去！"龚守德掏出腰间的手枪。

"慢！我们只有一个连，敌人这次来势汹汹，硬拼是不行的！"王金林大声道，"陈东林！"

"到！"陈东林立即跨前一步。

"你带领一排、二排到村头去阻击敌人一个小时，然后翻山向大坞方向撤退，我们在罗家冲会合！"陈东林出门后，王金林继续道，"我们剩下的人立即分头去通知牛角冲所有的农会干部和会员，叫他们都撤到山上！"

"大队长，桂花村苏维埃主席团还在廖洪林家等着我们去开会呢！"王大亚肩上挎着几个包袱。

"走，去桂花村！"王金林从王大亚肩上拿起一个包袱递给警卫连连长汪天冲。

王金林带着龚守德、王大亚、汪天冲等十余人赶到廖洪林家，这里已经是人去楼空。

国民党广德县自卫队副队长孟德卿在奸细的带领下，准备从笔杆冲的长五里翻山进入牛角冲的枫树蔸，桂花村苏维埃主席团得到递步哨报告，匆忙组织群众向牛角冲的最高处漆树窝方向撤退了。

廖洪林邻居家有一个七十多岁的妇女没走，她赶来告诉王金林白狗子已经快从长五里过来了，叫他们赶快跑。老妇人的话音刚落，龚守德就看见几十个自卫队士兵猫腰端枪朝他们冲来，他一边朝着敌人开枪，一边道："高排长，赶快

皖南红军独立团牛角冲驻地遗址

去找陈东林,让他带领一个排的人来保护团长!"

"是!"高排长带着几个战士箭一样朝着砖瓦窑方向冲去,背后的子弹"嗖嗖"从他们身边擦过。高排长一口气跑到砖瓦窑,一看身边一个战士也不剩,四面都是端枪对着他的自卫队士兵。一拥而上的自卫队将他俘虏,带到任升的面前。

原来,国民党广德县县长周景清接到蔡祖苞的电话报告后,知道红军游击队攻打杨滩的消息,就紧急调动全县各地民团配合县自卫队前往杨滩,和红军决战。

任升,字六一,湖南省人,黄埔六期毕业,和廖耀湘、戴笠等人是同学。1929年毕业后,他被分到首都卫戍团担任连长,深受副团长李元凯器重。李元凯离开广德时,向县长周景清推荐任升替换"剿共"不力的邓秀山担任县自卫队队长。任升上任后,将全县的自卫队武装改组成九个分队,共九百余人,加强县自卫队武装。他带领自卫队和地方民团经常突袭苏区。陈相喜、张学榜、张仁义、祁士才、陈教武、李家春、王新建等人都是被他杀害的,老百姓对他恨之入骨,叫他"任狗头"。

任升的队伍从县城南门岗出发,经石香炉、木子沟到达汪家桥,一个挑货郎担的奸细就把红军独立团驻扎在牛角冲的情况报告给他。他和副队长孟德卿商量后兵分两路,由他带领六百人从两水街正面向牛角冲发起攻击,孟德卿带领两百人经笔杆冲翻山从背后进入牛角冲,对红军独立团形成前后夹击之势。

面对凶相毕露的任升,肩部中弹受伤的高排长依然昂首挺胸。

"快说,王金林跑到哪里去了?"任升把盒子枪抵在高排长的太阳穴上。

"呸!"高排长转头将一口血痰吐在任升的脸上。

"砰!"恼羞成怒的任升朝高排长开了一枪,高排长晃了晃,栽倒在地上。

"报告!"跟在高排长后面追下来的有一个排的自卫队士兵,排长跑到任升面前,"报告任大队长,孟副队长在上面已经将王金林包围了,请您赶快上去!"

"好,太好啦!这下你们都有立大功的机会了!"任升骑上高大的枣红马,带着队伍来到距廖洪林屋子对面两百多米的村口,孟德卿正在等着他。

任升下马,把马鞭扔给身边的马弁:"孟队副,里面被围的确实是王金林吗?"

"听密探报告说,确实是王金林和龚虾子几个人,躲在村中的一座楼房里,企图负隅顽抗!"孟德卿扬扬得意,"我们已经把他们包围起来了,他们这下就是插上翅膀也难飞走了!"

"告诉士兵兄弟们,王金林要抓活的!"任升高声叫喊,"谁活捉王金林,赏'袁大头'五百块!"

当时,王金林等九人撤进屋子时被一个隐藏在墙角的敌人探子发现了,孟德卿指挥自卫队士兵就从四面围了上来。

龚守德最后一个进门:"团长,我们被白狗子包围啦!"

"大家不要慌,我们虽然被包围了,但包围圈外面还有我们的队伍,陈东林一定会来营救我们的!大家要节约子弹,瞄准敌人打,跟敌人拖时间!"

王金林没有流露出半点慌张的神色:"汪天冲,你们五个在下面守住大门!

虾子,跟我上楼!"

王金林和龚守德等人在楼上转了一圈,看见村子四周都是自卫队的士兵。廖家的东、西、北三面都是其他邻居的房子,只有南边没有遮拦。门前是一条小溪,小溪的南面是一片冲田,过了冲田,百余米开外便是一条山岭,岭上长满了白栎、红榉、香榧、黑松等各种杂木。

"王金林团长,我是孟德卿!"孟德卿站在大门对面拿着高音喇叭叫着,"我们曾经是兄弟,是好朋友,只要你放下武器,为我们效力,我们一定不计前嫌,保证你和你的兄弟们的生命安全!"

"龚发兴,给我干掉孟德卿这个狗东西!"王金林愤怒地叫道。

"王团长,这距离有三百多米,我这枪就打不准了!"龚发兴无奈地摇摇头。

"打不准也要打,叫这个狗东西给我闭嘴!"王金林把楼板跺得"咚咚"响。

"砰、砰!"龚发兴和龚守德各向孟德卿开了一枪。孟德卿身边的一个警卫中弹倒地,卫兵们立即簇拥着他向西侧撤退一百余米,躲到一个龚发兴看不见的死角。

不一会儿,密集的子弹从各个方向射向廖洪林的屋子,屋顶的瓦片被打得到处乱飞。十几分钟后,几十个自卫队士兵猫着腰从田埂小道向廖家大屋冲来。

"砰、砰!"楼上的龚守德、龚发兴和楼下的汪天冲同时开火,走在前面的五个士兵中弹倒在田里,后面的士兵立即卧倒,拽着中弹的士兵慢慢往回爬。任升和孟德卿连续组织了四次冲锋,都被龚守德他们击退。

任升不仅心毒手黑,而且十分狡诈。他想,他们包围王金林的时间越长,越能引出红军游击队的主力前来救援。他在北乡和东乡调集的民团和商团已经陆续向南乡赶来,驻扎在十字铺的郎溪三四一团二营已经在开往广德的路上。这样,他们就可以在这里"会剿"皖南红军独立团,毕其功于一役。

一个多时辰过去了,太阳已经快要落山了,还没有等到陈东林带队前来救援。龚守德他们的子弹已经消耗了大半,如果敌人再发动一次大的冲锋,他们就无法继续抵抗下去了。

王金林坐在楼板上,闭着眼睛已经有一袋烟工夫了。

"虾子!"王金林突然站起来喊道。

"团长!"龚守德来到王金林面前。

"让大家检查一下武器弹药,马上准备突围!"王金林边说边往楼下走。

"外面敌人这么多,我们就这几个人,怎么突围得出去呢?"龚守德跟在王金林后面,"我们还是再等等陈东林他们吧!"

"陈东林他们不能来给我们解围了,"王金林已经走下楼梯,"他们就是想来,也来不了了!"

"为什么?"王大亚问道。

"敌人的兵力有七八百人,对我们围而不攻,其目的就是想把我们当作诱饵,让陈东林和邱政委他们来给我们解围,好陷入他们的包围圈,将我们一网打尽!"王金林站在堂屋中间,"今天晚上,敌人增援的队伍都会从各地赶来,局势

凤桥乡地名图

对我们越来越不利！"

"团长，现在正是天快黑的时候，人的眼力也最差，我带队冲在前面杀开一条血路，你们跟在后面只管冲到对面的山上就好了！"龚守德道。

"同志们，就按刚才虾子讲的办法，冲过前面这百来米的冲田就是我们的胜利！"王金林目光坚定地望着大家，"突围开始后，大家谁也不要管谁，只管拼命往前冲，突围出去一个是一个！"

"大家准备好了吗？"龚守德低声道。

"准备好了！"大家低声应和。

大门猛然被拉开，龚守德、汪天冲、龚发兴和几个战士端着枪一起冲出，王金林和王大亚也紧随其后。只一刹那，他们已经冲过门前的小溪，离前面的敌人只有四十几米远，"砰！砰！砰！"七八条枪同时射向敌人的阵地。敌人大多坐在地上，被突然冲出来的红军指战员的一通乱枪打得抱头鼠窜，根本来不及组织反击。

王金林双手持枪，边打边跑。枪膛中的十发子弹打光，他已经冲到对面的山坡前，山坡近一丈来高。他跟着前面的战士，一跃冲上山坡，钻进树林。这时，身后响起了密集的枪声，王金林和身前身后的战士们一口气跑了半里多路。

王金林叫停他前面的两个战士，靠在树干上喘着粗气。汪天冲、龚守德、龚发兴和一个战士都赶了上来，唯独不见王大亚。

王大亚本来是跟在王金林后面的，在冲坡时因为身上还背着一百多块大洋，没有冲上坡，跌倒在坡下。他站起来爬坡，几次都没有爬上去，被后面打来的子弹击中。跑在最后的龚发兴本来想去救他，看他不再动弹，便顺手拿起他身上的一袋大洋，一跃冲上山坡。

"怕死鬼，你为什么不救他？"王金林抬手用枪顶着龚发兴的胸膛，"你给我回去，不把王大亚救回来，别回来见我！"

"团长，这不能怪龚发兴，只怪那该死的'袁大头'！"龚守德上前拉开王金林，"敌人已经追上来了，我们赶快撤！龚发兴，你和汪天冲阻击一下追兵！"

王金林八人边打边撤，不一会儿就到了杆子冲。敌人也追到杆子冲。这时，天已经黑透，十几米外已经看不清人影了。他们继续往前跑了一里多路，后面已经没有了枪声。在施冲村口，他们见到了陈东林派来迎接他们的二十几个红军战士。

王金林挑了两个战士带路,让其余的战士留下监视敌人的动静。他们来到罗家冲,却看见陈东林躺在房东的床上抽大烟。

还在失去王大亚的巨大悲恸之中的王金林,看到陈东林竟然在悠闲地吸着大烟,怒不可遏,立即下令将他捆了起来,准备带回化成庵按红军纪律处分。

陈东林和张思明是表亲,住在一个村子。他在国民党军队里当过排长,因为吸大烟被开除,回到家乡在张家当个小管家。王金林是在张家认识他的,见他闯过江湖,见过世面,就有意发展他。1927年6月,姚琦、丁继周和王金林在西乡搞工运工作时,陈东林担任工人协会主任。1929年春,王金林让他跟着黄中道一起搞农运,他在工作中表现得十分出色,由黄中道介绍加入了中国共产党。在游击队组建初期,因为他当过兵,每次战斗他总是冲在最前头,为游击队的发展壮大立下了汗马功劳。可是,当上连长后,他又偷偷吸上了大烟。曾有人举报过他,王金林也多次警告过他,并把他的连长撤了。这次的事情,如果交到邱宏毅和李邦兴他们手里,一定不会轻易放过,他必死无疑。

王大亚烈士证

想到这次进攻杨滩失利,王大亚在牛角冲牺牲,王金林半夜没有合眼。子时一过,他让龚发兴拿了十块大洋交给陈东林,让他远远离开广德,到外地谋生。

第三十二章　邓国安重组县委

放走陈东林后,王金林带着队伍走了一天的山路回到化成庵,和邱宏毅、李邦兴带领的队伍会合。王金林一坐下来,邱宏毅和李邦兴就对自己由于存在轻敌思想,没有打好杨滩战斗做起了自我检讨。

见他俩垂头丧气的样子,王金林道:"这次攻打杨滩,我也有责任。我们主要是没有做好对敌情的侦察工作,过低估计了敌人的力量,同时也低估了敌人的狡猾和反动!"

其实,王金林对杨滩这一仗没有打好心里十分恼火和气馁,因为在他的计划中,开辟杨滩是红军独立团建立大南乡根据地的第一关。这仗没打好,建立大南乡根据地的计划也就落空了。

"团长!"李邦兴见王金林半响没有说话,知道他思想开了小差,便高声喊了一句,见王金林抬眼看着他,便继续道,"上午我们开总结会时,有同志提出,可能我们的保密工作没有做好,敌人提前得到消息,有了准备,所以才没有打好这一仗!"

"这个问题提得好,很重要!"王金林双眉紧锁,"我们昨天在牛角冲被包围,也应该是敌人提前得到了情报……"

接着,王金林就把昨天在牛角冲的遭遇讲了一遍,惊得邱宏毅和李邦兴都张开了嘴巴。

"陈东林真是个浑蛋,如果我昨天在,一定枪毙他!"邱宏毅两眼冒火。

"最近一段时间,敌人经常派奸细潜入我们苏区。他们装扮成货郎、叫花子、耍猴的、算命的,到处收集情报。我们上阳、西坞、余家垱、花鼓塘等地的农会干部和赤卫队员被敌人捉去杀害,都是奸细告的密!"李邦兴拉回原来的话题。

"团长,在苏联,我专门参加过'肃反'培训。叛徒和特务这两种反革命分子,对革命的破坏作用往往是巨大的,比战场上的敌人更加危险!"邱宏毅望着王金林,"对待这两种反革命分子,我们决不能心慈手软!从今天开始,我负责镇压叛徒和特务工作!"

"好,这个工作就交给你!"王金林握着邱宏毅的手,"但是,确定要杀的人,还是要先和我通个气!"

"报告!"邓国安从门外进来。

"罗汉,你终于回来啦!"看见邓国安,王金林激动地站起来,和邓国安紧紧地拥抱了一下。

邓国安和邱宏毅、李邦兴都握了握手,坐下后,喝了汪天冲递过来的一大碗凉茶,用袖子抹了抹嘴唇:"怎么没有看见程荫隆同志?"

"哪个程荫隆?"李邦兴和邱宏毅都不解地望着邓国安。

"程荫隆就是张树生同志,"王金林回答了李邦兴的提问,又向邓国安解释,"程荫隆到我们这里就化名张树生。我们已经决定近期成立广郎宣三县苏维埃政府,他前天到芜湖去拿苏维埃政府政治纲领和组织法等文件了。"

"我离开上海之前,江苏省委改组为江南省委,我们安徽的工作划归江南省委领导。省委书记李维汉同志找我谈过话,说近期要派几个从苏联回来的同志来广德工作,这次和我一起来的左叔亚同志是程荫隆同志在苏联的同学。"

"左叔亚,我知道,也是四川人,是个理论水平很高的同志!"邱宏毅听说又来了一个苏联回来的同学,非常高兴,"他人呢?赶快叫他进来!"

"他、他在泗安被敌人杀害了!"邓国安眼含泪水。

原来,邓国安、左叔亚、孙达本一起从上海青浦坐船到泗安。没有想到,国民党泗安镇保安团突然加强了对过往行人的检查。敌人在左叔亚的行李中发现了一支派克钢笔,对左叔亚的来历产生了怀疑,再加上他浓重的四川口音,当即将他拘押,关进监狱。在审讯时,他无法讲清楚自己的去向,就被当成共产党嫌疑犯,受尽了各种酷刑。

邓国安和孙达本侥幸脱险后,立即通过我泗安地下交通站人员开展营救工作。但由于敌人已经得到有上海派往广德苏区的中共干部的情报,认定左叔亚就是上海党中央派往广德的干部,宁可错杀,也不放过。

晚饭时间到了,王金林让司务长廖忠钰开了个小灶,多炒了两个菜,和邱宏毅、李邦兴一起给邓国安接风。他们以水代酒,边吃边谈。

"罗汉,张树生同志这次来广德,根据芜湖特委的指示,成立了广郎宣县委,他担任书记,我们都是委员。我们广德县委和红军独立团内的党团组织都归广郎宣县委领导。"王金林给邓国安夹了一块麂子肉,继续道,"张树生同志和我交流过,以后我只负责独立团的工作,广德县委的工作交给你负责。"

"广德县委由我负责,什么意思?"邓国安放下手中的筷子。

"你回来了,就由你担任广德县委书记,负责广德地方党团组织工作。红军独立团的党团工作由我和新老李负责。"邱宏毅解释道。

"你们说的意思,是不是广德县委和红军要分家?"邓国安双眼圆睁。

"是这个意思!"李邦兴边吃边说,"以后,我们红军主要负责作战,消灭敌人,开辟新的游击区;你们县委主要负责地方苏维埃政权建设和共青团、妇女会、农会、农民赤卫队等方面的工作,发动群众,支援红军作战!"

"这样怎么行!"邓国安放下筷子,有些激动,"眼下广德县委,区、乡苏维埃政府都是空架子,各地赤卫队的武器就是几条土枪,区苏维埃主席也只有林家旺有一支手枪。自卫队一来,大家都像兔子一样逃跑,东躲西藏。陈教武等几十个农会干部已经被敌人杀害了,再没有红军的支持,地方工作没有办法开展下去呀!"

"邓国安同志,你提出的困难,王金林同志也提出来过,我们也讨论过。但是,为了执行中央和省委的指示,迅速扩大红军,扩大苏区,我们大家都必须以十倍、百倍的革命热情和斗志投入战斗。我们必须看到,困难是暂时的,最后的胜利一定属于我们!"邱宏毅慷慨激昂。

"邓国安同志,我们红军独立团和广德地方党组织是革命的分工不同,分工不分家嘛!没有苏区人民的支持,我们红军就是孤军奋战,独木难行!"李邦兴拍了拍邓国安的肩膀,"你肩上的担子不轻啊!"

"罗汉,我们红军就是广德党组织的坚强后盾!关于武器问题,我们想办法给你们每个县委委员都搞一支手枪,县委也要尽快建一个警卫排,每个战士都要配快枪!"王金林又向邓国安碗中夹菜,"我和张国泰、林家旺、肖行广、邓行三都谈过,大家都表示会全力以赴支持你的工作。县委改组后,你要支持张国泰立即把县共青团组织壮大起来,当好党组织的得力助手!"

1930年10月,邓国安对广郎宣县委的决定虽然有些不同意见,但最后还是表示服从党组织决定,接替王金林担任中共广德县委书记。

邓国安从上海回广德后,两个晚上王金林和他都睡在一起谈心。两人在如何贯彻执行党中央和省委的指示、加强地方党组织建设、加强苏区政权建设以及开展分田分地运动等重大问题上交换意见。王金林认为,广德离国民党的统治中心南京很近,国民党南京政府绝对不会让共产党在广德发展壮大。中原军阀大战即将结束,蒋介石一旦腾出手来,一定会派重兵继续来广德"清剿"。在目前条件下,广德红军还是立足未稳,还没有巩固的根据地,在皖东南建设大根据地的条件根本没有成熟。

邓国安认为王金林过于消极和右倾,没有从世界革命和全中国革命的大局去考量当前的形势。全国各地的革命运动如狂风暴雨般发展,在向一切反动势力发起最猛烈的进攻,国民党政府及其军队是在做最后的垂死挣扎。中央关于实行"全国总暴动"的指示必须执行,在"一省和数省首先取得胜利"的战略方针也必须执行。

关于广德党团组织建设,王金林承认自己只顾忙于红军独立团建设,忽视了党团工作,希望邓国安把广德县委的工作接过去以后,加强广德地方党组织建设,为建立巩固的根据地夯实群众基础。

关于张树生等人提出的在苏区实行消灭地主和富农阶级政策,开展分田分地运动,邓国安和王金林之间又产生了分歧。邓国安认为王金林还是没有理解党中央的战略决策,缺乏大局意识和坚决同地主阶级战斗到底的决心。只有把地主和富农的田地都分给贫苦农民,让他们看到参加革命的光辉前景,他们才会更坚定地拥护共产党和红军队伍。有了广大人民群众的支持,再强大的敌人也会被打倒。

两天后,在阴崖子里的黄家大洼召开了中共广德县委委员会议。王金林、邱宏毅出席了会议。会议由王金林主持,邱宏毅传达了中共广郎宣县委对广德县委领导班子调整的意见。

最后,会议形成决定:邓国安担任中共广德县委书记,张国泰任宣传部长、肖行广任组织部长,委员有林家旺、邓行三、有兆金、刘祖文等人。

随后，中国共产主义青年团广德委员会成立，张国泰任书记，刘祖文任副书记，委员有胡惠民、朱学镛、胡信民、段行太、李文政等人。

为了加强对县委的安全保护工作，邓国安决定从各区、乡赤卫队抽调骨干队员五十人，成立苏区赤卫总队，由刘祖文担任总队长。

邓国安担任中共广德县委书记后，根据中共江南省委和广郎宣县委的指示精神，一方面安抚牺牲农会干部、红军战士家属，另一方面加紧在贫苦农会会员骨干中发展党员，着手恢复被白狗子破坏的各地农会和苏维埃政权。

第三十三章　江南省委巡视员

1930年9月上旬，中共江南省委专门讨论了广德的工作，认为：广德暴动和皖南红军独立团的建立和发展，是对中央红军的有力策应，具有十分重要的战略意义；广德农民暴动势如破竹，在国民党统治的中心地区建立基层苏维埃政权，具有典型的示范意义。为了实现党中央迎接革命新高潮的伟大战略决策，组织一场以广德为中心的皖南地区大暴动，成为省委的重点工作之一。

通过半年多的努力工作，9月底，中共广德县委已经建立了花鼓区委和古塘、枫塘铺、大石桥、施底村、黄金坝、赵家村、陆家铺七个党支部，共有党员八十余人。党员们都站在群众斗争的最前头，在红军队伍和地方苏维埃政权中发挥先锋作用。

为了加强对广德工作的指导，省委决定再抽调张应龙、曾汉元等一批青年干部到广德苏区去巡视、指导工作。

9月19日，张应龙、曾汉元从上海出发到芜湖，9月底到达宣城潘家花园。在徐鸿猷家正好遇见比他早到一刻钟的张树生和中共宣城县革命行动委员会书记史泗群。

中共广郎宣县委成立后，张树生立即赶赴芜湖，向中共芜湖特别行动委员会汇报和请示工作，途经宣城，顺便了解宣城的情况。

史泗群告诉他们，一周前，宣城党团组织先后在鳌峰和夫子庙召开了党团员和积极分子会议，提出"以暴动纪念暴动"的口号，"组织政治总罢工"。

两天前，国民党安徽省主席陈调元派五十七师三四二团余逢润部前往广德"清剿"红军，途经宣城驻扎整训。得知这一消息，中共宣城县特别行动委员会组织发动各校团员和反帝大同盟成员开展了大规模的反战宣传活动，他们在县城的东、西大街公开张贴"广德红军是反帝反封建的军队！""穷人不打穷人！"

"红军万岁！"等内容的标语,张国祥、李允功、徐鸿猷等同学还把标语贴到国民党县政府大院里。他们把传单伪装成请柬,送给国民党三四二团驻军的岗哨签收。

听了史泗群的介绍,张树生和还没有到达广德的张应龙、曾汉元都十分激动,对广德革命的前途和胜利充满了信心。

张应龙、曾汉元和张树生分手后,由徐鸿猷护送到水东,经梁其昌安排从月湾进入广德。10月2日,他们在化成庵见到王金林、邱宏毅和李邦兴。

看了张应龙的介绍信,王金林非常高兴。因为介绍信上说张应龙是一个非常专业的军事干部,日益壮大的红军队伍就是需要懂军事、会指挥作战的专业人才。

根据张应龙的提议,当天晚上,召开了连长以上干部会议。会上,张应龙首先介绍了当前国际国内革命运动普遍高涨的大好形势。之后,传达了中共江南省委对广德工作的三点重要指示：

一、开展土地革命,把没收地主的土地分配给贫苦农民,进一步激发广大农民的革命斗争激情；

二、建立全苏区苏维埃政权,迎接革命新高潮的到来；

三、开展红军队伍整训,提高红军队伍的战斗力,迅速扩大红军队伍,准备夺取广德县城。

张应龙的讲话非常具有鼓动性,让大家都看见了即将到来的革命胜利的光辉前景。参会人员个个都热血沸腾,对省委的指示进行了热烈的讨论。

"同志们,刚才特派员同志讲到,他是不久前才从伟大的苏联回来的,我也是从苏联回来的。伟大的苏维埃已经打退富农的疯狂进攻,全部消灭了富农阶级,实现集体所有制,建立集体农庄,人人有田种,有工作干,有饭吃,有衣穿,儿童有书读,再也没有贫富贵贱的阶级压迫！"说到这儿,邱宏毅激动地站起来,"支持和保卫伟大的苏联,就是我们现在最伟大的口号！"

"支持和保卫伟大的苏联！""一切权力归苏维埃！""打倒一切地主和富农！""土地革命万岁！"李邦兴站起来,带头高喊口号。

呼口号结束后,李邦兴接着道："同志们,我们广德的革命群众已经空前地发动起来了,他们的革命激情万分高涨,我们红军不能总是被动地被群众运动推着向前,我们要迅速扩大红军,趁敌人的失败和我们的胜利,去夺取广德县城,然后挺进徽州,向江西进军,和中央红军胜利会师!"

邱宏毅见王金林始终没有讲话,就站起来:"现在,请我们团长王金林同志发表讲话!"

王金林慢慢站起来,会场响起热烈掌声。

"同志们,党中央、江南省委、芜湖特委都非常重视和支持我们广德农民暴动,一次又一次派巡视员、特派员冒着生命危险来广德检查指导工作,帮助我们开展苏区政权建设和红军队伍建设。在这里,我也代表红军独立团表态,坚决执行党中央的指示,把广德的革命斗争推向一个新的高潮,实现伟大的胜利!"

最后,会议形成三个决定:

一、双十节举行大规模群众示威活动,向国民党盘踞的重镇誓节渡、柏垫等地发动进攻;

二、进军郎溪姚村,建立广郎宣全苏区苏维埃政府;

三、进军宣城,攻打水东,开辟宣东南苏区。

会后第二天,张应龙在李邦兴和邱宏毅的配合下,开始制订《红军独立团军事训练及作战方案》,准备对红军部队开展有计划的正规军事训练。

下午,张应龙拿出《红军独立团军事训练及作战方案(草稿)》交给王金林审查。王金林看后,决定在晚饭后召开连级以上干部会议,对方案进行讨论。

会议在化成庵罗汉堂召开,由王金林主持。他没有开场白,直接让张应龙宣读方案草稿。

参谋部主要由李邦兴、龚守德、张应龙、邓达远等人组成;参谋部下设作战股、训练股、参谋股。作战股股长龚守德,成员有李邦兴、邓达远等;训练股股长张应龙,成员有曾汉元、李邦兴等;参谋股股长李邦兴,成员有张树生、龚守德等。

训练股又在各连挑选曾参加过正式操练的老兵,成立了一个军事训练干事会。训练股先对参加干事会老兵进行训练,然后再派他们到各排、班进行训练。

会议一直开到夜里十一点,王金林回到宿舍,杨清秀给他准备好了洗脚的热水。王金林刚把脚放进木桶中,门外响起了敲门声。

杨清秀走到门前问:"哪一个?"

门外回答:"我,张树生。"

"张书记,你回来啦,请进!"杨清秀把门打开。

"张书记,你咋这么快就回来了?"王金林把脚从木桶中抽起,杨清秀上前递给他毛巾,然后端起木桶走到门外。

"王团长,形势发展得太快,任务紧急呀!"张树生坐在王金林对面,"团长,应该有个人专门照顾你的生活,我看这个小杨姑娘很不错!"

"你看现在形势这么紧张,哪有心思考虑个人的事情?"王金林把毛巾扔给倒完洗脚水进门的杨清秀。

"团长,你们也要早点休息!"杨清秀迈着轻盈的步子走进黑夜。

"树生,这次在宣城,见到梁其昌同志了吗?"王金林坐下道。

"我这次走的不是上次的交通线,没有从水东走,没有见到梁其昌同志。"张树生也坐下。

"怎么回事?"王金林警觉地问。

"这次从芜湖坐船,负责护送的是一个叫王良海的人,表面身份是青帮的瓢把子(头目)。这个人很有一套,一路上,不管是白道黑道,没有他搞不定的!"说到这里,张树生竖起大拇指。

"哈哈,原来是这样!"王金林笑了一下,"郎溪的青帮头子邵锦堂是上海滩杜月笙的弟子,功夫十分了得。誓节渡的许三先生和王良海都拜他为师,学得一些功夫。广德大、小西乡青帮会员几百人,王良海是瓢把子。去年夏天,我就秘密发展他俩入了党,建立了从誓节渡到芜湖的地下交通线。许三先生当站长,王良海担任副站长。这一年多来,这条交通线没有出过一次纰漏。"

"怪不得……"张树生停了一下,"团长,把这个王瓢把子给我吧!"

"给你?"王金林不解,"干啥?"

"我们广郎宣县委成立有一段时间了吧,虽说有你们几个委员,都是各有各的事情,我这个书记,其实就是一个光杆司令,让他给我当个秘书吧!"

"他文化不高,当秘书怕不胜任。"王金林似乎有所顿悟,"不过,让他给你当个贴身警卫倒是非常合适的!"

"这么说,你同意啦!"张树生显得非常高兴。

"刚才我们说到宣城的事情,这次你到芜湖中心县委有没有梁其昌的消息?"王金林又想起了梁其昌。

"上个月,我在芜湖见到了王步文同志,他对我说宣城县委的工作可能出现了困难,水东、孙埠的暴动需要广德的支持。"张树生边说边蹙起眉头,"他没有提起梁其昌,我当时也没有问。"

"宣城的县委书记史泗群同志在贺龙手下当过团副,参加过南昌起义,后随朱德总司令撤退到三河坝,被打散后辗转回到宣城,和祖晨、江干臣、范离一起组建了中共宣城独立支部,是个具有丰富斗争经验的老同志啦!上次在芜湖开会,我们见过面。"王金林嘘了一口气,"但愿宣城的党组织不会出现什么问题吧!"

"我夏天第一次到宣城,就住在老史家。听他说他在屯溪当过警察局长,在宣城也非常有名气,当地人都叫他史四老爷。根据他的斗争经历,应该不会出什么问题。"

"但愿如此……"

张树生走后,王金林便躺在床上,眼睛一闭,就想起梁其昌,越想他越觉得害怕,感觉有什么不好的事情已经发生了。

第二天一早,王金林就安排梁其贤到宣城水东去联系梁其昌。梁其贤悄悄潜到水东镇,找到在水东煤矿的梁家远房兄弟。他们告诉他最近国民党水东镇自卫队先后逮捕了几十个煤矿的工人,指控他们有共产党嫌疑。梁其昌确实失踪了,是潜入地下,还是被国民党逮捕关押并杀害了,暂时没有确切消息。

10月初,国民党安徽省政府主席陈调元亲自到宣城督查,统一协调皖东南地区党政军对广德苏区的"清剿"工作。在宣城四中参加国民党宣城县党部举行的童子军检阅仪式,当仪式进入高潮时,反帝大同盟的成员将拥护红军、反对国民党新军阀的传单在人群中散发。人群中有人惊呼:"共产党暴动啦!"

顿时,会场秩序大乱,童子军也一哄而散。陈调元恼羞成怒,下令宣城国民党县党部彻查带头闹事的学生和幕后指使的共产党组织。

当天,国民党特务组织就逮捕了五名共青团员。不久,因叛徒告密,史泗群、梁其昌等人相继被捕。梁其昌被解往安庆监狱关押,因没有暴露真实身份,被关押三个多月后获释,回到上海继续从事地下活动。

第三十四章　姚村苏维埃成立

城市党支部负责人朱学镛派人送来情报,称陈调元已经调派国民党第五十七师三四二团来广德,配合国民党广德县地方武装,即将开始对广德和郎溪苏区展开第二次大规模"清剿"行动。

真是人算不如天算,广德红军独立团参谋部计划的军事训练工作刚开始就被迫中断,双十节的大规模示威行动也被迫中止。整个苏区的军民立即紧张地投入第二次反"清剿"斗争的准备之中。

根据芜湖特委要求皖南红军独立团立即进军郎溪和宣城的指示,王金林和张树生、邱宏毅决定在敌人发动对广德苏区的第二次"清剿"之前,抢先在郎溪姚村发动暴动,给敌人以迎头痛击。

第二天一早,皖南红军独立团除了龚守德带领第七连留在独树一带保卫广德苏区,其余部队五百多人浩浩荡荡分两路向郎溪姚村南部的鸦山进发。在路途村和陈建富的姚村赤卫队胜利会师,时间正好是中秋节的前一天。

姚村农民赤卫队从8月份建立以来,在陈建富、李同洲、阮大佑等人的带领下,发展得十分迅猛,赤卫队扩大到近六百人。9月底,他们突袭了宣城双沟民团,缴枪十余支。

10月6日,皖南红军独立团开到姚村鸦山,和姚村赤卫队在鸦山会合,在一起欢度了一个愉快的中秋节。

10月7日,王金林在鸦山岭下的四亩田主持召开大会,将姚村农民赤卫队改编为姚村农民赤卫团,陈建富任团长,李同洲任政治委员。赤卫团下设两个营:一营营长为阮开全,党代表为傅永和;二营营长由陈建富兼任,党代表由李同洲兼任。

王金林和邱宏毅都在大会上发表了激情澎湃的演讲,号召广大工人和农民

姚村苏维埃政府旧址

积极参加"三抗"斗争,打土豪、分土地,建立苏维埃政权。当天,鸦山至夏桥一带的千余名农民和造纸工人前往鸦山参加集会,场面十分壮观。

四亩田大会后的第二天,皖南红军独立团和姚村农民赤卫团主要干部在鸦山街召开会议,王金林、张树生、邱宏毅、李邦兴、张应龙、陈建富、李同洲、阮大佑等人参加,会议主要讨论了以下几个问题:

一、10月中旬攻打国民党郎溪县姚村乡公所,为建立姚村苏维埃政权扫清障碍;

二、10月中旬成立姚村乡苏维埃政权;

三、10月下旬成立广郎宣苏维埃委员会;

四、11月初攻打宣城县水东镇,开创以水东为中心的宣城东南部苏区,建立广郎宣大根据地。

对于前三个问题，会议很快达成一致意见。关于最后一个攻打水东的问题，因为和在水东策划暴动的梁其昌同志失去联系，水东的情况不明等，王金林首先提出暂缓进军宣城的意见，得到了张树生的支持。

会后，王金林安排李邦兴立即启程到芜湖，向特委报告广德工作情况，并拿回一些关于如何建立县级苏维埃政府的文件。

李邦兴走后，王金林、邱宏毅和陈建富、李同洲一起讨论攻打姚村国民党乡公所的方案。陈建富提出由他们赤卫团主攻，独立团在侧翼配合的方案，王金林同意他的意见。

10月11日上午，陈建富、李同洲带领四百余名赤卫团战士包围了姚村乡公所。独立团三营八连连长崔德品、炮兵连连长王培寿带着百余人和一门檀树炮也前往参加战斗。

国民党姚村乡乡长姚木奎是个十分反动的家伙，他带领二十几个自卫队士兵龟缩在乡公所大院，凭借大院门左右两个炮楼的高度优势，用密集的火力封锁了赤卫团战士进攻的线路，拒不投降，等待十字铺的国民党军队前来救援。陈建富喊了半天的话，姚木奎就是不理，气得陈建富高喊："阮开全！"

"到！"赤卫团一营营长阮开全跑到陈建富身边。

"你一营组织五十人的敢死队，准备冲锋，我组织二营掩护！"陈建富满面红光。

"等等！"崔德品伸手拉住正要跑开的阮开全，"这样冲锋伤亡太大，让我们先轰他一炮再说！"

"我去叫他们把大炮抬过来！"王培寿转身离去。

一会儿，周世泽等人抬着檀树炮筒和底架，另外两人挑着弹药快速赶来，按照王培寿指定的位置安放好大炮底座，然后架好炮筒。炮筒有小水桶粗细，上中下三道铁箍。战士们从炮口先将几斤重的硝药塞进炮膛，上好药引子，然后再将三四十斤重的破铁锅和犁铧子碎片填进炮膛。王培寿走到檀树炮前，检查了一下炮筒和点炮的火药引子，竖起大拇指目测了一下距离，调整了一下炮筒的方向和高度，然后喊一声："大家走开，点火啰！"

一声巨响，对面两个碉堡上的人便没了踪影。陈建富见状，高喊一声："冲啊！"

"嘀嘀嗒……"红军的六支军号同时吹响,赤卫团和独立团的战士们潮水一般向姚村乡公所大门拥去。乡公所的大门被推倒,一转眼,两个碉堡上都竖起了皖南红军独立团和姚村赤卫团的旗帜。

原来,檀树炮的霰弹像暴雨一样落在两个碉堡上,有好几个自卫队士兵中弹受伤,他们被这种威力无比的新式武器吓坏了,都乖乖举手向红军投降。乡长姚木奎企图翻窗从后墙逃跑,被阮开全赶上,一枪将其击毙。这一仗,只开一炮一枪,敌二十二人被俘,一人毙命,缴枪二十三支。

姚村战斗的胜利,极大地鼓舞了广大群众的革命斗志,贫苦工人和农民踊跃参加农会、妇女会、童子团等群众组织。九村、永丰殿、齐村等村苏维埃政权相继建立,熊恩才、张官成、傅正楷等人分别担任各村苏维埃主席。

10月15日,姚村苏维埃主席团成立大会在夏桥路途村召开,王金林、张树生、邱宏毅、李邦兴等皖南红军独立团的主要干部都出席了大会。王金林主持大会,宣布姚村苏维埃政权正式成立。大会选举陈建富担任主席团主席,阮大佑、曹柏相担任副主席。主席团下设政治宣传处、军需股、财粮股、农会、妇女会等机构。政治宣传处秘书费新海、干事范振声,军需股股长张传和,财粮股股长吴清福,妇女会主任赵永安。

姚村苏维埃政权建立后,辖区范围内的各村都相继建立了苏维埃政权,农会会员两千余人,农会和赤卫团先后在永丰、冯村、石佛、夏桥一带镇压了曹沛祥、王世恩、冯玉成、贾董事、李大士等恶霸地主。整个姚村百余平方公里都成了红色苏区。

10月17日,李邦兴从芜湖返回姚村。他这次到芜湖,还是没有拿到苏维埃建设大纲和土地分配大纲等方面的文件,会议根据特委的指示精神,结合广郎苏区基层苏维埃政府建设情况,决定将原先准备成立的"广郎宣苏维埃委员会",改为"广郎宣苏维埃准备委员会"(简称"苏准会"),并确定于10月22日在姚村乡的鸦山召开苏准会成立大会。

为了苏准会的成功召开,成立了以张树生为组长的大会筹备工作领导组。

关于参加大会代表的资格和人数,筹备工作领导组根据选举办法拿出了一个初步方案。人数以每个小村一人,大村两人,工会三人,红军独立团每个连队一人,共计有资格的代表名额一千六百个。王金林和邱宏毅等红军主要领导认为目前形势下,敌人已经在调集兵力,准备发动对苏区的第二次"清剿"。在这个时候召开如此规模的大会,是个十分危险的行动,最后决定将参加会议的正式代表控制在一百人以下,就地组织部分赤卫队员和农会干部列席大会。

大会筹备工作领导组还专门设立了代表接待处,安排参会代表的就餐和住宿。

各地苏维埃政府和农会组织,在接到筹备工作领导组的通知后,立即召开会议,民主选举产生了基层代表,百余名代表经过资格审核后,陆续到达鸦山。

为了大会的顺利召开,王金林和陈建富、阮开全、汪天冲等人就会议期间的安全保卫工作进行了认真讨论和精心安排。由姚村农民赤卫团负责外围五里至十里范围的警戒,皖南红军独立团负责五里范围之内的警戒,独立团警卫连负责会场周围的警卫工作。

会场安排在鸦山村东的祠山庙门前的场地上,张应龙和曾汉元负责布置会场。

在鸦山村路边的墙上和会场周围,到处贴满了宣传标语,会场有从村民家借来的板凳和门板搭成的主席台。主席台后面的墙上贴着"广郎宣苏维埃准备委员会代表大会"的横幅,横幅下面是绣有镰刀斧头的红旗,两旁分别张贴着《广郎宣苏维埃政府宣言》和《土地分配大纲》的内容摘要,主席台的两边站两个着装整齐的年轻红军战士。

大会主席台前的场地上,昂首挺胸地坐着来自广德、郎溪和宣城的百余名代表。在代表方阵的左右和后面,四百余名姚村赤卫团和农会代表席地而坐。围着会场一圈的是担任维护会场秩序的红军警卫连战士。会场外围的坡地上,是前来看热闹的当地村民,有儿童,有老人,也有青壮年。

上午八点半,太阳从东南方向的鸦山山顶冉冉升起,灿烂的阳光照在主席台上,王金林主持大会,宣布了大会议程:

中共广郎宣县委书记张树生致开幕词;

皖南红军独立团政委邱宏毅作当前形势和政治工作报告;

皖南红军独立团副团长兼参谋长李邦兴宣读中共芜湖特委的指示;

皖南红军独立团团长王金林做关于工农红军与劳苦大众之间鱼水关系的演讲。

拜谒姚村红军烈士墓

　　他们每个人讲话结束后,曾汉元、刘祖文等人都在台下带头呼喊"苏维埃政权万岁!""红军万岁!""中国共产党万岁!""打倒国民党反动派!"等口号。口号在山谷间回荡,渐传渐远。

　　会议选出王金林、张树生、邱宏毅、邓国安、陈建富、有兆金等六名正式委员和三名候补委员;会议还选举有兆金作为出席全国苏维埃代表大会的代表。

　　苏准会下设总务、组织、宣传、土地、军事和救济六个部。

　　苏准会代表大会结束的当天晚上,召开了苏准会委员分工会议。张树生负责苏维埃主席团工作,领导苏区开展没收地主、富农的土地,分配给贫苦农民,并确定以黄泥山乡为试点,在十天之内开始土地分配工作。

第三十五章　巾帼英雄谢应凤

鸦山大会结束后,王金林带着警卫连离开姚村,从石鼓乡的平塘、乌沙,到达独树乡的余家垱和龚守德带领的队伍会合。他们吃过晚饭,已经是夜里九点多钟,西坞区赤卫队队长陈崇高送来情报,称昨天任升带领一百多个自卫队士兵在凤桥的黄泥山、西坞一带"清剿"。西坞苏维埃主席团妇女会主席谢应凤壮烈牺牲,年仅二十四岁。

谢应凤是西坞板子桥人,虽然长得眉清目秀,却生就风风火火的男人性格。1929年,张欣武在西坞一带秘密开展农运工作时,谢应凤就积极参加农会工作。她带头剪了长发,参加识字班学习认字。西坞苏维埃成立,她当选为妇女会主席。虽然儿子尚在襁褓之中,她依然组织妇女为红军战士做军鞋、洗衣、做饭,给红军游击队送情报。

这天,西坞苏维埃主席团主席仰荣玉和赤卫队队长陈崇高带着四十余名农会干部和赤卫队员在中高山开会,谢应凤带着几个妇女会的妇女给他们送中饭刚回到家,正给不到两岁的儿子喂饭,一个大庙村的递步哨跑来告诉她,任狗头的队伍分两路向江家冲包抄过来。

谢应凤一听,马上判断一定是出了叛徒走漏了风声。赤卫队在离板子沟只有两里多路的山洼子里训练,一点儿防备都没有。如果敌人把他们包围了,后果将不堪设想。想到这儿,谢应凤将孩子递给婆婆,将赤卫队队员的名单交给婆婆藏好,自己装扮成打猪草的样子,抄小路上山去给赤卫队送信。她刚小跑了一里多路,就被一股白狗子发现。她不顾敌人的叫喊,只是拼命往前跑,但由于是小脚,跑得不快,很快就被白狗子捉住,带到任升面前。几个白狗子搜出了她身上藏着的红袖章,她的身份暴露了,于是任升逼着她带路去找红军队伍。她见白狗子越来越多,便故意高声痛骂任升,惹得任升大怒,拔出手枪向她连开两枪,当场牺牲。

正在训练的赤卫队员听到枪声,立即向北边的四方坪转移,跳出了敌人的包围圈。任升扑空后,又在叛徒的指引下赶到谢应凤家,翻箱倒柜折腾了半天,没有得到半点有用的情报,便集中到大庙驻扎宿营。

王金林和龚守德听完报告后商量,决定赶到莫村设伏,干掉这个杀人魔头。

莫村位于桐河和汭河的交汇处,由河东的上莫村和下莫村等几个自然村组成,四百余人,姓莫的居多。

龚守德带着两百余名红军战士和赤卫队员埋伏在上莫村村头的汭河东岸的河坎下,王金林和仰荣玉带领五十个赤卫队员埋伏在管家湾的河滩中,准备接应。

上午九时许,任升带着自卫队经过杜毕冲,翻山到布袋冲,从村子南边向莫村包抄过来。

任升骑着高大的枣红马,趾高气扬地走在队伍中间。前头的队伍刚到村头,龚守德就对身边的檀树炮手周世泽等人下令:"点火!"

"轰!轰!"连续两声惊天动地的炮响,虽然只有一发打中敌人队伍,还是有四人当场被打倒在地。

邱宏毅高喊一声:"给我冲!"他身后的六个吹号员一起吹响了冲锋的军号。埋伏在河堤下的红军战士汪天顺、徐金海、解吾仁、范振声等人一跃而起,高喊着"给谢应凤报仇"冲向敌阵。

任升见状在马上大叫:"兄弟们,不许往后退,给我顶住!给我打!"

可是往后撤退的人流没有听他的指挥,他只得从马上跳下,丢下缰绳,由两个警卫架着往山上爬。

自卫队士兵根本没有料到红军游击队还有大炮这等厉害的武器,个个只恨爹娘少生了两条腿,沿着来路只顾拼命往回逃跑。

英勇的红军战士一路呼喊着追赶,一口气追过杜毕冲、江家冲、板子桥、青桐树、榨树岭……一路追击,几个自卫队士兵被击毙,三个受伤跑掉队的士兵和任升的战马被红军战士俘虏。一路追击,冲在最前面的红军战士张培良、汪天顺、解吾仁等人中弹牺牲。

任升带着队伍一路连滚带爬十余公里,撤退到稻堆山。他见后面追赶上来

稻堆山追击战遗址

的红军战士只有三十来人，便在稻堆山组织了反击，杨少义、段茂元、徐金海等几个红军战士和赤卫队战士中弹牺牲。

打红了眼的红军战士直到听见后面传来停止进攻的号声，才极不情愿地后撤收兵。

莫村战斗结束后，红军队伍在莫村和余家垱一带休整几天，把牺牲的几个独立团战士和赤卫队员安葬好，并对他们的家属进行慰问和抚恤。

莫村休整期间，王金林让王培寿找到小刘村的木匠杜荣春，让他为独立团新造两门檀树炮。他二话没说，就带着六七个师兄弟跟着王培寿来到独树街南边六里多路距离的九连村,上山砍伐水桶粗细的檀树,按照王培寿画的图纸,为红军赶制檀树炮。

另一路由李邦兴带领的红军独立团二营,高举皖南红军独立团大旗,从郎溪的小曲岭悄悄进入月湾街北边的大费村,打跑了大地主彭祖成新组建的民团,烧掉了他家的一幢三层楼房。

彭祖成带领民团三十余人逃到月湾街,然后翻山进入独树朱村,正巧遇上国民党宁国县自卫队和杨滩等地的民团三百余人。

李邦兴指挥红军独立团一路紧紧追赶彭祖成带领的民团逃兵,排长戈宗义带领的一个班红军战士和几个海丰赤卫队员冲在最前头。刚进朱村,就被埋伏的宁国县自卫队包围。戈宗义、黄宗林、吴永生、吴光生、杨家富等十二人被俘。李邦兴和沈云山见朱村有国民党重兵埋伏,不敢恋战,便转向解村,向独树街方向撤退。

戈宗义等十二名被俘的红军战士和赤卫队员被押到独树街和广德县城等地杀害。

戈宗义是花鼓塘余家村人,朱学镛是他妹夫。他被押到广德县城,关押在北门监狱。胡信勤等人因为他是红军独立团的排长,有意劝降,便没有立即杀害他。当时,在县城一高小教书的朱学镛还没有暴露身份,便想尽一切办法营救他。朱学镛让妻子带着不到十岁的儿子朱洪探监,婉转告诉他在"自首书"上签字,便可以保命。身穿棉布长袍,戴着脚镣手铐的他却面带微笑拒绝了妹妹的好意,慷慨赴死。

朱村战斗失利后,在红军政治部任干事的朱学易没有跟随红军队伍撤退到独树的庄头一带,而是潜回在胡村老棚自家的纸厂。当天夜里,因为叛徒告密,县自卫队副队长孟德卿带领自卫队直扑他潜藏的纸厂。他在工人的掩护下,从后门逃到山上。

孟德卿命令彭祖成带领民团放火烧掉了朱学易、吴子芳、黄玉生兄弟的纸厂。他还以共产党嫌疑名义,将吴子芳逮捕,关押在县城北门监狱。

失魂落魄的朱学易一路逃到江北无为仓头镇朱家湾,投奔伯父朱承謇。

朱承謇 1929 年加入中国共产党,后在陡沟被捕叛变,加入国民党军统特务组织。当他得知朱学易的情况后,便劝告朱学易叛变,加入军统组织。

第三十六章　水东突袭战遇险

鸦山苏准会代表大会结束后,张树生和邱宏毅带领郭凤喈的三营第七、第八两个连留在姚村,帮助姚村赤卫团进一步肃清姚村苏区国民党民团的反动势力,巩固姚村根据地。

王金林带领红军队伍在莫村打击任狗头的消息传到姚村,极大地鼓舞了姚村农民赤卫团广大战士的革命斗争热情。应陈建富、李同洲的请求,张树生、邱宏毅同意召开会议讨论进攻水东的作战方案。

会议开始,陈建富首先发言:"据我们前两天派到水东侦察的同志回来报告,水东镇目前只有宣城县国民自卫队水东中队一百多人,加上地方民团一起不过三百来人。而我们赤卫团两个营,加上你们独立团两个连,人数是敌人的两倍多,有绝对胜利的把握!"

李同洲接着道:"我们这次攻打水东,主要是解决武器缺乏问题。打下水东镇,我们的战斗力就能增加一倍以上,敌人再来进攻,我们就叫他有来无回。另外进军宣城,推进水东、孙埠暴动,这也是执行芜湖特委的指示。宣城东南的苏区建立起来,我们郎溪就有了安全的后方!"

"水东和孙埠我去过两次,第一次还下队做过半个月的调查,那里的党组织和农运工作开展得很好,党员和农会会员的革命热情十分高涨。因此,建立广郎宣大根据地还是我向省委提出来的,省委领导很重视。"说到这儿,张树生有些激动地站起来,"现在广德、郎溪的暴动都取得了伟大的胜利,我们是应该乘胜前进,进军宣城,实现建立广郎宣大根据地这个伟大的目标!"

阮开全呼地站起来:"攻打水东镇,我请求带领赤卫团一营打头阵!"

"好,我也同意大家的意见,立即进军宣城!"邱宏毅是这里最高的军事首长,他的意见,就是最后决定,"陈团长,你看什么时间出发?"

"我看越早越好,明天准备一天,半夜后出发,凌晨发起进攻!"陈建富声如洪钟。

"好,就这么定了!我马上就派人给王团长送信,让他带领队伍也赶过来增援我们!"邱宏毅最后拍板。

第二天凌晨两点,姚村赤卫团和皖南红军独立团指战员七百余人,从路途村出发,经抢袖岭翻山进入水东胡村,经大张村、刘家园向水东镇前进。

水东镇,因与水阳江西岸的水西村隔河相望,故名水东。明清时期,水东镇得水阳江航道之便利,成为皖东南重要的水运码头和物资集散地,各种土特产品汇集水东,以水路运往芜湖、南京、上海等地。其中,水东蜜枣因其色如琥珀、酥软可口,曾被列为贡品。清初诗人施闰章曾有"井梧未落枣欲黄,秋风来早吹妾裳。含情剥枣寄远方,绵绵重叠千回肠"的佳句。

东方刚刚发白,红军队伍就已赶到水东镇东头,走在最前面的是姚村农民赤卫团一营一连,随后是郭凤嗒和朱远发、刘昭武带领的皖南红军独立团三营第七连和第九连。

邱宏毅和陈建富见预定的进攻时间已到,便命令红军队伍从东门向水东镇发起进攻。

几个在东门放哨的自卫队士兵发现红军,便高喊着向镇内逃跑。赤卫团一连连长刘海和二排排长谈本杰、三排排长何元成带领一百多名战士蜂拥着冲进东门街道,刘昭武带领的九连红军战士紧随其后。

"嗒嗒嗒……"冲在前面的刘海、谈本杰、何元成和二十几名赤卫团战士中弹倒下。

原来,由于姚村农民赤卫团没有采取严格的保密措施,进攻水东的消息被杜维彬民团的"狗鼻子"探悉,杜维彬马上报告驻扎在十字铺的三四二团一营。一营营长立即通过电话向国民党宣城驻军通报了情况,宣城驻军一个团连夜秘密赶到水东镇,提前在水东街设下了埋伏。

跟在赤卫团后面的刘昭武见中了敌人的埋伏,且是有机枪的正规部队,立即下令九连停止进攻,向后撤退。这时,遇上邱宏毅和郭凤嗒。

邱宏毅看到刘昭武狼狈逃回的样子,立即用枪指着他:"怕死鬼,刚开始进攻,你怎么就在往回撤?!"

郭凤嗐按下邱宏毅端枪的手,向刘昭武问道:"前面怎么回事?"

"前面中了敌人的埋伏,敌人至少有……有两挺机关枪!"刘昭武战战兢兢地说道。

"邱政委,从敌人的枪声来分析,他们使用的都是快枪,还配有机枪,一定是正规部队!"郭凤嗐显得非常沉着。

这时,陈建富、李同洲、张树生、阮开全也赶了过来。

"前面什么情况,怎么都在往后撤?"陈建富拎着盒子枪走过来。

"敌人可能提前得到消息,用机枪封锁了我们进攻的道路,我们战士伤亡较大!"郭凤嗐回答。

"那就组织敢死队,把他们的机枪打掉!"陈建富手一挥,"阮开全,组织党员敢死队上!"

"等等!"郭凤嗐急忙喊道,"大家听我说,如果敌人已经提前知道我们今天的行动的话,肯定在调动附近的敌人对我们进行包围,我们必须马上撤退!"

"敌人怎么可能知道我们的行动?我们既然来了,就必须把水东给打下来。现在东门难攻,我们就兵分三路,去攻打北门和南门!"陈建富高声道。

"陈建富同志,你好好听听前面的枪声,敌人不仅有埋伏,而且至少有一个营以上的正规部队!"邱宏毅几步跨到陈建富面前,"现在往回撤,可能还来得及!"

张树生已经听明白了郭凤嗐和邱宏毅的意思,急忙插话:"郭营长,我同意你和邱政委的意见,立即指挥队伍撤退!"

"陈团长,我们也听从邱政委和张书记的命令,立即组织撤退吧!"李同洲也接着发表意见。

"阮开全!"郭凤嗐高喊。

"到!"阮开全在一旁高声应答。

"你带领赤卫团掩护首长们立即从来路撤退,注意防止两侧敌人的进攻!"郭凤嗐颇有临危不乱的大将风度。

"是!"阮开全跑开了。

"刘昭武,你带领九连前去接替七连,掩护他们撤出阵地,然后再由七连交替掩护你们撤退!"郭凤嗐指挥若定。

"是！"刘昭武高喊着跑开，"九连跟我上！"

"首长们，你们赶快撤吧！"郭凤喈提着手枪就要离开。

"郭营长，不要恋战！"邱宏毅高声道，"撤！"

七连连长朱远发在镇子东门利用城门岗哨的防御工事，指挥七连战士与对面敌人对射，顶住了敌人的进攻。由于敌人两挺重机枪的火力太猛，十余名七连战士已经牺牲，朱远发也身负重伤，还在指挥战斗。副连长曾照元见刘昭武带领九连士兵来到，就背起奄奄一息的朱远发，带领七连撤出阵地。刚走出一里多路，就碰到邱宏毅和郭凤喈。郭凤喈让邱宏毅带着七连撤到五里远的后方选择一个有利地形埋伏，掩护九连撤退。

刘昭武的九连是独立团武器装备最好的一个连，有七十多条快枪，每个战士还配有十发子弹，没有枪的二十来个战士每人都配有大刀和一枚手榴弹。郭凤喈一到阵地，正好碰到敌人发起冲锋，他便命令所有的战士都停止射击，让有手榴弹的士兵都拧开保险盖，当敌人冲到离他们五十米的距离时，他高喊一声："打！"

二十几枚手榴弹飞向敌人，只听得"轰轰轰"一阵巨响，对面是尘土飞扬。

郭凤喈手一挥："撤！"九连红军战士一口气跑出三里多地，撤到刘家园时，和邱宏毅带领的七连会合。朱远发已经牺牲，战士们将他的尸体埋在路边的山坡上。

这时水东镇方向的枪声已经停止，邱宏毅和郭凤喈等人爬到半山坡，看见水东方向敌人分多路纵队向刘家园方向追来，有抬着迫击炮的，有骑着大马的，有一千多人。

郭凤喈倒吸一口凉气："乖乖，好悬哪！"

"郭营长，我们已经完成了掩护任务，都撤吧！"邱宏毅道。

"邱政委，你看！"副连长曾照元突然惊叫。

邱宏毅、郭凤喈、刘昭武顺着曾照元手指的方向望去，在宣城通往宁国的大道上，从宁国方向和孙埠方向各有一队人马向水东疾驰而来。

"乖乖，这才真悬哪！再晚撤一袋烟工夫，我们就全被包了饺子！"邱宏毅用手抹了抹额头的汗珠，"郭营长，还是你见多识广啊！"

第三十七章 血战姚村解危局

莫村战斗后,王金林带着警卫连在余家垱休整几天后,又悄悄转移到黄泥山,等待张树生和邱宏毅带领的队伍前来会合,在黄泥山开展分田分地试点工作。没有等到张树生和邱宏毅,却等到铩羽而归的李邦兴。得知十二名被俘的战士中有戈宗义时,王金林心如刀割。

痛定思痛,王金林立即给何德鹤、许济之等人写信,请求他们想尽一切办法营救吴子芳和戈宗义等被关押人员。信写好后,他就安排胡惠民带着信和一些钱,到广德县城找朱学镛商量。

胡惠民刚走,西坞赤卫队长陈崇高就跑过来,说邓国安带领工作组在下杨冲一带分田遇到一些麻烦,请王金林去一下。

根据广郎宣苏准会的安排,由张应龙、曾汉元指导广德县委在黄泥山地区开展分田分地试点工作。苏准会土地部制定了土地分配制度,先由村苏维埃政府统计需要分配土地的人数、准备分配土地的数量等等,还印制了统一的土地分配登记表。可是,当具体分配工作开始后,却出现了许多问题。要求分田分地的呼声普遍很高,但开始丈量分配的时候,大部分人都畏首畏尾,不敢第一个站出来。针对分田分地活动中出现的各种问题,大家都没有经验,不知道如何处理。王金林到下杨冲后,立即召集干部开会。会上,各村的苏维埃干部提出了许多问题,王金林让负责土改工作的张应龙和曾汉元给大家解释。他们因为没有参加过土改工作,也没有看到过具体的土改文件,根本无法解释清楚。

在会议讨论正激烈的时候,李邦兴来到会场,把邱宏毅派人送来的信交给了王金林。王金林拿信一看,脸色渐渐变得严峻。

他站起来:"同志们,今天的会暂时就开到这里。大家先休息一下,晚饭后继续开会。张应龙、邓国安、张国泰、林家旺几个同志留下来,我们开个小会!"

众人离开会场后,邓国安急着问李邦兴:"新老李,什么情况?"

"张书记和邱政委带着留在姚村的两个连队伍,与姚村农民赤卫团一起打水东镇去了,这不是乱弹琴吗?"李邦兴还在喘着粗气。

"打水东好哇,这不是红军已经确定的方案吗?"张国泰不解的样子。

"是呀!"邓国安和张应龙异口同声。

"今天早上,我和新老李就得到几个方面送来的消息,国民党三四二团和县自卫队以及各地民团已经准备好就在这两天发动对我们苏区的第二次'清剿'。现在,他们开到宣城去打水东,驻扎在十字铺的三四二团一营和杜维彬的民团如果乘虚进占姚村,断了他们的后路,后果将不堪设想!"王金林双拳紧握。

"邱政委来信要我们去增援他们,我们走了,谁来保卫苏区？土改工作还怎么开展?"张国泰显得十分焦急。

"那怎么办?"邓国安望着王金林,"土改试点工作不能半途而废呀!"

"他们进攻水东,是个非常冒险的行动。他们即使打下水东,也很快就会被宣城和宁国的国民党军队进攻,如果不及时撤回姚村,就有被包饺子的危险!"王金林在屋子中间兜着圈子,"不管打得下打不下水东,十字铺的敌人都一定会到姚村去断他们的后路！我带领警卫连和八连马上赶到姚村,不能让敌人断了邱政委他们的后路。新老李,你带领二营留下来,配合刘祖文的赤卫总队,保卫苏区。记住,如果敌人的兵力强大,不要和敌人硬拼,还是以游击战为主,和敌人周旋,然后向石鼓的铜沟一带转移,我们从姚村回来就在那里会合!"王金林停止兜圈子,和邓国安坐在一条板凳上,"罗汉,你们县委的土改工作马上停下来,还是和新老李一起行动吧!"

"团长,你就放心去吧！我们这边有新老李,出不了大问题!"邓国安拍了一下王金林的肩膀。

天黑后,王金林带领警卫连和八连,经余家垱翻山进入苏村,从大腰山南麓的井冲翻山进入姚村的罗家冲,离姚村街只有三四里路。回首东望,东边的天际已经呈现鱼肚白,王金林让队伍停止前进,就地休息。

"啪啪啪……"姚村方向传来激烈的枪声。

枪声就是命令,所有红军指战员都从地上跃起。

"崔德品,前面姚村肯定是我们的赤卫队和敌人交上火了,你带上一个排的

姚村老街旧貌

战士跑步前进,弄清前面的情况!"王金林下令。

"是!"崔德品高喊一声,"一排跟我走!"

"龙明忠,你带领两个战士,立即返回到独树一带去寻找李邦兴,让他带着队伍立即向我们靠拢!"王金林又向身边的龙明忠下达命令。

"是!"龙明忠带着刘世发、刘世德兄弟两人立即回头向井冲方向跑去。

崔德品带着一排赶到姚村东面的芝麻岭,就看见三十几个赤卫队员正向东门村方向奔突,在他们身后半里路左右,一群国民党士兵在后面紧紧追赶。他立即命令战士们停止前进,就地隐蔽。

"一排长!"崔德品对身后的彭光良道,"你带两个班溜到姚村的北边侦察一下,看看那边是什么情况。如果十字铺方向还有敌人过来,立即派人回来送信。你在那边隐蔽好,只要听到我们这边打响了,你就在那边策应一下,迷惑敌人!"

彭光良一挥手:"一班、二班跟我走!"

王金林这时已经下马,来到崔德品身边:"崔连长,什么情况?"

"刚才可能是姚村赤卫队留守姚村的几十个赤卫队员发现敌人打了一下,就往夏桥方向撤退了!"崔德品指着前面五百米远的东门村方向对王金林继续道,"团长你看,已经过去的国民党队伍至少有两个连,看样子是五十七师的,后面还在继续……"

王金林趴在草地上,拿着望远镜,透过草丛,看到从姚村方向出来的国民党士兵的队伍,服装的颜色已经由黄色变成了黑色,他判断后面穿黑衣服的不是郎溪自卫队士兵就是民团的士兵,便对崔德品道:"崔连长,带着你的人靠近敌人,狠狠地打他一下,把已经过去的敌人都吸引回来!"

"明白!"崔德品带着七十余名战士像猛虎下山一样快速向东门村方向摸去。

崔德品走后,王金林又对身边的汪天冲道:"汪天冲,你安排一排和二排分别运动到八连的左右两侧,策应他们,掩护他们撤退!"

"是!"汪天冲站起来高喊一声,"一排长!二排长!"

"到!"一排长、二排长跑到汪天冲面前。

"前面战斗打响后,一排从左边、二排从右边前去策应八连!"汪天冲又对苏宗财喊道,"三排长,保护好团长!"

崔德品带着八连战士猫着腰冲到离敌人还有两百多米远的地方,被路上的敌人发现,就听有人叫喊:"山上有'共匪'!山上有'共匪'!"

"打!"崔德品边跑边开枪,他身边的几十个战士也同时向敌人队伍开火,十几个民团士兵中弹倒地。其余的民团士兵有的拼命向两边逃跑,有的就直接滚到田坎下面隐蔽起来。

"嘀嘀嗒……"王金林命令六个号兵吹响了军号。汪天冲带领一排和二排高举红旗,从左右两侧向山下冲去。冲到离前面敌人的阵地只有一百多米的距离时,崔德品下令就地卧倒,停止追击。这时,有十来个使用土枪的红军战士,却一直冲到路上,想捡回被打死打伤的敌人的快枪,有五个战士被隐蔽在田坎下的敌人击中牺牲,其余的战士抢了一支枪就往回跑。崔德品本来想带着战士冲下去抢回牺牲战友的尸体,发现南边门东村的敌人和北面姚村的敌人都蜂拥而出,向芝麻岭方向发动攻击,他只得带领战士们向后撤退到芝麻岭。

"崔连长,一排彭光良那边枪声也很激烈,你带一个排过去,顶的时间越长越好!"王金林见崔德品上来,就立即给他下了命令,"注意敌人的炮火!"

"明白!"崔德品高声道,"一排跟我走!"

"二排向左、三排向右,支援警卫连,没有我的命令,不许撤退!"王金林的身边只剩下警卫连连长汪天冲和一个班的战士。

王金林把望远镜递给汪天冲,自己坐在地上。

警卫连的左右两个阵地都占据高地优势,阻遏住了敌人的进攻,打退了敌人的几次冲锋,敌我双方形成了僵持局面,这正是王金林想要达到的拖延时间的目的。

一排长彭光良头部缠着绷带,满脸都是血迹,被一个战士搀扶着来到芝麻岭阵地,王金林立即从地上站起来十分关切地问:"彭排长,伤得怎样?"

"报告团长,只是被弹片擦破了点皮!"彭光良喘着大气,"崔连长让我回来报告,这次敌人的兵力是三四二团的一个营,其中有一个炮兵排,加上郎溪县各地民团,有两千多人!"

"那边战况如何?"王金林问。

"我们已经打退了敌人的五六次进攻,打死打伤敌人四十余人,我们也伤亡十余人。"彭光良接过王金林递过来的水壶喝了一口,继续道,"崔连长让我向你报告,我们所带的子弹顶多还能坚持半个时辰!"

"轰!轰!"接连两发迫击炮弹落在警卫连一排阵地上,王金林看得清楚,至少有五名战士伤亡。

本来凭借高度优势,红军的阻击战打得还算顺利。但敌人发挥了炮火优势,红军就处于被动防守和挨打的劣势。王金林急得在树林中转圈,他判断,炮击之后,敌人可能就要发动更猛烈的进攻了。

"报告团长!"龙明忠满脸汗渍,"李参谋长让我回来报告,宁国自卫团和杨滩的民团五百多人从月湾老费村翻过铜沟岭,正在向石鼓开来。下一步怎样行动,请求团长指示!"

龙明忠话音一落,王金林便道:"你立即回去通知新老李,叫他们不要向我们靠拢了,直接向雄溪桥方向撤退,把敌人向独树方向引开!"

"是!"龙明忠带着刘世发、刘世德兄弟转身消失在树林中。

"轰！轰！"警卫连二排阵地也遭到敌人猛烈炮击。

"王团长，邱政委他们回来啦！"汪天冲高兴地叫喊着。

"好……"王金林长长舒了口气，和跑上来的张树生握了握手，"攻打水东不顺利吧？"

邱宏毅跟着过来道："团长，果然如你所料，水东敌人的力量确实强大，我们轻敌了！"

"我们的损失大不大？"王金林问。

"我们独立团损失不大，牺牲了十几名战士。"邱宏毅显得有些沮丧，"他们赤卫团损失大些，伤亡了几十人！"

"比我预计的好多了！"王金林朝四下望了一下，"怎么不见陈建富他们？"

"在回来的路上，他们赤卫团大多数队员都跑散了，在鸦山岭集合时还不到两百人。陈建富和李同洲的意思是我们不要管他们，他们还要把打散的赤卫队员都集合起来，和敌人斗争，保卫姚村苏区。我们就留下一个班，帮助他们！"张树生也是非常疲惫的样子。

"这样也好！"王金林看见站在一旁的郭凤喈，便叫道，"郭营长！"

郭凤喈应声走过来："到！"

"同志们，根据各方面的情报来看，敌人已经从宣城、郎溪、宁国和广德四个方向展开了对我们苏区的第二次'清剿'。现在的形势非常严峻，我们必须先跳出敌人的包围圈，回到我们的中心根据地五龙山和金龙山一带，依靠群众的支持和敌人开展游击斗争！"王金林边说边走到郭凤喈面前，"老郭，你带领三营作为前锋，立即往苏村沙塘头一带撤退。注意，派一个排在前面探路，防止敌人有埋伏！"

姚村的敌人在炮击结束后，从南北两个方向向芝麻岭发起进攻，都被警卫连和八连打退。戴东秀、毛世其、戴修东等二十余名战士牺牲。在击退敌人的新一轮进攻后，王金林带领队伍悄悄撤出阵地，尾随郭凤喈的队伍回到广德地界。

第三十八章　姚村赤卫团折戟

姚村阻击战斗结束后，皖南红军独立团主力撤回广德，郎溪十字铺民团总团长杜维彬配合三四二团第一营合计两千余人对姚村红军赤卫团展开了疯狂"清剿"。由于水东战斗失利，大部分赤卫队员已经失去了同敌人战斗的信心，离开队伍回到家里或逃到外地躲避起来。李同洲、陈建富带领剩下的一百来人，也因为枪支和弹药缺乏，无法和武器装备精良的敌人抗衡。更为严重的是，宣城水东的国民党军队和地方民团，也从水东和孙埠方向向姚村进发，姚村农民赤卫团已经陷入敌人四面包围之中。

水东战斗后的第三天，陈建富、李同洲决定化整为零，把一百多人的队伍划分成十几个小队，分散到各村和敌人周旋，保存实力，待敌人"清剿"结束，再集中队伍，东山再起。陈建富、李同洲、阮大佑、阮开全等人各带一支十余人的小队，在鸦山、九村、姚家塔、王家冲、水榨、永丰殿、茶冲、邵家冲、夏桥等地和敌人开展游击斗争。

家住城南冲的大地主杜维彬，不仅识文断字，而且胸中颇有韬略。姚村暴动开始后，他就携带家眷和大部分财产逃到十字铺，花钱购买枪支弹药，收罗流氓地痞和土匪，成立了一支一百余人的民团。不久，国民党郎溪县政府任命他为郎溪县民团总团长。杜维彬带领的民团，其中地痞流氓都熟悉地方民情，了解各村苏维埃政府干部和赤卫队员的基本情况，回到家里的赤卫队员和农会干部基本上都被他带领的民团逮捕。一小部分思想不坚定的投机分子在敌人的威胁和利诱面前自首，叛变投敌，带领敌人对隐蔽在山上的赤卫团指战员和苏维埃政府干部进行"围剿"。

杜维彬因为李同洲在他家当过几年私塾先生，两人当时还有些交情，便到处贴出布告劝降李同洲。李同洲当时虽然已经是走投无路，但他不为敌人的威胁利诱所屈服,依然和陈建富带领十余人的游击小组和敌人战斗。

初冬的山区,一天比一天寒冷。特别是进入小雪节气之后,夜晚的山林更是雾沉露重,寒气逼人。12月14日,这天是阴历下元节,已经叛变的赤卫队员张有发为立功和得到奖赏,便和邵昌玉、倪矮子等叛徒密谋,将已经两天没有吃饭的李同洲和陈建富骗到张家冲,将他和陈建富残忍地杀害,并割下他们的头颅,提到水东国民党驻军处领取奖赏。

12月15日,阮开全和警卫员李德发,永丰殿村苏维埃政府主席张官成,赤卫团一营一连一排排长马国太、战士毛本贵,以及皖南红军独立团的五名战士在永丰殿上面的横冲口一带活动。由于又冷又饿,阮开全便同意让家住永丰殿村的毛本贵下山搞点吃的。毛本贵下山进村,就被民团抓捕叛变了,返回山上,谎称村里没有敌人,要大家一起下山洗澡吃饭。他们一进村子,就被杜维彬带领的四十多个民团士兵包围。阮开全带领战士们徒手和敌人展开搏斗,终因寡不敌众,九人都被绑缚,押到村头的大田里,排成一排,被刽子手杀害。唯有李德发因有人担保,被杜维彬当场释放。屠杀结束后,杜维彬又让刽子手高傻子砍下阮开全的脑袋,带到姚家塔村,挂在村头的大树上示众数日。

阮开全的三叔阮大佑,1895年出生在湖北阳新县,1920年和李贤春、李同洲一同赴法勤工俭学,一年后加入中国共产党。1924年回国后,经中共党组织安排,阮大佑先后在湖北、湖南、江西、安徽等地开展革命工作。1928年春,中共湖北省委在阳新县黄桥、朝阳、茶寮三地发动武装暴动,并建立区、乡苏维埃政权,阮大佑和他的二哥、四弟都参加了红军队伍,四弟在战斗中牺牲。暴动失败后,为了躲避国民党政府的追杀,他和二哥带着一家老少三代十余人背井离乡,经李同洲的安排,在鸦山邵家冲落户。

阮开全的父亲是老二阮大任,1928年春在家乡参加武装暴动时就加入了中国共产党。

阮开全被民团杀害后,叛徒胡玉成和胡老幺等人,就以报信的名义在茶冲的后山上找到阮大任、阮大佑兄弟,将他们绑送到夏桥冯村,被民团杀害。

齐村苏维埃主席傅正楷,带领齐村赤卫队在齐村一带坚持和民团开展游击斗争。由于叛徒告密,民团将齐村包围,傅正楷为了掩护其他赤卫队员撤退,被陈德昌的民团抓捕后押解到铜沟杀害。

九村苏维埃主席熊恩才,妻子叫王昌江。姚村暴动前,她已经身怀六甲,常常挺着大肚子给在家里开会的李同洲、陈建富、阮大佑等赤卫队干部把门望风、洗衣做饭。水东战斗后,丈夫成为民团抓捕的重要人物。陈德昌三天两头带着民团狗子来家搜查,把家里值钱的东西都掳走了,有时还对她拳脚相加。

熊恩才和战友侯文祥等人一直没有离开九村,就在附近的山上和敌人周旋。王昌江和几个红军家属总是想尽一切办法,避开民团的岗哨和耳目,把吃的送到山上。

12月19日深夜,已经秘密叛变的沈锡龙探得熊恩才就在村后山上躲藏,就带着三十几个民团狗子悄悄隐蔽在熊家对面二十几米远的王世彬家。沈锡龙独自一人走到山上,喊着熊恩才的名字,叫他下山。熊恩才听见了沈锡龙的叫喊,就和侯文祥一起随沈锡龙下山,想搞点吃的。几天没吃饭了,他们饿得是前胸贴后背。

沈锡龙走在前面,熊恩才跟在后面,侯文祥警惕地远远跟在熊恩才后面。

熊恩才刚走到自家门口,就被从对面王世彬家冲出来的民团狗子抓住。为了给后面的侯文祥报信,熊恩才大声叫骂叛徒沈锡龙。侯文祥听到熊恩才的叫骂,知道村里敌人有埋伏,便连夜逃到水东乡下一个亲戚家隐蔽起来。

民团狗子们抓到熊恩才后,就敲开他家的门。王昌江听见屋外的动静,知道丈夫被捕,赶紧把门打开。陈德昌把熊恩才押进屋内,看着蓬头垢面、面黄肌瘦的丈夫,王昌江强忍悲恸,得到陈德昌同意,含泪将半碗煮熟的山芋端到丈夫面前。

看着妻子高高隆起的肚子,熊恩才知道妻子就要临产,他心如刀割,和着泪水,一口一口咽下妻子塞进口中的山芋,味道比黄连还苦……

第二天,他被民团押往水东杀害。两个月后,他的遗腹子熊奇富呱呱坠地。

费新海、张传和、吴清富都是夏桥吴村人。费新海三十七岁,比张传和大一岁,比吴清富大三岁。二十年前,三人就是结拜兄弟,成为莫逆。1928年秋,经李同洲和阮大佑介绍,三人同时加入中国共产党。在党组织的领导下,三人积极在夏桥一带发动贫苦农民和纸厂工人参加农民协会,开展"三抗"斗争,在群众中威信极高。1930年10月,姚村苏维埃政府成立,吴清富担任财粮股股长,张传和担任军需股股长,费新海担任秘书。苏维埃政府的内部事务,主要就是他们三人承担。

　　由于叛徒出卖,他们同时在吴村后面的山上被捕。关押在省城安庆期间,虽然受尽了各种酷刑,他们都宁死不屈。1931年1月8日,他们一起在狱中被杀害。

　　家住夏桥的赤卫团战士陈家洪、姚大牛、戴四娃、王大成和三名皖南红军独立团战士坚持在鸦山一带的山上开展游击斗争,终因弹尽粮绝,被郎溪县自卫队抓捕,押到宣城洪林桥杀害;家住夏桥的姚村农民赤卫团一营二连一排长江玉成,也因叛徒出卖,被民团抓捕,在冯村被杀害时,年仅三十三岁。

第三十九章　转战水鸣巧周旋

王金林带领红军队伍撤出姚村后到达沙塘头村时,已是中午时分,宝花村苏维埃主席张正洪和赤卫队长汪玉生带领百余名赤卫队员和农会骨干在张家祠堂迎接他们,妇女会的同志们正忙着为他们准备午饭和晚饭。

王金林、邱宏毅和张树生一到张家祠堂,张正洪就向他们报告了李邦兴在石鼓阻击宁国自卫团的情况。

王金林带领部分红军队伍刚刚离开黄泥山驰援姚村后,李邦兴就接到多路交通员送来的情报,国民党三四二团和广德县自卫队纠集地方民团兵分两路从茆林和汪家桥向黄泥山扑来。

李邦兴和邓国安商量,立即结束土改和军训工作。李邦兴和沈云山带领二营连夜向石鼓方向转移;邓国安和刘祖文带领赤卫大队,撤到五龙山一带和敌人周旋。

李邦兴带领二营趁着夜色的掩护,抢在敌人的前面,悄悄从余家挡翻山进入毕沟。第二天上午日上三竿,兴花村苏维埃主席严德功带领村赤卫队三十余人正在村口等着他们。

"报告李参谋长,宁国自卫队四百多人从铜沟岭方向过来,已经到了七塔,正向石鼓开来,你们不能再往前走了!"严德功跑到李邦兴面前。

"沈营长,前方发现敌情,命令部队停止前进!"李邦兴转身对身后的沈云山道。

这时,村苏维埃副主席张国华带着龙明忠等人过来。龙明忠走到李邦兴跟前,向他传达了王金林的指示。

"沈营长,这宁国的保安团肯定是接到命令,到郎溪姚村来'会剿'我们皖南红军独立团的。现在团长正在姚村阻击郎溪的敌人,接应在水东战斗的邱政委,我们不能让他们两面受敌,必须在石鼓阻击敌人!"李邦兴对沈云山道。

"严主席,你熟悉地形,说说我们在哪里阻击敌人最好?"沈云山问严德功。

"就在双园,那边有两个山包,一左一右卡在路上,易守难攻!"严德功回答。

"好,带我们去抢占阵地!"沈云山一挥手中的盒子枪,"五连一排留下来保护参谋长,其他人跟我走!"

"龙明忠,你赶快回去向团长汇报这里的情况!"李邦兴对龙明忠道。

"是!"龙明忠带着两个战士往回赶。

龙明忠走后,李邦兴立即带着一排战士赶往双园沈云山占领的阵地。红军战士和赤卫队员散布在双园前后的几个山头上,严阵以待。

不到一袋烟的工夫,只见敌人排着一字长蛇阵沿河堤逶迤而来。等到敌人进入伏击圈,五连副连长王启国就打响了第一枪。一阵枪响,走在前面的几个敌人应声倒地,其他的敌人都立即趴下,凭借土坎和河坎做掩护,向红军阵地射击。

宁国自卫团依仗拥有几挺机枪的优势,几次组织进攻,都被独立团和赤卫队战士打退,数十名宁国自卫团士兵被打死打伤,红军和赤卫队战士彭永太、赵学仁、左文祥、吴祥生等二十余人也在战斗中英勇牺牲。

战斗进行了两个多小时,敌人没能突破红军的阻击。就在这时,李邦兴得到情报员报告,有一百五十多个敌人已经翻山绕道小意村,企图从侧翼黄雀寺方向夹击红军队伍。李邦兴根据严德功的建议,立即安排一个排和石鼓赤卫队共六十余人到关塘村阻击敌人。

五连连长毕小田带领一排和赤卫队战士刚到关塘村头的山坡高地,敌人就从黄雀寺方向蜂拥过来。虽然距离还远,但毕小田命令向敌人开枪。

听到枪响,自卫队士兵立即卧倒,没有人员伤亡。不一会儿,他们从枪声中判断出赤卫队的武器较差,就组织力量向赤卫队守卫的阵地发起进攻。赤卫队员只有五支快枪,其余的都是土枪,但他们依然坚守阵地,打退了敌人的两次进攻,赵正才、汪金储、左锦州、严怀礼等十余名赤卫队干部和战士伤亡。

就在此紧要关头,龙明忠又从姚村赶来,告诉李邦兴,邱宏毅政委已经被接应出来,王金林团长带领红军队伍已经从姚村撤出,正向苏村的大、小腰山一带转移。二营阻击敌人的任务已经完成,团长和政委命令二营向雄溪桥方向撤退。

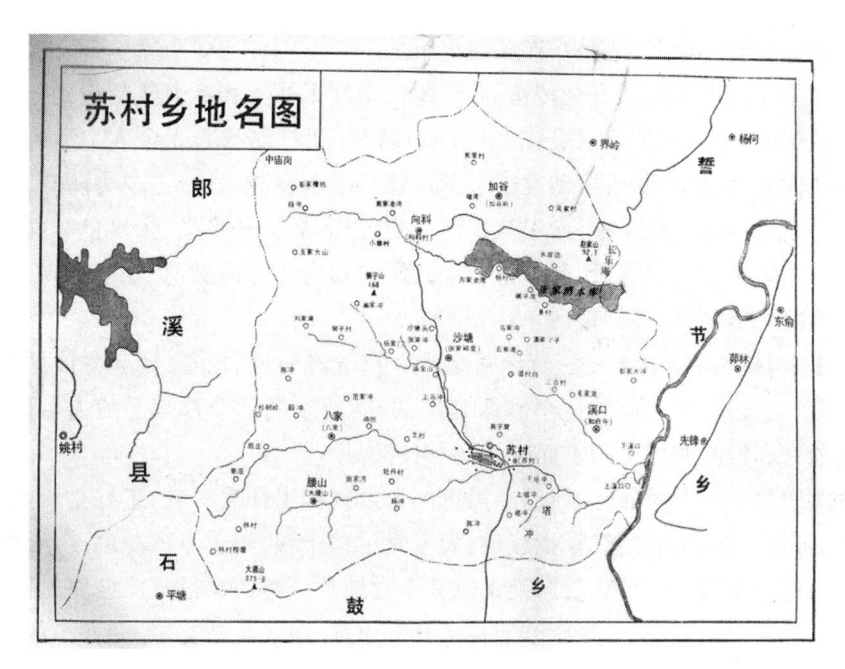

苏村乡地名图

王金林和邱宏毅、张树生在张家祠堂刚吃完饭，就接到李邦兴派人送来的情报，他们已经撤到雄溪桥，敌人追到乌沙就停止追击了。

王金林准备带领队伍启程，前往知府寺和李邦兴带领的二营会合。就在这时，情报员送来消息，三四二团一个营和誓节民团五百余人正从十二里店方向向苏村进发，先头部队已经到达潘家丫子。

王金林综合各方面的情报分析认为，国民党三四二团，广、郎、宣、宁四县自卫队和各地方民团五千余人，集中发动了对广郎苏区的全面进攻，队伍都开往宣广公路以南地区。红军在路南和敌人决战，几乎没有胜算的可能。现在只有跳到路北敌人没有防守的郎广交界的水鸣桥和杨杆一带，在运动中寻找战机，打敌人一个出其不意，才能变被动为主动。

事不宜迟，王金林决定由龚守德带领八连一排和兴花村赤卫队的五十余名赤卫队员留下来阻击敌人，掩护主力部队向科村方向转移。一排排长刘有章，家住广德小东门，是个泥瓦工，参加过多次工人运动，1929年春经丁继周介绍加入中国共产党。现在,他是八连党小组组长。

为了保证主力部队安全转移,龚守德带领红军战士和赤卫队员绕到石家湾敌人队伍的后方,出其不意袭击敌人的后队,打死打伤敌人十余人。敌人马上后队变前队,向红军队伍发动攻击。龚守德马上调整战术,变进攻为防守,阻击敌人一个多小时。战斗中,赤卫队长汪玉生负伤,战士杨少义、张培良等九人英勇牺牲。阻击任务完成后,龚守德带领队伍向知府寺方向撤退,和李邦兴、沈云山会合。

王金林带领警卫连和三营四百余人一口气经科村、加谷,到起龙岗的树林中隐蔽。经过一天一夜的行军和激烈的战斗,战士们个个都是筋疲力尽,躺在落满松针和栎叶的地上和衣而睡,顿时鼾声一片。

大约过了一个时辰,天色已经黑透。王金林掏出怀表一看,正好是六点半。他让通讯员叫醒所有的红军指战员,大家吃了些干粮,喝了点冰凉的溪水,然后一个跟着一个,趁着夜色掩护,神不知鬼不觉地从分界山穿过宣广公路,进入郎溪县长乐乡的山下铺,大张旗鼓地打了几个土豪,缴了十几支枪,储备了两天的粮食,并放出攻打涛城和郎溪县城的口风。然后,趁天还没亮,队伍便掉头向东,进入杨杆乡的洪村坪,在一个叫水竹庵的小村驻扎。进入村子后,郭凤喈便在村子四周所有出口都安排了岗哨,二十来户村民只许进不许出。

王金林把自己这次从路南跳到路北之计叫金蝉脱壳,从敌人的包围圈中跳到敌人背后,实现了变被动为主动的目的。他已经两天两夜没有合眼,实在是疲劳到了极点,一到水竹庵便呼呼大睡。

三四二团团长余逢润得到红军独立团在黄泥山分田的情报,亲自带领三四二团三营和国民党广德县自卫队及各地民团一千五百余人气势汹汹地开到黄泥山,扑了个空。队伍开到独树街,刚吃完午饭,得到王金林带领的红军独立团主力攻打水东失败,全军覆没的消息。过了不到一袋烟工夫,又得到情报,称王金林率领红军独立团主力正在猛攻姚村。

余逢润和任升正在斟酌之时,情报员送来情报,称王金林带领的红军主力在石鼓,正和宁国自卫团激战。

就在王金林蒙头大睡的时候,国民党三四二团一营从姚村方向赶到苏村,和从誓节渡方向赶来的三四二团二营,从月湾方向过来的宁国县保安团,以及闻讯从独树街赶来的余逢润带领的三四二团三营共两千五百余人在苏村会合。会合后，大家面面相觑，明明都是一路追着红军队伍打，最后碰面的时候都是自家人。红军到底有多少支队伍？他们怎么突然间又都消失得无影无踪？广德、郎溪、宁国的三支国民党队伍失去了进攻的目标，就像无头的苍蝇，只好就地打转。

余逢润还是第一次遇见这样稀里糊涂的情况，虽然恼羞成怒，但也无可奈何，只能根据任升的建议，让百余名地方民团的士兵化装成乞丐、算命先生、货郎挑、剃头匠，到各地刺探情报。

第二天一早，杜维彬派人从姚村送来情报，称王金林昨晚带领红军主力千余人已经开到郎溪城东的水鸣乡，准备进攻郎溪县城。

"马上集合队伍，全速开往郎溪，聚歼'赤匪'！"余逢润两眼惺忪。

"等等，余团座！王金林把红军主力队伍开到水鸣，准备攻打郎溪县城和涛城，就是说他们离开山区老巢，跑到畈区，这不是自投罗网吗？"任升满脸疑惑。

"你这是什么意思？"余逢润不解地问道。

"任队长说得非常有道理！"朱开轩道，"刚才杜团长送来的情报说王金林要攻打郎溪县城，而不是说他们已经在攻打了。我怀疑，这是他们调虎离山的把戏！"

"调虎离山？有道理！那我们现在该怎么办？"余逢润吸了一口烟斗。

"被我们打死打伤的'赤匪'，基本上都是赤卫队的，他们使用的都是土枪和大刀。'赤匪'的主力从水东撤回后，一定是潜伏在宣、郎、广、宁四县交界的山区一带。和我们纠缠的，一定是他们的地方小股部队！"胡有洪和红军打了半年，也算是个专家级的反共人物了。

"好！"余逢润一拍桌子站起来，"一营回十字铺，如果郎溪有事，立即解救郎溪。如果没有事，就和我们一起在这四县交界的鸦山地区'清剿''赤匪'。同时，你们到十字铺后电话知悉宣城，请他们出兵姚村，对'赤匪'形成合围之势！"

第四十章　郭凤啃浴血宁波冲

在水竹庵整整休息了一个白天，红军指战员的体力都得到了恢复。天一黑，队伍就出发，从赵家小湾涉过冰冷刺骨的桐汭河，经小斗坊、长山岭直趋白茅岭南麓的下堡村，包围了村中民团的驻地，镇压了当地的两个恶霸，缴枪十支。战斗顺利结束后，天上下起了大雨。根据研究好的行动计划，队伍必须在天亮以前穿过宣广公路赶到广德城南的方山冲一带休整。虽然天上下着雨，地上道路泥泞，但红军战士还是冒雨疾行三十几里路，绕过敌人设在稻谷冲的封锁线，按计划到达油榨村休整。

这油榨村是个只有十来户人家的小山村，都是穷苦人家。年初，张四猴子和张宗鉴等人就在这一带活动，秘密发展农会会员，建立农民赤卫队。这里离广德县城也只有十六七里路程，王金林说这是灯下黑，越危险的地方越安全。

在油榨村秘密休整一天，吃过晚饭天就渐渐暗下来，队伍又悄悄开拔，从荷花岗西边的陈家田冲翻过几道山岗便是笄山东北的指日冲，再翻过一个陡峭的山脊，就进入笄罩山(笄山)东麓的宁波冲。

宁波冲有五六户人家，因为都是宁波籍的移民而得名。宁波冲长约四里，两边都是高峻的山峰，只有一条溪边小道通向冲口的郎村。

郎村是一个有五十来户人家的山村，村子对面就是石佛山。石佛山就像一个天然的屏障，突兀高耸，峭壁嶙峋。山腰有一石窟，窟中一石酷似伏虎罗汉，故名石佛山。清朝诗人宁谦有诗《石佛山》："佛是石中生，是石还是佛？试问未生时，本来无一物。"句读之间，道出了相由心生、缘起性空的佛界修为。

古人在无量溪畔西望石佛山，状若一顶道士云游四方常戴的席帽，亦称为"席帽山"。明清时期广德州有形胜八处，"席帽奇踪"便是其一。清朝广德州丞潘鼐有诗"四面林峦绕,探奇上石台。山虽非泰岱,境岂让蓬莱?岸帻云中观,苔衣雨后堆。孟嘉如宴此,露项愧衔杯",专道此处形胜奇观。

古时,因石佛山盛产石斛兰,里人亦称其为"石斛山"或"仙草山"。山东北麓有石佛禅院,院内供奉一尊"疮菩萨",十里八乡的疖疮患者,每至都是有求必应。

这两天的辗转奔波、机动回旋,已经把敌人的主力都调到大西乡和路北折腾去了。王金林决定借此机会,让红军队伍好好在宁波冲休整两天。

第一天部队休息,独立团营以上干部却开了一天的会议,主要是讨论红军队伍今后的行动方向。有的说还是去打水东,促进广郎宣大根据地建设;有的说向徽州进军,到江西和中央红军会合;大部分人还是故土难离,坚持在广德打游击。几种意见,莫衷一是。

第二天难得有一日闲暇,王金林便和张树生、邱宏毅、汪天冲等人换了身便装,由郎村赤卫队员袁天相和农会干部江家禄引路,穿过郎村,踏上郎村村头挂满中华常青藤的石拱桥,桥拱壁上石刻"进香桥"三字依稀可辨。来到石佛禅院高耸的门楼前,门楼两侧是两个脸盆粗细的香榧木柱,柱上是一副阴刻绿漆楹联,王金林朗声道:"亘古迄今名缰利锁笼络无数好汉;大千世界暮鼓晨钟唤醒多少痴人。这副对联作得好啊……"

"好在哪里?请团长给我们解惑!"龚守德在一旁道。

"我们共产党人,不为自己的名利着想,而是为广大的穷苦人操心。我们就是这时代的擂鼓人,砸碎束缚我们思想的缰绳,唤醒千千万万的穷人起来战斗,把这个万恶的旧世界打个稀巴烂!"王金林说完,没有进院门,而是带着众人拐向山脚,拾级而上。一路经包公祠、祠山庙,他们都没有停留。

走完石阶,便是在陡峭的石壁空隙间攀缘,一块巨石挡住向上的路,像是迷途知返,有路下行数武,突兀峥嵘之间便是峰回路转,前途又有数十级上行的石阶。就这样迂回辗转,闪展腾挪,七下八上才到达半山腰的石窟。果然见窟中有一尊石佛,虽是天然生成,却也惟妙惟肖,众人无不惊叹大自然的鬼斧神工。

"树生,你赶快给疮菩萨磕几个响头,你身上的烂疮保准就好,这菩萨灵验得很!"王金林对坐在地上喘着粗气的张树生调侃道。

张树生到广德几个月了,还是水土不服,身上长满了水疱烂疮。

"我才不信你的鬼话!"张树生佯嗔道,"你如果真的关心我,就让我回一趟上海,把这要命的病治好再回来。"

"当着菩萨的面,你发誓,病治好就回来,我下山就让王长海送你去上海!"王金林伸手把坐在地上的张树生拉起。

"共产党人一诺千金!"张树生就势站起来。

在前面探路的汪天冲和袁天相快到山顶的时候,他们望见东北边荷花岗方向的大路上,一大队人马正向奔口岭方向开来。他让袁天相赶快下山向团长报告,自己则留下来继续观察情况。

"什么情况?不要急,慢慢说!"王金林镇定自若。

袁天相稍微平复了一下情绪:"在荷花岗方向,发现敌人的队伍,排有几里路长,正向我们郎村这边开来!"

"江天禄,你立即下山,把这个情况报告给郭凤喈营长,让他加强警戒,做好战斗准备!"王金林大声道。

"是!"江天禄一转身不见了踪影。

"报告团长!"汪天冲高喊着从山顶下来,"敌情严重!"

"继续讲!"王金林蹲在邱宏毅已经摊开放在一块石头上的地图旁边,这是王金林亲自手绘在一张一米见方的牛皮纸上的广德地图。

汪天冲也蹲下指着地图:"敌人有一千余人,在荷花岗兵分两路,一路沿大路直奔龙口村,一路经陈家田冲,向指日冲方向直插过来!"

王金林站起来对张树生道:"看来,我们这次的行动又被敌人的间谍发现了。事不宜迟,我们赶快下山!"

在宁波冲内,郭凤喈正带领战士们吃午饭,听到袁天相的报告,郭凤喈立即放下吃了一半的饭碗,让通讯员通知全体战士紧急集合。他首先安排警卫连副连长林宏生带领警卫连立即赶到石佛山,保护团长和政委。警卫连走后,他又安排崔德品带领三营八连到冲口待命,准备阻击来犯之敌。自己带领七连和九连抢占东北边的山头,警戒从指日冲方向来的敌军。

王金林一行从石佛山下来刚到郎村,就碰到林宏生带领警卫连过来。汪天冲让林宏生带领一排保护团长和政委撤到宁波冲内,自己带领二排和三排,在袁天相和朱玉银等赤卫队员的配合下,一家一户通知郎村一带的村民都撤往笄山上躲避。

汪天冲带领一个班在郎村头警戒,发现三四二团的先头部队已经过了进香桥,快速向郎村扑来。村内还有一些村民和战士没有撤出,情况十分危急。汪天冲和战士们依靠村头半人高的石头垒成的菜园墙做掩体,向只有六十来米远的敌人开火。

前面的几个敌人倒下,后面的敌人乱成一团,有的往回跑,有的就地趴下寻找水沟、河坎做掩体进行还击。不一会儿,敌人就在对面进香桥上架起了重机枪,朱玉银和一个独立团战士中弹牺牲。汪天冲和其他几个战士都被机枪打得抬不起头来,无法进行反击。眼看敌人就要开始冲锋,汪天冲便带着战士们匍匐后退到菜园边的河涧里,边打边向宁波冲方向撤退。

敌人发现阻击的红军战士只有十余人,便大着胆子吆喝着沿着河堤向前追击。为了掩护战士们撤退,汪天冲走在最后,利用河坎做掩护,灵活使用手枪,打倒了几个跑在前面的国民党士兵。

汪天冲且战且退,已经从郎村村中穿过,进入宁波冲冲口。前面不到百米,就是八连埋伏的阵地,郎村村民在警卫连战士的掩护下都已经安全撤退到冲内。

埋伏在半山腰树林中的崔德品,看着汪天冲从一个战士的手中接过一支长枪,打倒了两个敌人。就在此时,汪天冲跟跄着一头栽倒在干涸的河沟里。

"给我打!"崔德品高喊一声,宁波冲两边山上的树林中同时响起了枪声,进攻的敌人立即跳到河沟里,寻找掩体。

崔德品带领两个战士箭一般冲下山坡,跳进河沟。他抱起汪天冲,汪天冲胸部中弹,已经停止了呼吸。

"好兄弟!"崔德品哭着把汪天冲背起来,在两个战士的帮助下撤回山上的阵地。

红军队伍在两边山上的阵地就像一把大锁,锁住了进冲的咽喉。已经进入宁波冲口的敌人,选择了几处高地,架起四挺机枪,疯狂地向红军阵地扫射,但因树林茂密,没有构成威胁。

背后的山岭上也响起了密集的枪声,崔德品知道这是营长也和敌人接上了火。

郭凤喈带着周玉洲的七连和刘昭武的九连,在山脊上已经打退了敌人的第一次进攻。这是一个平缓的山洼,前天他们红军独立团就是从这里进入宁波冲的。这个山洼里长的全部都是碗口粗的毛竹,很少有其他杂木,视线很好,能看见半山腰的东西。

过了一会儿,敌人改变了原先的锥形推进的战法,采取在一里多路宽的山洼中齐头并进的方法,企图寻找突破口。

敌人运用这种进攻方法,显然是非常了解红军队伍情况的。红军没有机枪,而且两三个人才有一支快枪和几颗子弹。战线横向拉长,对红军是极其不利的。

周玉洲一看漫山遍野的敌人,少说也有四五百人,两个连的红军根本抵挡不住,就急忙跑到郭凤喈身边:"营长,敌人的兵力太多,我们挡不住呀,还是赶快撤吧!"

"没有团长的命令,我们不能撤!"郭凤喈斩钉截铁地回答,"我们必须坚决阻击敌人,完成掩护群众和团长他们撤退的任务!"

"可是,现在这种情况,敌人只要一个冲锋,我们就全军覆没啦!"周玉洲带着哭腔道。

"通讯员!"郭凤喈喊。

"到!"通讯员阮三喜还是个十七八岁的瘦小青年,但很精神。

"赶快去向团长报告我们这里的情况!"郭凤喈说完又对周玉洲道,"你们两个连有多少颗手榴弹?"

"没有枪的战士都有一颗手榴弹,大概五十颗!"刘昭武答。

"好,够啦!"郭凤喈高兴道,"这山上毛竹多,枪不好使。而这手榴弹就地往下一滚,在敌人中一炸,他们就是人再多,也不敢来硬的!"

"这……"周玉洲半信半疑。

"你马上通知下去,把手榴弹交给投弹能手,等敌人靠近,一次投十个,打退敌人就行了!"

"营长,敌人上来了!"一排排长喻世常爬到郭凤嗐身边。

郭凤嗐见最前面的敌人离自己只有六十米的距离了,便手一挥。

"轰、轰……"手榴弹爆炸声此起彼伏。

山腰上,敌人留下十几具尸体,连滚带爬退到山脚。山岭上的红军战士见只甩几颗手榴弹就打退了几百敌人的进攻,都高兴得站起来,跳跃着欢呼着。喻世常带着几个行动敏捷的战士下到山腰,捡回十几条枪和一些子弹。

"郭营长,团长叫你们立即撤退,让我带你们到外赵村会合!"周玉洲带着袁天相过来。

"好,敌人一时半刻不会再上来了,我们的任务完成啦!"郭凤嗐高声道,"周连长,我们撤吧!"

"轰、轰……"敌人向山头的红军阵地开炮了,但不是打在半山腰,就是打过了岭。

"哈哈,余团长真客气,还开炮给我们送行!"郭凤嗐的话引起了一阵大笑,几个第一次上战场的战士也胆大起来。

刘昭武和周玉洲带领的人已经撤到宁波冲去了,郭凤嗐见山下的敌人还没有发起进攻,便对喻世常道:"我们也撤吧!"

郭凤嗐话音刚落,就听头顶的空中"嘘"的一声,他一跃而起,向喻世常扑去。

"轰!"一声巨响,炮弹在喻世常原先站立的地方爆炸,地上是一个半米深的大坑。

爆炸过后,战士们迅速围拢过来,郭凤嗐压在喻世常身上,他身上是一层黄褐色的泥土。

喻世常被炮弹震昏了一会儿,在一个战士的怀抱中醒来,睁眼一看,营长直挺挺地躺在他的身边。

营长牺牲了,一块铜钱大的弹片击中了他的后脑勺。喻世常想起来了,营长为了保护他,牺牲了自己。

喻世常没有说话,背起郭凤嗐的尸体,带着战士们下山,追赶前面的队伍。他们刚下到山脚,就看见崔德品带着八连在阻击敌人,便让一个班的战士用担架抬着郭凤喈的尸体先走,自己带着余下的两个班参加了战斗。

崔德品看见喻世常过来,便问道:"你们是最后一批撤退的吧?"

"是!"喻世常两眼通红。

崔德品没有注意喻世常的表情:"任务完成了,我们也撤!"

"营长牺牲了!"喻世常终于号啕大哭起来。

"什么?!"崔德品看见前面担架上的郭凤喈,撕心裂肺地叫道,"大哥!"

第四十一章　月克冲议定辟广南

1930年11月,中共皖南特别行动委员会撤销,成立中共皖南特委(亦称"芜湖特委"),王步文任书记,隶属中共江南省委领导。

11月16日,中共皖南特委在芜湖召开皖南各县县委书记扩大会议。会议讨论了"发动皖南农民战争",支持广德红军等问题。邓国安参加了会议,详细汇报了广德红军队伍发展和苏区建设情况。会议结束后,皖南特委在给省委的报告中写道:"(宣城)正在东北乡集中,准备去缴进攻广德红军驻在宣城白军的械。"根据这次会议精神,中共宣城县临委决定以宣城北乡庙埠为中心发动农民举行武装暴动,以策应广德红军。

11月下旬,中共芜湖特委派何冰心、张宅中、牛文等人前往广德,途经宣城时,正遇即将举行庙埠暴动,便滞留在宣城,领导庙埠暴动。

邓国安辗转回到广德,在茆林见到肖行广,得知红军独立团在宁波冲突围后已经转移到南乡杨滩、四合一带,他便到东冲找到张国泰,准备和他一起到南乡找到红军独立团,传达皖南特委的指示。

宁波冲突围后,王金林带领红军独立团当晚撤到松鸣冲,和李邦兴带领的队伍会合。吃过晚饭,他和张树生、邱宏毅、李邦兴、张应龙等人开了个简短的碰头会。会上,他提出迅速跳出敌人的包围圈,把队伍拉到敌人力量薄弱的大南乡一带,开辟广南游击区。这个方案正好符合邱宏毅、李邦兴、张应龙提出的向徽州进攻的想法,得到大家的一致赞同。

会议结束后,王金林带领红军独立团立即启程,赶到月克冲时,天还没有放亮。经过一天一夜的战斗和急行军,战士们都已经极度疲惫。

月克冲是一条有五六里路长的山冲,分上月克冲村和下月克冲村,共有五六十户人家。已过小雪节气的深山老林,天气格外寒冷。王金林没有让红军队

四合乡地名图

伍进村,以免打扰老百姓。战士们以班、排为单位,选择在干涸的河床和平缓的山脚安营扎寨。他带头钻进树林,寻找干枯的树枝,在地上燃起篝火。大家围坐在篝火四周,王金林给战士们讲述南昌起义和秋收起义队伍在井冈山会师,创建中央苏区的故事。

早起的村民看见村外露营的红军,便在村中奔走相告。村民们基本上都是农会会员,看到穷人自己的队伍第一次来到月克冲,都非常热情地邀请红军队伍进村休息。

一天一夜没有合眼的王金林,在上月克冲村的一个农会会员家睡了一个上午后,又是精神抖擞。吃过中午饭,他让龚守德召开红军独立团党支委会议。

王金林、张树生、邱宏毅、李邦兴、龚守德、邓达远、闵天相等人参加会议。王金林首先总结了宁波冲战斗的经验和教训,接着提议由闵天相代理三营营长,邓达远任三营教导员,龚守德兼任警卫连连长。这个意见得到大家的一致同意。

会上,邱宏毅、李邦兴提出必须坚定地执行江南省委和芜湖特委的指示,主动地向敌人发动进攻,而不是像现在这样消极地在山沟里转,被敌人追着屁股打。

"同志们,这次进攻水东,我们皖南红军独立团和姚村农民赤卫团遭受了巨大损失。据这几日传来的情报,国民党三四一团、郎溪县自卫队和姚村民团在姚村苏区疯狂地进行反攻倒算,姚村许多农民赤卫团的指战员、农会干部和革命群众被杀害,姚村的赤卫团和苏维埃政权基本上被瓦解!"王金林站起来继续道,"省委的指示我们必须执行,但是,眼下的态势是敌强我弱,我们根本没有攻打广德县城的本钱,更不用说还再去攻打敌人力量强大的宣城……"

"王金林同志,暴力革命就会有牺牲!我们的牺牲就是要唤醒千千万万的劳苦大众起来进行革命斗争,这样,我们就是牺牲也是值得的!"李邦兴情绪激动,也站了起来。

"新老李,别激动!"邱宏毅拉着李邦兴坐下,"王团长,上级党组织的领导已经多次指责我们是右倾机会主义,对我们广德红军提出了十分严厉的批评,我们再这样继续走老路,怕是不好向上级交代……"

"政委、参谋长,我看这样,我们利用敌人现在还没完全搞清我们的行动方向,出其不意开进杨滩、四合,打几家土豪劣绅,搞一些枪弹和粮食,还有棉衣等物资,挨过今年这个寒冬后,情况稍微有些好转,我们就按照上级的要求,向敌人发起进攻,然后再向徽州、江西进军,和中央红军会师。"王金林接过邱宏毅的话,继续在会场中间兜着圈子。

"同意团长的意见,只有把广南几个乡的局面打开,发动群众支持我们,我们才能继续发展下去!"邓达远站起来表态。

"我也同意团长的意见,不能和敌人硬拼。如果现在去攻打广德县城和宣城县的敌人,简直就是以卵击石,是无谓的牺牲!"龚守德接着表态。

"我也同意团长的意见!"闵天相站起来,"先把广南的事情搞好再说!"说完就坐下了。

"搞好广南不是我们的目标!"李邦兴站起来又坐下,"刚才王金林同志提到向徽州进军,我非常赞成这个意见。下一步,我们要做好向徽州进军的一切准备!"

"我同意新老李的意见,做好一切准备,随时向徽州进军,向赣北进军,和中央红军会师!"张树生终于开口说话。

"好,大家的思想基本统一。明天一早,我们兵分两路,进军四合!"王金林走到邱宏毅面前,"政委,你和新老李带领二营去焦村、耿村、狮堂,我带领三营去大刘村和遐嵩林。焦村有个叫龚炳的地主,家里有田一百来亩。他家有十几个家丁和几条枪。我和他在安庆是同学,我马上写一封信给他,请他把枪送给我们,再捐献一些粮食和衣服。"

"好的,那我们就分头准备吧!"邱宏毅道。

第二天天刚蒙蒙亮,邱宏毅、李邦兴各带领一个连分别包围了狮堂和焦村。

李邦兴和沈云山带领五连包围了焦村,根据事先的安排,把村里焦、黄、李、殷、马、吴姓等十几个有钱的地主都请到焦姓公屋慎德堂,商量为红军筹集钱粮事宜。

李邦兴和沈云山坐镇在慎德堂,他们让东家在堂屋中间烧了一大塘栎树炭火,还炒了满满五升斗葵花子。不到一个时辰,就有十来个地主被请到慎德堂,边嗑瓜子边聊天。

突然,村东传来几声枪响。听到枪响,本来战战兢兢的几个地主就更加惊慌失措,站起来就要出门。

"大家不要慌,整个村子都被我们封锁了,就是一只苍蝇飞不进来也飞不出去!"沈云山提着盒子枪堵在门口,"大家听到了吧,只响了四声,肯定是哪个捣蛋鬼上西天啦!"

沈云山的话音刚落,只见一个红军战士气喘吁吁地跑来:"报告营长,我、我们到龚炳家送信,他们不开院门,还开枪打死我们一个战士……"

"参谋长,你在这里坐镇,我过去看看什么情况!"沈云山说完,带着两个警卫员直奔村东而去。

龚炳的房子是明三暗五的两层木架楼房,前后两进,中间是天井。门前是一个足有半亩多地的院子,院墙两米多高。院子的西南角有一座两层小岗楼,当年主要是为了防止土匪袭扰而建的。

沈云山来到村东,二营五连连长毕小田已经带领五连战士包围了龚家大院。

毕小田和沈云山也是拜把子兄弟,十七八岁就在土匪窝里混,投奔红军队伍后,整天还是吊儿郎当的样子,不遵守红军队伍的纪律。王金林几次要解除他的连长职务,都被沈云山担保下来。

"营长,这个龚炳简直是吃了豹子胆,我们几个兄弟送信给他,他不仅不开门,还开枪打死我们一个兄弟。敢和我们红军作对,我就带着兄弟们灭了他家满门!"毕小田三角眼吊得老高。

"王团长给他的信他没有看?"沈云山问。

"战士们在门口嚷了半天,说是前来送信的。龚炳老婆不仅不开门,还在炮楼上耀武扬威,骂我们是土匪,指挥家丁向我们开枪!"毕小田回答。

"那你就看着办吧,我去向参谋长报告!"沈云山说完,朝着毕小田斜了一下眼,就带着警卫员转身离开。

沈云山一走,毕小田就命令十几个战士一起向龚炳的岗楼开枪,岗楼上的一个家丁应声倒下。几个战士冲到院墙边,向院子内甩了几颗手榴弹,然后又用手榴弹炸开院门,二排几十个红军战士冲进院内,只听院内噼噼啪啪一阵枪响。

枪声停后,毕小田拎着盒子枪走进院子,看到龚炳和他老婆都倒在血泊中已经咽气,四个家丁跪在墙角直打哆嗦。

"二哥,龚地主和地主婆都被我们镇压了,向红军开枪的家丁是地主婆的侄儿,也被我们打死了,下面怎么搞?"二排长周光文走到毕小田跟前。

"把这几个俘虏捆起来带回去交给政治部,把龚地主的家抄了,财产全部没收,把房子也点了!"毕小田一副赶尽杀绝的样子。

"二、二哥,房子就算了,不然,团长又要找我们的碴儿……"周光文吞吞吐吐。

"说得也是。寄人篱下的日子真窝囊!"毕小田歪着嘴。

在焦村北边四五里路,邱宏毅和六连连长时小侉带领六连战士将耿村包围。

发源于太山东麓高脚岭的汭水,是桐汭河的源头。汭水在四合乡流域一百一十平方公里的土地上,主要住居着耿、焦、刘、裘四大宗姓。耿村位居四姓之首,古代就有"广德第一村"之誉。北宋末年,尚书左丞耿南仲家族于开封随皇室南迁。南宋建炎元年(1127),耿氏一支定居耿村。经过六七百年的瓜瓞绵延,兴盛时多达数千人。咸同兵燹和瘟疫后,耿姓只幸存十余人。

曹庆华,号祝三,1894年生人,毕业于安徽公立法政专门学校。该校是安徽大学的前身,他和王金林算是校友,还有过一面之缘。其祖上于同治初年自湖北随州移民广德,定居耿村。至曹庆华辈,已有良田两百余亩,是耿村的四大富户之一。大学毕业后,他不求功名,回乡后教过私塾、开过酒坊,甚至还吸过大烟,乐得逍遥自在。他和焦村的龚炳是同窗好友,也是指腹为婚的儿女亲家。他接到王金林的亲笔信后,立即前往耿家祠堂和邱宏毅会面,带头按照红军的要求捐助了钱款和粮油。龚炳十一岁的儿子龚国安,因为在他家上学躲过一劫。

第三天夜里,根据事先的约定,两路红军都秘密回到月克冲。吃完夜饭后,王金林召集了独立团营以上干部开紧急会议,听取了两路红军队伍开辟四合、杨滩新区工作情况的汇报。邓达远和闵天相指出由于毕小田在焦村杀死了龚炳夫妻,在四合一带造成了极大恐慌,老百姓都不敢接近红军,所以筹款和征粮工作没能按计划完成。

龚守德不仅担负着保护团部首长的任务,还负责收集各方面的情报。根据情报分析,敌人已经从广德县城、誓节渡、十字铺、河沥溪几个方向向广南包抄过来。

"同志们,由于多方面的原因,我们这次准备开辟大南乡根据地的计划不能实现了。没有广大人民群众的支持,我们很难对付数倍于我的敌人。我的意见是我们暂时放弃对四合、杨滩两地的开辟,秘密开到和孝丰交界的建平垱一带休整,避开敌人进攻的锋芒!"

"我同意团长的意见!"王金林话音一落,李邦兴立即表态。

邱宏毅心中明白,王金林没有提李邦兴在焦村的失误给工作造成的被动,是一种相忍为党的大局观念。李邦兴也审时度势,没有立即提出向徽州进军的意见。他本来和李邦兴商量好在这次会议上提出必须向徽州进军的计划,可是眼下这局面,也只得暂时放下。

第四十二章　建平垱谋定而后动

红军队伍从遏嵩林到灵山寺途中，王金林偕同邓达远、闵天相等人来到灵山七十二景中最著名的解愠台。相传，这里曾是唐朝开国功臣鲁国公刘文静少年时读《易经》的地方。在灵山寺的大门旁，有唐代残碑，字迹依稀可辨，王金林一字一句高声诵读：

万山回壑白云深，古刹潇潇竹树荫。
绝壁悬流高万丈，参天怪石拥千峋。
登台长啸惊林麓，把酒高歌慨古今。
一片花开春欲尽，东风啼鸟自知音。

王金林念完碑刻，便对身后的邓达远、龚守德和闵天相道："达远、天相、守德，在我们队伍里，能称得上知音的，怕也只有你们几个了！"

"团长，政委和参谋长提出要坚决执行中央和省委的指示，把队伍开到徽州和江西去，和中央红军会合，这个消息在部队中都传开了，反响很大。特别是二营那些从郎溪收编过来的，都不愿意离开家乡，我怕事急生变呀！"闵天相眉头紧皱。

"天相说得对呀，这正是我担心的事情！"王金林边走边道，"到了建平垱，我们坐下来好好开个会，是走是留，大家辩论个清楚明白……"

建平垱位于广德县境最南部，也是广德海拔最高的山区，有阳山边、阴山边、乌凤岭、姚窝子、王村、祠山庙、向村等七八个自然村一千余人。这里的村民都是靠耕种贫瘠的山冲田和坡地，收取诸如水稻、小麦、山芋和高粱等谷物勉强维持生计。每逢灾荒之年，一些贫穷的佃农还是只得卖儿鬻女。

向村是建平垱最南部的一个小山村,有四五十户人家。村子的南边是海拔近八百米的棉花山,它是广德南部山区的第二高峰。

棉花山南麓和浙江孝丰的礁石顶相连,西边和广德第一高峰马鞍山相望,东边是荷叶山,北边是灵山。据传,唐贞观四年地藏王菩萨乘坐骑谛听云游至建平垱上空,鸟瞰下界,只见在万顷云涛掩映下,群峰叠彩,恰如登州蓬莱,便按下云头,驻马灵山。灵山四周群峰耸峙,因其中有状如荷叶、莲花、马鞍的山峰,便被菩萨冠以荷叶山、莲花山(后音讹为"棉花山")、马鞍山等。后来,为了纪念地藏菩萨曾在此修行,其弟子便在灵山修建广瑞禅院,这里自此便成了佛祖道场、释迦圣地了。

向村最早的移民是周姓,在同治初年从湖北荆州下江南的。他们选择了村中最好的住房,圈占了村子四周肥沃的水田和山地,经过几代人垦荒,便有了在建平垱一带最殷实的家业。周家大屋是清朝初年建造的徽式建筑,共有两幢,都是前后三进走马转楼格局。

周姓最富裕的是周文贵家,他有五个儿子和两个女儿。老三周思睿,号和亭,又名周桐旺,曾用名周叶封,幼时便有过目成诵的禀赋,曾就读于广德第一高等小学,认识邓国安等思想进步的同学。后来他考进上海大学,读法学专业,和刘永昌同学,并通过刘永昌结识了梁其昌、梁其贤、姚琦等人,在他们的引导下参加了五卅运动。1926年初,中共上海党组织曾选派他去苏联留学,因家人反对没能成行。1927年3月北伐军进驻广德期间,他应姚琦的邀请回乡,协助姚琦在南乡的十五里店、卢村、陈坞村、韦村等地开展农运工作。

1930年夏,周桐旺和姚琦被梁其昌派到南京,协助夏雨初开展兵运工作。三个多月后,南京暴动失败,夏雨初、姚琦先后被捕牺牲,周桐旺潜回广德老家。

当时,广德国民党县党部已经改为清党委员会,李盛钰担任委员(负责人)。广德暴动后,国民党广德县政府为了对付广德红军游击队,第一批选派了琚启炳、杨又新、张绍池、陈藻、朱开轩等一批青年国民党员到安庆参加国民党安徽省党部组织的干部传习所培训。周桐旺一回广德,就被清党委员会盯上,和陈汇武等人一起被派到干部传习所参加一个月的突击培训。培训结业后,他被县长周景清安排到笄山区当区长。刚上任不到一个月,他就接到在湖州南浔教书的刘永昌托人带来的一封信。信中说,张国泰到南浔他家来过,让他转告王金林的意思,要他看在过去都是好朋友的分上,不要与红军作对,不要替国民党反动政府卖命。

周桐旺刚辞去国民党笄山区区长回家才几天,王金林就突然带着队伍进驻了建平垱,并将团部驻扎在他家。

周桐旺主动将家中看家护院的两支快枪和十几条土枪,以及三十块大洋捐给了红军。红军六百多人在建平垱驻扎了三天时间,消耗了近万斤粮食,都是周家捐助的。

在建平垱驻扎的几天时间,皖南红军独立团团部几乎是天天开会,每天都是从早开到晚,有独立团连以上干部会议,有独立团营以上干部和广德地方党组织联席会议,有红军士兵代表会议,等等。会议开得很热闹,争论得非常激烈。

会议是在周桐旺家的堂屋开的,有时天井都坐满了人。

周桐旺将正屋的房间都腾出来让给邱宏毅、李邦兴他们住了,他临时搬到最后一进房子,里面堆放的都是犁、耙、水车之类的杂物。王金林和他合铺,两人经常交谈到深夜。

通过这几天和王金林的谈心,以及道听途说得到的一些消息,周桐旺看到了王金林、邱宏毅和李邦兴等红军独立团领导之间的意见分歧十分严重。他经历过南京暴动的失败,知道失败的原因是执行"左"的"立三路线"的结果。现在,这种路线还在中共党内占主导地位。他为王金林眼前的处境担忧,更为红军独立团的前途担忧。他非常钦佩王金林的胆识和睿智,但又觉得王金林和夏雨初一样,都是生不逢时,难以实现自己的雄心壮志。所以,王金林多次动员他重新参加革命队伍,都被他婉拒。

周桐旺一早起来,带着三个化了装的红军侦察员翻过向村南边的孝丰垭子,越过浙皖省界,来到山下的门东村。根据王金林的指示,他们主要是了解方圆三十里范围内的国民党驻军和地方民团的情况。完成任务回来,已经是掌灯时分。一到家,他顾不得饥肠辘辘,就来见王金林。

王金林以商量的语气对他说:"桐旺兄,我们今晚半夜就要开到孝丰,我们走后,国民党的队伍很快就会过来。为了保护你们这些给予红军队伍大力支持的地方士绅,我们决定将建平垱的你们几家大户都扣押一个'肉票'(人质),半个月后放回。你们周家,看让谁当'肉票'最合适?"

"那就让大哥的孙子周大成跟你们去吧,他已经两岁,过两天我去找你们把他抱回来。"周桐旺站起来,"我这就去大哥家,做做大哥和大嫂的工作。"

子夜一过,天上下着毛毛细雨,红军独立团和地方赤卫队七百余人,有的打着油布伞,有的戴着斗笠、穿着蓑衣,大部分人直接头顶着稻草把子。队伍里面还有二十多个在四合、杨滩以及建平垱抓的"肉票"。

王金林带着红军队伍离开建平垱后的第三天,周桐旺悄悄离开家乡,按照原先制订好的计划前往福建。

第四十三章　文岱村智审敌奸细

王金林、邱宏毅带领团部警卫连和三营第一批开拔，经孝丰垭子前往礁石顶山下的文岱村，李邦兴留下来安排二营驻守孝丰垭子断后。

孝丰垭子距离文岱村四里路左右，是一个只有五六户人家的小山村，和向村山搭界地相连。沈云山选了一个比较宽敞的人家作为营部，李邦兴让他召集了毕小田、时小侉和周玉洲几个连长开会，一是强调二营警戒好北线，防止敌人突袭；二是要求二营加强对干部和战士的纪律要求；三是再次提出进兵徽州的计划，希望能够得到他们二营的拥护和支持。

李邦兴传达完团部的命令后，在警卫连三排排长龚发兴的保护下前往文岱村团部。他刚一走，毕小田便立即站了起来：“大哥，我们都是土生土长的郎溪人，本来土匪当得也很自在，就是皇帝老大我老二。我们投奔红军，本来就是借伞躲雨，现在他们要把我们带到江西，这不是背井离乡吗？我看还不如回到南漪湖当土匪逍遥自在！”

“大哥，二哥说得在理！新老李早看我们哥儿几个不顺眼，要不是我们哥儿几个手下的弟兄多，身手好，早就让他们给搂啦！”时小侉也站起来，“我看他们这是调虎离山，好解除我们手中的兵权！既然这样，您还不如把我们的兄弟都带回去，干我们的老本行！”

“大哥，大路朝天，各走半边！”毕小田拍了拍腰间的盒子，“如果团长随了他们几个洋学生，我们有的是硬家伙，就另起炉灶吧！”

“大哥，九连的刘昭武和我私下拜过把子，是有过命交情的兄弟。只要大哥发话，我把他也拉过来，效命大哥！”周玉洲望着沈云山，“大哥，下决心吧！”

“承蒙各位兄弟抬爱，大家坐下听我讲！”沈云山向大家拱拱手，"过去我们当土匪，国民党政府对我们是睁一只眼闭一只眼，从来都不斩尽杀绝。可是现在，我们被红军收编了，染红了颜色再回去，恐怕他们是不会像过去那样轻易饶过我们的！"

"大哥，那您的意思是我们就这样继续听他们几个洋学生摆布？"时小侉的三角眼吊得更高。

"我的意思是，团部这两天肯定还要开会讨论去不去江西的问题。团长如果也是和我们一样不想远走高飞，我们就支持他；如果他也要走，我们再想其他办法。腿长在我们身上，老子想走，谁也挡不住！"沈云山一脸阴云。

王金林带领团部翻过孝丰垭子，在陡峭的山间羊肠小道上蛇行三四里路，就到了文岱村。村子坐落礁石顶山南麓的斜坡上。文岱村又叫门东村，村子的南部入口处有一座低矮的山，因酷似一座坟茔，里人称其为坟岱山，村因山名为坟岱村。里人又因"坟"字不吉，便舍土存文，故名文岱村。清咸同移民前，上、下村有百十户人家。经过兵灾，大部分房屋被毁，完好的建筑只剩下潘家大院的几栋楼房。房屋之间都是由青石板道路和石桥沟通，石桥下的小溪从村子中间穿过，溪流叮咚不息地弹奏，和晨曦呢喃的鸟语共鸣，简直就是一曲天籁。

潘姓是村中较殷实的人家，他们听到皖南红军独立团将要开到村里，就和村里的人一起躲到礁石顶山上。龚守德将团部安排在潘家大屋，然后在村东的小岭、村南的双庙、村西南的羊子山等十几个山头和隘口都派兵把守，下令所有的人都是只许进不许出，防止外出走漏了消息。躲在山上的村民也都被红军战士找到，请下山集中安排在陈朝贤等村民的家中，吃喝管饱，听红军宣传员教唱王金林编写的《正月歌》和讲解革命道理。村中的妇女也都被集中起来，帮助红军做军鞋和棉衣。村民李怀义是个屠夫，他和陈朝贤等几个身强力壮的男人天天帮着红军杀猪。红军在文岱村这几天杀的猪、鸡、鸭、鹅都是周桐旺派人从建平垱送过来的。李怀义七岁的女儿李小陈、陈朝贤七岁的儿子陈伯文以及潘家十岁的儿子潘桂林等儿童，都可以在村中自由活动。他们看到，潘家大屋整天都有背着枪和大刀片子进进出出的红军指战员。王金林特别喜欢小孩，还抱过潘桂林和李小陈，经常塞给他们一些从建平垱带来的酥糖和炒栗子等。

李邦兴离开二营来到潘家大屋团部后，就和邱宏毅一起向王金林提出，利用几天时间,开展纪律检查和队伍整顿,进一步统一思想,提高红军队伍的战斗力。

第二天吃完早饭,王金林、李邦兴、龚守德穿着蓑衣、戴着斗笠,冒着蒙蒙细雨巡查了东南西北的十几个岗哨。在礁石顶和棉花山中间的一个小山顶上,驻扎的是大炮连的五十余人,地上架着两门檀树大炮,还有两门过山鸟小炮。王金林对大炮连副连长兼一排长谢久云道:"你们的这几门炮,就对准山下孝丰垭子进村口的大道,这是敌人从北边向我们进攻的必经之路,关键的时候轰他几炮!"

"团长放心,我们一定帮二营守住孝丰垭子!"谢久云是连长王培寿带出来的最好的炮手。

在文岱村南边的双庙担任守卫任务的是三营八连,王金林特别叮嘱崔德品,要严查过往行人,防止国民党特务混进来侦探消息。为了加强阻击敌人从南边的进攻,王金林还安排大炮连连长王培寿带领大炮连三排和两门檀树炮赶到双庙村口布防。

转了整整一天,王金林带着众人从小岭下山回到门东村。刚进村口,就碰到邱宏毅派来的团部秘书邓行三,他告诉王金林,邓国安、张国泰和肖行广三人从花鼓塘赶了过来,刚到团部。

邓国安在经过建平垱时,见到了老同学周桐旺。周桐旺特地安排家里的长工宰杀了一头两百多斤重的肥猪,让邓国安带到文岱村犒劳红军。邱宏毅指示司务长廖忠钰亲自到炊事班掌勺,烧了一大脸盆杀猪菜,为邓国安和张国泰接风。

第二天上午,邱宏毅主持召开了广德县委委员和皖南红军独立团干部联席会议。会议先是由邓国安传达皖南特委对广德工作的指示。

"同志们,刚才听邓国安同志讲了,皖南特委决定在宣城敬亭山下的庙埠举行暴动,策应和支援我们广德,我听了也很激动。如果暴动取得胜利,牵制住国民党安徽省政府派到广德进攻我们的七十一师,确实是对我们最大的支持。可是,这还只是个正在安排的计划,结果怎样还不能确定!"王金林讲到这里,习惯性地站起来,"根据邓国安和张国泰同志一路过来看到的情况和各地交通送来的情报,三四二团和广德县自卫队以及各地民团,已经分几路向南乡扑来,正寻找我们决战。而我们现在要做的就是避免和敌人正面交战,保存我们的实力!"

"王团长,邓国安和张国泰两位同志从上级党组织带回指示,已经严厉地批评了广德红军的严重的右倾机会主义和逃跑主义!"邱宏毅站起来,把王金林拉到椅子上坐下,"你刚才的言论,就是看不见国民党已经走向没落,人民群众的革命热情已经空前高涨,我们就是要做人民群众的先锋,向国民党反动堡垒发起最猛烈的进攻,直至取得最后的胜利!"

邱宏毅话音刚落,李邦兴就呼地站起:"上级的批评,就是针对王金林同志你的!你就是利用红军战士对你的个人崇拜,搞个人英雄主义,不执行上级党组织的指示!"

王金林把目光从李邦兴的身上转到张树生、邓国安和张国泰身上,他们都有意避开了。很明显,他们也是支持邱宏毅和李邦兴的。

"我知道,这里,我是明显的少数派!但是,我是团长,我要对几百名红军战士的生命负责,对广德的革命负责。我们每个红军战士都是一粒宝贵的革命火种,是我们革命的本钱!"王金林又站起来,语气十分坚定,"你们说我是右倾机会主义也好,逃跑主义也好,山头主义也好,再多几顶帽子也无所谓……"

"王金林同志,你这是公然对抗党组织!"邱宏毅打断王金林的话。

"又多一顶帽子,我不在乎!"王金林继续道,"我的意见是避开敌人进攻的锋芒,绕道孝丰,经宁国墩,秘密进攻水东、孙家埠,策应庙埠暴动!"

"你这绕了一大圈,还不是逃跑主义吗?"李邦兴针锋相对。

"我们没有必要再这样争论下去,我提议明天上午召开独立团连以上干部会议,把我们这两种意见拿到会议上讨论。仗还是要靠他们去打,必须听取他们的意见!"王金林边说边把目光转向一直没有说话的张树生,张树生冲他点点头。

"报告团长,双庙的岗哨抓了一个小货挑和一个剃头匠,怀疑可能是白狗子的探子!"苏宗财站在门口。

小货挑是个四十来岁的中年人,湖北口音,说自己姓王,就是双庙村下面的鸦雀嘴村人,他每个礼拜都到文岱村来一趟,贩卖一些妇女用的针线之类的小百货,顺带收购一些破铜烂铁,村里的大人小孩都认识他。

会议结束后,王金林亲自审问后,就对苏宗财摆摆手,小货挑就被押下去啦,剃头匠被押上来。

剃头匠三十几岁的样子,白净,微胖,咕咕噜噜讲了半天,王金林没有听懂他讲的话是什么意思。

"你是南浔人?"张国泰突然用吴兴方言问了一句。

"是、是,我是南浔人。"剃头匠看了张国泰一眼,"不、不,我不是南浔人,是长兴李家巷人。"

"你一个剃头匠,跑这么远干什么?说吧,你到底是什么人?"张国泰因为在湖州读过几年书,有几个南浔的同学,他从剃头匠的话音中听出南浔话的尾音,继续追问道,"你显然是一个探子!说吧,是谁派你来的?"

"长官,冤枉呀,我就是个剃头匠!"剃头匠满脸汗珠。

"不说是吧?苏排长,拉出去砍了!"李邦兴拍了一下桌子。

"长官,冤枉呀,饶命呀!"剃头匠立即双膝跪地,苏宗财和另一个战士上前架着他的双臂。

"是呀,你这样不明不白就掉了脑袋,的确是很冤啦!"王金林走到剃头匠面前蹲下,"你一进屋,我就看出你是个奸细,而且知道你是浙江省保安团的。我们红军是优待俘虏的,只要你如实招供,我保证不会杀你!"

"我、我……"剃头匠支支吾吾。

王金林向苏宗财递了个眼神,苏宗财会意,立即将剃头匠脚上崭新的棉鞋、棉袜脱下。果然,在袜筒中发现浙江省保安团证件,上面写着姓名陈金狗,家住宁国县桥头乡大李村。

"说吧,你们的队伍有多少人?现在哪里?"王金林语气显得非常温和。

"我们浙保有一千多人,驻扎在递铺和孝丰。听说你们广德红军可能要过来,上头就派我们过来打探消息。"剃头匠不敢再耍奸猾,竟然改成了湖北口音,大家都能听懂了。

"你和那个小货挑是一路的?"王金林追问。

"我不认识他,是在路上碰见的。我有个亲戚住在双庙,他说他认识,就带我过来啦。"看样子剃头匠没有说谎。

王金林站起来:"苏排长,把他带下去,和小货挑关在一起,我还要继续审问!"

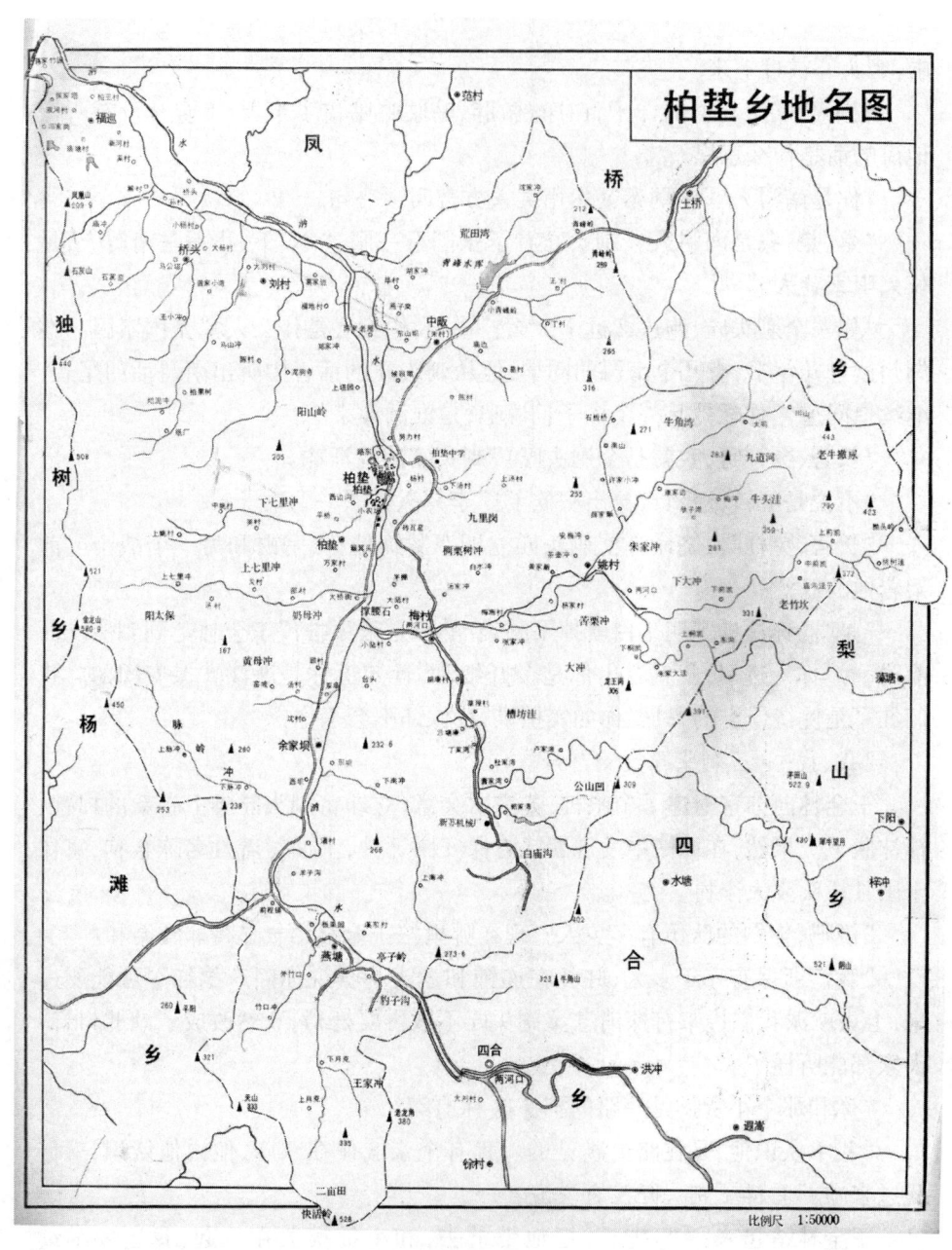

柏垫乡地名图

到达文岱村的第三天,邱宏毅在潘家大屋主持召开独立团营以上干部会议。会上邱宏毅、李邦兴等团首长继续提出向北进军的意见,因遭到了大部分人的反对被否决。邱宏毅、张树生、李邦兴、邓国安、张国泰又联合提出了把队伍带到江西去的意见。王金林没有表态同意或不同意,却提出召开一个连长以上的干部会议,听取广大指战员的意见后再作决定。龚守德、邓达远、闵天相、沈云山等参加会议的人员,也都支持了王金林的意见。

皖南红军独立团在四合、杨滩一带活动的消息,很快就被"审共委员会"派出的特务侦知。12月4日,三四二团团长余逢润接到情报后,立即命令驻扎在广德县城的第二营马营长带领三个连,携带两门迫击炮,经十里头、梨壁山向四合进击;电令驻扎在誓节渡的第三营刘营长带领第九、第十两个连,携带两挺重机枪,经老莫村、柏垫向杨滩、四合一带进击;同时电令驻守在十字铺的第一营向广德运动,参加对红军队伍的"围剿"。

第四十四章　走漏风声遭敌突袭

当天晚上，王金林让邱宏毅和李邦兴继续审问小货挑和剃头匠，自己和邓国安、张国泰谈了半夜心。邓国安和张国泰虽然反复强调上级党组织的指示必须执行，但也同意王金林提出的召开红军独立团连以上干部会议的意见。同时他俩还提出免去刘昭武、毕小田、周玉洲几个连长的职务，王金林立即表示同意，但要求他俩暂时到二营工作，稳住队伍。

第二天一早，驻守在文岱村四周的连以上干部三十余人陆陆续续来到潘家大屋。会议八点准时开始，由邱宏毅主持。

会议首先由邓国安、张国泰分别传达了皖南特委和江苏省委近期对广德工作的指示。他俩讲话时，下面是一片叹气的声音。讲话结束时，下面的掌声稀稀落落地响了几下。

接着，李邦兴讲话，他提出立即挥师北进，正面击溃国民党三四二团和地方部队的进攻。他讲话时神采飞扬，极富有煽动性和感染力。

李邦兴讲话一结束，邱宏毅便高声道："刚才李参谋长提出了我们独立团下一步的进军方案，下面请大家发表意见！"

可是，会场一下安静下来，大家你看看我、我看看你，没有一个人出声。

"沈云山，你先讲！"邱宏毅只得点将。

"我、我……"沈云山站起来结结巴巴道，"团长一直没有讲话，还是先听听团长怎说吧！"说完他就坐下了。

"是呀，是呀，仗怎么打，还是得听团长的……"会场一片窃窃私语，大家都感觉到今天会场的气氛不对头。

"我反对刚才李邦兴同志提出的方案！"王金林缓缓站起来，详细给大家分析了目前红军独立团面临的严峻形势，挥师北回广德南乡和西乡，同强大的敌人决战,等于把红军队伍送进敌人的包围圈。综合分析当前的形势,只有秘密从孝丰绕道宁国墩,出其不意地向宣城东南部的水东地区出击,在游击战斗中消灭敌人,发展自己。

王金林话音一落,会场掌声如雷。掌声停止后,邓国安就站起来:"同志们,我们县委支持团长的意见!并且,我们县委的几位主要负责同志从今天起,就随独立团一起行动!"

邓国安话音一落,会场又是一片掌声。

王金林让邓国安临时主持一下会议,他叫上张树生、邱宏毅和李邦兴,从后门进入后天井院。

邓国安和张国泰跟大家一一握手,互相问好。特别是张国泰,和大家有三个多月没有在一起战斗了。

过了一袋烟的工夫,王金林、张树生、邱宏毅和李邦兴四人又从后门走进会场,邱宏毅继续主持会议:"同志们,刚才我们交换了一下意见,决定按照刚才团长讲的意见行动,大家回去准备一下,今天晚上秘密出发。另外,两个营的营长和教导员留下来开个小会,现在散会!"

"报告团长,昨天抓的那个小货挑跑了!"邱宏毅话音刚落,苏宗财快步走到王金林面前。

"什么时间的事情?"王金林急忙问道。

"看管他的战士说他是昨天后半夜跑的,我早上得到消息后,看您刚睡一会儿,就没有向您报告,直接带人到几个路口去询问我们的岗哨,都说没有发现他。我又让一个村民带我去了趟他家,家里人说他根本没有回去!"苏宗财回答。

"那个探子剃头匠呢?"王金林问。

"他今天早上也想逃跑,被我们站岗的战士发现打伤了一条腿,还关在那里!"苏宗财答。

邱宏毅走过来问道:"团长,发生什么事情啦?"

"昨天逮的那个小货挑跑了,他可能也是个敌人的探子。你先召集大家开会,我去看看那个还关着的探子,马上就来!"王金林说完,就跟着苏宗财离开会场,走出院门,跨过门前的石拱桥,拐了几个弯,来到一个低矮的茅屋前,两个持枪的红军战士在门前站岗。

王金林走进屋子,见剃头匠仰躺在铺着稻草的地上痛苦地呻吟,便蹲下来问道:"挑小货的是什么时候跑的?"

"好像是下半夜,趁站岗的人打瞌睡溜跑的。"剃头匠战战兢兢地说道。

"你们是同伙吧?"王金林问。

"不是,我就是在路上碰见他的。"剃头匠还是战战兢兢地回答。

"我不是跟你说过,过两天就放了你们,你为什么还要跑?"王金林又问。

"是他让我跑的,他说只要钻进后面山上的树林,翻过山就逃出去了。他跑了,你们没有发现。过了一个多时辰,我看天已亮了,我再不跑就跑不掉了。可是,我刚跑到树林边,就被你们站岗的哨兵发现,赶上来用枪托打断了我的腿。"剃头匠答。

"他跑了,你为什么不报?"王金林追问。

"他说他是当地人,路熟,只要跑到山上树林里,你们就抓不着他。如果我报了,你们走后,他回来就弄死我。"剃头匠这话一听就是事先编好的。

王金林问完起身就走,边走边对苏宗财道:"这人是个狡猾的奸细,留着是个祸害,处理了吧!"

"是,团长,我这就去安排!"苏宗财转身去了。

王金林回到潘家大屋,邱宏毅正在主持会议,见王金林进来,便对他道:"团长,我们已经开了一会儿……"

王金林坐到椅子上:"政委,你继续讲吧!"

"沈云山同志,暂时解除你们二营三个连长的职务,调他们到政治部学习一段时间不是一件坏事。他们几个还在红军队伍中搞烧香拜把子,收干儿子,搞小团体,破坏红军纪律,再不处理他们,将来不知会闹出什么乱子!"邱宏毅继续道。

"沈云山同志,我和张国泰、肖行广同志都到你的二营任职,帮你做政治工作,你还有什么顾虑?"邓国安转向王金林,继续道,"团长,沈营长一听说要解除他们二营三个连长的职务,怕战士们想不通,队伍乱了不好带,他也要辞去营长职务!"

"沈云山同志,我们红军队伍……"王金林刚讲到这里,就见情报组组长李光汉冲进会场。

"团长,发现大批敌军已经从耿村垭子向建平垱开来!"李光汉是花鼓塘人,二十二岁,是邓国安的学生。

"沈营长,你立即回到二营,务必坚守孝丰垭子!"王金林立即下达命令。

"是!"沈云山转身跑了。

"昨天抓的那个小货挑也是个探子,昨天夜里就逃走了,我们行踪已经暴露。浙江省保安团可能已经堵住我们向孝丰进军的路线……"王金林边说边走到龚守德已经摊开的地图前。

"这样看来,我们可能已经被敌人从南北两个方向包围了?"邱宏毅显得有些紧张。

"从各方面的情报来看,从四合、梨山方向压过来的是敌三四二团和县自卫队的主力,孝丰方面的敌情暂时还不明朗,我们还有从孝丰突围,向宁国方向转移的机会!"王金林直起腰,"闵营长,你马上回到双庙,派几支侦察小队前往杭垓和宁国的梅岭方向去打听消息!"

"是!"闵天相领命而去。

"国安、国泰,你们二人马上赶到二营,一定要帮沈云山稳住阵脚。是否能守住孝丰垭子是我们这次能不能成功突围的关键!"王金林讲到这里,对门外高声喊道,"林宏生!"

"到!"林宏生闻声跑进屋内。

"你带一排跟着邓书记,保证他们的安全!"王金林大声道。

"是!"林宏生高声回答。

"金林,你放心,我们这就过去!"说完,邓国安就带着张国泰转身离去。

屋内,只剩下王金林、张树生、邱宏毅、李邦兴和龚守德几人。王金林趴在桌上看地图,邱宏毅和李邦兴站在一旁杵着,半天没有人说话。

别看邱宏毅和李邦兴在开会时一副盛气凌人的样子,一旦打起仗来,特别是在危急时刻,他们都还是无条件服从团长的指挥。经过半年多来的几十次战斗,团长沉着冷静、临危不惧的大将风度,他们还是心悦诚服的。此刻,他们也只有静等团长的最后决策。

"团长,我刚出村口就碰到我原先派到杭垓的探子回来报告,他说浙江省保安团已经过了杭垓,正向我们开来,顶多不到五里路!"刚出门不一会儿的闵天相又转回来,气喘吁吁地向王金林报告。

"闵营长,你马上回去把队伍撤回文岱村,只安排八连一排在木王庙阻击敌人,告诉排长刘有章,团部已经决定让他担任九连连长,随时准备调他到九连任职!"王金林不假思索。

"是!"闵天相转身离去。

"政委,计划没有变化快,我们向宁国转移的路已经被堵死了,现在只有按你原来的设想向北突围了,但不能恋战,突出敌人的包围圈就是胜利……"

"砰、砰……"隐隐约约有枪声传来。

"好像是北边的枪声!"李邦兴闻声跑到门外。

"团长,应该是二营在孝丰垭子和敌人接上火了!"邱宏毅对还在看地图的王金林道。

"轰"的一声巨响,这显然是檀树炮的声音。

王金林背靠椅子,长叹一口气:"真是怕什么来什么,二营没有守住孝丰垭子,敌人已经突破了我们的防线!"

"团长,你怎么知道敌人这么快就突破了二营阵地?"龚守德不解地问。

"炮声就是信号!"王金林站起来,"虾子,你立即安排苏宗财带领警卫连二排在前面探路,向二营靠拢。三排掩护团部,紧随其后!"

"是!"龚守德转身跑去。

"新老李,安排通信兵快去通知三营长闵天相,让他们也立即向孝丰垭子方向转移,并告诉他们,如果部队被打散了,就赶到化成庵会合!"王金林转向邱宏毅,"政委,我们撤吧!"

第四十五章　各显神通突出重围

沈云山从团部回到孝丰垭子周玉洲驻守的五连,就见周玉洲、毕小田和时小侉都在焦急地等着他。

"大哥,您怎么才回来?国民党的主力部队带着大炮和重机枪已经到了建平垱,马上就要打过来了!"周玉洲对沈云山急道。

"你们几个都在,正好……"沈云山喘着粗气,简明扼要地把团部决定免去他们三个连长职务的情况告诉了他们。

"他们早看我们哥几个不顺眼了,今天果然动手了!"时小侉一口的安庆腔调,"老子还不伺候了,我还回我的安庆滩!"

"大哥、二哥,宜早不宜迟,要走我们现在一起走!"毕小田掏出了别在腰间的盒子枪。

"团长让我们守住孝丰垭子,如果我们现在走,团部就危险了!"沈云山犹豫不决。

"大哥,敌人马上就要打过来了,团长就是让我们在这里给他们当炮灰!"周玉洲也站起来掏出手枪,"老三、老四,赶快回去集合你们的队伍,保护大哥,向马鞍山方向撤退,我在后面掩护你们!"

周玉洲刚跑到五连把守的界岭,只见黑压压的敌人沿着山沟猫着腰端着枪向山岭冲来。他把手枪插进腰间的枪套里,顺手夺过一个战士的长枪,朝着建平垱方向扣动了扳机。有射击角度的二十几名红军战士都开枪了。转眼间,对面山沟里的敌人都躲进路边的树丛中不见踪影。不一会儿,对面敌人的几挺轻重机枪陆续响了起来,打得周玉洲他们的阵地前尘土飞扬。

"二哥,六连和七连的兄弟们都撤到了山上,你们也撤吧!"毕小田猫着腰跑到周玉洲身边。

"兄弟们,再甩几颗手榴弹!"周玉洲站起来,"撤!"

邓国安、张国泰等人刚赶到孝丰垭子,就看见周玉洲和毕小田他们已经放弃阵地,撤到村口西边的礁石顶山脚下,离他们已经有半里多路的距离。他们往北边敌人来的方向一看,山谷里黑压压的敌人正往上冲,只有不到三百米的距离了。

"罗汉大哥,敌人太多,火力太强,我们赶快去追二营吧!"龚发兴拉着邓国安就往西边山上跑。

"我们还是来晚了一步!"邓国安边跑边说。

在山头上的大炮连阵地,战士周世泽站在一块石头上进行警戒。突然,他看见孝丰垭子北边广德地界的山坡上有红色的旗帜,再仔细一看,竟是密密麻麻往山上爬的白狗子,便高声叫道:"谢排长,孝丰垭子那边山上有敌人!"

一排长谢久云立即从山棚中出来,顺着周世泽手指的方向一看,果然是大队敌人悄悄向二营阵地摸过去了。

"周世泽,你立即下山去团部,向团长报告!"谢久云对周世泽喊道。

周世泽走后,谢久云立即高喊:"同志们,架好大炮,准备战斗!"谢久云根据团长的指示,只要敌人进入孝丰垭子,他们就向敌人开炮。

就在此时,山下响起了激烈的枪声,二营和敌人接上火了。过了一会儿,谢久云感觉不对头,只听见敌人轻重机枪的声音,没有听见二营反击的枪声。突然,他发现二营的人已经放弃阵地,向他们大炮连的阵地方向撤退过来了。敌人黑压压一片,已经快要占领孝丰垭子了。

"轰、轰!"他们连开两炮。可是由于距离稍远,又是逆风,散子炮弹没有落到敌人阵地形成有效杀伤。但是,炮声既给王金林传递了消息,又把敌人的兵力吸引到大炮连阵地这边的山上,给驻扎在文岱村的团部撤回广德方向赢得了时间。

二营队伍像潮水一样,从大炮连阵地北边的半山腰经过,绕过棉花山撤向西边马鞍山方向。

"大炮连的兄弟,敌人的大队人马已经追过来了,赶快跟我们跑吧!"二营人的叫喊声听得清清楚楚。

"轰!"一发迫击炮弹就在离谢久云不到二十米的地方爆炸,接着,又有几发炮弹落在山头炮兵连阵地附近。

"排长,敌人上来了,我们也跑吧!"炮兵连的大部分战士已经尾随二营向山的西边跑去。看着炮口还在冒烟的檀树炮,谢久云对剩下不到一个班的战士含泪道:"我们也撤吧!"

谢久云明白,他们大炮连丢了大炮,就没有武器了,一支快枪都没有,只有跟着二营,才能冲出敌人的包围圈。

邓国安刚跑到半山腰,听见头顶两声檀树炮响,知道大炮连就在山顶上面,就带着战士们往上爬。

山顶上的谢久云和几个战士正要离开阵地,忽然看见邓国安带人正在往山顶上爬,就停下来等他们。

邓国安站在山顶往下一看,孝丰垭子到处都是穿着黄衣服的三四二团士兵,足有五百余人。他又看了看被大炮连丢在阵地上的几门檀树炮和过山鸟炮道:"谢排长,给我再轰他几炮!"

"报告邓书记,檀树炮的弹药都被战士们撒了,只剩几颗过山鸟炮弹,距离远了,打不到敌人的阵地上去!"谢久云回答。

"快装弹,打不到也要打!"邓国安指着孝丰垭子对大家道,"不能让敌人过孝丰垭子,把敌人引到山上来,给团长他们转移多争取一点时间!"

"明白!"张国泰也手忙脚乱地帮谢久云架炮。

"轰、轰……"几声炮响之后,向文岱村方向前进的敌人果然都掉转头,漫山遍野地向大炮连阵地包抄过来。

敌人的迫击炮也一直不停向大炮连阵地炮击,警卫连有两个战士牺牲。

谢久云打完最后两发炮弹,敌人的队伍已经冲到半山腰。邓国安对他道:"谢排长,你们的任务完成得很好,我们撤!"

谢久云望着被战士们毁坏的几门炮,泪流满面:"我们大炮连没啦!"

再说周世泽离开大炮连一口气跑到团部,团部已经空无一人。他向村里的老百姓一打听,才知道团长已经带着队伍从另一条路向孝丰垭子方向去了。他沿着陡峭的山路拼命追赶,快天黑时,在孝丰垭子东边两里多路的水竹峦赶上了王金林带领的团部。

王金林、张树生、邱宏毅、李邦兴等团首长带着警卫连来到孝丰垭子,发现国民党三四二团二营的马营长已经尾随沈云山向马鞍山方向追去了。

在水竹岙东边的一个小山头上,王金林借助手电筒微弱的光亮,看了半个多小时的地图,思考如何穿过敌人的包围圈,在天亮之前赶到月克冲。龚守德把一个名叫裘海山的战士带到王金林面前。裘海山说自己是四合裘村人,在参加红军前当过几年土匪,对这一带的沟沟洼洼了如指掌。

等到十点多钟,也没有得到闵天相三营的任何消息,王金林只得带领身边仅有的四十余人,趁着夜色掩护,由裘海山带路,经过人脑壳岩子山,绕过建平垱,从灵山寺西边的白马冲进入遐嵩林,然后马不停蹄,在天亮之前赶到了月克冲。

马鞍山是天目山北部余脉在广德境内海拔最高的一座山,东西走向,是广德和孝丰之间的一座天然屏障。邓国安一行三十余人沿着山脊自东向西,在裸露的岩石间穿行。由于天上还下着蒙蒙细雨,岩石路上就像抹了油一样光滑,不时有人跌倒。很快,天就黑下来,一个小战士不小心跌下了百丈深的悬崖。

快八点钟的时候,他们终于赶到位于马鞍山西麓的龙驹寺。据载,清顺治五年(1648),山主濮阳氏偕里人襄助,由僧斯可主持创建该寺。前清名宦沈嗣进有《游龙驹寺秋夜》诗:"天际向征鸿,阶前咽晚虫。秋深寒雨里,人静远山中。村酒空浮绿,灯花不剪红。坐愁方未歇,落叶又敲风。"邓国安想起古人的这首诗,心情更是低落。

寺里只有一个七旬老僧,他告诉邓国安,半个多时辰前,有几百个带枪的红军指战员从这里下山,往耿村方向去了。邓国安让大家都吃了一点随身携带的干粮充饥后,不敢久留,就向耿村方向追去。他们刚到一个叫南山的地方,就听到前面耿村方向传来激烈的枪声。

"快,前面有枪声,一定是二营和敌人交上火了,我们赶快跟上去!"邓国安加快了步伐。当他们跑到耿村村头时,枪声早已停止。他们鱼贯进入村中,就见前面有几只手电筒向他们这边照来,并有人高喊:"你们是什么人?哪一部分的?"

"我们是独树民团!"邓国安手一挥,让大家拐进旁边的巷子,"你们是哪一部分的?"

"我们是杨滩自卫队的……"

"不好,我们遇上敌人了,你们赶快向西跑,我来掩护!"站在邓国安身边的龚发兴推了他一把。

邓国安带着大家刚跑出一百多米,就听见身后枪响了,他们跑得更快了。

张国泰跟着队伍刚跑出村子,一下滑到一人多高的田坎下面。他从地上爬起来,却半天爬不上坎子。这时,跑在最后的龚发兴发现了他,问道:"哪一个?"

"姐夫,是我!"张国泰急忙回答。

龚发兴把枪托递给张国泰,用力一拉,把他拉了上来。在他们身后,是一片手电筒的亮光,喊声和枪声交织在一起。

龚发兴回身就是一枪,跑在前面的自卫队士兵中弹倒地。他拉着张国泰猛跑了五六里地。他们已经翻过白沙岭,前面就是茅棚。可是他俩落单了,和邓国安他们跑散了。

见敌人没有追上来,两人坐在树林中休息了一会儿。气刚喘匀了些,张国泰便道:"姐夫,邓书记他们不知跑到哪里去了,我们怎么才能够找到他们呢?"

"出发时,团长跟我说过,如果队伍打散了,就到月克冲集合。"龚发兴站起来,"前面不远就是汭河,过了河不到十里就是月克冲了!"

王金林一行由于有裘海山带路,一路绕过敌人的岗哨,刚好在天亮之前赶到月克冲。他们一进冲口,就遇见正在等候他们的张国泰和龚发兴二人。听完张国泰的讲述,王金林才知道沈云山的二营临阵脱逃,造成了整个皖南红军独立团的全面失利。

"完啦!"邱宏毅听完张国泰的讲述,用手猛击自己的胸部,"都怪我,没有做好政治工作……"

"报告,三营的人来啦!"站岗的周世泽跑来。

"达远!"王金林望着邓达远带领的四十多人的队伍,个个衣衫褴褛,却没有看见三营长闵天相。

"团长!我们三营在双庙听见孝丰垭子的炮响,就判断我们可能被敌人包围了。闵营长让我带领八连阻击浙江省保安团,他带领九连保卫团部。我们和敌人打了一阵,就撤回门东村,听说你们已经回到建平垱,我们跟着就追。在建平垱没有看到你们,却看到到处都是任狗头的自卫队和民团的人。我们在向村、耿村垭子、龙王庙几次被他们包围,又几次冲了出来。一个连,只剩下不到一半的战士……"邓达远声音已经哽咽,"闵营长他们看来也是凶多吉少!"

"同志们,胜败乃兵家常事。我们这还有七十多人,都是我们的基本力量。回到我们的西乡老家,有苏区人民的支持,再强大的敌人也奈何不了我们!"王金林拍拍邓达远的肩膀,"希望邓国安同志能追上二营,把他们带到化成庵,那里是我们约定会合的地点!"

"团长,那我们就抓紧赶往化成庵吧!"李邦兴站起来。

"达远,让大家吃点干粮,稍微休息一下!"王金林转身对龚守德道,"把地图拿出来,大家看看我们怎么走最好。"

"三四二团的刘营和马营发现我们二营主力已经回撤西乡,一定会沿着四合到柏垫的大路追赶,所以我们必须避开他们,走金龙山,经阴太保、朱村到宫家大洼。这样虽路绕得远些,但可以避开敌人,安全得多!"龚守德指着地图,首先提出自己的想法。

"新老李,虾子这段时间在你的参谋部学了不少东西,进步很快呀!"突围以来,王金林脸上第一次露出笑容。

第四十六章　本性难移终成败类

邓国安一行一口气跑了三四里路,在一个荒无人烟的小山岭上歇下来。始终和邓国安跑在一起的,是警卫连副连长林宏生。

"林宏生,看看跟上来的还有多少人?"邓国安喘着粗气问。

"邓书记,张国泰和三排长龚发兴都没有跟上来!"林宏生到队伍中转了一圈回来报告,"我们现在只剩一半的人,还等他们吗?"

"不等了!我们必须尽快找到二营,把他们带回来,去支援团长和政委!"邓国安站起来,"天亮之前,我们必须赶到阴太保!"

邓国安虽然是一介书生,却也生得一身蛮力气,上坡下坡他都是如履平地。一路疾行,他们赶到朱村时,天已大亮。他们在村头一个农会会员家一打听,才知道二营在半个小时前从村里经过,往大解村方向去了。

终于有了二营的消息,邓国安让几个实在是疲劳至极的战士留下来休息,他自己带着十几个战士朝着二营转移的宫家大洼方向追去。

沈云山带着二营从孝丰垭子擅自离开阵地,转移到耿村时,遭遇了敌人一个连的小股部队。夜战和钻山林子是他们二营的看家本领,几打几冲,他们就从耿村跑到前程铺,虽然被柏垫自卫中队的哨兵发现,但敌人只是放了一阵乱枪,并没有追赶他们。一到金龙山,就像回家一样,他们便放慢了逃跑的速度。下山到朱村,天已放亮,他们不敢逗留,从梅溪开进宫家大洼。这里有几个纸棚,正好可以安营扎寨,休整一下。

吃完早饭,沈云山就躺到纸厂大师傅的床上,一沾枕头,就鼾声如雷。

"沈营长,沈营长!"邓国安摇着沈云山的胳膊,见他睁开眼睛,便口气十分严厉道,"什么时候了,你还睡得着?"

"你咋来了?"沈云山猛地坐起。

"我咋来了？我在你的屁股后面追了整整一夜！"邓国安坐在龚守德递过来的板凳上，"沈营长，你为什么不执行团部的命令在孝丰垭子阻击敌人，擅自临阵脱逃？"

沈云山从床上下地，站在邓国安面前，支支吾吾道："邓书记，我、我们……"

"我们兄弟不想跟你们到江西，就让营长带我们回来了！"周玉洲和时小侉、毕小田带着十几人走了过来，显然是来者不善。

"我、我、我们不、不想再给你们卖、卖命了！"时小侉结结巴巴，满脸涨红。

"邓书记，听营长说你到我们二营当教导员，这好哇，你就是我们二当家的……"毕小田显得有点阴阳怪气。

"毕小田，我们这里是红军队伍！"林宏生把手按在腰间的手枪上，"你还把自己当土匪呀？"

"老子本来就是土匪，你看着不顺眼是吧？"毕小田掏出腰间的盒子枪，"老子还早就看不惯你们啦！"

"林宏生、毕小田，都把枪给我收起来！"邓国安依然稳稳地坐着。

"三弟，都是自家人，别伤了和气！"沈云山坐回到床上，"大家都坐下，有事好商量……"

"几位连长，刚才沈营长说得对，我们都是党领导的红军队伍，都是自家人。这次红军独立团遇到了困难，但我们大家只要齐心协力，就一定能够战胜敌人！"邓国安脸色变得和悦起来，"这里离独树街太近，敌人得到消息很快就会包抄过来。按照原先和团长约定好的，我们马上转移到化成庵，商量下一步的行动。"

"团长和政委他们不是要把三营带到徽州去吗？"沈云山疑惑地问道。

"你们不走，团长肯定也是不会走的！"邓国安站起来，"派我来追你们的时候团长对我说过，如果队伍打散了，就让我们到化成庵会合。现在团长他们一定陷入了敌人的包围，但我相信，再多的敌人也奈何不了团长。我们转移到化成庵后，再好好商量，一定要把他们营救出来！"

"好吧，我们就按照邓书记的意见，先秘密转移到化成庵再说！"沈云山冲周玉洲几人努努嘴。

闵天相离开文岱村团部赶到双庙三营八连阵地，教导员邓达远和连长崔德品就迎了上来:"闵营长,敌人有一千多人,已经过了前面的鸦雀嘴,离我们这里只有半里多路!"

"老邓,你和崔德品带领八连在这边阻击敌人,我立即去羊子山的九连,如果那边没有发现敌情,我就带他们去保护团长!"闵天相说完,就带着两个警卫员朝羊子山方向奔去。

闵天相带着两个警卫员一路狂奔,赶到羊子山山下的路口,却没有看到九连的一个人影。从地上的脚印看,他们应该是向西北的马鞍山方向去了。闵天相让一个警卫员到双庙给邓达远送信,让另一个警卫员到门东村团部去报告这里的情况,他一个人循着九连留下的足迹,想去把他们追回来。可是,追了半个时辰,也没有看到九连的影子,他在马鞍山的南麓迷失了方向,在茂密的树林中穿来穿去。因为是阴天,天黑以后,天空中没有一颗星星,他连东南西北都分不清了。

原来,刘昭武在上午的会议结束后,就和周玉洲、毕小田、时小侉在一起偷偷商量了一阵,决定不随团部到徽州,一起把队伍拉回郎溪姚村,另立山头。他回到羊子山九连驻地,吃完午饭躺下休息一会儿,就听到孝丰垭子方向传来隆隆的炮声。过了不到一袋烟工夫,他又从稀稀落落的枪声中判断二营已经放弃了阵地,向马鞍山方向转移了。接着,他又听到双庙方向传来密集的枪声,这是八连和孝丰来的敌人接上了火。看来,红军独立团已经遭到广德和孝丰两个方向来的敌人的进攻。他现在如果赶回文岱村团部,一定会陷入敌军的包围,显然是凶多吉少。既然二营已经向马鞍山方向撤退了,他也必须向马鞍山方向撤退,找到二营才是最安全的。

刘昭武打定脱离三营跟随二营撤退的主意后,就立即带领九连直接从羊子山向马鞍山疾去。刘昭武的九连,副班长以上干部都是他从毕家桥民团带过来的,其中大部分都有当过土匪的经历,擅长走夜路和山路。他们到达马鞍山顶峰已经八点多钟,听到从耿村方向传来的阵阵枪声,他断定是二营和敌人遭遇了。他十分清楚整个四合境内到处都是国民党军队,如果他再向耿村方向前进,一定会钻进敌人的包围圈。到了白天,想从敌人的包围圈子里突围出去是十分困难的。于是,他马上改变主意,带着队伍向西,绕过焦村,从狮堂方向进入杨滩的鹁鸪冲,再经过铁门槛,从月湾街东面的杨山头进入独树。

刘昭武到达化成庵的时候已经是后半夜,一到冲口,就遇见了正在检查岗哨的毕小田。毕小田悄悄带着刘昭武找到周玉洲和时小侉,他们嘀嘀咕咕商量了一会儿,就一起来到邓国安和沈云山居住的伙房。邓国安和沈云山没有睡,还在谈心。

邓国安看到刘昭武回来,心里非常高兴,便立即询问团部和三营的情况。听了刘昭武的汇报后,他非常沮丧而气愤:"刘昭武,你们九连的武器装备最好,主要任务就是协助警卫连保卫团部,可是你们却擅自溜了,使团部陷入敌人的包围之中,如果团长他们有个三长两短,你负得起责任吗?"

"你们已经决定把我们几个撸了,还要我们对你们负责?"刘昭武一脸阴险,"此处不留爷,自有留爷处,大不了我还回南漪湖当土匪,更逍遥自在!"

"是、是呀,现在团部没、没有了,三营也是凶多吉少,我们还不如就散、散啦!"时小侉结结巴巴。

"不能散!"邓国安急了,"团长和政委并没有说把你们撤了,只是安排你们到政治部去学习一段时间,改掉一些当土匪时染上的坏毛病,提高提高政治思想觉悟嘛!"

"你们政委搞的什么思想还有政治,我们不懂,也不稀罕!"周玉洲向刘昭武、毕小田和时小侉瞟了一眼,"我们兄弟几个商量好了,天一亮就回姚村!"

"回郎溪姚村?"一听周玉洲说他们要把队伍带到郎溪,邓国安便急了,"我前几天从芜湖回来,在洪林桥就听说姚村农民赤卫团已经被三四二团和郎溪民团给打败了,许多赤卫队队员和农会会员都被他们杀害了!你们现在过去,不是自投罗网吗?"

"我们也听说了姚村赤卫团从水东回来就被打垮了,难道是真的?"沈云山瞪大了眼睛。

"这还能瞎说!"邓国安语气十分诚恳,"沈营长,我们还是到南乡去接应团长他们吧!"

"还让我们回去,那不就是去送死吗?"刘昭武凶相毕露,"要去你去,别想拉着我们兄弟!"

"那我们就在这里等团长他们一天……"沈云山说完便躺倒在床上。

紧赶慢赶,王金林、邱宏毅带领队伍赶到化成庵正好天亮。听到前来迎接他们的邓国安报告,二营和三营的九连有近一半的战士被打散,而且沈云山和周玉洲、毕小田、时小侉、刘昭武几个连长已经串通好了,要带着队伍离开红军独立团另起炉灶时,邱宏毅的脸上立即表现出焦虑和愤怒。

"他们这是要反了!"李邦兴掏出手枪,"我带人去把他们抓来!"

"我同意参谋长的意见,执行红军队伍的纪律,先把他们抓起来再说!"张树生也是怒气冲天。

"这样不行!"邓国安看着王金林,"我劝了他们几个半夜,他们不仅不听,就差跟我动武了。我们现在去抓他们,如果起了冲突,他们是什么事情都干得出来的!"

"政委、参谋长,我们红军队伍千万不能自相残杀!"王金林显得十分镇定,"你们不要急,我和虾子再去和他们谈谈,争取他们能够主动留下!"

"金林,你不能冒这个险,还是我去吧!"邓国安向前走了一步。

"罗汉,如果我有什么不测,你和政委就带领队伍赶快离开,不要和他们纠缠。这剩下的百十人,都是最忠勇的战士,是我们继续坚持游击斗争的本钱。你们哪里都不要去,就坚持在金龙山和五龙山一带,这里的人民群众就是我们的衣食父母,有他们的支持,我们一定会东山再起的!"

王金林说完,冲着龚守德一挥手:"虾子,我们走!"

王金林和龚守德来到化成庵门前的场地上,两百来个红军战士已经整装待发。站在队伍前面的沈云山见王金林两人走来便迎上前,弓着腰:"团长,知道您肯定会来,我就在这里恭候,请您进屋说话!"

王金林点点头,大步迈进大雄宝殿,看见刘昭武、周玉洲、时小侉、毕小田等人都站在那里,就走到他们面前:"是不是因为听说不让你们当连长,你们就不想革命,离开红军队伍啦?"

"这、这是个原因,但、但也不是全部……"时小侉总是结结巴巴。

"你们红军队伍的条条框框太多,我们受不了!"毕小田硬声硬气,"我们出来当土匪,就是落得个吃饱喝足,逍遥自在。我们当时投靠你们红军,本来就是想避避风头。可是你们要远走高飞,我们就不奉陪了!"

"是的,这是我的疏忽!"王金林环视了大家一眼,"在收编你们后,没有及时对你们进行政治教育,把你们改造成真正的红军队伍,为广大的劳苦大众战斗,甚至流血牺牲……"

王金林刚说到这里，周玉洲便插话道："团长，现在说这些已经晚了，我们去意已决！"

"好吧，捆绑成不了夫妻，革命也是要靠自愿，你们真要走，我也不强留。但是，你们必须把最好的枪都留下！"王金林亦柔亦刚。

"那不行，这些快枪都是兄弟们拿命换来的！"刘昭武原形毕露，"日后在江湖上行走，枪就是我们的命根子，谁也别想拿走一支！"

"如果我们团长坚决不答应呢?!"龚守德声如洪钟。

"龚虾子，我一向敬你是一条好汉！"沈云山冲龚守德抱了抱拳，"但是，好汉难敌三将，恶虎还怕群狼呀！"

"沈云山，你也赞成他们的想法？"王金林目光如电。

沈云山避开王金林的眼光，顾左右而言他："我们都是歃血为盟的生死兄弟嘛！"

"既然如此，我们做不成同志，我就称你们兄弟吧！兄弟们，你们跟着我们红军出生入死也有快半年时间，为打倒土豪劣绅，打倒国民党反动派，为苏区建设立下了汗马功劳，我在这里感谢各位！"王金林双手抱拳向各位拱了拱，继续道，"你们参加过红军队伍，再回去当土匪，国民党政府是不会轻易放过你们的。如果你们遇到麻烦，告诉一声，我们红军一定鼎力相助！如果你们还想回来，我们红军还是欢迎你们的！"

此时王金林的心中就像打翻了五味瓶，酸甜苦辣咸都有。他眼睛已经模糊，不能再说下去，转身向外，大吼一声："虾子，我们走！"

第四十七章　败不气馁重整旗鼓

张树生、邱宏毅、李邦兴和邓国安在冲口急得像热锅上的蚂蚁，终于看到王金林带着龚守德大步流星地走过来，大家都松了一口气。

"团长，和他们谈得怎样？"邱宏毅第一个迎上前去。

"天要下雨，娘要嫁人，随他们去吧！"王金林边走边说，"我们退到前百亩，把路让开，让他们从后百亩走吧！"

"团长，他们这是哗变，是背叛革命，不能这样放了他们！"李邦兴掏出了手枪。

"邱政委，两百多支快枪都在他们手中，怎么留他们？"龚守德跟在王金林后面。

"政委，只能这样，我们撤吧！"邓国安拉着邱宏毅的手臂。

向南半里多路就是一个叫前百亩的小山洼，山洼和周围的山坡上都长满了茂盛的毛竹。山洼中间原有一架六七间屋的纸棚，因为红军独立团经常在这里驻扎，不久前被前来"清剿"的国民党宁国县保安团给烧了，山主临时用稻草搭了一间草屋作为山棚，给看山的雇工住。

"虾子，通知连长以上的干部过来开会！"王金林进到山棚，一屁股坐在铺着稻草的地方。不一会儿，张树生、邱宏毅、李邦兴、张国泰、邓达远、崔德品、苏宗财、龚守德、林宏生等人都来了。

"大家都坐下吧！"王金林见大家都坐在地上后，便接着道，"同志们，这次二营和九连临阵脱逃，导致我们在文岱村战斗的失利。现在，他们又和我们分道扬镳，这对我们皖南红军独立团是一个巨大的打击。我是团长，没有及时整编好这支土匪队伍，导致今天这个局面，我有不可推卸的责任，我会向上级党组织做出检讨并接受对我的任何处分……"

王金林说到这里,邱宏毅插了一句:"我是政委,我也有些责任……"

"邱政委,你只是有些责任吗?作为政委,你应该负主要责任!"龚守德猛地站起来,"还有张树生同志,整顿收编过来的土匪部队,主要是你们的工作!"

坐在龚守德旁边的邓达远也站起来,将龚守德按着坐下:"张书记、邱政委、李参谋长,你们这些中央和省委派来的巡视员、特派员就会纸上谈兵。团部多次开会,要求你们下到连队去做思想政治工作,发展战士党员,做好对收编的土匪队伍的整编工作。可是,你们哪一个不是嘴上说得天花乱坠,实际工作中却怕苦怕累,下到连队转一圈就回到团部,有的干脆就找个借口跑回城市去了!"

龚守德又站了起来:"中央派你们来,就只是让你们带几顶帽子过来的吗?"

"虾子,你先坐下,听我说!"王金林站起来,"同志们,这次孝丰战斗二营虽然临阵脱逃,导致了我们在战斗中失利,但我们并没有被敌人打垮,我们最基本的力量还在。现在还坚持留在红军队伍里的,大多是去年就参加农运的骨干,是我们队伍最忠勇最可靠的战士。每一个人,都是一粒革命的火种。俗话说,留得青山在,不怕没柴烧。只要大家齐心协力,我们一定会东山再起的!"

"王金林同志,谢谢你!"邱宏毅站起来往王金林面前走了几步,"我在芜湖时,王步文同志对我说过,你是一个有农村工作和游击斗争经验的同志,要我多向你学习,尊重你的意见。开始,我还不能理解,现在我信了!"

邱宏毅向王金林伸出双手,王金林也热情地伸出双手。

"团长,我……我请求辞职,回上海……"邱宏毅眼中的迷惘代替了平时的自信。

"你也想分道扬镳?"李邦兴显然是急了。

"新老李,让政委把话讲完!"王金林松开邱宏毅的手。

"这半年多时间,我们完全是按照中央和省委的指示来确定斗争方针的,可是却屡遭失败。我这次回去,把广德的实际情况如实向上级领导汇报,听取他们对广德工作的进一步指示!"邱宏毅坐回原来的地方。

会议结束后,王金林就安排王良海护送邱宏毅去上海。断定邱宏毅这次回上海就不会再回广德,王金林和邓国安商量,决定派张国泰去一趟上海。

再说沈云山、毕小田、周玉洲、刘昭武离开红军队伍后,就像无头苍蝇一样,在姚村一带转悠了半个多月,队伍几乎是弹尽粮绝,大部分战士都开小差逃跑了,队伍剩下不到一百人。刘昭武和毕小田在离开红军队伍之前,就已经有叛变投敌之心。国民党郎溪县自卫队队长魏修武也是土匪出身,和刘昭武、毕小田有一些交情,他们就派人暗中和魏修武取得联系,准备率部叛变投敌。魏修武得到他们已经到盆形山的消息后,立即报告了国民党郎溪县长武汉。

武汉化装成一个商贩,只身一人冒着大雪秘密前往沈云山队伍驻地盆形山,在刘昭武、毕小田的安排下和沈云山等人见了面。他们提出接受改编的三个条件:第一,发给长短枪五十支;第二,立即解决队伍缺少的棉衣棉被;第三,队伍接受改编,但不打乱原来的建制。

武汉口头答应了他们提出的三点要求,并决定在第二天中午十二点正式接受改编。可是,约定的时间到了,却不见武汉的踪影。沈云山怕上当吃亏,就带着队伍后撤二十里到分界山。武汉带领郎溪县自卫队四个中队,悄悄将他们团团包围。在刘昭武、毕小田、周玉洲、时小侉等人的鼓动下,沈云山最终背叛革命,带领队伍向敌人缴械,接受改编,加入国民党郎溪县自卫队。刘昭武担任第二分队长,毕小田担任第三分队长。

沈云山、刘昭武带领队伍离开后,王金林就带着红军队伍进驻化成庵。根据邓达远的建议,王金林决定突袭刚刚建立不久的独树民团,打一个胜仗来提振一下士气。

子夜时分,王金林带着红军队伍悄悄摸进独树街,包围了独树民团驻扎的王家祠堂。从睡梦中醒来的民团士兵惊慌失措,稍作抵抗后就从后门逃到山上。战斗很快结束,缴获长枪十余支,战士们的棉衣棉被和粮食都得到了补充。天快亮时,王金林带领队伍主动撤出独树街,回到化成庵。

驻扎在月湾街的国民党宁国县自卫队立即赶到独树街增援,听说红军队伍已经转移,就尾随跟踪追击。

王金林得到敌人已经到达独树街的消息后,立即带领队伍秘密从后百亩冲翻过擦山撤到石鼓乡老村,严德功将他们秘密安排在四家槽的纸棚中休整。

在四家槽纸棚,王金林立即安排吴梓庭、赵正才、吴青鹏、陈广进、李广成、刘太山、何振兵等十余名红军战士分别到柏垫、月湾、独树、凤桥、花鼓一带去召集被打散的红军战士和赤卫队员。石鼓一带的杨金章、吴名鸿、黄攸禄、汪金山等十几个农会干部和赤卫队员,第二天都悄悄来到四家槽。在黄泥山养病的吴子华,接到何振兵的通知后,也于当天夜里赶到老村。

看到二三十名红军战士和赤卫队员冒着生命危险毅然归队,王金林非常感动。但是,从他们带回来的消息中,王金林得知各地的民团对苏区的革命群众进行了残酷的反攻倒算,许多负伤的红军战士、赤卫队员和农会干部被杀害,也有一些意志不坚定的当了叛徒,参加"自新队",出卖同志和战友。

根据各方面情报,三四二团和广德、郎溪、宁国各县的自卫队主力都已经从四面八方向大西乡一带包围过来。虽然天上已经开始下起了小雪,为了安全起见,王金林还是决定在后半夜离开了四家槽,从箬叶洼转移到老鸦山顶西边一个避风的山洼安下营寨,埋锅造饭。

王金林把李邦兴、邓国安、龚守德、邓达远几个召集在一起,商议对皖南红军独立团进行整编,以便能更好地开展对敌斗争。

王金林刚开始讲话,就听到四家槽方向传来枪声。他一听是土枪声音,就判断这是留在那里的赤卫队员发现了敌人。接着,密集的枪声响起,还有机枪的声音。

"看样子,一定还是宁国自卫队胡有洪这个狗东西!"龚守德站起来,"团长,我带一个排去教训他们一下!"

"不行,现在敌人方面的情况还不清楚,我们不能和敌人硬拼,马上向铜沟转移!"王金林果断下令。

王金林带着队伍来到铜沟岭下姚湾村北的高山庵,刚吃完吴青鹏等人从姚湾村送来的早饭,情报员就送来情报说:"三四二团一营刘营长带领三百多人从郎溪姚村的四青村方向开过来了,由石鼓民团头目陈友山引导,经过广郎桥,悄悄摸进姚湾村,封锁住了进出高山庵的冲口。"

"团长,我带领这几个熟悉地形的当地赤卫队员留下来掩护,您带领部队往稻堆山方向撤吧!"红军战士吴青鹏带着汪金山、左锦州、赵正才等六个兴花村赤卫队员站在王金林面前。虽然他们只有几支土枪和大刀,但个个斗志昂扬。

"你们稍微阻击敌人一下,不要恋战,把敌人引开就行!"王金林看着只有吴青鹏背着一支快枪,便走上前拍拍他的肩膀,然后转身向龚守德道,"虾子,前面开路!"

王金林离开高山庵不到两百米,身后就响起了激烈的枪声和叫喊声。他们一口气穿越了几个林木茂密和荆棘丛生的山岭和山涧,通过稻堆山下的毛家厂,直接进入凉亭村。这凉亭村是一个只有四户人家的小村,家家都有农会会员。

王金林让大家清点一下人数,发现只少了吴子华,便让队伍在屋后山上的树林中隐蔽休息,等一等掉队的吴子华。

见没了八连指导员,崔德品急了:"团长,指导员病还未好利索,身体弱得很,我带几个战士回去找找吧!"

"好,快去快回!"王金林听到高山庵方向的枪声时有时无,判断敌人正在搜山,没有向稻堆山方向追来。

王金林判断得没错,吴青鹏带着几个赤卫队员边打边撤,把敌人引向铜沟岭方向。为了把敌人紧紧吸引住,他们跑得不快不慢,总是离敌人队伍一百多米距离,在山林中时隐时现。当他们把敌人引到离铜沟村不到一里路的小山坡上时,子弹都打光了。但他们非常高兴,已经完成了掩护团部转移的任务,吴青鹏让大家在树林中休息一下。

可是,他们万万没有料到,螳螂捕蝉,黄雀在后。从老鸦山方向过来的国民党宁国县自卫队,已经悄悄将他们包围起来了。吴青鹏、左锦州、赵正才等人只能用大刀和枪托与敌人肉搏,全部壮烈牺牲。

崔德品带领一个班的战士回到毛家厂,在四周的山上搜索了一圈,还是不见吴子华的踪影,不敢久留,返回凉亭。

王金林见没有找到吴子华,便向村上一个姓赵的农会会员交代,如果碰到吴子华赶来,就让他到代龙山一带去会合。

吴子华因为大病初愈,加上这几天连续行军打仗,饱一顿饥一顿的,身体虚弱到了极点。从高山庵撤退时,大家都是一个劲地在树林中钻,谁也顾不上谁。他几次跌倒,几次爬起来,已经是遍体鳞伤,没有一点再往前走的力量。眼见队伍消失在前方,他也无法追赶,就干脆找一个隐蔽的地方躺下休息。第二天,天蒙蒙亮,他就摸到凉亭村。姓赵的发现了他,给他弄了点吃的,就把他送到夫子岭下的黄杜村。

吴子华归队,王金林非常高兴。当天晚上,为了摆脱敌人的前后夹击,红军队伍急行军来到郎溪姚村北边的湖北庙村。

据传,咸同瘟疫后,有湖北荆州一带移民定居姚村北边的潘村,因和当地人有土地、房产纠纷,常有人被豪民所杀,搞得人心惶惶。就在此时,又从荆州移民来一个叫孙夯的青年,十八般武艺样样精通,一人能敌数十人。由于他的到来,当地人不敢再加害湖北籍移民。为了凝聚人心,孙夯提议在村边建一座庙,叫湖北庙,后来村子也易名湖北庙村。

在湖北庙村的这两天,王金林看到吴子华身体虚弱的状况,是不能跟着部队继续行动了,就派周世泽等人把他送到陈梅村后冲口一个可靠的农会会员家休养。

再说张国泰先到广德县城,找到朱学镛,带着他一起到上海,向省委汇报了广德红军独立团反"围剿"失利的情况,并请求上级党组织派遣得力的政治和军事干部到广德,加强红军队伍和地方党组织的领导力量。

张国泰和朱学镛一边通过各种关系购买枪支和弹药,一边到上海惠灵中学找到了许道珍。

1930年暑期,许道珍在宣城第四中学因为组织和参加学生运动,引起学校当局的反感,被勒令退学。秋后,通过叔父许杰的帮助,他转入上海惠灵中学继续读高二。

年仅十九岁的许道珍听张国泰讲了广德暴动的情况后热血沸腾,毅然退学。他卖掉所有的随身物件,把钱全部交给张国泰购买枪支,后随他们一起回到家乡广德参加共青团工作,和朱学镛一样担任团县委巡视员。

许道珍回到广德时,刚过完小年节,他没有回家,直接到五龙山上见到王金林。王金林对他能在现在红军最困难的时候回来参加红军队伍非常高兴。王金林知道他家里还藏有一支快枪,让他赶快回家取来。他说从上海回来还没有告诉父亲,怕回去父亲不让他再回红军队伍,便写了一封信给父亲。王金林安排周瑞钊将信送给许端甫,许端甫将信转交给大哥许济之,并将枪取了出来交给红军队伍。

第四十八章　声东击西南出北进

送走吴子华后,王金林带领队伍向北转移到三里冲休息了一天。

"报告!"崔德品站在王金林面前,"宁国保安团已经快到夫子岭了!"

"崔连长,你带一个排负责殿后,甩掉敌人后到小腰山,我们在那里等你们!"王金林边说边和李邦兴走出屋子。

崔德品带领一排跑到村口,宁国县保安团三百余人已经从夫子岭下来快到村头了,村中的老百姓都吆喝着向代龙山方向躲避。他赶快带领战士选择村口废旧的屋基矮墙做掩护,等敌人的十余个尖兵进入百米射程内,就举枪瞄准了走在前面的士兵扣动了扳机。几个尖兵应声倒下,其余的立即卧倒趴在地上。一眨眼的工夫,对面的机枪就响了起来。

"崔连长,敌人的火力太猛,你带领一班、二班先撤,我带领三班留下来抵挡一阵!"一排长刘有章猫着腰跑到崔德品身边。

"好,我们撤出后,你们就撤,不要恋战!"崔德品带领十几个战士迅速撤到村中,为了掩护群众,没有按照原先计划的把敌人引向代龙山方向,而是向北面杨家冲方向跑去。

在杨家冲,崔德品制造了一个向郎溪姚村方向撤退的假象,然后掉头向东,经大北冲向小腰山急速前进。他们赶到小腰山追上团部,已经过了午饭时间。他们正吃着剩下的饭菜,张正洪就气喘吁吁地跑来报告,说三四二团刘营长已经进入冲口的直杆边村,离这里不到一里路。

王金林已经几天几夜没有合眼了,再加上淋雨,有点头疼脑热,吃完饭刚躺下眯一会儿。

自从在化成庵和沈云山、刘昭武的队伍分手后,王金林一直关注着他们的动向,希望能在最危急的时候帮他们一把,再把他们拉回红军队伍。早上,得到交通员送来的情报,说他们已经将队伍开到毕桥一带,准备攻打郎溪县城。这一行动显然是十分冒险的,弄不好就会全军覆没。自己必须立即前往毕桥,阻止他们的盲目行动。

迷迷糊糊中听完张正洪的汇报,王金林立即从床上坐起:"虾子,带领队伍马上向大腰山转移!"

"周世泽,你们几个掩护团长转移!"龚守德大步跨出门外,"刘开元!"

"到!"警卫连三排长刘开元应声跑过来。

"你带领三排立即到村口去阻击敌人,等到崔连长来接替你们!"情况紧急,龚守德直接代替团长下达作战命令。

大炮连解散后,周世泽被安排到警卫连。他和另一个身强力壮的战士一边一个架着王金林的双臂,跟着队伍,一口气跑了五六里山路,来到大腰山西麓的大庙村。

大庙村,因为村中原有一座大庙而得名。全村有三十来户人家,都是穷苦的山农。村中的男人都加入了农会,女人加入妇女会。听说红军回来了,整个村子里的男女老幼都忙碌起来,把家里最好的东西拿出来送给红军。

可是,王金林不敢在大庙耽搁。他让农会给队伍准备了两天的干粮,带着团部继续往冲里的平塘村撤退。他知道敌人一定会追赶过来,和李邦兴商量,决定在大庙和平塘两村之间的一个隘口处打敌人一个埋伏,挫一挫他们的锐气。

根据王金林的安排,李邦兴和邓达远带着一个排选择了伏击地点。他们刚进入阵地,只见刘开元带着十余人从大庙方向跑过来。紧接着,崔德品带着二十几人也从村中跑出,边打边撤。在他们身后,三四二团的士兵紧紧追赶过来。

看着三营的战友一个个从眼前跑过去,跟在他们后面的几十个敌人已经进入伏击圈,李邦兴高喊一声:"打!"

一阵枪响,几个敌人中弹倒下,其余的敌人都躲进路旁的水沟里,寻找掩体,向红军埋伏的阵地反击。

从文岱村突围出来半个多月时间,红军和敌人大大小小进行了十余次战斗,手榴弹已经全部打光,剩下的五十余支长枪总共也只有两百多发子弹。所以,王金林的战术就是安排枪法准的战士开枪,争取弹无虚发。这次伏击敌人的目的,不是为了消灭多少敌人,而是为了迟滞敌人进攻的速度。

因为红军阻击敌人的阵地地势险要,有一夫当关,万夫莫开的态势,敌人虽然众多,蜂拥在大庙村头,却不敢向红军阵地发起猛攻。

在平塘村一户农会会员的家里,王金林让龚守德摊开地图,和崔德品一起看着地图研究下一步的行动方案。

"虾子,立即让通讯员去通知新老李,让他们无论如何也要坚持到天黑!"王金林站起来,"天一黑下来,我们就从大腰山后面撤到八家。天黑后,敌人是不敢进山的。我们就趁天黑,把队伍拉到宣广路北,秘密进入涛城一带,寻找沈云山的队伍!"

"根据各方面的情报,宁国、郎溪、广德三县的地方武装和三四二团主力已从东、南、西三个方向向我们包抄过来……"邓达远看着地图,"团长,你这一招仙人跳,是敌人万万想不到的!"

"达远,在参谋部蹲了一段时间,进步很大呀!"王金林向邓达远投去赞许的目光,"继续往下讲你的意见!"

"我想请你给我一个班,打着团长的旗号,就在大腰山这一带和敌人纠缠,拖住他们……"邓达远直起腰杆。

"我给你一个排,把刘开元的三排给你!"王金林打断邓达远的话,"让崔德品也留下来配合你,他很会打游击,是个好同志。一定要记住,我不指望你们消灭多少敌人,只要拖住敌人三天时间就行,然后,向鸦山一带转移。我们找到二营后,就把他们带到鸦山去和你们会合……"

"轰、轰……"大庙方向突然传来迫击炮的爆炸声。

"团长,你带领团部赶快撤吧,我到阵地去替换参谋长!"邓达远说完就准备走。

"敌人有大炮,你一定要注意安全!"王金林叮嘱了一句。

"团长,再见!"邓达远向王金林行了一个军礼,转身冲出门外。

沙桥村是坐落在郎溪县涛城镇南边三里多路的一个小村庄,中共沙桥党支部书记李允功的家就在村头。他从涛城孙瑾家开完支部会回来刚躺下,突然窗外有人敲击窗棂,轻重各三下。一听是自己人,李允功赶快起床,把门打开,一看,是林宏生。

王金林下午平塘出发前,安排林宏生带一个班化了装在前面侦察探路。一个月前,林宏生曾送信到过沙桥,见过李允功。林宏生告诉李允功这次红军过来的意图,李允功叹了一口气:"你们来晚了一天!"

半个小时后,王金林、张树生和李邦兴带着队伍来到李允功家,听了他介绍沈云山、刘昭武已经叛变投敌和姚村赤卫团已经完全失败的消息后,王金林十分痛心,闭着眼睛半天没有说话。

"允功,你能想办法给我们搞几支枪和一点子弹吗?"王金林抬起头,满眼期待地望着李允功。

"正好,今天支部会上沈梦翔说水鸣乡井岗头的刘道隆最近搞了二十几支快枪,正招兵买马,训练团丁,目的就是对付我们农会!"李允功道。

"这总算是个好消息,我们也不白跑一趟!宜早不宜迟,我们在天亮前就收拾刘家大院!"王金林站起来,"听说刘家有个大粮仓,明天早上我们顺便开仓放粮,你们秘密通知一些穷苦人去挑粮!"

经过三个多小时的摸黑行军,王金林带领队伍赶到井岗头,东边的天空已经现出鱼肚白,六十余名红军指战员将刘家大院团团包围。几个身手敏捷的战士翻过一人多高的院墙,打晕了两个还在睡梦中的护院家丁,打开院子大门,几十个红军战士一拥而上,冲进刘家。

刘道隆正巧到郎溪县城办事没有回来,林宏生将十几个刘家眷属和雇工关进厢房。红军战士们从夹墙中搜出了二十多支崭新的长枪和千余发子弹。天亮以后,附近村庄的几十个穷苦农民把刘家粮仓的稻子全部挑走了。

就在这时,张树生向王金林提出,这几天身上奇痒难忍,到处被自己抓得血迹斑斑,想回上海治好这皮肤病。王金林也看到他这几天被折磨得整夜都不能睡觉,同意了他的要求,并派人联系王良海,护送他去上海。

邓国安见张树生要回上海,便也向王金林提出去上海一趟,王金林同意他和张树生一起走。

王金林把邓国安和张树生送到村口,握着邓国安的手:"你这次从宣城经过,把宣城的情况,特别是庙埠和水东暴动的准备情况,安排人及时将情报送回来,我们好准备策应。"

"放心吧,我一到宣城就去四中见胡兴奎,把宣城的情况弄清楚。"邓国安松开王金林的手,带着两个化了装的交通员消失在树林中。

可是王金林此时怎么也不会想到,庙埠暴动已经失败,胡兴奎正在被押往省城安庆的路上。

天黑以后,王金林带领队伍,借助柔弱的月光,悄悄离开井岗头。一路上,他们绕开所有的村庄,直奔大腰山。夜间长途奔袭,已经是王金林屡试不爽的山区游击斗争最宝贵的经验。

他的心中,一直挂念着邓达远和崔德品。

第四十九章　初心不改鸦山整编

邓达远和刘开元带着三排赶到崔德品坚守的阵地，看到阵地已经被敌人的炮弹炸了几个大坑，几名战士倒在血泊之中。崔德品的右腿被炮弹炸伤，仍然坚持指挥战斗。

邓达远一边解开系在腰间的纱带，帮崔德品简单包扎伤口，一边向他传达团部的命令。

崔德品的右腿胫骨被炸断，邓达远替他包扎后，仍然不能行走。

"刘有章！"邓达远喊道。

"到！"刘有章听到叫喊，猫着腰跑过来。

"你们的阻击任务已经完成，马上组织撤退！"邓达远扶着崔德品站起来，继续道，"把红旗都打起来，往山上撤，把敌人引上山！"

"明白！"刘有章高喊，"同志们，跟我撤！"

邓达远让几个身强力壮的战士轮番架着崔德品往大腰山的顶部攀行，到达山顶时太阳已经落山。追击他们的国民党队伍停在半山腰，见天色已经暗了下来，就没有继续追赶。天黑下来后，邓达远便带着队伍从大腰山北面下山，到达腰山村东边的杨冲，已经是夜里十点。张正洪到腰山村几户农会会员家，给二十几个疲惫不堪的战士弄了点吃的后，他们便挤在一个不到十平方米的山棚里睡下。邓达远和张正洪带着几个战士，将崔德品秘密送到只有两户人家的油坊村，安排在一个姓李的农会会员家中养伤。

第二天上午，邓达远将队伍带到八石村。这八石村南边有一口水塘，水塘四周有八个石墩，为村里人洗涤用，故名。村内有五十余户人家，家家都有人参加农会。郎溪姚村暴动失败后，郎溪和广德两县的地方民团经常来这一带"清剿"，在家养伤的宝花村赤卫队队长汪玉生等人被逮捕杀害。

八石村西边十余里是郎溪姚村,东边五六里是苏村街。邓达远故意在八石村造了点声势,让消息传到驻扎在苏村街的国民党部队,引他们前来"围剿"。

正在苏村街吃中午饭的任升闻讯后,立即带领三百余人,从苏村街出发到文村。得到递步哨的报后告,邓达远带领队伍立即向郎溪方向转移。走到后庄,他便让张正洪和几个农会会员抬着崔德品秘密前往杉树岭村隐蔽疗伤。

任升赶到八石村,得到线报,红军队伍已经向郎溪姚村方向逃窜,并且还得知一个红军大官负了重伤,用担架抬着。任升一边派人通知还在大、小腰山一带搜索的三四二团的刘营前往姚村方向截击,一边组织自卫队在民团的带领下,分多路在八石村一带展开地毯式搜索。

张正洪和两个农会会员将崔德品从油坊抬到杉树岭。这杉树岭也只有两户人家,可两家都没有人,可能是听到风声都上山躲起来了。他们将处于半昏迷状态的崔德品放在床上躺下,出来到四周的山上寻找这两户的主人,找了半天,也没有找到一个人。在半山腰上,张正洪突然看见一队黑狗子已经从后冲进来,离杉树岭村不到半里远。

崔德品坐在门槛上,面朝南面敌人围上来的方向,十几个敌人端着枪呈扇形慢慢向他靠拢,在还有不到二十米的时候,他突然掏出屁股下的手枪,射向当面的一个敌人,敌人中弹倒地。敌人的十几杆枪同时开火,他的胸部被打成筛子。他身子一歪,靠着门框,硬是没有倒下,嘴角血沫直流,眼睛还圆圆地睁着,像是端详着远方的群山……

第二天下半夜,王金林带领队伍来到八石村,找到张正洪,得到崔德品牺牲的消息,立即赶到杉树岭。只见几间茅草屋已经被任升下令焚毁,崔德品的尸体下落不明。

邓达远是红军队伍中的几个知识分子之一,主要是在独立团政治部工作。原先,他一直没有独立带领过一支队伍。这次在文岱村,他带领两个连突出敌人重重包围,显示他已经具备了山地游击斗争的能力。现在,失去具有丰富战斗经验的崔德品,独自带领一个排在敌人的包围圈中转悠,对他又是一个严峻的考验。

王金林心中只有一个念头:不能再失去邓达远,必须尽快赶到鸦山找到他们!

在几名非常熟悉地形的红军战士的引路下，红军队伍顺利进入姚村小高山，打听到邓达远带领的队伍在水榨村一带。他们赶到水榨村时，又听说邓达远带领队伍去了邵家冲。

王金林带领队伍赶到邵家冲村口，公鸡已经开始打鸣。刘有章带着一个战士蹲守在邵家冲村口，发现有人过来，他便学起了布谷鸟叫，对方也回应鸟叫，暗号对上了。

邓达远不敢住在邵家冲村上，而是住在和邵家冲隔着一个山岭的纸棚里，这里原是一个叫鸦山脚岭的小村。他在附近的几个路口都安排有暗哨，一是为了观察敌情，二是为了迎接团部的到来。

刘有章带着王金林一行来到纸棚门口的晒纸场，这时天已经大亮。邓达远看见团长过来，从纸棚内跑出来扑向王金林，王金林张开双臂，两个经过生死考验的热血青年紧紧拥抱在一起。邓达远像孩子一样声泪俱下："团长，崔德品连长牺牲了，陈建富、李同洲、阮大佑他们都被反动派杀害了！"

"我们来晚了一步！"王金林松开邓达远后，面对周围的战士们高声道，"同志们，我们一定要记住反动派的罪恶，革命到底，为陈建富、李同洲和崔德品这些革命烈士报仇，决不能让他们的鲜血白流！"

经过一天的休息，大家的体力都得到了恢复。晚饭前，李邦兴向王金林提出了进军宣城的意见。王金林想了一下，既然翻过山就是水东镇，过去看看情况也行。

吃完夜饭，队伍就悄悄出发，翻山进入宣城境内的野鸡冲，来到大张村村口。王金林让队伍停止前进，便和李邦兴、龚守德一起到村头找到一家姓张的农民。王金林道出自己的身份，并说是梁其昌让来找他联络的。

姓张的农民确是梁其昌秘密发展的中共党员，也是大张村的农会负责人。他确定王金林等人的身份后，就让他们坐下，绘声绘色地说道："半个多月前，上级来人通知，说要攻打水东大王村煤矿，要我们做好准备，我们已经动员了五十多人。过了两天，上级又来通知说不打大王村煤矿啦，要我们挑十个身体好的年轻人到双桥集中，参加庙埠暴动。当我们连夜赶到双桥时，听说庙埠暴动已经失败几天了，好多人被杀了，反动派将人头拿到大街上示众，惨得很呢！"

"你说的这些是真的吗？"李邦兴半信半疑。

"这还能有假？"姓张的农民瞪大了眼睛，"我没有跟同伴一起从双桥回来，而是直接到宣城街上，在济川桥头一个亲戚家住了一天，看到警察白天黑夜都在抓人。在宣城四中抓的人最多，有老师也有学生。我们的县委书记姓胡，这次也在四中被抓了，送到安庆去了。我从宣城回来，看到我们水东也来了不少国民党的白狗子，在水东煤矿和孙埠也抓了不少人！我在外面躲了几天，风声小了才回来的！"

龚守德和李邦兴面面相觑，王金林也倒吸一口凉气："张同志，谢谢你给我们提供的消息。我们这次路过到你家的事情，千万不要对别人说！"说到这里，王金林站起来，双手拱拳，"告辞了！"然后转身出门，回到队伍休息的山林。

王金林没有再和李邦兴等人商量，而是当机立断，带着队伍撤回到鸦山脚岭一个叫榨屋的地方。这榨屋小村移民前有一个很大的油坊，有十来间房子，现在油坊没有了，只住有三户人家。他们都是从湖北移民过来的，主要靠给东家打长工造纸维持生计。

鸦山整编旧址

休息了一上午，王金林又精神十足，下午和张树生、李邦兴认真商量了一番，决定晚上开会，对独立团进行重新整编。

晚饭后，根据王金林的提名，李邦兴、龚守德、邓达远、林宏生、苏宗财、刘有章、刘开元等人参加了会议。

李邦兴宣读完王金林让他拟订的改编方案，龚守德就站起来："缩编为三个中队我完全赞同，但取消独立团的称号心里总觉得不是滋味。"

邓达远和龚守德坐在一条板凳上，拉着让他坐下后道："我也觉得不取消独立团的番号比取消要好些，因为支持我们的革命群众知道我们独立团还在，红军还在，他们的希望就还在！"

"是呀，团长我们都叫习惯了，改不了口啦！"苏宗财接着道。

"团长，我也认为刚才大家讲得非常有道理，我们还是继续高举中国工农红军皖南独立团的大旗，发动广大革命群众，向国民党反动政府发起最猛烈的进攻！"李邦兴说完坐下。

大家都静静地望着王金林，等着他最后拍板。

"我同意大家的意见，我们不仅不能泄气，还要很快发展壮大起来！"王金林又习惯地站起来双手比画着，"我们分成三个中队的目的，一方面就是三个中队暂时分开行动，人少些不仅吃穿问题好解决，而且行动灵活，便于打击敌人，隐蔽自己，另一方面就是苏区虽然被敌人破坏得很厉害，不少干部被杀害了，但是，我们的革命群众还在，只要我们的红旗不倒，群众就有主心骨，他们会回到革命队伍中来的。明天，我们就打道回府，回五龙山！回金龙山！"

会议最后决定，独立团整编为游击队，但对外保留皖南红军独立团的番号。王金林担任皖南红军游击队队长。游击队下设三个中队，李邦兴任第一中队队长，龚守德任第二中队队长，邓达远任第三中队队长。

第五十章　大浪淘沙英雄本色

芜湖市三圣坊巷三十号是一幢灰色的欧式小洋楼，中共皖南特委书记王步文和他的妻子方启坤住在这里，这里也是特委秘密机关。

王步文正在审阅特委的机关刊物《安徽红旗》周刊的样稿，宣传部长霍锟镛手里拿着一张报纸急匆匆推门进来："真是祸不单行，广德又出大事了！"

王步文站起来："什么情况？"

"你看，这是前天的报纸，"霍锟镛把手中的《皖江日报》递给王步文，"昨天刚得到消息，宣城庙埠暴动失败。谁知道，广德暴动半个月前就已经失败了！"

王步文拿起报纸，映入眼帘的是一个醒目的标题《广德"共匪"完全击溃》，他一目十行浏览报道的内容：

五十七师一七一旅王旅长，昨接所部三四二团团长余逢润由广德报告云："……探悉王金林率'匪'千余名，在耿村一带盘踞，我第二营即向大刘村'进剿'，三营向燕堂村'进剿'，复派民团至王岗村、青峰岭四面堵截。七日晨，二营行至门东村附近，适遇该'匪'，在阎王山激战数小时，'匪'势不支，逃窜至耿村附近，又适与三营之部队相遇，迎头痛击，纷纷逃窜深山。因天晚雨大，加以山路崎岖，不便穷追，即令各连在附近山头彻夜警戒。'匪'陷入包围，于八日上午，向我五连攻击数次，均被击退。此次该'匪'完全受我包围，总可一鼓荡平，不致漏网，不意驻守王岗村之杨分队长，不听命令，袖手旁观，竟视'匪首'王金林，乘该村之空隙，率五六十名……，由该村遁去。我军跟踪追击，追至西乡铜沟、太保沟一带，节节痛击，纷纷星窜，王'匪'金林仅以身免。查此次痛击，'匪首'虽未捕获，其余众一时或无收合余烬之能力……"

"我们党内的一些同志，总是盲动冒进，这是'立三路线'的余毒还在继续！"王步文站起来，把报纸摔在桌上。

"王书记,广德的邓国安同志来了!"组织部长史秀峰带着邓国安进门。

"国安同志,请坐!"王步文给邓国安递上一杯热茶,"我和霍述文(霍锟镛化名)同志正在说你们广德的事情,你就来了,真是说曹操曹操到!"

"国安同志,这报纸上说得是真是假?"霍锟镛拿起桌上的报纸递给邓国安。

邓国安接过报纸,也是一目十行快速浏览了一遍:"半真半假!"然后就把广德的情况作了详细汇报。

"我说呢,王金林不可能就这么一败涂地!"邓国安话音刚落,王步文就拍案而起,"我了解王金林同志,他是我们安徽党内少有的实干家。只要我们的路线对头,他就能东山再起,为我们在皖东南地区打下一片江山!"

邓国安离开芜湖到上海,向中共江南省委汇报了广德的情况后,带着省委对广德工作的指示和《中共四中全会决议案》《中国共产党中央四中扩大会告中国工农红军书》两个文件回到广德,已经是腊月三十大年节。他没有回家,直接到八分地见到了王金林和李邦兴。

鸦山整编会议后,王金林带领红军队伍秘密回到五龙山,将原先的苏区划为三个赤区:小西乡为一区,大、小南乡为二区,大西乡和北乡为三区。三个中队分别在三个游击区分散活动,主要是领导和发动群众,开展打击民团等反动武装,恢复和巩固被国民党破坏的各地苏维埃政权,并有条件地开展向白区的进攻。

三四二团团长余逢润以皖南红军独立团已被"剿灭"向上峰邀功请赏,并撤回驻地宣城休整;国民党广德县自卫队和各地民团武装因为天寒地冻,年关将近,士兵普遍厌战等,也龟缩到县城和誓节渡、柏垫、桐汭、独树街、花鼓塘等几个重要区、乡据点,不敢轻易出兵下乡"清剿"。王金林带领皖南红军游击队抓住这一有利时机,深入各地开展群众工作。许多地方的农会和赤卫队组织迅速恢复。

根据邓国安、张国泰的提议,王金林同意正月初八在八分地召开红军和地方干部会议,传达上级指示精神。

八分地对面的山坡上是一片树林,树林中有朱学镛家的三间草屋,暂时空着没有人住,龚守德安排几个战士打扫了一下,在这里开会既安静又安全。

接到会议通知,与会人员都装扮成拜年走亲戚的样子,陆陆续续来到八分地。王金林、邓国安、李邦兴、张国泰、龚守德、邓达远、林家旺、林宏生、肖行广、朱泽建、段行太、刘祖文、胡惠民、许道珍、朱学镛、张二妹、邓行三等二十五人参加了会议。

王金林主持会议。会议首先由邓国安带领学习六届四中全会的几个文件，接着就由张国泰带领学习王明撰写的小册子。学习结束后，就是会议的第二个议题，讨论恢复已经中断两个多月的广德县委。

王金林首先提出，由于斗争环境将越来越残酷，广德县委恢复后，县委的几个主要负责同志应该和红军队伍一起行动，这样安全一些。但是，邓国安、张国泰等人认为，党团组织不能只为自身安全而脱离群众，因而削弱发动广大群众开展土地革命的工作力度。但是，红军队伍必须给地方党团提供经济保障和武器支持。王金林对他们提出的意见表示赞同。

会议的最后一个议程就是讨论红军队伍下一步如何开展对敌斗争，李邦兴第一个发表意见："团长，我有个建议，让我带领一中队先去开辟孝丰地区，这样既能和我们广德苏区相呼应，打破广德敌人对苏区的经济封锁，又可以开辟浙赣边界根据地，打开前往赣东北苏区的通道！"李邦兴睁大双眼望着王金林。

王金林望着李邦兴："新老李，你再讲具体些！"

"去年秋末，我到上海汇报工作，见到省军委主席李硕勋同志。他前年在浙江担任过省委书记，对孝丰地方党组织的情况比较了解。他向我介绍，说孝丰县报福乡有个老石坎村，有二三十名我党同志在工作，这一带有较好的群众工作基础。另外，浙江省共青团在余杭、临安、孝丰交界的山川乡成立了余临孝边区委员会，有十几个团支部，党团员一百余人，正在开展农运工作，准备进行暴动。"李邦兴说到这里，显得有些激动，站起来继续道，"这个山川乡就在报福坛的南边，这里是西天目山地区，是开辟根据地，建立苏区的最好地方。再向南一百多里就是赣东北，那里就是方志敏同志领导的工农红军第十军建立的苏区！"

"李邦兴同志这个建议好，我坚决支持！"王金林冲着李邦兴举起了右拳，"你就先拿出一个去孝丰的方案，我们再开会讨论。"

散会后，李邦兴把王金林拉到一边："王团长，闵天相昨天回来了！"

原来，闵天相在马鞍山没有追上刘昭武带领的九连，在山上迷失了方向。天还下着小雨，天黑得连自己的五指都看不清。他在山上转悠了大半夜，还是分不清东南西北。突然，他脚下落空，滚下一个悬崖，摔昏了过去。等他醒来，天已大亮，浑身是伤，又饿又冷。他强忍伤痛爬了两里多路，来到山下一个叫郭家边的小村子，村头一户姓郭的人家，听说他是王金林红军队伍里的人，便把他留在家中养伤。养伤期间，郭家人几次掩护他躲过保安团的搜捕。半个月后，他秘密回到北大山的下寺家中，一边继续养伤，一边打听红军独立团的下落。一个多月后，他打听到李邦兴带领的第一中队在桥头一带活动，便找了过去，见到了李邦兴。

李邦兴听完闵天相的汇报，认为他脱离队伍一个多月，没有人能证明他的去向，存在变节投敌的嫌疑，不由分说便把他关了起来。另外一个原因，就是作为三营营长，刘昭武九连的叛变他负有直接责任。

王金林听完李邦兴的汇报后，立即让他派人把闵天相送到团部。

听完闵天相的辩解后，王金林做出了和李邦兴相反的判断，认为闵天相没有投敌，刘昭武叛变也不是他的责任，就让他留在团政治部协助工作，待进一步调查后，再做最后的结论。

不久，中共江南省委特派员李上林来广德，就开始了对闵天相的调查工作，直到他离开广德时还没有做出最后的结论。

第五十一章　春风化雨润泽民心

正月初十,张国泰在文昌宫东面的新祠堂主持召开共青团工作会议。参加会议的人员有刘祖文、段行太、刘太山、邓彩玉、胡惠民、朱泽建、许道珍、周瑞钊、朱学镛、胡信民、熊为政、黄鸣中、李文政等人,王金林和邓国安也应邀参加了会议。

张国泰在会议上重点强调了如何加强团组织建设、加快发展农村青年和城市学生加入团组织及团组织如何做好党的助手等工作。

邓国安代表中共广德县委发表的意见,就是团组织应充分发挥党组织预备队的作用,及时将经过革命斗争考验的优秀团员推荐给党组织,吸收为中共党员。

最后,王金林发言。他首先对朱学镛、许道珍、胡信民等学生党、团员积极要求上队的行为泼了一瓢冷水:"同志们,你们刚才都表示要参加红军队伍,对你们的革命热情,我很赞赏。但是,你们大多都是学生,没有当过工人,有的连农活都没有干过,要跟我上山打游击还是嫩了些!"

"团长,你去年这个时候不也就是一个教书的白面书生吗?而现在,你不就成了一个能文能武的大将军吗?"许道珍大大的双眼骨碌碌转着,"这、这就叫乱世出英雄嘛!"

"哈哈哈……"许道珍的一番抢白,引得大家都开心地大笑起来。

"我真正要说的,是因为现在的红军队伍缩编了,暂时还不需要太多的政治干部。你们大多是党员和骨干团员,将来红军队伍和苏区发展了,就靠你们这些有知识的革命青年来领导。现在,有更重要的工作在等着你们去做!"王金林站起来,伸出右手拇指,"第一是学习,完成自己的学业,在学校一样可以参加党团组织活动,为革命工作;第二,城市工作更需要你们,城市的党团组织建设、宣传等工作非常重要。刚才张国泰同志介绍，你们把宣传革命的标语都贴到国民党驻军的兵营里，瓦解了敌军的士气，这很了不起呀！兵运工作也非常重要，前一阵子，有两个三四二团的士兵就是看了你们张贴的'穷人不打穷人'的标语，拖枪跑到我们红军队伍里来了！"

"报告团长，这都是胡信民带着佘世魁、张北华他们几个人做的！"朱学镛插了一句。

"朱学镛，继续这样坚持在城里干下去，多到敌人的士兵中去开展工作，收集敌人的情报。这种工作，比参加游击队打死几个白狗子作用更大！"王金林说到这里，转眼望着张国泰，"国泰，听说这次参加庙埠暴动的徐鸿猷、佘世魁、杨久立等几个同学被宣城四中开除了，这不是一件坏事。你可以和上海方面党组织联系，让他们去参加一些培训活动，也可以去沪西工人区参加工运斗争，学习工人阶级的革命斗争精神……"

"团长，您的指示非常正确，会议结束后，我就安排许道珍带几个同学去上海！"张国泰道。

"我才从上海回来，正在做团长交给我编写《红军报》的工作。这几天，我在赤区开展社会调查，交了一些农会朋友，受到了很大的教育和启发，还有很多事情正等着我去做呢！"许道珍激动地站起来，"团长，您让朱学镛带着他们去上海，让我留在赤区吧！"

"哈哈哈……"王金林笑了一声，"同学们，看看你们还有谁比许大眼睛的皮肤黑，身体壮，更像一个赤卫队员？"

"哈哈哈……"众人一片开心大笑。

共青团会议结束后，王金林把朱学镛叫到一旁，将一封由李邦兴写给中共江南省委的报告交给他，让他务必交在上海地质研究所的许杰。

报告的内容是汇报皖南红军独立团自文岱村突围出来，在鸦山重新整编后，再回到广德西南乡赤区，继续开展游击斗争的情况，并要求省委能够及时派遣政治和军事干部来广德指导工作。

王金林和邓国安、张国泰商量，还是没有让许道珍到独立团当红军战士，而是让他留在地方，协助张国泰做共青团工作。邓国安和张国泰就安排他到刘祖文的赤卫大队担任指导员，并继续负责《红军报》的编辑工作。

《红军报》是不定期的油印小报,内容主要是宣传苏维埃政府关于土地革命的政策,动员广大贫苦农民勇敢站起来同土豪劣绅作坚决无情的斗争,并及时报道红军和敌人作战,敌人对赤区的"清剿"、封锁等方面的情况。撰稿人主要是王金林、邓国安、邓达远、张国泰以及闵天相负责的政治部。红军政治部只有一台手提油印机,还是邓国安冒着生命危险从上海搞来的,政治部的两个战士负责保护它。蜡纸和刻蜡纸的钢板都是张国泰通过城市支部党员搞来的。许道珍在宣城中学读书时就是校刊通讯员,刻得一手好钢板字。每期稿子也就三至五篇,他刻好后,就拿到政治部去油印。

许道珍五六岁时父亲许济之就让他读私塾,让他每天临帖,打下了较好的书法功底。在地方党团机关,没有人毛笔字写得比他好。邓国安还让他担任标语员,专门用毛笔誊写宣传标语,然后给贴标语小分队在苏区各地张贴。

北乡赤卫队队长周清远每个礼拜都要集中二三十名赤卫队员听许道珍讲课。赤卫队员分脱产和一般队员。脱产的队员只有十几人,配备的基本上都是土枪,他们都不住在家里,随队行动,负责在大西乡的花鼓塘、枫塘铺、陆家铺、杨杆一带发动群众,惩治土豪劣绅。另外,他们还随时听从赤卫大队的调遣,协助红军独立团作战。一般队员都是农会会员中年纪较大一些的,使用的武器主要是大刀、匕首等冷兵器。他们的主要任务是站岗放哨、收集情报、为山上打游击的战士送饭等,根据任务需要,招之即来、挥之即去。

许道珍给赤卫队员们讲课,主要内容就是讲解党的土地革命政策、妇女解放、破除封建迷信等,有时还教唱王金林、张国泰等人编写的革命歌曲。

正月十六,王金林得到情报,国民党自卫队七区(福巡)中队和三四一团一个排在汪家桥、西坞和戈村一带袭扰,抓捕并杀害了刘太山。刘太山是他的学生,二十刚出头,在文岱村突围时受伤,被西坞赤卫队安排在大庙村子后面的山冲休养。他听到这个消息后非常愤怒,决定让龚守德带领第二中队和赤卫队员五十余人,前往戈村一带,寻找机会教训一下耀武扬威的敌人。

由于第二中队只有二十余支快枪,且子弹缺乏,不宜打持久战,只能以突袭的办法速战速决。正月十八天亮之前,他们埋伏在牧马村前道路两边的树林中,这里是戈村通往毛村的大路。日上三竿时分,只见一队国民党士兵和七区自卫队五十余人耀武扬威地从戈村出来。

龚守德远远看见敌人的队伍中不仅有穿黑衣服的自卫队士兵,还有穿黄衣服的三四一团士兵,至少有一个排,可能还有机枪。敌情发生了变化,原先的战斗计划也必须改变。

突然,龚守德发现队伍里面有一个骑着马的军官。擒贼先擒王,他立即把龚发兴叫来,指着骑在大马上的军官说:"那个骑马的一定是个排长,等他走到两百米的射程之内,我俩同时开枪把他干掉,这样敌人就乱了阵脚,我们再打他一个冲锋!"说完,他又把两个司号员叫来,安排了一番。

这个骑马的军官正是三四一团一营二连二排郑排长,受七区朱区长的邀请前来"清剿"红军的。他骑的枣红马是朱区长送的,刘太山就是被他杀害的。

枪打出头鸟。敌人队伍一进入两百米的射程,龚守德一个手势,两杆瞄准郑排长的快枪同时响了,郑排长应声从马上跌落。这时,树林中的冲锋号也吹响了,五十几个红军和赤卫队战士从树林中跃出来,边开枪边向敌人队伍冲去。

敌人队伍顿时大乱,后队变前队,向戈村撤退。敌人逃进村里,前面的红军战士已经追到村头,听到身后响起撤退的军号声,便立即退了回来。因为敌人已经退到村中,可能有机枪把守,龚守德不敢恋战,下令快速打扫战场。这一仗,包括郑排长在内,七名敌人被击毙,缴枪六支。七区自卫队一个叫李荣宝的士兵抱着枪躲在田坎边,成了红军的俘虏。

白狗子将郑排长的尸体运回广德县城,在南门举行了一个礼拜的公祭活动。广德的土豪劣绅都应邀前往吊唁。三四一团团长许国亭下令将关押在监狱中的西坞赤卫队队长陈崇高等人杀害,将他们的头颅割下,当作郑排长的祭品。

陈崇高是因为到县城购买药品,遭到叛徒出卖,在西门澡堂被自卫队逮捕的。

第五十二章　孝丰失利折断肱骨

一中队有二十四人,其中邓达怀、孙有高、胡顺庭、杨金山、邓子清、周启富、周坤山等人都是去年3月暴动后不久就参加广德红军游击队的老战士。王金林还从二中队和三中队把许汉章和王泡皮(化名)两个比较熟悉孝丰地方风土人情的红军战士调到一中队,准备通过他们到时候联系还在杭垓一带坚持开展活动的中共孝丰地下党组织。

许汉章向王金林和李邦兴推荐了一个人,叫程道良,孝丰垭子人,四十岁不到,原是个穷苦的木匠,因在孝丰杀过一个恶霸,被逼上山当了土匪。去年红军独立团到达建平垱时,他带领二十几个土匪兄弟和贫苦农民也打着农民赤卫队的旗号想投奔红军。当时负责和他谈判的是政委邱宏毅,许汉章也参加了谈判。到了文岱村后,正准备收编他们的时候,文岱村突围战斗开始了。许汉章听说,后来程道良带着几个兄弟继续在广宁孝交界的山区一带活动,他们打的也是红军的旗号。

听了许汉章的汇报,王金林让他立即到孝丰去,想办法联系程道良。半个月后许汉章回来,告诉王金林和李邦兴,说他在杭垓找到了程道良。程道良已经化名叫陈傻子,他手下还有两个姓廖的兄弟,都是过命的交情,他们都愿意参加红军。

因为考虑第一中队到孝丰一带开辟新区,开始时群众基础差,没有当地老百姓的支持,开展工作一定十分困难,临行前,王金林让独立团经济保管员杨恩宽拿出了一百多块大洋交给了李邦兴,这几乎是独立团的一半家当。王金林还特地找一中队副队长邓达怀谈话,叮嘱他一定要保护好参谋长。如果在孝丰那边的局面确实不好打开,就劝参谋长不要死撑,把队伍带回来,留得青山在,不怕没柴烧。

邓达怀是大范村北边牛王庙村人，是西坞苏维埃最早推荐进入红军游击队的农会骨干。近一年来，他参加了几十次战斗，作战十分勇敢，已经成长为一名优秀的基层指挥员，颇得王金林信任。

一中队队长李邦兴佩带的是一把三号驳壳枪，邓达怀等十九个指战员佩带的是快枪，战士们也把这种快枪叫"连发铳"，每人只有二十粒子弹。其余的六个战士配备土枪和大刀，其中两个炊事员背的是一口大锅和烧饭的餐具。

一中队从四方坪悄悄出发，一路昼伏夜出，经五龙山到月克冲，进入四合，在遐嵩林一带盘桓几日后，从耿村垭子进入建平垱西边的棉花山东麓，在周桐旺家的山棚秘密住下。李邦兴根据邓达怀的建议，决定派许汉章、王泡皮两人前往杭垓联系陈傻子和老廖兄弟。

老廖叫廖道全，四十来岁，脸上有几颗麻子。弟弟比他小十来岁，叫廖道顺。兄弟俩是报福坛人，和陈傻子是表亲。

4月2日，许汉章回来报告，他们已经在杭垓联系上了陈傻子。李邦兴立即带领队伍连夜启程，经文岱村到达双庙村。因为天快亮了，他们没有进村，在村后山上的树林中隐蔽休息了一个白天，等天一黑下来就继续赶路。

"队长，这边的山比我们广德的山高大险峻，如果没有当地人引路，真不知道该怎么走……"邓达怀边走边说。

"车到山前必有路！"李邦兴接着邓达怀的话道，"越往南山越大，老百姓越穷，只要把穷人都发动起来，就是我们的天下！"

"报告队长，前面山下就是杭岭村。你们先在这里休息一下，我下山到村上去找老陈和老廖他们！"许汉章道。

半个时辰后，许汉章带着陈傻子、老廖、王泡皮、小廖四人来到山上。

第二天一早，根据李邦兴的安排，老廖、小廖、许汉章、王泡皮、陈傻子都分别化装到杭垓镇一带去侦察敌情。天黑后，他们又从杭岭转移到磨蟠口村。村里有一个姓王的是老廖的朋友，他叫开王家的门。

王家是个中农，家里并不宽裕。李邦兴给了姓王的几块大洋，不允许他们的家人外出，就在家里给红军队伍弄了些吃的。

天亮后，李邦兴又派老廖他们到老石坎村去探听地下党组织的情况。

一连两天，派出去的侦察员小廖、许汉章、陈傻子、王泡皮都是空手而归，只有老廖在老石坎村一个老表家了解到村中杨家的老三、老四、老五可能是共产党员。去年夏天,杨老三被国民党政府逮捕关押在杭州陆军监狱,杨老四、杨老五也因被国民党政府通缉逃亡外地。

综合几天侦察的情报,杭垓一带的敌人自卫队很强大,活动也很猖獗,老石坎一带的党组织已遭到严重破坏。李邦兴听取老廖、陈傻子等人的建议,决定继续向南,到和报福坛接壤的临安县山川乡一带活动。

李邦兴决定把队伍带到山川乡,推进共青团余临孝边区委员会发动西天目山地区农民暴动。但是,他的这种打算一提出就遭到邓达怀、孙有高、胡顺庭等人的强烈反对。

李邦兴并没有因为邓达怀等人的反对就放弃南进计划,用一天的时间说服了邓达怀。邓达怀虽然还有些顾虑,但还是想到自己是个党员,必须服从组织决定,便协助李邦兴说服了其他战士。

从四方坪出发已经十来天,带来的经费已经用了一大半。李邦兴和邓达怀、老廖、陈傻子商量,决定打几家土豪劣绅,既解决经济困难,也震慑一下当地的反动势力。经过一番周密的计划,他们选定了上梅村的大地主曹子庭家。

曹子庭,号钟秀,是杭垓最大的地主之一。长子曹信甫二十六岁,儿媳王氏是南渡村有名士绅王瑞馨的孙女;次子曹树松,二十岁。4月7日,王氏弟王酉山前来看望姐姐,曹家以丰盛的晚宴招待客人。

晚宴刚开始,老廖带领二十余人闯进了曹家。曹子庭为保家人性命,很识相地拿出了金戒指三枚、金镯子一只、大洋五十七块、钞票三百元、棉被一条,放在一只布袋中交给了周启富。为了防止曹家报案,李邦兴下令陈傻子将曹信甫、曹树松和王酉山三人捆绑,作为人质带出曹家,消失在黑黢黢的夜色之中。

可是,第二天上午,曹家遭"绑匪"洗劫的消息还是不胫而走。国民党孝丰县长李飞鹏立即饬令杭垓、报福、章村等地的保安团和地方民团全力搜索和"清剿""绑匪"。

当天夜里,李邦兴带领一中队押着三名人质,疾行十余里,来到报福坛西边两里多路的佛堂岭。他们没有进村,在路旁的一个山洼子里隐蔽休息,埋锅造饭。第二天上午,李邦兴把邓达怀、陈傻子和老廖叫到一起开个碰头会,讨论偷袭报福乡公所,缴保安团一个班士兵的武器,壮大自己的武装。会议很快就结束,李邦兴让老廖带领胡顺庭、王泡皮到报福坛去摸清敌人的兵力驻防情况,为夜里的突袭做准备。

老廖三人刚出冲口,就迎面碰上一队身着黑衣的保安团士兵。

"什么人?站住别动!"走在最前面的保安团士兵举起枪对着老廖。

老廖一瞬间从怀中掏出李邦兴借给他的手枪,抬手就给三十米远的保安团士兵一枪,转身就往回跑。在他的背后,噼噼啪啪的枪声响起。他刚跑出百余米,就一个踉跄倒在路旁的沟里。他背部中弹,子弹打进了肺部。他喘着粗气,靠在树干上向跟在后面的敌人射击。就在这时,李邦兴带着十余个红军战士赶过来,对着敌人的方向就是一排子弹。

对面的敌人是驻章村保安团一个排的士兵,他们是接到上峰的命令到杭垓一带配合搜索"绑匪"的。排长是个老兵油子,看到"绑匪"使用的是盒子枪和快枪,便知道不是一般的绑匪,于是丢下那个被老廖击毙的士兵的尸体和枪,拼命往回逃去。

许汉章带着杨金山等五个战士看押曹信甫、曹树松和王酉山。曹树松看到李邦兴带人冲出洼子,身边看守的只有几人,便大叫一声:"哥,我们快跑!"说完就跳起来跑向身后的树林。

在他的身边,王酉山也立即从地上跳起,跟着曹树松就跑。看守他们的红军战士只有许汉章一个人手中有枪,其他几人手中只有大刀。许汉章端枪对着王酉山后背:"给我站住,再跑我就开枪了!"

二十来岁的曹树松和王酉山动如脱兔,一下就蹿出二十多米,就要钻进树林。

许汉章扣动了扳机,王酉山摇晃了几下倒在地上。他又拉动枪栓,却不见曹树松的身影。

李邦兴带着十几名战士追到冲口,已经不见了保安团士兵的踪影。邓达怀拾起保安团士兵尸体旁的枪,便和大家一起立即撤回到洼内。

李邦兴听取了陈傻子等人的建议,没有再组织突袭报福乡公所,而是用简易的担架抬着身受重伤的老廖,立即向临安县的山川乡转移。

一路辗转,一中队在天黑时来到一个叫深溪坞的山洼,身受重伤的老廖已经是奄奄一息,他的弟弟小廖一直在他的身边哭哭啼啼。

第二天一早，一中队又转移到深溪坞南边一里多路一个叫冰坑的山沟里，老廖咽下了最后一口气，大家把他的尸体掩埋在冰坑的竹林里。

熟悉山川乡情况的只有老廖一人，小廖都没有去过山川乡。老廖的牺牲，对一中队的战士们来说是一个沉重的打击，士气十分低沉，大多数战士都不愿再向南前进了。邓达怀想起出发时王团长的叮嘱，便劝说李邦兴带领队伍返回广德。李邦兴前思后想，最后只得听取了邓达怀等人的建议。

当天夜里，李邦兴带领一中队战士向北回撤。鸡叫时分，来到杭岭村北边一个叫十八里冲的小村。许汉章和李荣宝作为尖兵走在队伍的最前头。他们刚一拐弯进村口，就迎面遭遇了一队保安团士兵。

对面的保安团士兵是西乡望塔村自卫队的，有十几人，拿的都是快枪。他们一发现红军队伍，就开枪射击。

李荣宝腿部中弹倒地，许汉章就势抱着他滚到路边的土坎下。此时，后面一中队的枪也响了，相互对射起来。不一会儿，陈傻子匍匐到他俩身边，见李荣宝的腿骨已经被打断，无法站立行走，便对许汉章道："小许，把他的枪拿走，我们撤！"

"小李伤这么重，怎么撤？"许汉章回头问道。

"队长命令，必须立即撤退，不然我们就有被敌人包围的危险！"陈傻子拍了拍李荣宝的胸脯，"兄弟，对不住啦！"说完，他就爬着向后撤退。

许汉章拉着李荣宝的手："兄弟，我拖你走！"

"我走不了啦，你赶快跑吧，不要管我！"李荣宝挣脱许汉章的手。

许汉章含泪丢下李荣宝，在战友们的掩护下爬回队伍。

李荣宝是田里戈村人，二十三岁。半年前，由于家里穷，他被迫参加戈村自卫队混口饭吃。一个多月前，在龚守德率队攻打戈村时，他携枪投奔红军。他在十八里冲受伤被俘后，被章村保安团二连一排排长朱瑞卿押回章村。虽然敌人多次刑讯逼供，但李荣宝始终避重就轻，不承认自己是杀人凶手。由于王西山爷爷王瑞馨的不断上告，国民党浙江省高等法院院长邓文礼下达训令，责成孝丰法院判决李荣宝死刑。1931年12月17日，李荣宝在孝丰监狱被杀害。

十八里冲战斗后，李邦兴带着一中队于当天绕过一路的哨卡，撤回到文岱村西边的郭家村一带。

到达郭家村,已经摆脱了敌人的"搜剿",就要回到家乡,大家都松了一口气。可是,李邦兴决定由王泡皮、胡顺庭等五人押解人质曹信甫回广德西乡五龙山,向王金林汇报一中队的情况,听候团长的指示,其余的人暂时不回广德,继续在文岱村一带开展游击斗争。

王泡皮等人昼伏夜行,第二天来到月克冲一个熟悉的农会会员家。这个农会会员说前两天一个他认识的赤卫队员说,团长王金林因为生病到上海治疗去了,红军独立团已经是树倒猢狲散,不少人都上山当土匪去了。

原先就是土匪出身的王泡皮一听,就立即释放了曹信甫,带着其他三人准备重操旧业。胡顺庭说服不了他们,就独自一人再回文岱村寻找队伍。

胡顺庭找到队伍,向李邦兴汇报了打听到的消息。

第二天,李邦兴不听邓达怀等人的苦苦劝告,携带价值四百余块大洋的金银首饰和驳壳枪一支,直接回上海向党组织汇报广德的情况去了。

李邦兴离开文岱村后,陈傻子和小廖也就离开队伍,上山重操旧业。邓达怀带领剩下的十余人辗转回到五龙山,在四方坪见到了王金林。

第五十三章　血债还须血来偿还

　　中共广德县委恢复后不久,邓国安主持召开县委扩大会议,县委委员张国泰、肖行广、林家旺、刘昭银等人参加了会议,就过去广德县委在开展分田分地、苏维埃政权建立等十二个方面进行了检讨,并提出了坚决执行"加强群众的政治教育,在斗争中组织游击队,广泛地发动农民游击战争,推动皖南的宣、广、郎更高的革命高潮到来"等新的工作方针。

　　会议结束后,邓国安立即根据会议形成的决议,给中共江南省委写了一份《关于广德县委恢复情形》的报告,请求省委选派一人来广德担任县委书记,并派一批政治和军事干部来广德红军队伍工作。

　　在上海的中共江南省委接到广德送来的报告后,立即派遣省委巡视员李上林等四人来广德巡视指导工作。

　　李上林依据广德县委给省委的报告中反映的情况,对广德红军队伍的问题进行了调查,得出的结论是红军队伍存在对王金林近乎迷信的个人崇拜。他把这种现象的发生直接归咎于王金林脱离上级党组织的领导,长期在红军独立团唱独角戏等原因。他认为,这种危险的现状王金林要负主要责任,必须立即纠正,便以省委巡视员的身份,决定召开红军独立团和广德县委联席会议来解决问题。

　　会议在下山斗张国泰家召开。会议开始后,李上林、邓国安等人就对王金林在过去工作中的右倾机会主义和家长式作风展开了激烈的批评。邓达远、闵天相、龚守德等人也踊跃发言,提出了针锋相对的反对意见,认为邱宏毅、李邦兴、张应龙等上级派来的政治和军事干部没有做好土匪队伍的改编和思想政治工作,是导致沈云山、刘昭武叛变的主要原因。

　　"同志们,对于刚才李巡视员同志和地方党组织的同志对我提出的批评意见,我大部分诚恳接受,并保证在今后的工作中改正错误。但是,对刚才几个同志给我戴的几顶帽子,我不敢接受。我认为这不仅是我个人的问题,还是关系红军队伍和广德革命生死存亡的问题……"王金林说到这儿习惯性站起来,但又慢慢坐下。

"王金林同志!"李上林站起来道,"今后的仗怎么打,也就是今后中国革命的路怎么走,这个问题不用你和我在这里争论,最近召开的党的六届四中全会讲得很清楚!我到广德来时,王明同志代表党中央有明确的指示……"

李上林因为自己在会议上提出的意见遭到了大多数红军指战员的反对,没能实现他对王金林错误的揭露与批判,进而达到把广德党和红军队伍拉回执行中央六届四中全会精神的正确轨道上来的既定目标,显得十分焦虑。他熬了两个通宵,起草了一份《广德关于党的(情形)报告》。一大早,他立即把邓国安和张国泰找来,提出要求以广德县委的名义,把报告及时上报给中共江南省委,请求上级对广德红军负责人王金林的错误进行纠正。

1931年春,国民党广德县长陈亦庐和自卫队队长任升等人认为,王金林、邓国安、龚守德等红军主要领导人都没有被抓获,红军队伍的基本力量还在,必须一鼓作气斩草除根,否则又是养虎为患。他们联合上书给省主席陈调元,要求继续派兵镇压皖南红军独立团。

陈调元接到广德的报告后,即电斥五十七师师长李松山。李便将虚报战功的三四二团余逢润调到宣城驻防,从芜湖调三四一团团长许国亭、副团长翟励学带领第一营第二连和第二营三个连到广德,继续对皖南红军独立团进行"清剿"。许国亭带着第一营第二连和团部驻扎在广德县城。第二营营长王德农奉命带领二营驻扎在花鼓塘一带,伺机组织发动对红军队伍的第三次"清剿"。

许国亭到达广德后,首先采取了"安抚"方法,利用叛徒为骨干组成"铲共团""自新队",强迫农会干部、赤卫队员及其家属"自首",从政治上瓦解红军的群众基础,其次采取移民并村、联防联保、特务渗透、经济封锁等多种手段,挤压红军独立团的活动空间。只要发现红军队伍的行踪,他们就集中优势兵力,携带轻重机枪、迫击炮等重武器,对红军队伍和地方赤卫队发动突袭。

与此同时,陈亦庐和任升也及时重建了被红军摧毁的西、南各地的国民党区、乡两级政权组织及其武装。广德县国民党县党部也建立和健全了誓节渡、柏垫、杨滩等地的分党部特务组织。自卫队和民团也沆瀣一气，在"铲共团""自新队"里的叛徒和特务的引导下，对苏区不断发起进攻。

年节前后两个多月时间，在西、南乡各地，就有王新建、杜有顺、曾照元、刘先道、吴本聚、杨金章、程道龙等五十余人被任升和民团头子陈友山、蔡祖苞、魏干臣等人杀害。

清明节刚过不久，王金林原配妻子龚春花的胞兄龚福昌，在油榨岭被任升带领的"铲共团"枪杀。

5月初，从孝丰逃回的邓达怀，和西坞村苏维埃主席张正宏，赤卫队员李长才、范绍先等人在一起开会时，由于叛徒告密被捕。范绍先情急之下，将农会干部和赤卫队员名单撕碎塞进嘴里咽下。在桥头的河沙滩，他们被民团公开杀害。

广德县委委员邓行三，也由于叛徒告密，在花鼓塘被王德农驻军逮捕，在红毛山杀害。

一个又一个不幸的消息传到王金林的耳朵里，他心如刀割般疼痛。面对敌人的凶狠与残暴，王金林心中只有仇恨，一定要为牺牲的亲人和同志们报仇雪恨。

李上林召集的联席会议，大家的思想不仅没有统一，在主要问题的认识上分歧越来越大。想着两天前开会的情况，王金林没有心思吃晚饭，手里捧着一本已经被他翻烂了的线装《三国演义》，半躺在一个竹凉椅子上。

邓达远急急忙忙走到王金林面前："团长，刘有章在誓节渡芦塘附近被陈藻的民团打死了！"

王金林立即站起来："我们一共死伤多少人？"

"他是为了掩护其他几个赤卫队员撤退，被陈藻的人开枪打伤，战斗到最后牺牲的！"邓达远双眼通红。刘有章是他第三中队的副队长，根据他的安排，两天前刘有章带着五人小分队到芦塘一带秘密筹集粮款。

"这是陈藻欠下我们红军的又一笔血债，血债还须血来偿还！"王金林站起来冲着门外高声叫道，"林宏生！"

"到！"林宏生应声从厢房走出。

"去把龚守德叫过来！"王金林道。

琚启炳被红军镇压后,陈藻就接任誓节渡区长。开始半年,他因为家住在苏区,又接到王金林给他的信,就龟缩在誓节渡的据点里,很少单独带队到乡下滋扰,和红军队伍基本上是井水不犯河水。可是,自红军在第二次反"清剿"斗争失利后,他就和其他反动区长一样,极力发挥"铲共团"作用,加强对红军队伍和地方苏维埃政权的进攻。

经过侦察确认,陈藻带领一个班的卫兵回到芦塘东面两里多路的天沟村,和家里的大师傅(长工头)商量尽快安排招忙工(临时工),将两百多亩草籽田翻耕出来,在端午节前后栽上秧苗。

王金林亲自带领一百余名红军游击队员和赤卫队员,趁着夜色掩护,赶往天沟。陈藻的家就在村子中间,两进大屋,除了陈藻带回的一个班卫兵,家里还养有十来个家丁。

王金林指挥红军战士和赤卫队员将村子四面包围,亲自带着三十几个游击队员从大门进攻。他是想通过喊话让陈藻缴械投降,不战而屈人之兵。可是,站岗的家丁一发现红军队伍就开枪射击。陈藻慌忙指挥卫兵和家丁负隅顽抗,不一会儿就被游击队打死两人。他见势不妙,就带着卫兵和家丁从后门向山边的树林冲去。守卫在村北的赤卫队员拿的都是大刀,一下子就被陈藻的卫兵给冲散了,只有林宏生带的一个班有两支快枪,和陈藻正面对抗。黑暗中,林宏生被陈藻击中右腿,负伤倒地。当王金林带领游击队员赶来时,陈藻已经乘机带领卫兵、家丁钻进黑黢黢的树林逃跑了。

王金林命令游击队停止追击,让军医王东林简单给林宏生的伤口包扎一下,由林家旺、段行太等人用门板抬着林宏生秘密撤到赵家村邓彩珠家休养,然后将陈藻家的两千余斤粮食全部装进麻袋,迅速撤回五龙山驻地。

第五十四章　花鼓塘智救刘祖文

陈藻逃回誓节渡镇区公所,便立即电话向县长陈亦庐报告了王金林亲自率部袭击天沟的情况。第二天一早,国民党誓节渡区中队、花鼓区中队、三四一团二营两个连及杨杆等地的民团武装五百余人,从各个方向向芦塘一带"进剿"。陈藻带领的誓节渡区自卫中队发现了路上的血迹,就顺藤摸瓜,来到赵家村村西。

负责照料林宏生的林家旺,一早也发现林宏生负伤滴在路上的血迹,就赶快安排几个赤卫队员铲除路上的血滴痕迹。可是,刚铲除不到一里路,就发现敌人已经顺着血迹找过来了。林家旺一看情况紧急,就让北方赤卫队队长周清远赶快带几个赤卫队员将林宏生从赵家村邓彩珠家转移到安全的地方。

林宏生也是赵家村人,1896年生。林家旺是他叔叔,比他大两岁。他们都学过木匠,枪法很准。

为了把敌人引开,林家旺朝着敌人的队伍开了一枪,把敌人从村西引到村南边一里多路的山坡上,凭借松树林的掩护,和敌人展开对射。

林家旺手中的是一支德国产的毛瑟手枪,最大射程只有一百五十米,而自卫队士兵使用的大多都是汉阳造,射程可达五百米。在离林家旺藏身的树林还有半里多路的地方,几十个自卫队士兵停止前进,趴在田埂上向树林猛烈射击,打得林家旺四周的树枝纷纷掉落。突然,他被一颗子弹击中,向前踉跄几步,栽倒在地上,手中的枪甩出数米远。

此时,一个叫陈老大的村民正在山上砍柴,听见枪声就赶快趴在地上躲着,看见林家旺倒地,就急忙爬到他身边,见他是胸部中弹,已经停止了呼吸。陈老大见对面的敌人边放枪边向这边冲过来,就捡起林家旺丢在地上的枪,一口气跑到敌人看不见的地方。

陈老大也是赵家村人,跟着林家旺参加了农会。他知道这把三号盒子枪十分珍贵,几天后想方设法把它交给了邓国安。

片刻,见树林中已经没有了还击的枪声,自卫队士兵和闻讯赶来的三四一团二营一连士兵一百多人开始搜山,发现了林家旺的尸体。一个叫杜远龙的自卫队士兵认出是林家旺,便把这个情况报告给陈藻。陈藻立即带队开进赵家村,包围了林家旺的家。家里没有人,他们便把林家所有的东西都扔到门口地上,将林家洗劫一空,然后贴出告示,不允许任何人前来收尸。

林家旺的妻子李祖英得到周清远的报信,带着十六岁的儿子林洪财、十岁的大女儿林金玉和六岁的小女儿林金凤逃到村东高家头的树林中躲避,才免遭荼毒。

三天后,方锦德根据王金林的指示,安排几个农会会员带着事先准备好的几块木板作为棺材料,在半夜悄悄潜进林家旺牺牲的树林,钉好棺材,装殓尸体,就地打井(墓穴)掩埋。

林家旺牺牲后不久,陈藻和朱开轩纠集在一起,以三四一团做后盾,利用"自新队"和"铲共团"做先导,先后在花鼓、誓节渡、凤桥一带将邓行山、陈曹屏、刘世泰等地方农会干部逮捕并残酷杀害。

端午节前三天,刘祖文和胡惠民在东湾一带开展群众工作。当晚,胡惠民也住在刘祖文家里。第二天天快亮时,国民党花鼓乡民团三十余人,在队长韩兜嘴胡子的带领下,包围了刘祖文家,将还在睡梦中的刘祖文和胡惠民抓捕。

韩兜嘴胡子押着刘祖文向村子北头走去,他们原计划再抓几个人。刚到村北,刘祖文就挣脱捆绑他的麻绳,打倒身边看押他的民团士兵,拼命朝村北外方向逃跑,韩兜嘴胡子吆喝着带头追了过去。

胡惠民的双手被反捆着,押在隔壁刘祖培家的大门旁。他听到村外的叫喊声,便也产生逃跑的念头。因为没有穿上衣,他便吆喝着让刘祖文的妻子将他的褂子送过来。褂子送过来后,他便央求看守的士兵将捆他的麻绳解开,旁边一个看热闹的村民也帮他求情。

看守士兵见前后不远都有站岗的士兵,便把枪挂在肩上,替胡惠民解开麻绳,让他穿衣。麻绳一解开,胡惠民就跑向院子里,从后门跑出刘祖培家。后门外也有一个站岗的士兵,叫益德才,和胡惠民是熟人,没有立即追赶,也没有开枪。

胡惠民向南跑出村外,把追赶他的士兵甩得越来越远。见追不上,几个士兵便向他开了几枪,没有击中。可是,就在这时,韩兜嘴胡子还是因为人多,又抓住了刘祖文,正往回走,听见枪声,便立即带人追赶过来。胡惠民身体灵活,又熟悉地形,很快就跑出了敌人枪弹的有效射程,韩兜嘴胡子只得下令停止追击,将刘祖文押回邱家湾驻地。

邱家湾在花鼓塘东北,离英溪桥一里多路。村中有一个叫查林子的大户人家,十几间房子。广德暴动后,国民党政府就征用了查家大院,在这里设立花鼓塘警察分局、花鼓塘自卫队、花鼓塘民团等机构,专门对付花鼓塘一带的农会和赤卫队。

抓住了花鼓区苏维埃赤卫总队队长,韩兜嘴胡子认为自己立功受奖、升官发财的机会到了,便一方面对刘祖文施用各种酷刑,想从他嘴里得到更多的情报,另一方面购买大鱼大肉,犒赏手下兄弟,还把自己的老婆从城里接来分享他的胜利成果。

胡惠民逃出敌人的魔爪后,第二天下午终于在牡塘六亩丘金庭华家找到了王金林,向他报告了刘祖文被捕的情况。

王金林立即召集李上林、龚国安、张国泰、龚守德等人商量,决定不惜一切代价,营救刘祖文。

"团长,应该趁这次营救刘祖文同志的机会,把驻扎在花鼓塘的敌人连锅端了,狠狠打击一下敌人的嚣张气焰!"李上林义愤填膺。

"我同意李特派员的意见,把两个中队的红军战士和各地的赤卫队员都集中起来,组织上千人的队伍,彻底消灭驻扎在花鼓塘的国民党反动武装,为林家旺、邓行三等牺牲的烈士报仇!"邓国安讲话向来都是惜字如金,这次却是一反常态,"我们不能再这样不敢发动群众、依靠群众,让群众看不到胜利的希望,而被敌人一点一点地瓦解!开春以来这几个月,敌人的反革命气焰越来越嚣张,我们忠勇的干部一个一个被敌人捕去杀害!我认为,这都是我们红军队伍不敢和敌人做正面决战的结果!"

"我、我也同意刚才李特派员和邓书记的意见,"张国泰站起来,也是声情并茂,"如果我们再不把敌人的嚣张气焰打下去,思想动摇的不坚定分子都跑到敌人那边去了,害怕敌人报复的群众也不敢再接近我们,我们地方党团工作真的就无法开展下去了!"

"我、我们……"龚守德第一次变成了结巴。

"这次国民党对我们苏区发动的第三次'清剿',虽说是一个营,却外加一个机枪连和一个炮连,而且,他们身后还有县自卫队和民团三千余人,我们双方的力量相差太大。如果我们现在和敌人硬拼,不仅救不了刘祖文,而且还有被敌人包围的危险!我们现在不要扯得太远,抓紧讨论今天晚上如何把刘祖文营救出来。如果拖到明天,他可能就被押到县城,我们就没有任何办法了!"王金林拍了拍龚守德的肩膀,继续道,"胡惠民刚才说他在花鼓乡自卫队有个埋伏,我们可以通过这个埋伏,里应外合,把刘祖文救出来!"

"这个办法好!"龚守德也不再结巴了,"团长,我建议马上就由胡惠民安排可靠的人到查家大院去和我们的埋伏接头,搞清关押刘祖文的地方和敌人的防守情况,今晚就展开营救行动!"

"胡惠民,按照刚才龚队长的意见,你就去安排,我们等你的回音!"王金林对胡惠民道。

"团长,我这就去安排!"胡惠民转身出屋。

"王金林同志,你为什么就不能听听群众的意见,趁此机会集中兵力把花鼓塘的敌人全部消灭呢?"胡惠民刚出门,李上林就激动地站起来,"你这是典型的右倾逃跑主义和'托陈取消派',我会立即向上级党组织汇报你拒不执行中央指示的严重错误,对你做出严肃处理!"

"李特派员同志,你们给我戴的帽子一顶接着一顶,再多戴一顶,我也不在乎,还是那句老话:虱子多了不痒!"王金林摇了摇头,脸上露出十分无奈的表情,"只要上级党组织还没有免去我的团长职务,我就坚持带领红军独立团战士们战斗到最后一刻。但是,我绝不会盲目执行你们这些不切实际的计划,断送我们广德革命和红军的前途!"

王金林第一次公开怒斥上级派来的干部,他知道自己这种简单粗暴的态度会带来极其不良的后果,但是他已经顾不了那么多。他站起来把龚守德叫到门口的树林中,耳语一番,龚守德点点头,转身消失在树林中。

向晚的五龙山像一条血色的长龙,高高地昂着头,托举着一轮血色的夕阳。

王金林仰视西北,太阳的血色浸染着他年轻而坚毅的面庞。司务长廖忠钰过来叫他吃饭,分明看见他两眼渗出的是血色的泪珠。

吃完夜饭,天还没有黑透,王金林就带着苏宗财、龚发兴等二中队的三十几个战士从六亩丘出发,翻过万岁山进入万岁冲。这时,天已经黑得伸手不见五指。班长龚发兴发出三声布谷鸟的叫声,不远处也回应了三声。

龚守德和胡惠民带着一个班的红军战士在石灰窑等着他们。下午,胡惠民安排一个交通员拎着一只母鸡和几条活鱼来到查家大院,被一个叫杨大有的士兵叫到院内,准备买下母鸡和鱼。杨大有就是胡惠民安排的埋伏,他故意将手中的母鸡放跑,然后满院子追。追到最东边的厢房,他轻声告诉交通员:"刘祖文就关在这里,明天一早就要押解到城里。英溪桥头岗哨有一个班的民团士兵在轮番把守,民团有一个叫李小侉的是我老表,到时候他做内应。"交通员也向杨大有传达了王金林的命令,今夜子时开展营救行动,让他们做好准备。

听完胡惠民的汇报,王金林高兴地点点头:"下去休息一下,我们十点钟出发。"

英溪桥的西南边是花鼓塘街道,三四一团二营的队伍就驻扎在街中心的几所房子里;桥的北边半里多路就是邱家湾,桥的东头是英溪街,桥头有几间瓦屋,就是花鼓民团的岗哨。

按照计划,红军游击队兵分三路:第一路由龚守德带领十几名独立团战士和赤卫队员负责营救刘祖文;第二路由二中队二班班长喻世常带领十余名战士佯攻桥头岗哨,吸引查家大院的乡自卫队前来增援;第三路由王金林亲自带领剩下三十余人埋伏在花鼓塘街道东头,准备阻击花鼓塘的敌人,这里可能有一场恶仗。

子时一到,喻世常和龚发兴带着两个战士悄悄摸进东桥头岗哨的厨屋,将柴火堆点燃,熊熊大火立即燃烧到正房子屋顶,他们趁混乱之机干掉了两个站岗的士兵,其余的士兵从睡梦中惊醒后,才鸣枪报警。

查家大院站岗的李小侉发现英溪桥头起火就大叫起来:"红军攻打桥头啦!红军占领桥头啦!"

韩兜嘴胡子从床上爬起来,稀里糊涂地就带着队伍跟着李小侉向英溪桥头奔去。他们快到桥头时,枪声已经停止,只远远看见几个士兵正在救火。

韩兜嘴胡子带领乡自卫队一离开,龚守德就带领十几个战士冲进查家大院,在杨大有的配合下,迅速缴了两个看守刘祖文士兵的枪,砸开关押刘祖文的房门,将奄奄一息的刘祖文背起,撤出查家大院,并立即向王金林发去完成任务的信号。

韩兜嘴胡子发觉上当,立即命令队伍停止前进,后队变前队,撤回邱家湾。在韩兜嘴胡子身后的李小侉,将枪口瞄准了他的后胸,一枪将他击毙,趁队伍混乱之机,消失在夜色中。埋伏在桥头的喻世常看见韩兜嘴胡子撤离回去,就趁岗哨的士兵慌乱救火之机,冲进哨所,抢了八支快枪后,带领战士们迅速撤出战斗,向王金林埋伏的地方靠拢。

王金林看着桥头熊熊燃烧的大火,听着邱家湾方向这时才传来密集的枪声,脸上露出欣慰的笑容:"同志们,我们也撤吧!"

第五十五章 秘密策划城市兵变

1931年6月上旬,张国泰根据王金林的安排,带着一个叫张益胜的红军班长秘密潜入广德县城,来到升平街洗砚池旁的陈宏图家找到胡信民,让他在胡家住了下来。

张益胜是江苏铜山县人,出身贫寒,被抓壮丁入伍,成为余逢润部的一个马弁,后提升为班长。他三十出头年纪,为人豪侠仗义,因为看到朱学镛等城市学生党员张贴的"穷人不打穷人"的宣传标语后,就在今年3月19日的戈村战斗后拖枪加入红军队伍。王金林在李上林代表上级党组织批评他不重视兵运工作后,就找张益胜谈了一个通宵的心,做通了张的思想工作。张说许国亭的一个马弁和他是磕头拜把子的兄弟,去找他联系看看。

朱学镛和佘世魁离开广德到上海后,胡信民就成了城市党团组织的临时负责人。张国泰向他转达了王金林的指示,让他组织学生支部的党员和团员,全力以赴配合张益胜做好兵运工作。一切安排妥当,张国泰悄悄离开县城,回到花鼓塘。

胡信民的哥哥胡信勤是国民党广德县清党委员会的委员,他对弟弟在宣城四中参加共产党组织的学生运动被学校开除的事情十分恼火,让弟弟休学在家就是怕他出去再参加共产党组织。胡信民考虑如果让张益胜长时间住在自己家,被哥哥回来碰见,是非常危险的。两天后,他便把张益胜送到复兴街徐鸿猷家。

徐鸿猷和邹恩雨家在宣城鳌峰潘家花园的房子,都是宣城和广德党组织的地下交通站。许端甫、孙达本、黄鸣中等人就是通过这两个地下交通站转送张树生、李邦兴、邱宏毅、张应龙等上级从芜湖派往广德的干部。庙埠暴动期间,徐鸿猷和胡信民、杨久立、张国祥、李允功、佘溪萍(佘世魁)等人因散发传单和张贴标语被学校当局以涉嫌"通共"开除。

张益胜住在徐鸿猷家,他只告诉徐鸿猷,王金林这次派他来的主要任务是想从三四一团和县自卫队的士兵手中买一些子弹。他白天躲在家里,晚上出去活动。

张益胜通过自己的拜把子兄弟,先是约见了三四一团一营二连的几个士兵。他隐瞒了自己的真实身份和意图,说是搞一些贩卖子弹的小生意,和兄弟们一起赚点烟酒钱。后来,他还秘密约见了一个排长和几个班长。工作有了一些眉目后,他便回到驻扎在五龙山的独立团团部,王金林和李上林听了他的汇报后非常高兴。特别是得知许国亭准备在端午节(6月20日)过后发动一次对大、小西乡的"清剿"行动,李上林、张国泰就和张益胜详细拟订一个兵变计划,由城市党支部党员和共青团员全力配合,趁三四一团和县自卫队主力下乡"清剿"红军之机,争取驻扎在天寿寺的二营四连官兵首先发动兵变,随后立即到徽州会馆缴了营部的械,然后再到南门包围团部,和城外埋伏的红军里应外合,占领广德县城。

因为临近端午节,徐家的糖坊生意十分红火,不便于张益胜开展工作。王金林便指示张国泰立即再进城一次,妥善安排张益胜的住处,保证他的安全。

第二天一早,在广德县城西街的石板路上,一个头戴斗笠、脚穿草鞋、身着短褂短裤的地道农村青年在悠闲地行走,此人就是张国泰。他手里拎着一个竹篮,篮子里有他刚在店铺里买的苏文波牌大楷毛笔两支和胡开文牌的半两重松烟墨一锭。他拐进笔架山小巷,来到一个院门前。院门楼上有一块石雕,上镌"园通阁"三字,他不轻不重地在已经发黑的朱漆门上敲了三下。

邹恩雨开门,见来人是张国泰,又惊又喜,赶紧将张国泰让进屋里书房坐下,给他倒了一杯凉茶。

邹恩雨在安庆东南中学和张国泰一起被学校开除后,就住到宣城潘家花园的房子里,准备报考安徽大学。广德暴动开始后,广德党组织就在他家建立了地下交通站。庙埠暴动前不久,地下交通站暴露,在抄家的前一天,交通员孙达本得到消息,赶到他家,两人连夜步行逃回誓节渡。回广德半年多来,他把精力都放在报考安徽大学的准备上,几乎没有参加党团组织的一切活动。

张国泰大口将一杯凉茶喝完:"老同学,眼下国民党反动派对苏区的第三次

'清剿'又开始了,王金林同志希望你们城市的同学多做一些工作,帮助红军渡过眼前的难关!"说到这里,他又拿起茶壶倒了一杯喝下,"你还准备继续考安大吗?"

"我正在准备功课,一定要考上!"邹恩雨很机械地回答。

"这样也好。"张国泰站起来,"这个篮子放在你这里,回头我来拿。"说完,张国泰起身离开园通阁。

从园通阁出来后,张国泰找到徐鸿猷和胡信民,商量后决定于6月16日将张益胜转移到王文玺家中。

王文玺,又名王渊波,原是流洞区新塘保高村人。他的父亲是个家境比较殷实的小地主,几年前,家里为了王文玺和弟弟在城里读书,将家搬到县城,开了个粮油店。在学校,王文玺和朱学镛、胡信民等思想进步的同学接触得较多,在他们的引导下加入共青团,并积极参加党团组织开展的一些进步活动。去年秋,因父亲病亡,家道中落,王文玺辍学在家,帮助家里打点生意。

张益胜住在他家后,他几次夜晚秘密陪张益胜一起到驻扎在天寿寺的三四一团二营四连,同一个班长和马弁谈话,动员他们参加兵变。

6月23日晚,因为王文玺在安庆读书时期的同学陈汇武就任国民党广德县流洞区区长,胡信民和徐鸿猷邀他到流洞参加陈汇武上任的祝贺会,他正好也需要到乡下给店里采购一些大米,就把张益胜安排到升平街进步青年吴锡璜家住下。

当天晚上,张益胜把他的结拜兄弟带到吴锡璜家里,密谋了一个晚上。

6月24日上午,张益胜到夫子庙广德中学找吴希圣、孙宜英等地下党、团员联系工作,他俩对四连的几个下层官兵的策反工作进行得也比较顺利。

张益胜根据李上林和邓国安的指示,加快了兵运工作的力度。他把他的结拜兄弟带到吴锡璜家,秘密商量,要他去做他们排长的工作,让排长同意起义,参加红军。第三天,张益胜的结拜兄弟告诉他,排长本来就和连长聂得胜有过节儿,同意趁团长带领主力下乡后抓捕聂得胜,逼迫他带领全连起义,不然就杀了他。

不巧,也在6月24日上午,李上林因为一个多礼拜没有接到张益胜送回的消息,显得十分着急,就指示张国泰派一个叫丁安吉的文书化装进城,在蕙薰茶楼和张益胜接头,没有接上。下午太阳快落山城门关闭之前,丁安吉就从西门郎步街出城,准备赶回油榨岭,向团部汇报情况。他刚走到山关岭,就碰到任升带着自卫队一百多人回城。其中一个叫卢来子的人,本来是赤卫队的哨兵,他开枪打死了另一个哨兵,拖枪叛变投敌了。他一眼就认出了站在路边的丁安吉,为了立功,便向任升告密,任升立即将丁安吉逮捕押到城里,连夜进行了审问。经过严刑拷打,丁安吉最终供出了张益胜。

许国亭立即对几个可疑的马弁进行排查,其中一个马弁将张益胜住在吴锡璜家的情况供了出来,县长陈亦庐连夜下令逮捕张益胜和吴锡璜。

张益胜被捕后,受尽了各种酷刑,依然坚贞不屈。吴锡璜在胸部受到铁烙、腿被打断的酷刑后,最终招供。胡信民、徐鸿猷、王文玺、孙宜英等人相继被捕,关押在团部待质所。

吴希圣和四连准备参加兵变的几个人得到消息后,都连夜逃离广德县城。

王金林得知张益胜、胡信民等人被捕的消息,感到十分痛心和自责。特别是徐鸿猷、吴锡璜他们几个都是他特别珍爱的学生。暴动开始一年多来,他们多次冒着极大危险把重要情报送到红军手中,为红军购买枪支弹药、药品、电池等红军急需的物品。他们还都是二十来岁的青年学生,是革命事业的宝贵财富,必须不惜一切代价营救他们出狱。王金林一边立即给刘永昌、吴子芳、周叶封、胡信勤等十几个国民党广德县清党委员会和县政府等部门熟人写了密信,委托他们设法营救,一边让邓国安、张国泰安排人带着大洋到县城,利用一切关系,找人出面保释。

对于这次兵运工作的失败,王金林对李上林等人是耿耿于怀。有一次,他终于大发雷霆:"你们总是指责我抛弃具有伟大意义的兵变,可是,你们知不知道兵变是一个难度多大的工作?前年,夏雨初他们在南京,就是因为盲目执行'立三路线',在条件不成熟的时候组织暴动,结果几十位优秀的党员干部牺牲。我们这里组织兵暴的条件很不成熟,你们坚持要几个没有多少经验的学生娃娃去完成这么艰巨的任务,结果呢,都是鸡飞蛋打,赔了夫人又折兵!"

胡信民、王文玺、徐鸿猷、孙宜英等被关押在三四一团团部,看着张益胜受尽了酷刑却一声不吭。在牢房里,他安慰大家不要害怕,坚持和敌人斗争。他经常唱王金林编写的革命歌曲,站岗的士兵不准他唱,他反而唱得更响亮。

经过王金林和张国泰等人的秘密运作和各方的积极奔走,徐鸿猷、孙宜英二十几天后被保释出狱;胡信民和王文玺、吴锡璜被关押三个多月后,因县长陈亦庐离任,索取重贿后被释放;10月初,张益胜被押解到北门凤凰墩枪杀。临刑前,他高唱革命歌曲。和他同时在凤凰墩遇害的,还有丁安吉。

第五十六章　张国泰喋血文昌宫

"七月流火、八月未央、九月授衣、十月获稻……"邓国安躺在树荫下的竹凉席上,虽然手上摇着已经破边的芭蕉扇,头上还是汗珠滚滚。

"邓书记,现在都火烧眉毛了,你还有心思在这里咬文嚼字!"李上林从张国泰家二楼的后门出来,踏过一座临时用木板搭成的便桥,走了十几步,就来到后山邓国安纳凉的树荫下。

邓国安坐起来,看见李上林手中拿着厚厚一沓表芯纸,上面写满了密密麻麻的毛笔字,便问道:"你手上拿的又是给上级领导写的信?"

"是的,这是我光着膀子琢磨两天写出来的!"李上林把手中的稿纸递给邓国安,"我必须把这里的情况向上级党组织反映到位,王金林同志不能再继续担任皖南红军独立团团长了,省委必须派人来接替他的职务!"

邓国安接过稿纸,一目十行看完报告,慢慢抬起头望着李上林:"李特派员,这七月流火的季节,本来都肝火上升,你这不是火上浇油吗?"

"你也别给我绕弯子,就直说同意不同意在报告上签字吧?"李上林火辣辣的口气几乎喷到邓国安的脸上。

"张国泰也看了你的这个报告吗？他同意签名了？"邓国安一脸的沉重。

"张国泰看了,他说只要你签他就签!"李上林也坐到竹席上,"你们签字后,明天安排人把信送到上海!"

邓国安把手中的稿纸递给李上林,又仰面躺下,长叹一声:"唉——也只能如此了!"

张国泰代表共青团广德县委在李上林写给省委的报告上签上自己的名字。

广德暴动一年多时间以来,张国泰一半的时间都是来往于上海、芜湖、广德三地之间,上传下达,顺带购买一些枪支和弹药,剩下的时间,就是开展城市支部和共青团工作。在红军队伍中,他虽然曾担任过九连指导员,上队还不到一个礼拜的时间;在广德县委,他是县委委员,也没能帮助邓国安书记把几乎瘫痪的地方基层党组织建设恢复起来;共青团工作,在县城,虽然有朱学镛和胡信民几个得力干将,但团员基本上都是学生,一开学都离开了广德,工作处在一种无序的状态。在赤区的共青团工作,有刘祖文、胡惠民几个人撑着,今年又来了许道珍,工作开展得还算正常。

可是,自文岱村突围以来,红军队伍和地方党组织之间的矛盾,上级党组织和广德地方党组织之间的矛盾,王金林和上级派来的巡视员、特派员之间的矛盾都暴露出来,而且表现得越来越激烈。特别是近一段时间,林家旺、邓行三、刘有章等一批红军干部和地方干部的牺牲,让张国泰陷入深深的迷惘和矛盾之中,常常夜不能寐。

李上林认为王金林拒不执行中央和省委积极向敌人发动进攻的指示,是红军队伍目前处在被动挨打局面的主要原因。他必须回一趟上海,向上级汇报广德红军存在的严重问题,请求将王金林调离广德,以挽救广德党组织和红军队伍。临走前,他又主持召开党团联席会议,带领大家学习和讨论了芜湖中心县委关于广德工作的指示,要求广德县委和共青团要勇敢地站出来,带领广大的革命群众,向反动派发起最猛烈的进攻。

林家旺和邓行三等人牺牲后,花鼓区委的工作就处于瘫痪状态。由于花鼓塘地区的群众基础好,是红军独立团最重要的根据地和后方,恢复党的基层组织是县委最重要的工作。李上林和邓国安商量,把恢复中共花鼓区委的工作交给张国泰。临危受命,张国泰义无反顾。

8月7日早上,张国泰从天井院走出大门,又是赤日炎炎的一天。这时,查岗回来的刘祖文走过来:"张书记,今天工作怎么安排?"

"今天到文昌宫开个会,你去安排一下,吃完早饭我就过去。"张国泰伸了个懒腰,"今天的日头,一出来就是个火球!"

文昌宫在下山斗的东北边两里路,再往前走五六里路就是花鼓塘。在明清时期,这里叫柴岗铺,有官道上连英溪铺,下达誓节铺,这里曾经店铺林立,是广德州城通往宣城途中的一个重要驿站。清同治末年,有亦商亦儒、重礼尚教之乡绅捐建文昌宫,供奉梓潼帝君(里人亦称"文曲星"),以孝道化民。文昌宫建成后香火旺盛,信众如云。民国十八年(1929)底,广德至宣城的公路通行,原先途经文昌宫的官道被废弃,行人和商贾骤减,沿街的商铺纷纷关门,只剩一个杂货铺和一个仁义茶馆。

仁义茶馆在村子的中间,老板娘姓费,是一个八面玲珑的女人。她的茶馆就是地方党组织的一个联络站。张国泰和张二妹、李光汉、梅振亮、施名职、杜省顺等人正在茶馆的里屋开会,费老板娘慌忙进来:"你们快走,有一队人从新祠堂那边过来了,好像是白狗子!"

"这四周都有我们的暗哨,如果有白狗子,他们早就来报信了。"张国泰还稳稳地坐在椅子上,"可能是刘祖文带的赤卫队过来了,你再去看看。"

费老板娘出门再往东边一看,一队几十个穿着黑衣服的自卫队士兵端枪猫着腰已经进了村子,离茶馆只有百来米远。她赶紧转身进屋,边走边喊:"不好了,真的是白狗子,有好几十人!"

"大家快跑吧!"张国泰一跃而起,带头冲出茶馆。出门一看,最近的敌人离他不到六十米远。他已经顾不了许多,就拼命往南向大村方向跑,跑了两百来米,前面是孤老堰,旁有一片竹林。就在他快要钻进竹林的一刹那,身后几声枪响,张国泰腿部中弹,倒在地上。他赶紧爬起来,钻进长满野蔷薇的竹林中。

二十多个自卫队士兵包围了竹林,顺着血迹发现了张国泰藏身的地方。

"队长,他就是张国泰!"讲话的士兵姓叶,刘家嘴村人,原是西坞赤卫队成员,叛变后加入"自新队"。

"姓张的,你已经被包围了,快出来吧,不然老子就开枪了!"这是一个姓金的副队长。

"既然知道了我是谁,你们就开枪吧,打死我也不会出去的!"张国泰在里面高声回答。

"大家进去给我抓活的!"姓金的举着手枪高叫。

"金队长,张国泰有手枪!"姓叶的叛徒踟蹰不前。

"那就给我就地正法!"金副队长抬手就向张国泰藏身的地方开了一枪。

同时,其他几个士兵也开枪了,只听竹林中张国泰"啊"地叫了一声。

"你们两个进去,把他给我拖出来!"金副队长用手枪指着身边的两个士兵。

两个士兵十分费力地把张国泰从竹林中拖出来,只见他胸部中了两弹,殷红的血汩汩向外直流。

"已经死了。把他的头割下来，我们撤！"金副队长用手在张国泰的鼻孔前试了试。

在仁义茶馆，四十几个自卫队和民团士兵已经将张二妹、李光汉、梅振亮、施名职、杜省顺等人全部抓捕，用麻绳捆绑起来押着，从新祠堂往花鼓塘撤退。

李上林和龚发兴正在文昌宫西边三里多路的松林湾，对花鼓区赤卫总队的两百余名赤卫队员进行军事训练，突然听到文昌宫方向传来枪声，便立即停止训练，火速赶到文昌宫，往新祠堂方向追了两里多路，无法追上已经撤到花鼓塘的敌人。

原来由于叛徒告密，刘祖文安排在新祠堂东面村口的递步哨被化装的特务事先摸掉了。

张国泰的妻子吴邦秀在家里听到丈夫牺牲的消息后，立即将丈夫放在枕头底下的手枪丢进马桶里。当晚，刘祖文安排龚发兴秘密将吴邦秀和她的一儿一女转移到苏村的吴家村，一家三口人开始了近二十年的颠沛流离的生活。

夜里，刘祖文带领十几个赤卫队战士将张国泰的无头尸体抬回下山斗，用一只葫芦代替脑袋，悄悄埋葬在下山斗村北张家墓地一侧的竹园里，不敢留下坟头，防止民团过来掘墓。

第二天，任升和朱开轩赶到花鼓塘，在红毛山杀死张二妹等五人后，将他们的头颅也割下来，挂在县衙门洞上示众一个礼拜。

一周后，龚发兴为给内弟报仇，带着三十多个红军战士和赤卫队员悄悄包围福巡桥头金副队长的家，将金家六人全部杀死。王金林得知龚发兴擅自行动又滥杀无辜，影响极坏，决定将其公开正法。经李上林、邓国安极力保释，关了一个月的禁闭。

当天夜里，李上林悄然离开广德，前往上海。

第五十七章　梨壁山反击黎亚豪

1931年8月,陈亦庐因对皖南红军独立团的"清剿"不力,被调离广德。祖籍宣城的浙江泰安宁阳县县长邓质仪接替陈亦庐就任广德县长。广德县国民自卫队队长任升也调回三四二团。邓质仪为了加强对皖南红军独立团的"清剿",决定将广德县国民自卫队改编为广德县国民自卫团,自己兼任团长,由黎亚豪担任副团长。

黎亚豪,又名黎杰,1895年生于广德东门迎春街。其祖上是湖北宜城人,父亲黎业儒偕其兄黎超群移民广德同溪韦村。不久,黎业儒就到广德县城东门迎春街开了个"黎元泰"商号,很快就发达起来,便在广德东乡大量购置良田和山场。经过近四十年的努力,黎家在东乡的良田两百余公顷,竹山和茶叶山更是遍布同溪和东亭一带。

黎亚豪于1913年就读于县立中学堂,1915年因学校停办肆业,去陕西投奔其兄黎伯豪。

黎伯豪,又名黎明,1893年生,1910年考入"北洋三杰"之一冯国璋创办的陆军贵胄学堂。不久,辛亥革命爆发,还是学生的他就参加革命军队伍。1913年,黎伯豪转入清河陆军军官预备学校(保定陆军军官学校)继续学习军事,1914年随陆建章部入陕西,担任第一混成旅副官,和第六混成旅旅长冯玉祥结拜为兄弟。

黎亚豪在兄长的安排下先后在陕西北洋军阀部队担任排长、连长、营长、上校参谋等职,多次参加过战斗,具有较丰富的实战经验。1931年秋,他回家乡广德探亲,正赶上王金林领导的红军独立团在向广德东乡发展。他认为王金林的红军对黎家的产业构成了极大威胁,便答应了县长邓质仪和大地主们的邀请,留在广德参加"清剿"红军独立团的行动。

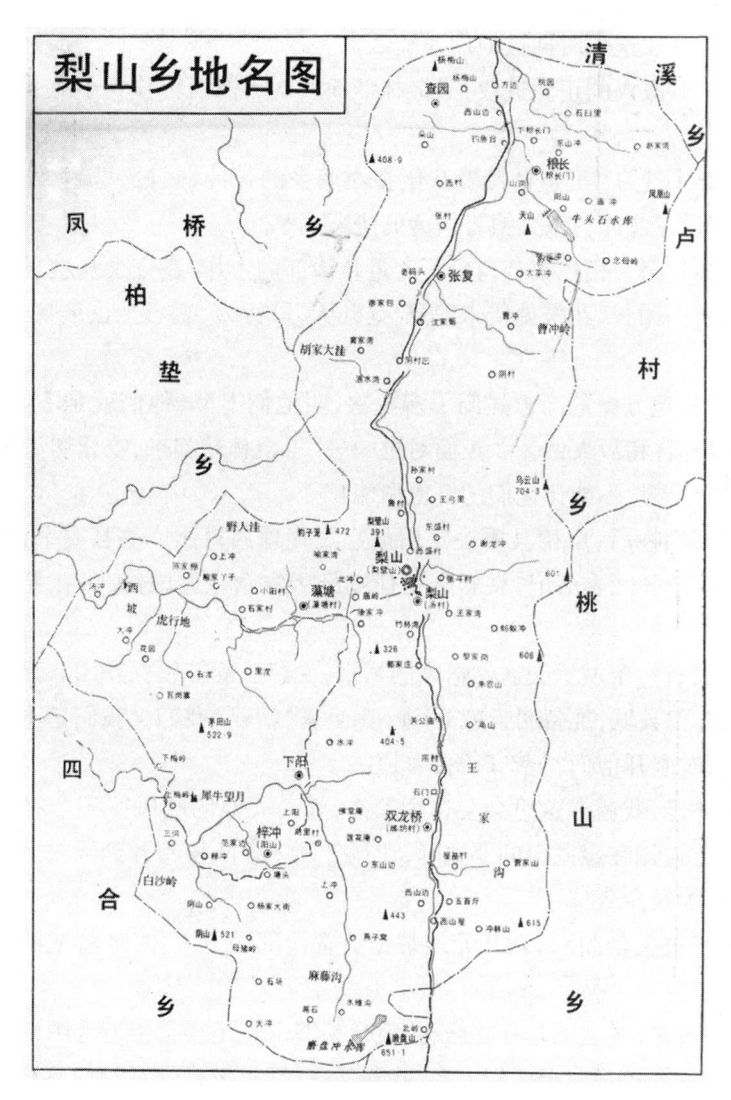

梨山乡地名图

　　走马上任的黎亚豪带着县自卫团,和朱开轩、陈藻等人带领的区中队和各乡分队、各地民团,在三四一团的配合下,加强了对五龙山一带的"清剿"。卜宗明、彭自强、何振兵、黄作文、朱家华、贾大园、龚连元、刘生、刘华明等农会干部和赤卫队员都在这一时期被他们残酷杀害。

为了避开敌人的正面进攻,王金林带领独立团悄悄转移到小南乡的梨壁山一带活动。

8月23日上午,王金林带着队伍在小南乡的曹冲、阴村、里赵、外赵一带活动,团部就设在曹冲村东大银杏树旁的华家宽家。

王金林和闵天相在银杏树荫下商量政治部的工作,龚守德从坡下的路上急匆匆走过来:"团长,花鼓塘传来消息,这几天,段行太、袁彩金也被黎亚豪、朱开轩逮去杀了!"

"跟他们地方党的同志强调了多少次,叫他们上队,他们就是不来,非要恢复地方的局面,和敌人做什么正面对抗……"王金林站起来,咬牙切齿道,"这个仇我们一定要报,不能让他们的鲜血白流!"

张国泰牺牲后,广德县委决定由胡惠民代理共青团广德县委书记,段行太代理中共花鼓区区委书记,袁彩金担任花鼓区农会主席,林宏生在养伤期间协助地方工作。

"团长,有一个城里交通站送来的情报,说黎亚豪带领保安团昨天已经从小西乡撤回广德县城,准备明天就开到小南乡来'清剿'我们。我们是不是要开到大南乡,暂时避开他们?"龚守德接着道。

"不,不走,我就在这里会会这个黎杰,灭一灭他的威风!"王金林转了一个圈子,"马上通知在金龙山的邓达远,让他带领三中队秘密开到姚村上前凯和桃树洼一带,等候命令!"

龚发兴被关禁闭后,刘开元接替他负责团部警卫工作,他将地图铺在树下的小方桌子上。

"黎杰过来,晚上不是住在张村,就是梨壁山!"王金林指着地图说。

"团长的意思是白天他们人多,武器又好,打起来肯定对我们不利。等他们晚上睡觉后,我们再悄悄摸上去,打他个措手不及!"闵天相在一旁插话。

"这一招儿出其不意、攻其不备是上策,他黎杰做梦也不会想到我们还敢主动找他算账!"龚守德接着道。

王金林没有讲话,只是用力点了点头。

"团长,这仗就让我带队打头阵,不砍黎杰的脑袋就砍我的脑袋!"闵天相自从文岱村突围后,就再也没有带兵打过仗了。

"闵天相,我不要你的脑袋,只要黎杰的脑壳!"王金林直起腰,"虾子,这仗你指挥,你们好好琢磨琢磨具体怎么打!"

当天夜里,根据龚守德和闵天相的安排,团部转移到桃树洼,和邓达远的队伍会合。

8月24日上午,黎亚豪带着县保安团五百多人从县城出发,一路经十八里店、半边天、方便、张村,直接开到梨壁山东南麓的梨壁山村驻扎。尾随在保安团后面的,是三四一团中校副团长翟励学带领的二营和一个迫击炮连四百余人,驻扎在张村。

广德县保安团和三四一团的一举一动都在红军独立团的监视之中。因为三四一团也来小南乡"清剿",敌情出现重大变化,原先拟好的作战方案已经不能再用,邓达远建议撤往金龙山一带。

"团长,我认为敌人今天赶到梨壁山很嚣张,但是也很疲惫,今天晚上一定疏于防范,是我们突袭他们的好机会!"闵天相指着地图道,"这里是张村和梨壁山村中间的浪水湾村,这上面半里路是个隘口,几乎是一夫当关,万夫莫开,我们只要放一个排的兵力在这里阻击从张村上来增援的三四一团,天亮之前,敌人是过不了这个隘口的!"

"团长,我认为闵天相同志的意见可行!"龚守德对看着地图一直没有说话的王金林道。

"派一个排守这个隘口到天亮应该没有问题,只是我们这次集中的兵力不到一百人,再分出一个排,打保安团五百多人,难度太大……"王金林犹豫不决。

"团长,这次机会难得,我请求打头阵,直取黎亚豪首级!"闵天相一脸豪气。

"团长,这一个多月一直被敌人赶得到处跑,确实需要打一个胜仗灭一灭敌人的威风,涨一涨我们的士气!"邓达远也改变了原先的意见。

今天正好是处暑节气,白天天气还有些酷热,然而,天一黑下来,就有山风习习,天气凉快了许多,大家的心情也变得爽快。

"好吧,大家都有信心打这一仗,我们就能打好这一仗。大家马上分头去准备,子时到达庙岭,正好月亮落山,我们就发起进攻!"王金林终于下定了决心。

兵分两路,一路由二中队二排排长喻世常带领一个排从桃树洼出发,翻过抛头岭,悄悄埋伏在陡峭的山坡上,静静等待从张村方向前来增援的三四一团;王金林亲自带领剩下的七十余人,经过豹子笼山,从梨壁山西麓经北冲悄悄接近庙岭。

庙岭是梨壁山南麓山脊上的一个小山村,因村后的坡上有座观音庙,故称。下午,闵天相派出的侦察员已经侦悉黎亚豪到达梨壁山村后,在庙岭设了一个班的岗哨。

子夜一到,本来就昏暗的月亮西沉后,天黑得看不清对面的人。闵天相挑选二十几个身手敏捷的勇敢战士,手拿十余把手电筒,突然从黑暗中一跃而起,非常利索地缴了一个班士兵的械。

一刻钟后王金林和邓达远从北冲来到庙岭,他把指挥部设在这里,庙里只有一个年逾古稀的老和尚。

将一个班的俘虏交给后面来的队伍后,闵天相带领二十几个战士沿着狭窄崎岖的山间小道悄悄摸进梨壁山村西街林家豆腐店门口。

突然,一条大狗从巷子中蹿出,冲着闵天相带领的队伍狂吠。

"什么人?"巷子东头三十来米处突然亮起几束手电筒光,显然是敌人的岗哨。意外情况的出现,打破了闵天相偷袭黎亚豪团部的计划。但他还是不假思索,端着手枪带头冲向敌人的岗哨。

"砰砰砰!"几声枪响,三个站岗的自卫团士兵应声倒下,闵天相从敌人的尸体上跨过,直向住在村中鲁家大屋的黎亚豪团部冲去。

"嗒嗒嗒……"前面的机枪突然响了,冲在最前面的几个战士应声倒地。没有中弹的战士有的趴在屋檐沟里,有的拐进侧巷,开枪还击。

不一会儿,整个梨壁山村响起了密集的枪声。原来,龚守德和邓达远各带二十余人分两路从村南和村北同时向敌人发动攻击,但都遭到敌人强大火力的还击,无法前进。

黎亚豪从睡梦中被枪声惊醒,立即下令保安团最得力的翟、成两个排长死命抵抗,又赶快派人前往张村,请求翟励学带领三四一团赶来助战,企图将红军独立团聚歼在梨壁山下。

可是,他先后派出的三个前往张村报信的士兵都被守在浪水湾村口的喻世常截获。

驻扎在张村的翟励学,梨壁山战斗一打响他就起床了,命令队伍整装待发。他和二营营长商量后,决定等候黎亚豪送来的情报后再做最后决策。他们从梨壁山方向不断传来的枪声和爆炸声中判断,战斗十分激烈。对于要不要立即前往增援的问题,营长和连长们都认为夜战是红军的优势,且浪水湾隘口一定有红军重兵把守。王金林攻击黎亚豪可能是个圈套,围点打援是真。情况不明,还是静观其变为上策。

由于敌人在各个进村的路口都架设了轻重机枪,龚守德和邓达远都没能突破敌人的防线,只能利用地形优势和敌人对峙。敌人被打死打伤五十余人,而红军独立团刘照银、王炳义、李思奎、程福元、丁延忠等十余名战士也在战斗中牺牲。

战斗进行了三个多小时,王金林让通讯员通知闵天相、龚守德、邓达远和喻世常,都悄悄撤出战斗。天亮之前,他们又神不知鬼不觉地回到金龙山上的阳太保殿。

天亮后,发现王金林率部早已转移,惊魂未定的黎亚豪不敢带兵跟踪"追剿",赶快带领队伍撤向广德方向。在经过张村时,看见村头站满了全副武装的三四一团士兵,他虽然是满腔愤懑,但还是克制了不满情绪,向翟励学报告了昨晚的"战绩"。

翟励学冠冕堂皇地向取得重大"战绩"的黎亚豪表示祝贺,并一起回广德县城进行休整。

黎亚豪回到广德县政府,向邓质仪详细报告了梨壁山遭到红军独立团突袭的情况,并表示,如果不是哨兵及时发现敌情,可能他早已身首异处,而三四一团近在咫尺却隔岸观火,让他更是心灰意冷。

陈调元调邓质仪担任广德县长,和他立的军令状就是务必在半年之内"剿灭"广德"共匪"。邓质仪上任快一个月,除了捕杀了几个地方农会干部和躲在家里养伤的红军伤员,拿王金林的红军游击队几乎是没有什么办法。但是,军令状已签,他已经没有退路了。

得知王金林还敢主动袭击黎亚豪带领的县自卫团的消息,区长们个个心惊肉跳。如果想彻底"剿灭"王金林红军,必须请求省主席再派重兵。

"各位同志,就在当前,蒋总司令亲率三十多万大军,开始了对江西'共匪'

的第三次'围剿'。我们皖省的部队,也都开往皖西,对盘踞在鄂豫皖三省交界地区的红四军展开第三次'围剿'行动!"讲到这里,邓质仪站起来敲敲桌子,"陈调元主席已来电饬令本县,务必凭本县现有之武装力量,在年底前'剿灭'域内'共匪'。在座诸位,都是本地乡绅,都深受'匪患'之困扰。唯有同志者勠力同心,愿为党国牺牲,誓死与王金林'共匪'决战,方能完成蒋总裁'剿共'大业!"

"邓县长,我仔细研究了一下,首都卫戍团、三四二团都奉命来广德'剿匪',他们团的武器装备都远远强于王金林'赤匪',却都是无功而返。何故?说白了就是占着茅坑不拉屎!"黎亚豪望着邓质仪继续道,"这次换了三四一团,也是换汤不换药。何故?还不是嫌我们给的饷银少了!因此,我提议,举全县民众之财力,筹集大洋两万块,购买王金林之首级!"

"黎团副高见,重赏之下必有勇夫!"李盛钰竖起了大拇指。

"只要能早日平定王金林'赤匪',我等当倾囊相助!"众人纷纷附和。

"我们八大家带头捐资,税务局也要增开课税,大帮小助,半个月就可以完成筹资!"黎亚豪一直紧绷着的脸终于露出笑容,"今晚,我请大家上同悦酒楼!"

当天晚上,黎亚豪在同悦酒楼还同时宴请了三四一团连级以上的军官。

许国亭和邓质仪也正式达成共识:三四一团取王金林项上人头,广德地方捐资两万大洋奖赏全团官兵。

第五十八章　龚守德甘溪沟捐躯

笄罩山,在广德城南二十余里。里人因其形似鸡笼,直呼其为"鸡笼山"或"鸡罩山"。文人却因其"云峰拱峙,形似女笄"而命名笄罩山。笄罩山主峰左右分列两峰,文人以"三峰叠翠"冠名,列入"广德州八景"之一。知州潘肅站在广德州城南的三峰楼上挥毫泼墨,留下了"楼前峰竞秀,次第数遥岑。黛色分轻重,岚光抹浅深。相看无俗虑,静对有遐心。田海多迁变,笄螺自古今"的佳句。

笄罩山西北麓有个叫十八里店的村子,因为距离广德城十八里路得名。村子中间是一条石板路,在宋朝就是广德军通往浙江孝丰和皖南宁国的驿道,路两边的十几户人家都是靠经营南杂百货、酒肆、茶馆之类的店铺谋生。

十八里店村北半里路是发源于磨盘山东麓的粮长河,河北便是竹山寺。这竹山寺原为戈村过戈氏的祖庙。相传,过戈氏源出山东莱山,汉高祖二年(前205)一支戈姓南迁广德南乡一带。唐宪宗时戈钬定居小南乡竹山;唐咸通八年(867),和尚惠静将庙题额为"竹山禅院"。

梨壁山战斗后一个多月,王金林带领红军游击队,和三四一团在五龙山和金龙山一带兜圈子。一天下午,交通员凤子送来情报,称有北乡七区民团一个中队六十余人,明天一早将经过十八里店,从梨壁山前往柏垫参加"围剿"红军的行动。

1929年春,在一高小教书的王金林到小南乡粮长门一带调查农运工作,回来路过十八里店,正在一个茶馆喝茶,听到隔壁院子传来叫骂声,便和同学华家宽一起走到窗子前,看见院子的桃树上绑着一个十六七岁年龄面黄肌瘦的少女,一旁站着一个五十来岁的妇人,手里拿着一根一米多长的竹根鞭子,边骂边在少女的身上抽打。

华家宽告诉王金林,这女子叫凤子,家住藻塘的上冲村,因家贫,八岁时就被卖给这家当童养媳。打她的女人是她婆婆,经常虐待比儿子大五岁的童养媳,逼她成天干活,还不给饱饭吃。

王金林听完,怒火中烧,推开院门,从婆婆手中夺过竹根鞭子,并狠狠教训了她一番。半年以后,十八里店农会成立,凤子参加了农会组织的妇女会,懂得了一些妇女解放的革命道理。她本来就是个心灵手巧的女子,参加革命活动后进步很快,王金林安排她担任秘密交通员工作。

接到凤子传来的消息,王金林立即带领队伍连夜下山,隐蔽在戈村和十八里店之间的竹山寺,准备打敌人一个埋伏,缴获一些枪支和弹药,补充一下红军队伍的武装。

第二天一早,一切安排妥当后,王金林带着龚发兴和龙明忠等几个化了装的警卫,来到凤子家隔壁的茶馆喝茶,是想见凤子一面,确定一下消息。凤子婆婆告诉龚发兴,说凤子一早就到城里卖绣花枕头去了。王金林知道她一定是去继续探听消息,就坐在茶馆里喝茶等待凤子回来。

快到十点钟的时候,茶馆的人越来越多,闲聊的话题都是王金林"闹红"的事情。

"我们甘溪沟的解老爷,因为听说王金林要带领'赤匪'到东乡闹事,所以最近又购买了五十多条快枪,加上原来的,将近一百多人枪,天天都在操练!"这位茶客是个卖淘米篮子的山里汉子。

王金林拿起一只淘米篮看了一会儿:"师傅,你这篾匠手艺精致,是甘溪沟的吧?"

"你仔细瞧瞧,除了甘溪沟本地人祖传的手艺,哪里还有这样地道的货色?"卖淘米篮子的汉子望了王金林一眼,"看你就是个识文断字的先生,也能看懂手艺人的功夫?"

"你刚才说的解老爷是不是民团的团总解子俊?"王金林像是很好奇地问道,"你们一个甘溪沟民团有那么多枪?"

"我们甘溪沟三百多个青壮年劳力都被解团总编进了民团,轮流进行训练和值班!"卖淘米篮子的汉子压低了嗓音,"解团总把我们编进民团,不给我们一个铜板的饷银,还要我们出买枪和子弹的钱,这理找谁说去!"

这时,龚发兴从门外进来,贴在王金林的耳边悄悄说了一句。王金林站起来:"这位师傅,俗话说,衙门洞子朝南开,有理无权莫进来。你想要争得这个理,就到金龙山去找王金林!"说完,王金林大步走出茶馆。茶馆内,众茶客面面相觑。

从茶馆出来,王金林一行快速回到竹山寺。这竹山寺原有的大雄宝殿、观音殿、子孙殿和巢云亭,都毁于战火,原先前后三进的过戈氏宗祠也只剩下第二进的燕翼堂。早先富丽堂皇的燕翼堂因为年久失修,已是椽朽瓦残,处于风雨飘摇之中,只住有一个守墓护林的七旬鳏夫。

此时的凤子已经出落成亭亭玉立的大姑娘,红润的鸭蛋脸上镶嵌着一双清澈明媚的大眼,和两年前面黄肌瘦的丫头判若两人。

凤子告诉王金林,北乡七区的民团昨天晚上住在夫子庙,早饭后就从南门出发,可是他们没有向十八里店方向前进,而是一出城在南门岗就向西拐向钱村方向。她尾随他们到了钱村,见他们往大石桥方向去了,就赶快回来报信。

送走凤子,王金林让龙明忠把邓国安、沈特派员和龚守德等人叫到燕翼堂,讨论下一步的行动安排。

在李上林离开广德后不久,上海党中央又派一个姓陶的留学生到广德,不到一个月,偶染风寒不治病亡。接着又派一个叫老沈的特派员来到广德,和他一起来的还有一个叫小陈的青年学生。他们来广德都用的是化名,真实姓名只有王金林知道。根据上级的指示,老沈临时代理红军独立团政委职务。

王金林简短介绍凤子送来的情报后,沈特派员就迫不及待地站起来:"同志们,综合现在各方面的情报分析,敌人三四一团主力和县保安团主力都开到大南乡去'清剿'我们了,现在县城里却兵力空虚,这正是我们夺取县城的最好时机!"

沈特派员来广德前,省委指示他代表省委必须纠正广德党和红军过去所犯的各种错误,坚决发动群众开展土地革命,扩大红军队伍,向敌人发动最猛烈进攻,夺取广德县城、宣城县城,向芜湖挺进,推动皖省工农革命新高潮的到来。可是,他到广德一个多月,一直就是跟着红军队伍在山里和敌人绕圈子。虽然在梨壁山等地打了几个小胜仗,但没有根本扭转红军被动挨打的局面。他几次建议红军在金龙山和敌人展开决战,打个大胜仗来鼓舞红军队伍的士气,恢复被国民党破坏的苏区政权,都被王金林以各种各样的理由否定了。

"同志们,上次广德兵变行动失败,广德城市党支部被破坏,胡信民、吴锡瑸几个同志还被关在监狱。张国泰同志牺牲后,胡惠民同志接替他的工作,还没有恢复城市党支部的工作,又被县委派到上海汇报工作和买枪去了,所以关于城里敌人的布防情况,我们几乎是一无所知!"王金林示意沈特派员坐下,自己却站起来,"大家想想,三四一团至少有两个连驻守在城里,武器远远比我们强不说,兵力也至少是我们的两倍以上,如果我们在半天之内不能消灭县城里的敌人,就会被从四面八方赶来的敌人包围,就会全军覆灭!"

"攻打县城确实困难很大,没有把握。"邓国安插话,"那我们马上赶到桥头,把七区民团的枪械缴了再说!"

"邓书记,现在去桥头肯定不行!"邓国安的话音一落,邓达远就急忙插话,"敌人主力都在金龙山和五龙山一带寻找我们,我们要去桥头不是自投罗网吗?"

"这也不行,那也不行!"沈特派员又激动地站起来,"你们这是典型的山头主义、逃跑主义、右倾机会主义,是不执行中央路线的'改组派'!"

见王金林颓丧地坐回木墩上,双手抱着脑袋,其他几人也都低头无语,龚守德吞吞吐吐道:"如果非、非要打、打一仗的话,我、我建议还是打甘溪沟有把握些……"

"沈政委,我认为先打甘溪沟民团这个方案好!"王金林终于又抬起头,"如果能顺利缴了甘溪沟民团的一百来条枪,我们就从各地的赤卫队上调一百来个优秀战士到独立团来。队伍扩大一倍后,我们就可以和敌人真刀真枪地大干一场!"

"打甘溪沟好!"

"好,宜早不宜迟!"

会场气氛又从凝重变得活跃起来,沈特派员紧绷的脸也舒展开来:"好,同意你们的意见,先打甘溪沟!"

偷袭甘溪沟民团的方案就这样很快确定下来。

在笋罩山东七八公里处有一座大山,叫将军山。山的西北麓有一条十余里长的山涧,溪水长年不断,清冽甘饴,里人给它起了个好听的名字叫甘溪。这甘溪上半截自王家山由南向北,一路经桥头、芮家边,到达杨家边,这一段溪流两边都是山峰耸峙,山岩上长满了青冈栎和香榧等高大乔木,荫翳蔽日。

在杨家边，甘溪拐了个九十度的弯，向西经汤家边、后井口，汇入无量溪河。

自后井口村溯河而上，甘溪两岸依次居住着汤、杨、芮、解四大姓氏四百余户两千余人。

据传，元末明初，汤家边一个叫汤达之的青年力大无穷，有万夫不当之勇，加入朱元璋的队伍后成为一员猛将，在攻打苏州城用巨石砸开城门立首功，被朱元璋嘉奖。因此，甘溪沟人一直承袭团练习武护村的传统。太平天国时期，太平军和湘军都未能攻进村里，村民免遭屠戮。瘟疫发生后，村民们及时封锁唯一的进村隘口。瘟疫后，广德州幸存五千余人，甘溪沟村人几乎占一成。

甘溪沟的解姓主要居住在桥头村和王家山、芮家边，在桥头村的解氏宗祠是明朝的建筑，三间两进，中间是宽敞的院子。解氏宗祠的斜对面，就是建于明代的祠山庙，庙门朝西，中间是院子，两侧是看房，西边是花戏楼。戏楼为明架抬梁结构，戏台正壁戏圣汤显祖的彩色绘像依稀可辨。从此沿河上行两里，便是王家山村。整个村庄四十来户人家，分布在甘溪两岸，中间有数架石桥相通。河东村中间最高大的徽式建筑，就是东三区区长兼甘溪民团团总解子俊的解家大院。

做出攻打甘溪沟民团的决定后，王金林和龚守德、邓达远、刘开元等人便开始商量采取什么方式进攻。

解子俊在北伐时期也是个思想比较进步的知识青年，在王金林担任国民党广德县农民部长时加入国民党，和王金林见过几次面。广德暴动后，他也被国民党广德县政府安排到安庆参加过短期培训，回来后担任东三区区长，管辖双溪、竿山、同溪一带。王金林给他写过一封信，请他给红军一些支持，不要与红军作对。解子俊也是个很识时务的人，和红军基本上是井水不犯河水。虽然有几次带领甘溪沟民团参加"围剿"红军的行动，但都没有和红军队伍正面接触。这次攻打甘溪沟，王金林决定采取突袭的办法，达到解除民团武装的目的就行了，尽量不要杀人或少杀人。

10月15日上午，派到甘溪沟侦察的人回来报告，甘溪沟民团在后井口、汤家边和长冲庙的龙王桥都设有岗哨，防守极为严密。解子俊带领五十余名团丁已于两天前调到县城协防，村里只剩下一半的团丁，主要集中在芮家边、桥头和王家山。

龚守德牺牲地旧址

当天半夜时分,王金林带领红军独立团、赤卫总队和农会会员三百余人,在卢村石佛山东麓的赵家边集结,以"暴动"二字为口令,江家禄做向导,绕过后井口,从磨子槽翻山进入汤家边。此时,天已放亮。

进入汤家边后,王金林让刘祖文带领的百余名赤卫队员和农会会员立即封锁了进出汤家边的几个路口,防止消息外传。他亲自带着其余两百余人沿着甘溪沟悄悄摸进杨家边。可是杨家边的岗哨发现了红军队伍,十几个民团的士兵立即持枪向芮家边逃去。龚守德见状,立即带领二中队战士通过杨家边,一直追到芮家边村口。

看见前面的十几个民团士兵钻进了村子中间解玉信家的巷道,龚守德带领几十个战士也跟随进入巷道。龚守德拎着二八盒子枪冲在最前头,刚拐过屋角,前面就是芮家边民团小头目解吾金的房子,楼上的窗口正对着弄堂。守在窗口里的民团士兵叫解宗英,还有一个姓江的木匠。江木匠是浙江安吉人,枪法很准,看到龚守德已经冲到弄堂中间,便瞄准龚守德的胸部扣动了扳机,龚守德身子晃了两晃,栽倒在石板路上。

独立团党支部宣传委员杨小篾匠,本姓胡,广德县城西门笔架山人,是丁继周发展的工人党员之一。他见龚守德中弹,立即端起枪就向江篾匠所在的窗口还击。龚守德的通讯员陈怀山见状,立即跑上前去拉起龚守德就往回拖。刚走不到五米,楼上的枪又响了,陈怀山也中弹倒地。

杨小篾匠丢掉长枪,扑向前去,捡起龚守德的盒子枪抬手向窗口就是一枪。几乎就在同时,江木匠接过解宗英递过来的子弹上膛的枪,瞄准杨小篾匠也是一枪,杨小篾匠立时中弹倒地。副中队长刘开元见状,再也不敢贸然前去救人了。

此时王金林和邓达远带领的另一路队伍已经从甘溪河沟穿过芮家边,正准备向王家山前进。这时,刘开元派来的通讯员向王金林报告了龚守德等三人牺牲的情况,王金林顿时两眼发黑,一屁股坐在河沟的沙砾上。

"报告团长,我们刚在村口抓住了几个民团的小头目,一个叫金和尚,一个叫银和尚。他们说打死龚队长的是一个姓江的木匠,他就是在银和尚的楼上开的枪!"邓达远从路上跳进河涧,蹲在王金林面前。

"达远,你马上带领三中队去解家大院!"王金林站起来,"民团的士兵大多都是木匠、篾匠出身的穷苦人,但他们的枪法都很准,一定要小心他们的埋伏。如果敌人很顽强,不要硬拼,撤回来就是了!"

邓达远走后,王金林带着一个排的战士绕到解吾金家的侧门,几个战士冲到门前,门已经从里面闩紧,无法推动。

"团长,这个房子伤了我们三条人命,留着是个祸害,我带人点火把它烧了吧!"龚发兴咬牙切齿道。

"团长,这里很危险,我们还是撤到安全的地方吧!"龙明忠接着道。

"王团长,我们撤吧,下面的事情就交给他们办吧!"沈特派员在一旁道。

龚发兴在一个小杂货店里搞到两桶煤油,浇在解吾金家的侧门上,正准备点火,却发现躲在楼上负隅顽抗的解宗英和十几个民团士兵,从二楼的窗口搭起一架木梯,直接从后山逃跑了。

邓达远带领三中队五十余人小心翼翼地向王家山迂回前进,一直到王家山村中,都没有再遇到民团的抵抗。村子中间解家大院的院门是开的,整个大院空荡荡的,几十个民团士兵都撤到屋后的山上了。

邓达远从天井院走进堂屋,见解子俊夫人端坐堂屋的太师椅上,便上前双手抱拳:"座上是嫂夫人吧?我是红军独立团三中队队长邓达远,打扰你们啦!"

"听我们老爷提起过邓先生大名!"解子俊夫人站起来冲邓达远点了两下头,算是还礼,"俗话说,王伯当的箭——没有空放的。我已经为你们备好了几十条枪,还有家里的东西你们想要什么尽管拿!"

"谢谢嫂夫人大义!"邓达远再一次向解夫人抱拳拱手,"我们只收枪械,其他秋毫无犯!"

"果然是仁义之师!"解子俊夫人拿起篾壳水瓶给已经放好茶叶的瓷杯中冲水,"邓先生,请用茶!"

"谢谢嫂夫人!"邓达远端起茶杯呷了一口,"还望夫人转告解区长,不要死心塌地效忠国民党反动政府,穷苦人民的革命斗争最终是要打倒这个反动政府的!"

邓达远看见战士们已经将十几条快枪和三十余条土枪全部从厢房中拿出来,便放下茶杯:"嫂夫人,打扰了,保重,告辞!"

"慢走!"解子俊夫人目送邓达远一行撤出解家大院,从右开襟的褂子中掏出手绢,擦拭额头渗出的汗珠。

此时,埋伏在王家山村两边陡峭山腰上的五十多名民团士兵,都子弹上膛,瞄准着进出解家大院的独立团三中队战士,谁也没有率先开枪。因为他们看见红军战士只是拿走了准备好的几十条枪,没有其他过激行为。解夫人事先已经和他们约定好,没有她发出的暗号,谁也不许开枪。

中午时分,红军独立团几路人马在杨家边会合,在村头公开枪决了解吾金、解吾银等四人,向长冲庙撤去,制造了向东亭大溪坞、阳岱山方向转移的假象,然后从龙王桥向西钻进狮子山上的树林,在二十岭隐蔽到天黑后,悄悄涉过无量溪河,从上水村和中水村之间穿过,经笲罩山、蔡家岭、稻堆山,连夜赶到五龙山的万岁岭一带休整。

第五十九章 "左"倾冒进兵败誓节

正在大、小南乡一带寻找红军独立团决战的许国亭和黎亚豪,接到王金林亲自带领红军主力攻打了甘溪沟的消息后,立即从四面八方向甘溪沟包抄过去,将笋罩山、陈坞村、东亭湖一带搅得鸡犬不宁。在甘溪沟战斗中负伤的红军战士孔祥云、赤卫队员江家禄等人被残忍地杀害了。

龚守德的牺牲,让王金林感受到了真正的挫败、无助和颓丧。他躺在床上,两天两夜滴水未进。第三天下午,闵天相突然出现在王金林的床前。

这几个月,闵天相根据王金林的指示,回到家乡下寺施村一带开展农运工作,已经秘密发展农会会员一百五十多人,建立了施村、梅泉等几个村的农民协会。接到王金林的通知,他便立即赶到万岁岭红军团部,面见王金林。

因为龚守德牺牲,二中队的领导力量薄弱,沈特派员和邓国安都推荐刘开元担任队长,王金林虽然有些不放心,一时却又没有其他合适人选。但是,必须安排一个政治上靠得住的党员干部协助工作,他第一个想到的就是闵天相,让他上队担任政治指导员。

相反,沈特派员却十分兴奋,他认为红军队伍这次攻打甘溪沟是以极小的代价获得了极大的胜利。他将甘溪沟缴获的四十余条枪分发给挑选出来的优秀赤卫队员,扩充到第二和第三中队,红军队伍扩大到一百五十余人。

沈特派员和邓国安还一个接一个找邓达远、肖行广、刘祖文、刘开元、苏宗财、龚发兴等人谈话,让大家从龚守德牺牲的悲痛中解脱出来,以更加昂扬的革命斗志投入即将到来的革命高潮之中。

太阳落山时分,王金林和闵天相的谈话结束,心情畅快了许多,便起床吃了一小钵子廖忠钰端过来的南瓜稀饭、两个鸡蛋和几块酱瓜。王金林刚放下碗筷,沈特派员和邓国安就走了进来。

"金林,身体好些了吗?"邓国安一进门就关切地问。

"你们就坐在床上吧!"王金林指着临时用竹板搭的床铺,"我本来就没有生病,只是虾子走了,带走了我的半条命……"

"金林,虾子是我们儿时最要好的伙伴,他抛下我们走了,我心里也如刀割一般……"邓国安说着说着声音哽咽起来。

"罗汉哥,我剩下的半条命就交给你啦!"王金林两眼布满血丝,隐去了平时的深邃与坚毅。

"王团长,节哀顺变吧!"沈特派员拍拍身边邓国安的肩膀,继续道,"李大钊同志说过:牺牲永远是成功的代价。龚守德是个坚决而勇敢的革命者,他牺牲了,我们不应就此沉沦下去,而是要踏着烈士鲜血染红的道路,勇往直前!"

"有树名青松,耸立在丘垄……"王金林站起来,边高声吟诵他几年前创作的五言律诗,边走到门外。

沈特派员没有听懂王金林在说什么,两眼茫然地望着邓国安。邓国安却激动地握住他的双手:"我们团长永远是一个打不垮的钢铁硬汉!"

邓国安见沈特派员还是一脸的疑惑,便把王金林的这首五言律诗给他诠释了一遍。

"那我就放心了!"沈特派员长长地嘘了一口气。

见王金林回到屋里坐下,沈特派员便道:"王团长,这两天你休息,关于下一步的工作,我和县委的几个同志商量了一个方案,准备今天晚上开个干部会议。如果你同意,我们马上就开!"

"好的,事不宜迟,就按计划马上开会吧!"王金林站起来,"在哪里开?"

"就在你这里吧,我去把他们都叫过来!"邓国安站起来。

不到一刻钟时间,邓达远、闵天相、肖行广、刘祖文、刘开元、苏宗财、彭光良、龚发兴、杨干才、余家堂、周光义、许道珍等十余人鱼贯而入。

会议由沈特派员主持,他首先肯定了甘溪沟战斗取得的胜利成果,接着宣布了刘开元接替龚守德担任二中队队长,闵天相担任政治指导员,彭光良担任副队长,杨干才、周光义担任排长等红军队伍干部的任命。

沈特派员宣布完干部任命,大家都在心里揣度:一直以来红军队伍里提拔干部都是王金林亲自确定的,这次的情况是个例外,大家都把目光转向王金林。

王金林也环视了会场一周,然后双手举到胸前,拍起了巴掌。

见王金林带头鼓掌,大家的掌声就更加热烈了。

沈特派员示意掌声停止:"王团长,这几天,我和邓国安同志普遍征求了红军战士和地方一些同志的意见,都认为,我们要乘着甘溪沟战斗胜利的热情,继续再打几个胜仗,把敌人赶出苏区,把革命群众再发动起来,在苏区开展更加猛烈的土地革命!"

沈特派员说到这里,会场又响起了掌声。掌声一停,他继续道:"誓节渡是国民党在西乡的重镇,也是长在我们苏区中间的一颗毒瘤,挖掉这颗毒瘤,对敌人是一个沉重的打击,对我们广大的革命人民是一个极大的鼓舞!"

听到沈特派员提出攻打誓节渡的意见,王金林马上紧锁起了眉头。

"我支持沈特派员攻打誓节渡的计划!"沈特派员话音一落,刘祖文就站起来,"誓节区长陈藻的区中队和誓节渡民团有一半被黎亚豪调到县保安团参加统一'清剿'行动去了,只剩下六七十人。加上查大和尚的商团,也就一百来条枪。我们红军有一百五十多人,加上我们赤卫总队总计三百多人,拿下誓节渡,完全是有把握的!"

"誓节渡有查家、彭家、吴家等十余家大商号,大多都是土豪劣绅,攻下誓节渡,我们今年过冬的棉衣棉被和米油盐等急缺的生活物资都解决了!"邓国安越说越激动,"誓节渡民团和商团的枪都缴了,我们红军队伍又可以扩大一倍,皖南红军独立团的大旗又高举起来了!"

"打下誓节渡,我一定亲手割下陈藻的狗头,为林家旺他们报仇!"龚发兴举起拳头。

刚上任的二中队队长刘开元站起来:"据各方面报来的情报分析,敌人还以为我们在东乡,现在西乡敌人兵力空虚,正是我们攻打誓节渡的最好机会。我们二中队请求打头阵!"

"同意!""同意!"苏宗财、周光义、余家堂等人纷纷举起拳头。

"达远,也说说你的想法?"王金林见只有邓达远和闵天相两人还没有表态,便望着邓达远。

"龚守德同志牺牲后,我们三中队虽然缴了十几支快枪,但大多数干部和战士都不认为我们是打了胜仗,情绪十分低落。针对这种状况,我们确实需要打

誓节乡地名图

一个胜仗来提升士气,也补充一些弹药和粮食,还有伤员急需的药品!"邓达远说完,眼睛望着王金林,会场所有人也都望着王金林。

"我也觉得准备工作做得好,打下誓节渡应该没有问题!"闵天相因为刚回到队伍,就支持了大家的意见。

"誓节渡自古就是军事重地,它的西面和北面都有三米来高的城墙,东面是桐汭河,只有一座木桥通向对岸的阮村,南面的城墙虽然有几个豁口,是我们进攻的主要方向,但也是敌人防守最为严密的地方。而且,三四一团在十字铺、花鼓塘都有驻军,大、小西乡和北乡各地都有民团。如果不能在两个小时之内解决战斗,我们就有被敌人反包围的危险……"王金林刚讲到这里,沈特派员就呼地站起来:"王团长,仗还没有打,你就怕这怕那的……"

"老沈,听我把话讲完!"王金林向沈特派员晃了晃手,示意他别激动,"我不反对这次攻打誓节渡,但是,必须采取突袭的战术,速战速决。战斗开始前,一是要做好保密工作,不能泄露半点风声;二是做好侦察工作,详细掌握誓节渡敌人兵力的布防情况;三是战斗开始后,从南、东、西三个方向同时向敌人发起猛烈进攻;四是战斗结束后,只打几家指定的土豪,拿取我们需要的财物,不许放火烧房、不许滥杀无辜!最后再强调一点,战斗结束后所有参加战斗的人员全部随队伍撤往石鼓一带休整!"

10月22日凌晨四点半,赤卫总队队长刘祖文和东冲赤卫队队长杜大春、北方赤卫队队长周清远带领百余名赤卫队员,按照原定计划,凌晨五点就到达誓节渡东边桐汭河东岸桥头娘娘庙边的柳树林中埋伏,准备在凌晨五点半时冲过木桥,向桥西的敌人据点发起突然袭击,拔掉据点后,从东边向誓节渡镇发起进攻。

恰巧,誓节渡商团团长查宗泉因为要赶到广德县政府参加一个重要会议,带着一个排的商团士兵赶早出发,凌晨五点就到了誓节渡大木桥头。走在前面的两个商团尖兵蹑手蹑脚地刚过桥中间,就隐隐约约看见桥东的树林中有人影晃动。

尖兵发现树林中埋伏有很多人,立即掉头往回跑并开枪报警。

王金林将团部指挥所临时设在誓节渡南边的桥西村,二中队和三中队的一个排红军指战员埋伏在村北的树林中,离誓节渡南边的两个栅门只有不到两里的路程。刘开元带领的二中队担任主攻任务,准备在五点一刻出发,分两路接近栅门,五点半准时发动突袭。

"叭叭!"几声枪响突然从镇东娘娘庙方向传来,显得格外刺耳。紧接着,枪声越来越密,王金林和沈特派员都听到了机枪"嗒嗒嗒"的声音。

"特派员,我们到前面去!"王金林和沈特派员跑到村北的树林中。刘开元正焦急地快步迎上来:"团长,时间还差半个小时,东边怎么提前进攻了?"

"刘开元,进攻时间提前了,带领你的队伍,立即发起冲锋,务必攻下南门!"王金林大声命令道。

"同志们,跟我上!"刘开元挥舞着手枪,带领队伍冲出树林。

一排长彭光良带着阮三喜、汪凤荣、吴长流等二十余名战士冲在最前头。

"嘀嘀嗒……"在他们的身后，嘹亮的军号声突然响起。沈特派员命令四个司号员吹响了冲锋的军号。

军号声一响，彭光良立即直起猫着的腰，高喊一声："冲啊！"他一口气向前跑了五十多米，已经能看见寨墙上的人头了。

"啪啪啪……"冲在最前面的阮三喜、吴长流、汪凤荣都中弹倒地。彭光良身上虽然也有两处中弹，他还是越过战友们的尸体，冲到栅门前，倒在栅门边的木柱旁边。这时，栅门从两边开了，里面码了一米多高的麻袋，一挺重机枪黑洞洞的枪口正对着他。

"嗒嗒嗒……"一条火龙在彭光良的眼前飞腾，他闭着眼睛站起来，扑向火龙……他骑在火龙的背上，在誓节渡的上空漫游。

机枪一响，冲锋的二中队战士又有几人中弹倒在刚收割不久的稻田里。刘开元和其他几十个战士都趴在田埂下，被重机枪打得一时抬不起头来。

敌人的防守阵地轻重机枪都有，显然是有国民党三四一团的部队参加了战斗。敌情的突然变化，显然对进攻的红军队伍是极为不利的。

在树林中的临时指挥所里，王金林、沈特派员和邓国安等人急得团团转。

此时，天已大亮。刘祖文派来的通讯员报告了遭遇查大和尚的情况。王金林根据这个情况判断，红军攻打誓节渡的消息应该没有走漏。那既然如此，誓节渡守军的轻重机枪又是从哪里来的？

再说邓达远和苏宗财带领三中队两个排组成的西路军按照战斗计划埋伏在牌坊村东的树林中，离誓节渡西门只有一里路。听到东路军和南路军都提前打响了战斗，枪声就是命令，二排排长宫宝贵带领二排战士立即沿宣广公路冲向西门，对面敌人的枪响了，战士袁正兴、李春贵等人中弹倒地。排长宫宝贵端着枪继续往前冲，这时轻机枪也响了，他和身后的几名战士中弹倒地，其余的人都急忙滚到路两边的水沟里。

邓达远见宫宝贵等几人或牺牲或负伤，又组织了两次冲锋，都因为敌人的火力太猛被打退。见伤亡已经增加到二十余人，他只得停止硬攻，派苏宗财前往团部报告。

听完苏宗财的报告，王金林判断，三四一团至少有一个排的兵力参加了战斗。如果他这个判断属实，说明红军侦察员侦察的情报有误。现在，战斗已经

誓节渡战场旧址

进行了三个多小时,东、西、南三路进攻的队伍都被敌人强大的火力压制着不能前进半步,再相持下去,对红军是极为不利的。

王金林提出立即撤出战斗,但遭到了沈特派员等人的强烈反对,并要求王金林组织更猛烈的冲锋,一举从镇南的两个栅门冲破敌人防线,夺取誓节渡。

"那我们就到前面阵地去,看看怎样进攻才合适!"王金林虽然有些无奈,但还是心存一丝侥幸。

王金林、沈特派员、邓国安、余家堂、龙明忠等十余人跟着王金林走出树林,望着前面不到两里路距离便是誓节渡南边的两个栅门。栅门前面是一片稻谷桩田和菜地,中间还有几口水塘。两个栅门相距三百余米,互为掎角,正好扼守住整个镇子的南方。一眼望去,二中队的五六十名战士,三个一群,五个一伙,借助土丘、田坎和渠沟等地形掩体,在距离栅门一百多米的地方和敌人对峙着,双方都时断时续地打着冷枪。

王金林看见前面五六十米远的地方,刘开元和十几名战士趴在一个土丘的后面,便对沈特派员道:"我到前面刘开元那边去看看,你们这边准备压制敌人的火力,掩护我们冲过去!"

"团长,前面这几十米完全暴露在敌人的火力之下,太危险!"龚发兴急忙道。

"就一口气的工夫,余家堂、龙明忠跟我上!"王金林说完,手一挥,一个箭步向前飞跃而去,余家堂和龙明忠紧随其后。

说是土丘,也只有一米来高。如果从地上爬过去,对面的敌人是发现不了的。王金林还是疏忽了,因为对面的敌人早已发现红军的指挥所就在树林中,重机枪的枪手时刻瞄准着这个方向。王金林等人从树林中一现身,就被敌人从观察哨发现,机枪手立即开枪扫射。

"嗒嗒嗒……"对面的重机枪子弹朝着土丘方向打来,王金林高喊一声:"快卧倒!"

王金林三人扑倒的地方,离刘开元只有十米远。

"团长,你负伤了?"刘开元一个驴子打滚,滚到王金林身边。他像是看见王金林左肩头被子弹打中,近前一看,果然,左肩头连衣服带肉被子弹啃了个大口子。此时余家堂和龙明忠也爬过来,余家堂从腰间解下一条白棉纱绷带,趴在地上给王金林包扎:"团长的虎头肌被子弹咬光了,已经见到骨头了!"

鲜血染红了王金林的上衣,他脸色苍白,眼睛微闭,喘着粗气道:"快,快!命令所有人都向敌人开火……"话没说完,他头一歪,昏了过去。

"团长晕过去了,他的话没有说完,是让我们进攻还是撤退?"刘开元望着余家堂和龙明忠。

"进攻!特派员要团长发动进攻!"余家堂拔出王金林腰间别着的一把盒子枪。

"撤退!团长已经这个样子了还进个啥攻!"龙明忠趴在地上道,"我背团长回去!"

"所有人都开枪,掩护团长!"刘开元翻身对着敌人阵地开枪。顿时,双方都猛烈开火,枪声大作。

"嘀嘀嗒……"指挥所的进攻军号也响了起来,散布在前沿阵地上的几十个红军战士站起来向敌人防守的栅门冲锋,冲在前面的刘世发、刘世德兄弟两人都中弹倒地牺牲,后面的人又都趴在地上。

龙明忠背着王金林箭一般跑回树林中,他的身后,余家堂和刘开元也跑了过来。

"王团长牺牲啦?"沈特派员迎上来。

"受了重伤,晕过去了!"余家堂一边将王金林从龙明忠背上接下来,一边嚷道,"快叫军医王东林过来!"

"我来了!"王东林背着木箱跑过来,迅速解开缠在王金林左肩部的棉纱布,用一条绷带从腋窝到肩胛紧紧扎住王金林的左膀子,血立即被止住。他用酒精泡过的棉花将伤口血块和肉渣进行了简单清理,涂上一层三七粉末,再用纱布包起来,然后抬起头说:"团长伤得很重,流血过多,需要找一个地方治疗和静养!"

"余家堂、龙明忠、王东林,你们把团长抬到茆林,找一个安全的地方好好给团长治伤!"邓国安蹲在王金林身边,眼中溢满了泪水。

王金林慢慢睁开眼睛,用右手抓着邓国安的左手:"罗汉,这仗打不下去了,赶快安排撤退,把队伍带回五龙山!"

"金林,你去安心养伤,这里交给我们!"邓国安说完,王金林又昏了过去,松开邓国安的手。邓国安站起来,对龙明忠和余家堂道:"你们快走吧!"

目送抬着王金林的担架消失在树林后面,沈特派员转身瞪大眼睛望着刘开元:"冲锋的军号已经吹了,你们为什么不发起进攻?!"

"王团、团长的意思是让我们撤、撤退……"刘开元嗫嚅道。

"我现在命令你代理独立团团长职务,立即再组织一次猛烈冲锋,必须拿下栅门!"沈特派员血冲脑门。

"我、我……"刘开元还是嗫嚅着。

"刚才团长的意思是让我们立即撤退……"邓国安接着对沈特派员道。

"现在对面的敌人已经被我们打得快要崩溃了,两军相逢勇者胜,我们的胜利就在眼前!"沈特派员的语气十分坚定。

"我们这南路军已经伤亡一小半,再发起冲锋,即使攻进栅门,也剩下不了几个人……"刘开元望着邓国安,"邓书记,你看能不能这样,把西路军和东路军都集中到南边来,再一起组织一次猛攻!"

335

"这是个好办法!"沈特派员十分兴奋,"通讯员,立即通知东路军和西路军到这里来集合!"

刘开元是独树庄头村桥上人,是个独子,因家里贫穷,三十岁还是光棍儿一条。1929年底,在方良庆、方良先兄弟的动员下,他参加了农会,并成为骨干。皖南红军游击队成立时,他就是第一批红军战士。每次战斗中,他都表现得十分勇敢,总是冲锋在前面,不怕牺牲,屡立战功。皖南红军独立团成立时,他担任警卫连三排排长。宁波冲突围战后,王金林为了加强对刘昭武九连的控制,就派他到九连担任副连长。文岱村突围战斗中,他带领的一个班战士摆脱了刘昭武的控制,在山中转战数日后找到团部。他的机智勇敢得到王金林的赏识,在鸦山整编时就被提拔为二中队副队长。

通讯员刚走不到半个小时,刘祖文就带着五十余名赤卫队员跑过来。他气喘吁吁地向沈特派员和邓国安报告,由于誓节渡桥头有国民党三四一团的士兵把守,赤卫队发起几次进攻都被敌人的机枪打退,伤亡二十余人。另外,一刻钟前,安排在花鼓塘方向的递步哨一路报来,驻扎在花鼓塘的王德农带领两个连正奔誓节渡而来,已经过了九龙岗。一些农会会员听说敌人的正规军增援来了,都自动散去了,剩下的人他都带过来了。

"什么,花鼓塘的敌人这么快就过来了?"沈特派员不知所措。

"邓书记,赶快下撤退的命令吧,不然就来不及了!"刘开元把沈特派员晾在一边。

"你已经是代理团长,你下命令吧!"时间就是生命,邓国安也没有再请示沈特派员。

"是!"刘开元立即转身跑出树林,对喻世常道,"立即组织所有火力向敌人机枪手开火,把敌人的火力压制住!"

"是!"喻世常一挥手,"大家跟我上!"一个排的预备队跟着他从树林中跑出。

刘开元又转身走到几个司号员面前:"枪声响后,你们看我的手势,一起吹撤退的号令!"

"撤退?"一个小司号员不解地问。

"对,就是撤退的号子,拼命吹!"刘开元的话音刚落,树林外就响起了激烈的枪声。

枪响后,刘开元缓缓将右手举过头顶,然后猛地往下一压,霎时间,嘹亮的军号声在誓节渡上空回响。

刘开元跑回树林:"邓书记,你带领团部和三中队往大、小腰山方向先撤退,我带领二中队殿后!"

"王团长临走时不是说往五龙山撤吗?"沈特派员满脸疑惑。

"此一时彼一时,敌人已经从县城、柏垫几个方向包抄过来了,回五龙山的路上就会被敌人从四面包围!"刘开元顿了一下,"还是按照团长原先的计划,撤到大、小腰山一带,再和敌人周旋!"

"沈特派员,我们就按照刘团长的意见先撤吧!"邓国安接着对身旁联络员黎学林道,"你立即前去通知邓达远,让他带领队伍直接往大腰山方向撤退!"

"是!"黎学林转身跑去。

刘开元让喻世常带领二中队二排立即撤出战斗,保护团部从扬柯村向戈塘村撤退。沈特派员和邓国安到达戈塘村时,已经快到中午。大家还是昨天晚上吃的饭,早已饥肠辘辘。两人商量一下,决定在此埋锅造饭,等待邓达远带领的三中队和刘开元带领的二中队一起会合后,再向苏村和石鼓方向转移。

可是,正在他们吃中饭的时候,邓达远派人送信过来,他们已经撤往苏村方向去了。

吃完中饭半个多时辰,还是没有等到刘开元带着二中队主力撤过来。派出去侦察情况的交通员回来报告说,刘开元和刘祖文带领八十余人的队伍向花鼓的东冲村方向撤退了。

"唉,看样子,他们还是想回五龙山找王金林!"沈特派员长叹了一口气。

"说实话,金林就是独立团的灵魂。没有他,队伍就没有了主心骨!"邓国安从来就没有单独带领过队伍,此时,他感觉自己肩上的担子实在是太沉重了。

"邓书记,你说我们现在应该往哪个方向撤?"沈特派员在王金林面前一直是趾高气扬,现在王金林不在了,他和邓国安一样显得有些六神无主。

"我们也往五龙山去找他们吧!"邓国安终于下定了决心。

从扬柯村方向不时传来枪声,时密时疏。

喻世常在前面开路,他专门走山路,先到张家湾,然后从十二里店进入苏村的溪口。天黑后,他们涉过桐汭河,从龙口、汪婆园一路赶到五龙山西麓的南边冲。这南边冲,是誓节渡、花鼓、凤桥三乡交界的地方,上下五六里路散布着十几户人家,大部分是猎户,家家都有人参加红军游击队或赤卫队。

他们刚离开戈塘湾,驻守在十字铺的三四一团一个连就开到了打鼓台,和他们擦肩而过。

邓国安和沈特派员带着团部和二排剩下的三十余人在南门冲住下后,就派喻世常和周光文各带几人下山到茆林、花鼓塘一带打听王金林和其他几支队伍的下落,找到他们后,就把他们带到五龙山集合。

派出去的人刚走,沈特派员就提出要离开广德,前往上海向党中央汇报和请示工作。邓国安同意了他的要求,立即派人和王长海取得联系。王长海连夜赶到南门冲,带着沈特派员绕道苏村,从腰山进入郎溪。而他的通讯员小陈,跟着刘开元的队伍走了,不知生死。

再说邓达远在誓节渡西门听见南路军方向枪声骤起,以为南路军已经向誓节渡敌军发起了总攻,便也集中火力向敌人阵地射击,准备发动冲锋。突然,南边却传来紧急撤退的号令,搞得他有点丈二和尚——摸不着头脑。听到南边的枪声渐渐稀落,他便也下令停止射击,节约子弹。但撤还是不撤,没有接到团部命令,他一时还无法决断。正在此时,看见团部联络员黎学林跑来,他立即迎了上去。

得到团部的指示,邓达远立即带领队伍经牌坊村向南撤到打鼓台,等候邓国安带领的团部前来会合。

这打鼓台是一个十余米高、三十米见方的土台,传说是当年岳飞抗金的遗址。站在高高的打鼓台上,站岗的红军士兵远远就看见一大队国民党士兵从分界山方向开过来。邓达远立即让黎学林回团部报告,自己率部留在打鼓台观察敌人的动向。

邓达远判断,这是驻守在十字铺的三四一团三营队伍。如果他们三中队再晚半个时辰撤出战斗,就有完全陷入敌人包围的危险。

敌人在前双庙村兵分两路,一路前往牌坊,一路直奔东打鼓台。眼见敌人离打鼓台不到一里路,邓达远带领三中队剩下的三十余人悄悄离开打鼓台,经界岭撤往苏村方向。第二天下午在大腰山北麓的八家村,他们巧遇了沈特派员和王长海。

邓达远得知邓国安带领团部已经向东转移去了南门冲,天一黑就带领队伍回头赶往五龙山方向。他们赶到南门冲时,已经是凌晨两点。果然,邓国安带领的团部还在这里等候代理团长刘开元带领的二中队主力前来会合。

第六十章　王金林汪家冲被俘

余家堂和龙明忠带着四个赤卫队员抬着王金林一口气经过新屋地、草屋村，跑了十余里来到西俞村，在当地农会几个会员的帮助下，涉过齐腰深的桐汭河，前往东岸的茆林村。刚到茆林村头，王金林苏醒过来，便让四个赤卫队员原路返回，去继续参加攻打誓节渡的战斗。

余家堂和龙明忠接过担架，刚走了不到百步，王金林在担架上抬头看了看前后无人，就命令余家堂和龙明忠拐进路边的树林。在树林中走了两百多米，王金林让他们停下来，把担架放在地上。

王金林坐在担架上："天快晌午了，大家休息一下，吃点东西吧！"

王东林身上一左一右背着一个箱子、一个帆布包，他把箱子和包都放在地上，从包中拿出几个煮熟的山芋递给了王金林、余家堂和龙明忠，然后坐在王金林的身边："团长，看样子，您肩膀上伤口的血已经止住了，我把您肩膀上的绷带给松一下，这样对伤口的恢复会好一些。"

王金林一边吃山芋一边道："整个手臂都是麻木的，你弄吧。"

"团长，不是说好到茆林养伤，怎么不进村呢？"龙明忠边吃边问。

"团长，肖家就在村子中间，"余家堂也边吃边道，"让杨清秀给您炖只老鸡补补。"

"是呀，团长，你这段时间身体一直很虚弱，加上又受这么重的伤，流了这么多血，是该弄点好吃的补补！"

由于肩上的绷带松了些，血液流进手臂多了，麻木在缓解，但一阵阵剧痛钻进了王金林肺腑，他咬着牙，闭着双眼。

王金林的眼前是一片红色，杨清秀穿着红棉袄红棉裤，头上盖着红布，一身出嫁新娘的装饰，但是，上半身被染成红色的麻绳捆得结结实实……

去年底王金林带领红军队伍启程前往建平垱前,杨清秀、彭珊绮、邓彩珠等妇女会的干部都被动员暂时回家打埋伏。杨清秀回到南门冲家中的第二天夜里,就被家人套上大红棉袄棉裤,并像粽子一样捆着,强行塞进一台花轿,抬到茆林村肖家。

眼前的红色消失,王金林睁开眼睛:"朱开轩的队伍马上就会从福巡桥、莫村方向过来,这里不安全!余家堂,我们立即往东冲方向转移,要隐蔽,走山路,不要让人看见!"

担架被龙明忠隐蔽在草丛中,他在前面探路。余家堂和王东林一左一右搀扶着王金林,一路避开湖南村、太山岭、王顶村等八九个村庄,来到冯家冲村后的一个山棚,已经是掌灯时分。

山棚没人,地上却有几捆干稻草,这是赤卫队预备的。龙明忠到村庄中去给大家弄口热饭,余家堂把稻草铺在地上,让王金林躺在上面,他打着手电筒照亮,帮王东林给王金林的伤口换药。换药的过程中,王金林又疼得晕了过去。

过了一个多时辰,龙明忠才回到山棚。他手中拎了个淘米篮子,半篮子米饭,饭中间放了一碟豆瓣酱和装着几个荷包蛋的蓝边碗。

王金林从昨天晚上到现在,只吃了一个不到三两重的山芋,也实在是饿得很,一口气就把四个荷包蛋连汤带水吃下肚,脸上的气色也好了许多。他让余家堂再给他盛了一碗米饭,和着又咸又辣的豆瓣酱,用右手抓着往嘴里送,边嚼边道:"老表,说说你在村上打听到的情况。"

皖南红军独立团成立时,龙明忠担任警卫连一排排长,几乎就是王金林的贴身警卫。一般在没有其他人的时候,王金林就直呼龙明忠为"老表",这是他们儿童时期相互间的称谓。龙明忠因此常常在红军队伍里炫耀自己,不知情的人还以为他们是嫡亲,对他也是另眼相看。

"我趁冯老四给我们准备晚饭的当口,去了一趟茆林大村,本来是想到肖家找杨清秀弄只老鸡,一进村头就发现村里有白狗子。我溜进村口一家独门独户的农会会员家一打听,才知道我们离开茆林不到半个时辰,王德农带领至少两个连的兵力就赶到了茆林。听说刘开元和刘祖文带领部分队伍从甘露寺向北转移了,王德农只留下一个排在茆林村驻防,便带着其余的队伍,跟着查宗泉又向路北芦塘方向追了过去……"

"胡闹!"王金林大叫一声,震得伤口发痛,他双眉紧锁,"转移到路北,这是送去给敌人包饺子呀!"

"团长,你说怎么办,我去通知他们!"余家堂手上还端着给王金林抓饭的碗。

"嗐,来不及啦!"王金林推开余家堂端碗的手,"有沈特派员和邓国安他们的消息吗?"

"听说好像和三中队一起去了苏村方向。"龙明忠回答。

"跟着邓达远行动,他们就安全多了。现在红军独立团队伍里已经找不出像他一样优秀的指挥员了……"王金林叹了一口气,"这里不是久留之地,我们走吧!"

"去哪里?"龙明忠问道。

"去枫塘铺南边的汪家冲!"王金林答。

"那里离县城和花鼓塘都很近,是不是太危险了?"王东林面露疑虑。

"汪家冲是个只有十来户人家的小村子,住的都是穷苦的佃户。村南有一户姓赵的人家,只有一个六十多岁的孤寡老头。"王金林在余家堂的搀扶下站起来,"白狗子万万不会想到我会住在他们的眼皮底下!"

"也是,这叫灯下黑!"王东林点点头。

"天亮之前,我们务必赶到赵家!"王金林在王东林和余家堂的搀扶下走出山棚,龙明忠立即把铺在地上的稻草重新捆起来。

汪家冲因为都是山冲田,水冷地瘠,每亩田只有不到两百斤的收成。村民基本都是佃户,吃了上顿没下顿。龚守德在这里组织农会会员开会时,王金林来做过演讲,在赵家住过一夜。

从冯家冲到汪家冲,虽然只有不到二十里路,王金林一行四人却走了半夜。途中,王金林昏厥过两次。到达汪家冲赵家时,天已经快亮了。一到赵家,王金林又昏睡过去。王东林用盐水给王金林重新清洗了伤口,抹上最后一点三七粉,把伤口包扎好,然后又号了一会儿脉,试了试额头的温度,对站在旁边的余家堂道:"团长这是气血两亏,还有点低烧。"

"团长这段时间是老鼠进风箱——两头受气,寝食不安,能不亏虚?"余家堂在一边嘟哝着。

"老余,这三七粉已经用完,你看能不能想办法再弄点来?"王东林抬起头望着余家堂。

"行,我马上去一趟大石桥!"余家堂边说边转身。

"老余,团长身子弱,能搞点肉补补最好。"王东林朝着已经出门的余家堂道。

"这个我来搞!"龙明忠插话,"天黑后我去逮两只野兔!"

余家堂本来是想到大石桥去弄点枪伤药,在半路上就听说村上住有好多白狗子,便到一个朋友家弄了两斤上好的蜂蜜。顺便他还打听到,大批国民党队伍正开往陆家铺一带"围剿"红军。

王金林昏睡醒来,已经是第三天早上,吃了一大碗龙明忠端给他的兔子肉煮稀饭,精神了许多。

在王金林还在昏睡的时候,王东林把余家堂带回的蜂蜜涂在他左臂的伤口上,不仅起到了止血消炎的作用,还让伤口上长出了红红的新肉。

王金林让龙明忠和王东林把他从床上扶起来,走到堂屋,坐在家里唯一一把竹靠椅上,听着余家堂打听到的誓节渡战斗失利后各路红军队伍突围的情况。

听完余家堂的讲述,王金林双眉紧锁:"老余,你立即到陆家铺去一趟,打听沈特派员和邓国安他们到底转移到了哪里。如果找到他们,就让他们尽快跳出敌人的包围圈,转移到南乡开展游击斗争。"

"好的,我这就去!"余家堂转身走出屋子,消失在屋后的树林中。

余家堂不敢走大路,多是在山上的树林中穿行。在石板坡村后的树林中,余家堂见到了走路有点跛脚的林宏生。林宏生在天沟战斗中,腿部中弹负伤,留下了残疾。两人相互交流了情况后,林宏生提出要见王金林,被余家堂拒绝。但林宏生表示,只要团长在,他就要跟着团长革命到底。分手时,他们约定了下次联络的地点。

可是,第三天,林宏生就因叛徒周光义告密,在英溪街被朱开轩带领的一百多个民团士兵包围。他拒不投降,用随身携带的短刀和敌人展开激烈的搏斗,在接连刺伤几个敌人后,被敌人开枪打死。

几天后,余家堂又到花鼓塘一带转了一圈。从带回的消息中,王金林这才知道皖南红军独立团已经瓦解,沈特派员和邓国安已经前往上海。听到一个接一个坏消息,王金林五内俱焚,又在床上昏睡了一天一夜。醒来后,虽然他精神有些恍惚,但伤口竟奇迹般地好了许多。

这几天躺在床上,王金林想了许多问题。让他百思不得其解的是,当晚誓节渡为什么会突然增兵,难道是有人提前走漏消息？在攻打甘溪沟的前几天,许杰从上海回来,让人带信约他到油榨沟见了一面。许杰对他说过,当前誓节渡敌人兵力较强,不要轻易攻打,免得让红军遭受大的损失。当时还没有在意,现在想来,倒是不幸被他说中。

"团长,这几天白狗子像疯狗一样天天到处抓人,通缉你的布告贴得到处都是,我看你也到外面躲躲再说！"余家堂憋了几天的话,终于说出口。

"那你说说我能去哪里？"王金林说完长叹一口气。

"去上海！我们也跟你去上海！"龙明忠在一旁抢答。

"就我们现在这个样子去上海,去党中央？"王金林激动地从竹椅上站起来,"我不能离开这块已经烧红了的土地,我要在花鼓塘、在西乡、在广德、在皖东南东山再起,恢复党的组织,重建红军队伍和红色政权,将我们共产党人的伟大事业进行到底！"

"可是,我们现在已经是山穷水尽了,"龙明忠耷拉着脑袋,"没有下锅米啦！"

"老表！"余家堂直向龙明忠眨眼,制止他讲下去,"吃的东西还是我来想办法……"

"你有什么办法？"王金林追问。

"团部和县委的经费都是廖忠钰和肖行广管着,暂时还联系不上他们,我……我再想想办法。"余家堂回答。

王金林在堂屋踱了几圈,突然停住:"你们准备一下,天一黑,跟我去一趟北二区的白洋村,我在那边放了一点钱,取回来,可以对付一阵子。"

"团长,你是说孙家槽坊姓龚的吧？我跟你去过,你还伤着,还是让我替你跑一趟吧！"龙明忠边说边扶着王金林坐下。

"好吧,你去一趟也行,路上要小心,快去快回！"王金林坐下后道。

"放心吧,我这就去。"龙明忠这几天一直窝在屋内,实在憋得慌,有了这个出门溜达的机会,简直就如同一只脱了笼的兔子。

龙明忠走了二十几里路,来到横山北边的孙家槽坊村,溜进龚家院子,看见屋里屋外的东西丢了一地,一个四十多岁的女人披头散发地坐在地上。她哭着告诉龙明忠,刚才北二区区长樊世才带着白狗子抄了她的家,还抓走了她丈夫和儿子。

龙明忠知道她儿子叫龚占培,二十三岁,是白洋村的农会主席。

没有取到钱,龙明忠没精打采往回走,刚到枫塘铺,就听见有人叫他:"老表!"

龙明忠回头一看,便道:"万老五,是你!"

"看你这样子,还没吃晌午饭吧?"万老五拉着龙明忠的袖子,左右看看没有人,"到我家喝两盅去!"

"老五,酒我就不喝了,给我弄点吃的填个肚子,再到英溪街里给我买条鱼!"一进屋,龙明忠就急着道。

"外面都传你跟着王金林跑到江西去了,怎么又回来了?"万老五是龙明忠儿时的伙伴,也参加了农会,是村农会的经济员。

"我、我……"龙明忠吞吞吐吐了半天。

"你不说,我也能猜个八九不离十。"万老五狡黠一笑,"你不想让我给你搞条鱼吗?"

"你……你也不是外人,我就跟你直说了吧!"龙明忠边吃饭边把王金林躲在汪家冲养伤的事情全说了。

"老表,我们都是过命的交情,我也就直说了吧!"万老五将凳子往龙明忠旁边移了移,"你还不知道吧,这几天,龚发兴、杨干才的'自新队'带着中央军和各地民团的人到处抓人,凡是参加过红军、赤卫队和农会的,都必须到政府去办'自新',交罚款,还要交代三个以上'共匪'嫌疑人,还要找保人才能活命。如果不主动'自首'被抓到的,关到监狱被打得半死不活还是轻的,还有不少人不问青红皂白就被拉到红毛山砍了头。驻扎在花鼓塘街上的中央军王营长,每天都在花鼓塘对面的红毛山砍十几个人头,尸体都不知道谁是谁的!"

"这几天,你见到林宏生没有?"龙明忠插话问道。

"林宏生倒是条汉子,他跛着腿,还到处拉人上山,被周光棍在英溪街盯住了,当场被枪杀了,惨得很!"看着龙明忠目瞪口呆的样子,万老五继续道,"我们所有人都办了'自首',交了罚款,画押具保,不敢再'闹红'了。王团长是条好汉,政府出五千块大洋缉拿他,如果他愿意'自首',到政府照样吃香喝辣的!"说到这里,万老五把头凑近龙明忠,"兄弟,识时务者为俊杰,我带你到花鼓塘王德农营长那里去报告一下情况,你就可以升官发财了。王团长如果能幡然悔悟,从此也能飞黄腾达。到时候你们吃肉,给我点汤喝就行了……"

"这、这样行吗?"龙明忠支支吾吾。

"咋不行呢?连周光棍这样的人都被重用,升官发财,现在都是螃蟹走路——横着行。王团长要是招安了,我们不也跟着吃香喝辣的?"万老五拉起龙明忠的手臂,"我们这就去花鼓塘,免得夜长梦多!"

两人来到花鼓塘东街的三四一团二营营部,通过卫兵向营长报告。营长王德农正在睡午觉,懒洋洋地爬起来见了两人,听了龙明忠的报告后立即来了精神,让卫兵把五连连长何金铭叫来。

何金铭带领五十多个士兵立即跟着龙明忠悄悄将汪家冲赵家包围起来,此时,天已经黑了下来。因为听说王金林有两把盒子枪,何金铭就让龙明忠先进去把王金林的盒子枪缴了。

王金林正坐在堂屋的椅子上,手上拿着一张报纸在菜油灯下看,见龙明忠两手空空进来,就放下手中的报纸问道:"老表,款子没有取到?"

"我到龚家,小龚不在家。老龚说明天让、让小龚送、送过来……"龙明忠支支吾吾。

突然,王金林看见门外人影晃动,就大喊一声:"门外是谁?"然后拔出腰间的两把盒子枪。

"王金林,你们已经被包围了,赶快投降吧!"营部传令兵张德才出现在门口。王金林抬手就是一枪,打在他的右肩膀上,他号叫一声立即退到一边。

门外的国民党士兵一边喊话,一边不停地向屋内开枪。

余家堂和王东林本来在堂屋南侧的灶屋地上睡觉,听到枪声从地上爬起来。之前余家堂和龙明忠共用一把盒子枪,现在枪在龙明忠手上。余家堂和王东林被外面白狗子打进来的子弹封锁,出不了灶屋门。

一转眼,王金林手中两把手枪的十发子弹都已经打光,便把手伸向身后的龙明忠:"老表,枪给我!"

龙明忠顺势从王金林身后将他拦腰抱住:"团长,你的事情不好了,你的事情不好了!"此时,门外的士兵一拥而上,冲进来将王金林按倒在地。

何金铭拎着驳壳枪从外面走进屋里,卫兵拎着两盏马灯进来,整个屋子顿时亮堂起来。余家堂和王东林也被几个白狗子反剪着双臂押到堂屋。

"龙明忠,你出卖了团长,你这个孬种!"余家堂使劲扭动双臂,想要扑向龙明忠。

"我、我们也都劝过团长,让他跑到外面去,他非不走,要一条道走到黑。我这也是万般无奈,也、也是为团长好。王营长向我保证过,团长他只要'弃暗投明',保证他升官发财……"

汪家冲王金林养伤旧址

"呸!"余家堂朝着龙明忠的方向吐了一口唾沫,然后对何金铭道,"团长肩上有伤,把他放了!"

何金铭见几个士兵还死死地把王金林按在地上,就道:"快把王团长扶起来!"

两个白狗子架着王金林站起来,大家借助灯光一看,只见他脸色苍白,双眼紧闭,牙关紧咬,豆大的汗珠直向下掉落。

第六十一章　闵天相洪汤村突围

沈特派员和邓国安离开后,刘开元和刘祖文从树林快速冲到前面的土丘,指挥龚发兴、杨干才等人集中所有的子弹向敌人的阵地开枪,掩护从前面阵地撤回的红军战士。像潮水一样回撤的队伍,不断有人被敌人阵地射出的子弹击中,倒在田间地头。三十几个中弹的,除了几个轻伤的被战友架着跑回外,其他牺牲和重伤的只能留给敌人了。

刘开元和闵天相、刘祖文带着聚拢起来的八十余人,刚撤到扬柯村,就有交通员跑来报告说从十字铺方向来的敌人已经到了打鼓台,卡在他们西进的路上。一排副排长杨干才和一班长周光义立即提出向茆林方向撤退的建议,刘开元同意了他们两个的意见,带着队伍就往新屋地方向撤退。

为了避开从茆林和誓节渡两个方向追击的三四一团队伍和民团武装,刘开元已经是慌不择路,从新屋地向东涉过桐汭河,经溪村到杉树湾。因为杜大春和周清远带领的赤卫队员都是芦塘、东湾和余家一带的人,他们都要求到路北去。刘开元和闵天相、刘祖文带领团部警卫班和赤卫队员六十余人走在前头,杨干才、龚发兴带领剩下的二十余人殿后。

队伍到达芦塘村时,已经是下午三点多钟,刘开元让队伍停下来弄点吃的。村里的农会会员见红军队伍打了败仗,都过来帮红军弄粮食做饭。大家刚吃完饭时,就见站岗的赤卫队员前来报告,说看见有几百个白狗子正从查家挡开过来。

"闵先生,你说这仗还怎么打?"刘开元显得没有了主张。

闵天相因为是个在城里教书的老师,在队伍中大家都叫他闵先生。前几天他向王金林汇报下寺一带的农运情况后,王金林说打下誓节渡后,就让他带一支队伍到广北地区开辟游击区,建立苏维埃政权。想到这里,闵天相便道:"白狗子现在正从誓节渡、花鼓塘几个方向向我们追过来,我们只有向白茅岭方向转移,甩开他们!"

"好,就听闵先生的。"刘开元说完,立即向龚发兴和杨干才下令,让他们带领一个排阻击敌人,掩护大队向陆家铺方向撤退。

刘开元、闵天相带着队伍先是一路向北狂奔到乌龟山,然后折转向东,绕过谢湾大村向东,经陈塘、毛竹柯直奔洪汤村。从乌龟山到洪汤村这一路二十余里,都是低矮的黄土山丘,山上长满了松树、枫香、栎树等各种高大的乔木,人烟稀少。一路过来,都安排有交通员,好给完成阻击任务撤退回来的龚发兴和杨干才他们带路。

洪汤村在陆家铺东北六里路的地方,是个不到二十户人家的小村子。村子中住有毛、周、吕三姓。其中毛姓人口最多,也是村子最殷实的家族。毛家主事的叫毛大凯,三十来岁年纪,面容清瘦,一副老学究的样子。早年,他也在周爵三的私塾读过几年书,是王金林的师兄。因有师兄弟之谊,王金林带着林家旺和闵天相到他家拜访过他,请他支持农运工作。他是个很有正义感的乡绅,支持族人参加农会,为红军捐款捐粮。

村子南、东、北三面环水,只有西边通过一片树林中的小路才能进入村里,很是隐蔽。刘开元安排朱泽建带着一个战士在离洪汤村两里路的李家塔放了第一道岗哨,在进村处又放了第二道岗哨,然后和闵天相、刘祖文带着队伍来到村中的毛大凯家。

毛大凯不在家,但他们家人认识闵天相,立即安排腾出几间屋子让红军队伍住下,并给他们准备晚饭。

二中队和赤卫总队一起四十多人在村中安营扎寨,村中的周、吕两姓村民也都向队伍送一些鸡蛋、南瓜、山芋等食物,村中的一些妇女还帮战士们洗衣服、照顾伤员。红军战士和赤卫队员填饱肚子后,天已经黑了下来,龚发兴和杨干才却没有按照约定赶过来,几个安排在沿途的交通员陆陆续续赶来,都说没有等到龚发兴和杨干才带领的队伍。

晚饭后,根据闵天相的建议,刘开元召集刘祖文、林宏生、杜大春、朱泽建、周清远、胡信富以及沈特派员的通讯员小陈等人召开会议,讨论下一步的行动。

闵天相首先发言,向大家介绍了他这几个月根据王金林的指示,回家乡下寺一带开展农运工作的情况,然后提出将队伍转移到北乡一带活动,开辟新的苏区。他的提议,首先遭到刘开元的反对。

刘开元认为,团长王金林生死不明,皖南红军独立团基本上被打垮了,他们现在的四十来人,一大半还是赤卫队员,十几个红军战士有枪却没有多少子弹了,根本成不了什么气候。眼下,只能解散赤卫队,让赤卫队员各自回家打埋伏。二中队的红军战士跟他一起回五龙山,寻找其他几支队伍。

最终,闵天相的建议被大多数人否定了。

第二天,东方刚现鱼肚白,大家就起床。刚吃完早饭,杜大春、周清远正集合队伍准备离开洪汤村,"砰、砰……",村头传来清脆的枪声。

昨天夜里会议结束已经是后半夜,朱泽建回到李家塔哨位。他叮嘱了两个哨兵一番,就靠着屋檐下的墙根睡着了。

迷迷糊糊中,他听见有人说话的声音,睁眼一看,眼前站着许多人,都是穿着黄衣裳的三四一团士兵,端着带刺刀的枪对着他。杨干才从后面走上前:"老朱,我和龚排长都向政府'自新'了,红军已经彻底失败了,你也'自新'吧!"

"是呀,老朱,'自新'了还有一条活路!"龚发兴也挤到前面。

"可耻!"朱泽建抓起身边的枪,想要扣动扳机给洪汤村里的队伍报警,几个三四一团士兵一拥而上,将刺刀捅进他的胸膛。

原来,杨干才和龚发兴在芦塘被王德农带领的三四一团二营和郎溪县自卫队攻击并包围,杨干才见突围无望,便劝说龚发兴一起放下武器,主动打白旗向敌人投降。

随后,朱开轩带领的自卫队和民团赶到芦塘,给杨干才和龚发兴带领的十几个红军战士办理了"自新"手续,让他们加入"自新队",掉转枪口,和国民党武装一起"清剿"红军队伍。

两个被俘的红军战士,一个不肯叛变也被白狗子用刺刀捅死,剩下的另一个吓得屁滚尿流,招供了洪汤村的情况。

杨干才知道洪汤村三面环水的地理环境,便向王德农建议,立即进攻洪汤村。

在村头站岗的东冲赤卫队队长胡信富发现敌情立即开枪报警,并带领其他两个哨兵凭借地形阻击敌人。很快枪声就像炒豆子一样响成一片,敌人的两挺轻机枪加入战斗。不到十分钟,三人都中弹牺牲。

听见岗哨处传来的枪声,刘开元等人知道敌人已经到了村口,刘祖文急着道:"刘团长,战士们已经没有子弹了,冲是冲不出去的,只有从村子南面的堰沟游水过去了!"

刘开元和闵天相带着四十余名战士,越过一里来路的稻谷桩田,赶到堰沟边,水面虽然只有十多米宽,却有两米多深,不会游泳的战士有一半。

正犹豫之间,后面的白狗子已经出村向他们追过来。情况万分危急,大家都纷纷跳入水中,每个会游泳的带着一个不会游泳的。但是,由于下水时都没有来得及脱衣服,有的还带着枪和大刀等武器,大多人像落汤鸡一样在水中乱扑腾。刘祖文和周清远几个水性好的来回救起几个水性不好的战士,已经累得筋疲力尽。

这时,白狗子已经赶到堰沟边,对着秦相传、李传顺、叶成章、小陈等七个还在水中挣扎的红军战士和赤卫队员开枪。周清远刚爬上对岸,肩头就挨了一枪。他顾不得钻心的疼痛,一个跟头翻到堰埂下面,猫着腰追赶队伍。

闵天相带着队伍一口气向南跑了三四里地,来到一个叫杨妃山的小山岭。进入山上的树林,闵天相发现代理团长刘开元不在队伍之中,他和刘祖文商量一下,便让战士们在树林中休息一下,等待刘开元和后面的战士赶上来。可是,等了半个小时,只有受伤的周清远和一个小战士跟上来。他俩说,他们后面已经没有人了。

闵天相和刘祖文统计了一下,整个队伍只剩下十四人、八条枪、二十发子弹。他让一个赤卫队员护送受伤的周清远回家疗伤,自己带着余下的十一人,准备等到天黑后再向五龙山方向转移。他们坚信,在五龙山,一定能找到团长和红军队伍。

再说,喻世常带领一个叫杜吕顺的战士,化了装后一早就下山,赶到英溪街,看到大批白狗子开往陆家铺方向,便尾随在白狗子队伍后面。快到中午时分,前面的白狗子队伍开进了陆家铺,喻世常让杜吕顺躲在路边的树林中,独自一人也进了陆家铺街上的一个小茶馆,在一个角落处找了个座位,让店小二沏了一小壶茅岭云雾茶。

茶馆有十几个茶客,都在聊着一个话题,说王金林是鲤鱼精,在甘溪沟因为缺水而受挫后,在南山待不下去,所以就开到河堰密布的洪汤村,就像蛟龙入海,再生风云。可是,他们一到洪汤村,就被"自新"的龚发兴和杨干才带着大队政府官兵包围了。但洪汤村三面环水,易守难攻,战斗从天亮打到现在,还不见分晓。

喻世常喝了几口茶,付了茶钱,立即回到村头的树林中,向杜吕顺讲述了在茶馆听到的消息。杜吕顺因为就是陆家铺人,知道洪汤村三面环水的地形,便道:"二中队在洪汤村突围,只能从东边过水进到高湖的大竹园,再过无量溪河进入北乡,或者是从南边过水,向杨妃山这边转移……"杜吕顺说到这里手指东边三里路远一座突兀而立的小山,"看,那就是杨妃山。"

"走,我们就去杨妃山看看!"喻世常道。

两人刚到杨妃山边,就被树林中放哨的班长潘天祥发现,立即跑去向闵天相报告。闵天相让刘祖文带领所有战士准备战斗,自己和潘天祥来到观察哨位。一看,喻世常只带着一个战士,看样子还没有携带武器,不像是已经投敌了,便让潘天祥和另一个站岗的战士做好战斗准备。

喻世常刚走到哨位前,就听闵天相大叫一声:"喻世常,不许动,举起手来!"

喻世常一看是闵天相和三个黑洞洞的枪口,知道他们是误会了,便顺从地举起手:"闵先生,我们是邓书记派来寻找你们的!"

"别说话,快进树林!"闵天相挥动手中的手枪。

喻世常和杜吕顺一进树林,就被刘祖文上来搜身。刘祖文在喻世常身上摸了一遍,没有发现任何武器,便抓住喻世常的手:"老喻,团长他们怎么样了?"

"走,到里面去说吧!"喻世常松开刘祖文的手。

来到半山腰,一个十分隐蔽的凹地,喻世常一五一十向闵天相和刘祖文等人讲述了邓国安带领团部撤到南门冲的经过。闵天相也讲述了他们撤退到洪汤村的经过。喻世常又讲述起了在茶馆听到龚发兴和杨干才叛变投敌的情况,众人这才恍然大悟。闵天相根据喻世常从茶馆听说敌人的大部分人马已经开往北乡的情况判断,代理团长刘开元可能已经被俘叛变。敌人判断闵天相带领队伍一定会撤到北乡下寺一带,所以就带领国民党队伍追到北乡去了。想到这里,闵天相顿时惊出一身冷汗。

原来,刘开元是个旱鸭子,不会游泳,躲在堰埂上的竹林中,被刘昭武带领的郎溪自卫队发现。不久后,由刘昭武、吴子华担保,刘开元办理了"自新"手续,加入了国民党郎溪县自卫队。

闵天相和刘祖文得知邓国安带领的团部在南门冲等着他们,便要立即启程前去会合。喻世常说现在路上到处都是白狗子,白天行动很容易被他们发现,很难走脱。即使走脱了,也会把他们引到了南门冲,暴露了团部的位置。

闵天相和刘祖文都觉得喻世常分析得有道理,于是决定继续潜伏在杨妃山的山林中,等到天黑以后再出发。

幸好,大部分白狗子从三堡渡过无量溪河,从青山包进入白水塘、荞麦湾、凌家庄一带,剩下的一小部分白狗子在毛竹柯、陈塘一带折腾了一个下午,也没有到杨妃山这边来。十几个红军指战员在山林中熬到了天黑,到小杨妃村一个农会会员家弄了点吃的,便从高湖乡的汪店、七星塘一路向南疾行。白天两三个小时的路程,他们摸黑走了六七个小时才到万岁冲,再翻过一个山岗,就到了南门冲。此前半个多小时,邓达远带领的三中队也到达南门冲和团部会合了。

第六十二章　青峰岭窖枪埋火种

闵天相和刘祖文带领十几人到达南门冲，两股队伍会合在一起也只剩下六十余人。听了他们的汇报后，邓国安立即警觉起来，因为周光义和喻世常是同时出发的，到现在还没有回来，一定是出了问题。为了以防万一，他决定立即带领队伍翻过小黄岭，经牛角冲，向西坞方向转移。

邓国安带领队伍刚离开南门冲不到半个小时，由副团长翟励学带领的三四一团一营和朱开轩的民团一起五百余人，由周光义带路悄悄包围了南门冲。虽然扑了个空，但他们也判断出红军队伍刚离开不久，翟励学和朱开轩一合计，便派出十几个探子，往几个方向去探听红军队伍的去向。

原来，下山打探消息的周光义听说龚发兴和杨干才已经叛变投敌参加了"自新队"，不仅没有受到惩罚，反而得到重用，于是，天黑后他便摸到花鼓塘三四一团驻地，向翟励学"自首"，供出邓国安带领红军团部隐藏在南门冲的情况。翟励学立即通知还在陆林铺的朱开轩民团和龚发兴、杨干才的"自新队"回到花鼓塘，集中开往南门冲。

一个时辰后，有探子回来报告，发现红军向西坞方向逃跑了。

本来，翟励学要下令全速追击，杨干才却说红军队伍天亮之前一定在西坞一带隐蔽下来，白天不会行动，到晚上天黑才会继续转移。如果现在追上去，一定会打草惊蛇，不如悄悄在后面跟踪，弄清他们隐蔽的具体位置，在白天把他们包围起来，就可以一网打尽。

邓国安一行对敌人已经在后面跟踪他们的情况全然不知，一路疾行，绕过大庙，在天亮前直接摸进只有二十来户人家的祥里村。在村子的南北两个进出口安排了岗哨，行人只进不出。

中午太阳刚偏西，在放哨的潘天祥前来报告，说一个磨剪子的匠人挑着担子在村口转悠了半天,可能是发现了村子里的异常情况,没有进村,回头走了。他觉得可疑,就立即回来报告了。

在梦中被叫醒的邓国安和邓达远立即紧张起来,赶紧集合队伍,准备从鸽子山村方向向南转移。他们刚出鸽子山村,就看见前面一里多路的姚墩畈已经被密集的白狗子队伍封锁。发现敌情后,邓国安立即带领队伍往回撤,刚到祥里村村口,就看见村里已经被白狗子占领,跑在前面的两个战士中弹倒地。

"邓书记,我们在南北两个方向的出路已经被敌人堵死了,硬冲是冲不出去的,只有上东面的鸽子山,向青峰岭方向突围才是一条生路。你带领团部和二中队赶快上山,我带领三中队掩护你们!"邓达远说完转过身,对刘祖文道,"祖文,保护好邓书记!"

"达远,我们在青峰岭等你们!"邓国安说完转身上山。

"苏宗财,你带一个班守住南边的山口,给我坚持半个小时!梁威(梁其贤),你带一个班跟我守住北边,不放一个敌人过来!"邓达远说完就带着十几个战士退到姚墩畈村北,借助村头一户人家院墙的掩护,开枪阻击北边进攻的敌人。

南边,苏宗财也和敌人交上了火。

红军战士因为每人只剩下两三颗子弹,只能让几个枪法好的战士轮流从墙缝间向走在前面的敌人开枪。敌人虽然人数众多,但因道路狭窄,只能一溜纵队蛇形前进。前面的人中弹,后面的人赶紧趴在地上开枪还击。快到半个小时,邓达远还真没有让对面的敌人前进几米。虽然打死打伤了敌人十几人,自己这边也牺牲了五个战士,子弹也只剩下几发了。

"邓队长,我们的子弹已经打光了,其他战士们已经撤到山上了,你们也赶快撤吧!"苏宗财在邓达远身后的山坡上叫喊。

"好,梁威,我们也撤!"邓达远最后瞄准一个白狗子,开了一枪。

邓达远带着剩下十余人翻过鸽子山,刚冲到半山坡,就看见从板凳冲到黑洼的路上都是白狗子。他把战士们都叫到一起,让没有子弹的战士把枪栓卸下扔掉。他检查了一下自己的手枪,还有三颗子弹,便带着三个有子弹的战士走在前面,悄悄接近路上的敌人,突然向路上的敌人开枪,紧跟在他后面的三个战士也开枪射向路上的白狗子。遭到突然袭击的白狗子队伍顿时乱成一团,苏宗财、梁其贤和其余的人乘机跃过敌人的尸体,冲到对面山上的树林中。

邓达远带着大家一口气翻了好几个山沟山岭,来到熊家老屋后面的山上,看到从大范村到木子滩的路上全是密密麻麻的白狗子。他回头看着跟上来的只有苏宗财、梁其贤、方良庆、王义忠和戴文堂五人,而且子弹打得一颗不剩,再想冲过敌人的封锁线前往青峰岭和邓书记会合已经不可能了。

邓达远眼含热泪道:"同志们,我们现在已经是弹尽粮绝,无法一起突围了。大家分散开,一个人目标小,天黑后想办法躲开敌人的搜捕,回家埋伏下来。等团长的伤好了,我们东山再起,继续跟党闹革命!"

和大家分手后,邓达远却没有离开,而是望着路上来来往往的敌人。不一会儿,一队三十余个白狗子来到熊家老屋,折腾了半个时辰后回到大范村去了。太阳落山后,路上的白狗子也收缩了封锁线,每隔两百米设一个驻点,天一黑就点燃了篝火。

邓达远正起身准备下山,却听见身后有窸窸窣窣的声音,刚一回头,就听到苏宗财的声音:"队长,是我苏宗财,我没走,我要跟你一起去找队伍!"在他的身后,还有梁其贤。

"看见没有,两堆篝火的中间没有亮光,我们就从那里爬过去。"邓达远握了握苏宗财的手,然后向山下走去。

就这样,邓达远和苏宗财、梁其贤通过敌人的三道封锁线,经六十亩丘、沈家冲进入王村东面的青峰岭。

邓国安带领闵天相、黄鸣中、刘祖文、林宏生、喻世常、廖忠钰、潘天祥、吴臣臣、皮传中、董三喜、丁延中、黎学林、杜义贵、金庭华等二十余人正在竹林中休息,此时,已经是三更时分。

邓国安听完邓达远报告的情况后,显得十分颓丧,用已经嘶哑的嗓音道:"同志们,经过这几天的战斗,我们红军独立团和赤卫总队的损失都十分惨重,现在只剩下二十三人十七条枪,大家说说,下一步,我们该怎么办?"

"继续上山打游击,哪里跌倒哪里爬起来,和白狗子死拼到底!"刘祖文第一个发言。

"要不是沈特派员他们瞎指挥,我们也不会败得这么惨,王团长也不会受伤!"喻世常突然提高嗓门,"我觉得,眼下最重要的是想办法找到团长,跟着他,我们就一定能够东山再起！"

"到处都没有团长的消息，不知道他是被白狗子抓去了，还是已经离开广德了……"梁其贤插了一句。

"团长肯定不会离开广德抛下我们不管的！"金庭华声音哽咽。

"没有团长，我们还能坚持下去吗？"杜义德双手捧着脑袋。

"是啊，没有团长，我们就没有了主心骨。"邓国安站起来，"现在，我们的四面都是敌人，而最困难的是我们已经没有一颗子弹了，仗肯定是打不下去了。老古话说，留得青山在，不怕没柴烧。我们这二十几人，就是二十几粒火种。现在，我们就把枪埋了，分散突围出去，保存革命火种。如果团长还在，他一定会再把红旗举起来，我们还回来跟着他，革命到底！"

"团长让我到北乡搞农运，为北乡暴动做准备，我就回去继续准备，为团长东山再起打基础！"闵天相道。

"我准备去上海，向党中央汇报广德的情况，请示下一步工作！"邓国安说到这里，环视一下大家，"你们有什么打算？"

"邓书记，我跟您去上海！"刘祖文立即表态。

"我也跟师傅去！"黄鸣中抢着说。

"达远、梁威，你们不去上海吗？"邓国安望着邓达远和梁其贤道。

"人多目标大，你们先去，我回去看一下母亲，然后到上海去找你们。"邓达远回答。

"我也先回去和母亲打声招呼，再到上海。"梁其贤接着回答。

"我先到江西去躲一阵子。"金庭华也说出了自己的打算。

方良庆、喻世常、廖忠钰、潘天祥、吴臣臣、皮传中、董三喜、丁延中、杜义贵都纷纷表示先回家躲躲再说。

分散突围的意见达成一致，大家一起动手挖了几个坑，把十七支长枪埋了。埋枪的时候，大家都是满眼泪水。这每一条枪，都是几个红军战士用鲜血和生命换来的。

第六十三章　王金林凤凰墩就义

王金林、余家堂、王东林被何金铭押到花鼓塘，营长王德农欣喜若狂，叫何金铭将王金林押到他的营部。

王金林被押到营部时，双手被麻绳反捆在背后。王德农一见他被推进门，立即从椅子上站起来："听说王团长手臂受了伤，赶快给他松绑！"

王金林被松绑后，显得十分疲惫，坐到卫兵搬的椅子上。

"本人是三四一团二营营长王德农，请问你就是王金林？"王德农走到王金林面前，弯腰问道。

"我就是王金林，行不更名，坐不改姓！"王金林虽然脸色苍白，但目光如炬，"王营长，这次算你走运，可领一大笔奖赏！"

"王团长，你很会打仗，我和我们许团长都很佩服你的指挥能力！"王德农直起腰，"这次，不是你老表到我这里来告密，我怎么能抓得住你？"

"王营长，胜者为王，败者为寇，只是有一事到现在还没有想明白……"王金林顿了顿，"你们是不是事先已经知道我们要攻打誓节渡，所以在夜晚悄悄增加了兵力，并设好了包围圈？"

"这个嘛，完全是巧合！"王德农一脸得意，"我的一个排换防，从涛城铺过来，因为路不熟，半夜才赶到誓节渡，碰巧赶上你们第二天早晨进攻。不然，你就是胜者为王了！"

"原来如此……"王金林说完闭上眼睛不再说话。

王德农回到办公桌前，摇通城里许国亭团长的电话。许国亭得知已经将王金林缉拿，大喜过望："你不要再审问王金林了，让他今晚好好休息，明天一早你亲自将他押解到团部！"

第二天一早，王德农就亲自带领一个排的士兵将王金林他们三人押到广德

余家堂烈士墓

县城东门贫儿院三四一团团部驻地。

贫儿院坐落在万桂山的东麓,和迎春街北的天寿寺隔巽方秀水河相望,共有四十余间砖木结构的平房。这贫儿院原名养济院,始建于明朝洪武年间,清朝乾隆十六年(1751)广德知州帅家相扩建,咸丰末年(1861)毁于战乱,同治五年(1866)知州殷润霖重建。

三四一团团部占用了贫儿院一半的房子,剩下的二十余间是三四一团和国民党广德县政府的临时监狱,主要用于关押被捕的共产党嫌犯和被俘的红军指战员、赤卫队员、农会干部及其家属,每间屋都关押有二十余人。胡信民、吴锡璜、王金山、周清远等人还关押在里面。监狱还设有三间行刑室,白天和夜晚都连续不断地传出受刑人凄厉的叫声。

在王金林被捕的前一天,躲在村中养伤的周清远因叛徒告密被捕。

王金林被单独关在一间监狱,狱卒每顿送来的饭菜和其他号子的犯人只有稀饭和菜叶不一样,送给他的每顿都是白米干饭,甚至每顿还配有鱼肉之类的荤菜。

王金林被押到三四一团团部的消息立时就传遍了广德县城的大街小巷。许国亭和王德农正在举杯相庆,就接到县长邓质仪打来的电话。

"许团长,听说贵团已经擒获了'匪首'王金林,县党部、保安团的同志和八大家的乡绅们集中到县府,都说要到团部来向你祝贺!"邓质仪在电话那头显得十分兴奋,"还要当面看看你是怎么整治这个桀骜不驯的家伙……"

"邓县长,王金林受了重伤,需要休养一些时间。他是要犯,我要从他嘴里好好捞些东西出来!"许国亭显得有点不耐烦,"告诉他们少安毋躁,不要过来添乱!"

许国亭放下电话后回到饭桌边坐下,继续和王德农喝酒:"王营长,明天上午,我和翟团副先会会王金林!"

第二天日上三竿,两个狱卒将王金林带到许国亭的办公室,办公室只有他和副团长翟励学两人。他俩事先已经商量好一个劝供的计划,很客气地让王金林坐下,并泡了一杯升子口的碧螺春。

按照惯例,他们一一询问了王金林的姓名、年龄、家庭住址、籍贯、学历等信息。

"你是中共党员吗?什么时候、在什么地方、由谁介绍加入的?"许国亭和颜悦色。

"我是中国共产党党员,其他的无可奉告!"

许国亭接着询问了王金林领导广德暴动的时间、起事地点、参加人数、枪支数量、队伍番号等等,王金林都作了回答。

见王金林如此配合,许国亭眉开眼笑:"那你说说你的上级领导都是谁,他们都在什么地方,怎么联系?"

"你认为我会出卖我的组织和战友?"王金林轻蔑地一笑。

"那你们杀了多少人?抢劫了多少财产?"许国亭又问。

"随你们定吧!"王金林简答。

"听说你家也是殷实人家,又上过大学,知书达理,为什么要带领这些穷光蛋搞什么革命?"许国亭继续问。

"俗话说,秀才造反,三年不成。你这是何苦呢?"做记录的翟励学插了一句。

"中国革命的先行者孙中山你们不会不知道吧?他就是一个秀才,他'驱除鞑虏、恢复中华、创立民国、平均地权'的政治纲领得到了全中国人民的拥护,推翻了清王朝,建立了中华民国,并实行了联俄、联共、扶助农工的三大政策,为我们灾难深重的中华民族带来了巨大变革。可是,蒋介石这个独夫民贼背叛了革命,对我们共产党人痛下杀手!"说到这里,王金林激动地站起来,"我们共产党人是吓不倒的,也是杀不完的,我们不仅要继承孙中山先生扶助工人和贫苦农民的政策,还要彻底消灭剥削阶级,埋葬人吃人的万恶社会,建立人人平等的社会主义社会和共产主义社会!"

望了一眼目瞪口呆的许国亭,王金林继续侃侃而谈:"你们知道西洋有一个叫德意志的国家吗?知道那里有一个叫马克思的大胡子洋人吗?他写了一本书叫《共产党宣言》,号召有先进革命思想和意志的人都行动起来,建立无产阶级政党组织,发动和领导全天下穷苦的工人和农民兄弟团结起来,拿起刀枪举起红旗,勇敢地向腐朽没落的旧世界开战!

"你们知道俄罗斯吗?知道苏联吗?知道一个叫列宁的人吗?他是马克思的学生,十几年前在莫斯科领导工人和士兵发动了十月革命,推翻了俄罗斯沙皇王朝,建立由全体人民当家做主的俄罗斯苏维埃联邦社会主义共和国。你们刚才不是问我的上级和领导是谁吗?他们就是马克思和列宁!"

说到这里,王金林已经是热泪盈眶,竟情不自禁地高声唱道:"起来,饥寒交迫的奴隶!起来,全世界受苦的人!满腔的热血已经沸腾……"

在许国亭的办公室,王金林海阔天空,几乎是一个人唱了半天的独角戏,终于口干舌燥,伤口也隐隐作痛。他坐回椅子上,咕嘟嘟喝完许国亭递过来的茶水。已经有几个月时间,他没有这样酣畅淋漓地演讲过了。不管听众有没有听进或听懂,他讲了,也许是最后一次宣讲了自己的初心和使命。

"许团长,王团长这口供,我、我没办法记录下来!"翟励学哭丧着脸。

"王团长,刚才你的口供很好很精彩,本职听了茅塞顿开,真是听君一席话,胜读十年书呀!"许国亭给王金林的茶杯续满开水,"还烦请你把你刚才说的都写下来,我转呈上峰,将你按政治犯待遇,转移到安庆或南京定罪!"

听到许国亭的话,王金林心中咯噔一下。但是,不管他葫芦里卖的什么,如果按政治犯转移到外地接受审判,还有回旋的余地。如果留在广德,土豪劣绅必欲杀之而后快。

王金林刚回到牢房,翟励学就带着两个狱卒送来了小方桌、小板凳、纸、毛笔和墨水。

王金林刚被狱卒押走,许国亭就给五十七师师长李松山打电话,报告了提审王金林的情况,并提出了要将王金林按政治犯定性,押解到安庆进行审判的建议。

李松山,湖北省交河县人,毕业于保定陆军军官学校。他接到许国亭的电话后,饬令许国亭继续对王金林进行审讯。至于是否将王金林押解到安庆,待他请示省主席陈调元后再作定论。

许国亭刚放下电话,电话又响了,他拿起电话,是邓质仪打来的,说广德各方面的头面人物三十多人都会聚在县政府,等待提审王金林的结果。

许国亭犹豫了一下,就在电话中把审讯王金林的情况简单叙述了一下,然后重点强调李松山师长的饬令。

邓质仪的县政府就设在原清朝广德州署大堂。

广德州署,洪武四年(1371)由广德州同知赵有庆始建;道光二十三年(1843)因大风损毁,后由知州嘉惠募资重建。从鼓角楼下的衙门洞进州署,经过仪门楼后,就是大堂前的青石板广场。这大堂,位于州署中央。大堂的后面是二堂和三堂,两侧分布州署其他机构的建筑。大堂面阔五丈,高两层,歇山重檐式结构,历来都是州官升堂断案的地方。民谚"衙门洞子朝南开,有理无钱莫进来",指的就是这种格局。

大堂正中是县长邓质仪的办公桌,他坐在办公桌后面的紫檀木太师椅上,大堂的两侧坐着和站着十几个人,有李盛钰、胡信勤、孟德卿、黎亚豪、闵玉山、彭祖成、陈藻等,济济一堂。

邓质仪放下电话:"刚才许团长在电话中说,他们刚才提审了王金林。王金林不仅没有悔过自己的罪恶,反而大谈特谈什么三民主义、共产主义。许团长还说,他准备将王金林押解到安庆,享受政治犯待遇……"

"这、这不是放虎归山吗?"黎亚豪打断了邓质仪的话。

"王金林他们和我们结下的可是不共戴天的血海深仇,绝不能让许国亭把他从广德弄走!"彭祖成听说王金林被俘押解到县城,就特地从月湾街赶来,他要亲眼看到王金林人头落地。

"大家少安毋躁,听我说!如果许团长非要把王金林押解到安庆,不见王金林的人头,我们就不兑现给他们两万块大洋的承诺!"朱开轩倒是镇定自若,坐在椅子上没动。

"对,如果不在广德杀掉王金林,我们就不兑现约定好的犒劳金,许国亭就上下都不好交代了!"邓质仪坐回椅子上。

"有道理,有道理!"众人附和。

"明天,我们就在这里对王金林来个三堂会审!"邓质仪边说边用手指使劲地叩着桌面。

第二天上午,王金林被三四一团一个排的士兵押到县政府大堂。许国亭、邓质仪作为主审端坐在主席位,李盛钰、翟励学、黎亚豪和两个书记员分列左右。大堂中间空置一把太师椅,两个士兵把王金林架到大堂中央。

"王团长,请坐,请坐!"许国亭笑容可掬,弓着腰站起来,"这位是邓质仪县长,这位是李盛钰常委,两位还未见过团长尊容,请你过来就是叙叙家常。"

"下面是'共匪'头子王金林吗?"邓质仪装腔作势。

"这些客套话昨天已经记录在案,今天就免了!"许国亭见王金林半天没有答话,就出来圆场,"王团长,昨天让你写的陈述书带来没有?"

"昨天下午已经开始写了,全部完稿,估计还要两三天时间!"王金林不卑不亢。

"可以,可以,没有问题!"许国亭道。

"王团长,听说你对孙中山先生的三民主义有独到的见解,我们愿闻其详!"李盛钰见邓质仪已经碰了一鼻子灰,对王金林说话的语气显得十分恭敬。

"县长大人,你意下如何?"王金林望着邓质仪。

"愿闻其详!"邓质仪已不再盛气凌人。

"那我就恭敬不如从命了!"王金林从中国的民族革命讲到列宁领导的俄国十月革命,从国共两党合作讲到北伐战争的胜利,从蒋介石反革命集团背叛孙中山的三民主义讲到共产党人从血泊中站起来开展武装斗争、实行土地革命……

对于王金林的去留问题,三四一团和广德地方势力展开了激烈角逐。邓质仪和黎亚豪等人带着重金到省府面见陈调元,陈调元饬令驻防芜湖的李松山,李松山电告许国亭,将王金林在广德就地枪决。

许国亭把王金林洋洋五千余字的"自首书"及厚厚的案卷交到师部后,就再也没有对王金林进行过审讯,也没有动用任何刑具,并且还每天给王金林开小灶。在接到师长发来的电报的当天晚上,他带着翟励学来到关押王金林的牢房,告诉王金林省政府的判决结果。

"王团长,你最后还有什么要求尽管提,只要我能办到的,一定替你办好!"许国亭显得十分有诚意。

"许团长,那既然如此,我只有两个请求:第一,现在监狱里关押的人,许多都是无辜的穷人,他们都是为了一口活命的饭,才跟着我参加暴动,应该放了他们,还有和我一起被你们抓来的王东林,他只是个郎中,是被逼着给我治伤的,也应该放了他;第二,我的妹妹王金山还是个小姑娘,也被你们抓来了,可能还上了酷刑。一人做事一人当,请你们不要再搞株连,为难我的家人!"王金林站起来双手抱拳,向许国亭拱了拱。

"王团长,你这两点要求本职一定办到,你就安心去吧!"说完,许国亭转身走出牢房。

11月22日上午,古老的小山城是万人空巷,从东门到十字街到北门断魂桥,一路的店铺都关着门,街道两旁肃立着成千上万的民众。朱学镛、周瑞钊、刘文华、王渊波、杨质经等人都间杂在人群中,默默送王金林最后一程。

王德农负责行刑,他带着两个连士兵,一个连在前面开道,一个连在后面押送。

一路上,王金林高喊着:

"中国共产党万岁万岁万万岁!"

"我们同胞兄弟姐妹团结起来!"

"打死总比饿死强!"

呼完口号,他又一路高唱《国际歌》。过北门断魂桥时,刽子手将他身后插

着的亡人牌子取下丢到玉溪河,此时前呼后拥的人群中爆发出阵阵呼喊:
"壮士,一路走好!"
"王先生,一路走好!"
在玉溪河北畔的凤凰墩刑场,一声枪响,英雄殒命,年仅二十八岁。
彭荣忠等一百多名广德中学学生闻讯赶到凤凰墩刑场,爬到两米来高的刑场院墙上,目睹了整个场景。

第六十四章　邓国安梦断漕河泾

在青峰岭埋枪后，苏宗财、廖忠钰、杜义贵、金庭华等人都逃往外地避难。

梁其贤和吴臣臣一回到月湾街，就被叛徒发现告密，民团团长彭祖成立即逮捕了他们，先将他们押解到广德县城关押，不久后又押回月湾街，和吴臣臣一起，被公开杀害。

林宏生在英溪街遇难的第二天，喻世常在查园被南五区的民团发现，从曹冲岭翻山逃到丁冲里赵村又被敌人包围，在搏斗中砍伤几个民团士兵，最后身中数弹牺牲。

王金林就义后，余家堂因为责怪自己没有保护好团长，痛不欲生，只求速死，在监狱的地上打滚，并痛骂国民党政府是人民的公敌，故意惹敌人发怒。第三天，他和周清远等十余人被押到凤凰墩杀害，头颅挂在城门楼上示众半月。

广德暴动失败后，逃到外地和广德县城的各区、乡土豪劣绅纷纷组织返乡团回到家乡，开始了极其残酷的反攻倒算，所有的农会干部都被逮捕、关押、审讯。

在花鼓塘街西头，黄鸣中家的西边就是许道甫家的大院，前后十几间房子，王德农的营部就驻扎在这里。花鼓塘街北面有两亩地大小的水塘，里人叫孝昆塘。隔着石板驿道，在孝昆塘的西北边有一座低矮的无名小山，王德农营士兵抓捕的芦塘红军战士丁志成、赤卫队员邓为齐、张四猴子、陈村农会主席龚占魁等百余人，在经过吊打、灌辣椒水、上压杠、烙铁等酷刑之后，都被押到这里行刑。刽子手有时用枪杀，有时用刀砍，有几次因为被枪杀的人多，还动用了机枪。山上的茅草都被烈士的鲜血染红，人们便叫此地为红毛山了。

张宗鉴、王志章、程宏湘、汪盛官等人不愿去国民党政府"自首"，在花鼓、誓节渡、清溪、独树、柏垫、四合、杨滩一带坚持游击斗争和地下工作，先后被返乡团武装杀害。

闵天相辗转潜回下寺肖家湾后,才知道他发展和建立的几个村农会组织已经被国民党广德县保安团副团长兼北八区区长的闵玉山破坏。面对困难和危险,他没有选择逃避,而是继续秘密开展活动。闵玉山是闵天相的堂兄,也是肖家湾人。他接到报信后,带领一百余人的民团士兵将闵天相包围在肖家湾旁的石灰窑村。闵天相不甘束手就擒,冲出敌人的包围圈,被民团士兵开枪击中,倒毙在田头的水沟里。

邓达远潜回独树街,看到到处都是白狗子。火家冲的家也被白狗子看管了,他不敢冒险进村回家,就在村后的茅草洼和桃园一带山林里观察村里的情况。他想回村看一下父母亲,再弄一点去上海的盘缠。可是,一连在村边转悠了一个礼拜,都没有进村的机会和家人见面。有一次他冒险溜到村头,爬上一棵几百年树龄的柿子树,在树上蹲了大半天,被几个放牛的孩子发现后,他立即从树上下来,离开家乡,到上海沪西工人区找到了梁其昌。

邓国安和刘祖文、黄鸣中到泗安这一路,到处都是国民党政府设立的哨卡,严格盘查来往行人,防止王金林和邓国安等"共党要犯"离境出逃。邓国安因为三人同行目标太大,只得让刘祖文和黄鸣中暂时回家躲避,独自一人去上海。

1931年底,梁其昌在安庆国民党监狱因没有暴露身份被党组织营救出狱,继续在上海开展地下工作,并受党组织派遣秘密潜回广德,了解广德暴动失败后的情况。大年节这天,他来到已经担任国民党郎溪县清乡大队第三中队队长吴子华处,得到了王金林和弟弟梁其贤都已经牺牲,广德暴动彻底失败的消息。临走时,他给三弟梁其成写了一封信,叮嘱他一定要照顾好母亲,并说二弟梁其贤的仇也是一定要报的。信托吴子华转交,自己就转回了上海。

邓国安到达上海后,因为原先的几个联络点被敌人破坏,他一个多月都没有和上海地下党组织联络上,身上仅有的三块大洋已经用光。实在没有办法,他来到一家当铺,见四周无人,就拿出随身携带的一把驳壳枪放在柜台上,当了三百元钱。几天后终于通过许杰的帮助,在沪西工人住宅区和梁其昌、邓达远等人接上了关系。

1932年1月28日淞沪抗战爆发,日本海军陆战队分三路突袭上海闸北地区,中国国民党第十九路军在总指挥蒋光鼐、军长蔡廷锴的指挥下奋起反击,先后四次重创日军。

一群一群的工人、学生、妇女都走上街头，有的在张贴标语，有的在演讲，有的在为前线士兵运送食品……

在淞沪抗战期间，中共沪西区委组织了以工人为主要力量的义勇军、情报队、救护队、担架队、运输队，配合前方作战，梁其昌、邓国安、邓达远、许道珍等始终坚持战斗在一线。

2月21日，邓达远在带领工人运输队前往国民党第八十八师阻击日军进攻的庙行阵地运送弹药途中，不幸被日军炮火炸死。

5月5日，蒋介石政府和日本签订了《淞沪停战协定》。邓国安在中共沪西区委书记陈治平和组织部长张恺帆的领导下，继续在沪西工人区一带秘密开展工人运动。这一时期，无法在广德安身的刘祖文、黄鸣中、许道琦、胡惠民先后到达上海。暑假期间，在广德中学读书的许平（许启康）因带领学生开展反对贪腐校长彭恺祥的罢课斗争而被校方开除，也辗转来到上海继续求学。邓国安和梁其昌通过沪西和松江等地的党、团组织，安排他们继续求学或从事地下交通工作。

6月初，邓国安代表党组织安排许道珍和王怀仁一起到徽州寻找"徽州兵暴"起义队伍。

朱学易从广德逃亡出来一年多时间，先一直流亡在无为、杭州一带，后来到上海，寄住在乌牧村家。到上海后，他经常在沪西等地转悠，多次到许杰家和梁其昌、邓国安处混饭吃。由于大家都在各忙各的，对他都是不冷不热的。

中共上海沪西区委在白色恐怖日益严重的形势下，没有采取更加隐蔽的斗争策略，却根据临时中央的指示，反而加大工人运动的力度，甚至公开组织工人、学生举行罢工、示威等活动，引起了国民党政府的高度警觉，为此特地组建了特务组织"复兴社"。由特务头子戴笠主持的特务处，专门对付共产党组织和进步的抗日民主力量，派遣了大批国民党特务，并实行极其恶毒的"叛徒"政策，对地下党组织进行各种破坏活动。一个又一个地下党组织联络站被破坏，一批又一批共产党员和革命群众被逮捕，关进监狱或杀害。

中共沪西区委被敌人破坏后，梁其昌、张恺帆、邓国安等人在中共中央秘书长柯庆施等人的领导下坚持开展地下活动。可是由于朱秋白、李荣生等人叛变

邓国安烈士证书

投敌,邓国安、梁其昌、张恺帆等人先后在沪西工人区被国民党特务逮捕,关押在上海西南郊区的漕河泾镇的漕河泾监狱。

1932年底,上海沪西区的中共党组织遭到了极其严重的破坏,许道珍、黄鸣中等人被迫离开上海。

梁其昌被捕后,由于身份没有暴露,再加上当时在上海中共中央特科担任报务员的赵英等人的全力营救,被关押两个月后出狱。出狱后,根据党组织安排,他辗转到达中央苏区,在红军队伍中担任营级干部。1934年10月,红军开始长征。出发前,国家政治保卫局局长邓发,因为长征行动的保密工作需要,处决了一些有叛徒、特务嫌疑的红军指战员。梁其昌因两次被捕而后出狱,无法及时出具组织证明材料,经邓发批准,在瑞金被错杀。

张恺帆在狱中受尽了敌人的各种酷刑,依然坚贞不屈,被判刑关押至1937年抗战爆发,被党组织营救出狱。

邓国安在狱中和张恺帆一样受尽了各种酷刑，始终没有背叛组织和同志，践行了他对党的忠诚。他被捕的消息传回广德后，广德的土豪劣绅便派已经在无为叛变投敌，加入国民党中统特务组织的朱学易到上海，想办法杀害邓国安，以绝后患。朱学易为了能在广德地方国民党政府的帮派争斗中占据优势地位，便利用探监的机会，在酒菜中下毒。邓国安对朱学易没有防备之心，中毒身亡。

第六十五章　刘祖文魂归荷花冲

刘祖文和黄鸣中没能跟着邓国安一起去上海，他俩从泗安绕道孝丰，经宁国墩、河沥溪来到宣城水东镇王胡村。村上有几家黄鸣中的本家亲戚，他俩暂时在亲戚家落脚。这期间，广德和郎溪都传来大批红军战士、赤卫队员和农会干部被国民党政府抓捕杀害的消息。两人不敢贸然回家，只得通过亲戚帮忙联系给王胡村一人家烧炭，打短工挣点零钱维持生计。

一天下午，炭窑出完炭，刘祖文和黄鸣中回村准备到老板家的澡锅洗个热水澡，却看见了胡惠民正坐在东家的堂屋喝茶。

两个月前，胡惠民根据邓国安的指示，带着一千元钱到上海买手枪和子弹。他先到芜湖，住了一个多月，后来又到上海，多方面找关系买枪，又耽搁了一个多月。这时，广德暴动失败的消息已经传到上海，他便将钱全部交给上海地方党组织，并根据党组织安排回广德打听广德暴动失败的确切消息。为了保险起见，他没有直接回广德，而是从芜湖坐船到水东。在王胡村有一起下江南的胡姓本家亲戚，他准备在这里住几天，把广德的情况搞清楚再做决定。真是巧得很，竟在这里遇见了刘祖文和黄鸣中两个战友。

三个二十来岁的年轻人都是共青团广德县委委员，他乡邂逅，都有一种劫后余生的感慨。他们在烧炭的山棚里畅谈了一夜，最后一致认为回广德随时有被抓捕杀头的危险。于是，他们决定结伴去上海，寻找邓国安。可是，他们到上海时，已经是阴历年节，不时听到隆隆的炮声。一打听，才知道十九路军和日本鬼子在昨夜就打了起来。胡惠民带着他们跑了几个地下联络站，都是人去楼空。他们出来带的一点盘缠已经用光，一日三餐都成了问题。进退两难之际，他们想到许道珍也可能逃到了上海，便去找他。

许道珍也是前两天才到的上海，还没有和地下党组织取得联系，暂时寄住在四叔许杰家。许杰前年离开广德到上海,邂逅在北大的导师李四光,李四光安排他到中央研究院地质研究所当助理研究员。

许道珍和胡惠民、刘祖文、黄鸣中四个年轻的战友在战火纷飞的上海重逢,他们暂时忘记了头顶上日军战斗机的轰鸣,跑了几条街找了个小饭店饱餐了一顿。后来的几天,许道珍带着他们找了过去有过联络的上海地下党组织的交通站,都是人去楼空。而且,街上到处都是国民党增援十九路军的部队,日军也不断从海上增兵,淞沪抗战越打越激烈。

许道珍花完了他从家乡带来的所有盘缠,只得和胡惠民三人商量,让他们先回宣城,等上海这边的形势好了,他和邓国安联系上了以后,再通知他们到上海来。

胡惠民、刘祖文、黄鸣中三人随着逃难的人流出了上海,沿路乞讨到了郎溪。三人在郎溪涛城分手,刘祖文投奔一家亲戚,胡惠民和黄鸣中仍然去了水东。

得知淞沪抗战已经结束的消息后,寄住在涛城的刘祖文便到水东找到黄鸣中,两人又一起到上海,在沪西工人住宅区找到了邓国安。邓国安安排刘祖文和自己一起做工运工作,安排黄鸣中协助王炎做共青团工作。和他们一起工作的还有黄鸣中在广德中学的同学许启平。黄鸣中和在创制中学读书的许道琦经常见面,成了莫逆之交,带着他一起传送情报、散发传单,还把他的住处当作地下联络站,并让他保管手枪、文件、宣传单和其他一些贵重物品。不久,许道琦经王炎和黄鸣中介绍加入共青团组织。

胡惠民和黄鸣中在水东分手后,一人潜回到花鼓塘。一天午后,胡惠民来到花鼓塘街道的一个茶馆想喝碗凉茶,茶馆是他哥哥胡代旺开的。一进门,他就看见许端甫正坐在茶馆里。坐定后,许端甫告诉他,许道珍、刘祖文和黄鸣中都在上海,已经和邓国安联系上了。许端甫还告诉他,自己最近就要到

胡惠民像

上海去找他们。胡惠民立即表示了想和他一起到上海去的意思,他慷慨应允,并愿意承担路上的费用。

许端甫和胡惠民一到上海,在沪西工人住宅区见到了刘祖文。过了几天,邓国安和一个化名张和尚(张恺帆)的人来到刘祖文的住处。他们向刘祖文传达了沪西区委的决定,派遣他回到广德,联系埋伏下来的革命力量,继续在广德开展武装斗争,并安排胡惠民协助刘祖文开展工作。

刘祖文和胡惠民潜回广德后,没有直接回花鼓塘,而是先到海汇寺后面的山上取出许道珍掩埋的一支快枪和十几发子弹,然后来到誓节渡镇北边三四里路的朱家庄陈登科家。陈登科家没有田地,靠长期租种许济之家的十几亩水田度日。许家给他的田租不仅低于别人三成,且遇到灾荒减产,就免去田租,所以日子过得还算宽裕。暴动这两年,他一直化名孙端本,跟着许端甫跑广德到芜湖的交通。暴动失败后,他东躲西藏了半年,也是刚回家几天。三人商量后,便决定到营盘山西麓的苗子沟落脚。那一带山多地广人稀,便于隐蔽。两年前,刘祖文在这一带搞过农运,发展了十几个赤卫队员。

营盘山只是一个低矮的小山丘。在营盘山和阳山顶山中间,有一个叫缸瓦窑的地方,原来的红军独立团战士戴文堂、程福元、钟宽堂、皮传中、董三喜等人都不敢回家,靠给窑厂老板当临时帮佣躲避国民党地方武装的搜捕。

民国初年,湖北黄陂县滠源乡的窑工郑大明、叶成顺两人带着家属十余人移民来到誓节渡北十余里的缸瓦窑落户。移民前,这里就有几座烧制水缸、坛子、罐子之类的龙窑,因年久失修,毁圮。两家人齐心合力,伐木造屋,垒土石成窑。经过二十余年的艰苦创业,缸瓦窑生产的窑货,不仅在广德、郎溪等地畅销,而且还经桐汭河水路远销下江一带。

郑光庆和叶道容少年时期在老家滠源就学做窑工活,开国大将徐海东就是他们的伙伴。正当他们三十而立事业有成的时候,广德暴动像暴风骤雨般席卷广德西南各乡,缸瓦窑的二十几个窑工都加入了农会,有几个还参加了红军独立团和赤卫队。他俩也是穷苦出身,对农会的革命工作给予了全力支持。

刘祖文和胡惠民以陈登科、皮传中、戴文堂、程福元、钟宽堂、董三喜等人为骨干,成立了游击小组,决定先从小股土匪的手中缴一些枪,开展武装斗争,镇压那些罪大恶极的叛徒和返乡团头子。

一个月后,刘祖文和胡惠民都悄悄回了一趟家。刘祖文将几件衣服打了一个包袱,就和妻子告别,连夜赶回缸瓦窑。可是,一个多月过去了,胡惠民却迟迟没有归队。

胡惠民回到家时,正赶上妻弟结婚,被家人要求留了下来。一天,皮传中来到他家,告诉他,游击小组伏击了一股土匪,缴了七八条枪,还有三支驳壳枪。刘祖文让他回去,担任游击小组组长。由于家人的阻拦,此时的胡惠民一时还下不了归队的决心。

刘祖文的游击小组在革命群众的掩护下,昼伏夜出,接二连三地处决了几个叛徒和民团的小头目。

出卖王金林的叛徒龙明忠,用国民党广德县政府给他的两百块大洋的赏金购买了家具,娶了女人,本想过几天小康日子,却被土匪抄了家,老婆也跟别人跑了。后来他又几次去国民党县政府讨赏,不仅没有得到分文,反而被打得遍体鳞伤。在村里,他看到的都是仇恨和鄙视的目光,无奈,他只得上山当土匪。刘祖文得知消息后,便带领游击小组镇压了他。

游击小组的活动范围扩大到广德西南的各个乡镇,引起了国民党县、区、乡各级政府和土豪劣绅的极大恐慌,派出几路人马到四乡"清剿",都是无功而返。接替王树功才上任两个多月的县长杨中明,和国民党县党部干事胡信勤商量后,决定成立以叛徒为骨干队员的手枪队,专门对付刘祖文的游击小组,周光义、李家华都是手枪队队员。因为他们都熟悉红军游击队的活动规律,对游击小组构成了极大的威胁。

1932年11月12日,正好是下元节,刘祖文带领游击小组正在南门冲一带活动,陈登科带着一个三十来岁的男人来见他。

来人叫李家华,是大石桥东稻谷冲人,家里很穷,在红军游击队攻打戈村时加入了红军,分在陈登科的班里当了一名战士。在誓节渡战斗后,他携枪离开队伍,叛变投敌,加入了国民党广德县保卫团。手枪队成立后,他被调到手枪队,并被安排在五龙山一带探寻刘祖文游击小组的行踪。

在刘祖文面前,李家华自述:暴动失败后不敢回家,在山上东躲西藏了一个多月,在青峰岭遇到几个土匪,便参加了土匪队伍。土匪队伍虽然只有八人,却有五条快枪。最近,听说游击小组的事,就想来投奔游击小组。他愿意作为内应,带领游击小组缴土匪的枪。

这个消息对游击小组来说,的确有很大的诱惑。

"刘组长,这几个土匪都是乌合之众,有李家华做内应,缴他们的械就是小菜一碟!"陈登科见刘祖文半天没有表态,急着道。

"刘组长,你不总是说要多搞些武器扩大队伍吗?"钟宽堂也急着插话,"这次机会一定不能错过!"

"好吧,事不宜迟,我们今晚就出发!"刘祖文终于下定了决心。

夜里十一点钟,刘祖文带领游击小组来到稻谷冲李家华家。这条冲因为都是种稻谷的良田而得名稻谷冲。村里有十几户人家,李家就在村子的最东边,是三间坐西朝东的草屋,门前是一片水田,屋后是小山,长的都是黑松和白栎之类的杂木。董三喜曾担任过独立团的司务长,他就负责做饭。刘祖文让大家休息一下,五更出发。

"刘组长,我们已经半个月没有擦枪油了,枪栓都拉不动了,看能不能想办法搞点?"戴文堂曾担任过柏垫桥头村赤卫队队长。

"刘组长,我有个老表在城里秀水巷的一个织布厂当维修工,前不久我还在他家弄了一罐子擦枪油,要不我再进城弄点?"正在淘米的李家华对躺在铺着稻草地上的刘祖文道。

"天亮前能赶回来吗?"刘祖文问。

"离天亮还有三个时辰,来回两个时辰足够了!"李家华答应得很干脆。

"那你快去快回,路上一定注意安全!"刘祖文从上衣口袋里掏出两块银圆递给李家华。李家华接过钱,转身出门,消失在黑黢黢的田畈中。

李家华走后,皮传中在门外站岗,董三喜在灶屋烧饭,刘祖文和其他战士都和衣躺在稻草上,打呼噜的声音响成一片。

鸡叫头遍时分,村东突然传来几声狗吠,站岗的皮传中以为是李家华回来了,就睁大眼睛向来路张望。此时,天已微微见亮,皮传中看见对面五十米远的田埂上一群人猫着腰向他这边摸过来,感觉情况不妙,便大喊一声:"什么人?站住!"

皮传中边喊边拉开枪栓,并朝门口退去。

"砰!"对面的人开枪了,枪声特别刺耳。

"砰!"皮传中进门前也朝敌人方向开了一枪。

"砰、砰！"刘祖文在关门前也朝敌人方向连开两枪。

"刘组长，敌人来了很多，看样子是李家华带来的，我们被敌人包围了！"皮传中向刘祖文喊道。

"陈登科，把后面的窗棂砍断，带领大家向屋后山上撤退，我来掩护！"刘祖文边说边跳到大门右边的窗口边，举枪向外射击。皮传中也从门缝中向外射击。

门外的枪声越来越密，也越来越近。从窗口看见敌人已经冲到门口，刘祖文打完了最后一颗子弹，转身跟着皮传中从后面的窗口钻出，跑进小树林。此时，敌人也绕过屋子，分几路追了过来。

在树林中，刘祖文没有跟着皮传中和其他队员向西北方向跑，而是选择一条向西南方向的田埂路，把敌人引向另一边。跑过了十几条田埂，穿过一片田畈，刘祖文冒着身后敌人的弹雨，终于跑到一个小山坡前。刚飞身跃过一条三米多宽的水沟，他右大腿就挨了一枪，摔倒在地上。他咬牙忍着剧烈的疼痛，就地钻进水沟边一丛茂密的芦苇中。

他身后的几十个手枪队员没有发现他中弹负伤躲在芦苇中，都绕过水沟，向山坡的树林追去。从经过的敌人手枪队中，他看见了李家华。

刘祖文后悔自己警惕性不高，轻易就相信了叛徒，差点就让游击小组遭受灭顶之灾。让他感到欣慰的是，虽然自己身受重伤，但其他几个游击队员都安全转移了。

刘祖文的右大腿股骨被打断，已经不能直立行走了。他脱下贴身衬衣，在大腿根部紧紧扎住，由于流血过多，昏了过去。

整个上午，国民党广德县保卫团和柏垫、花鼓民团四百余人在大石桥一带搜索，快到中午时分，终于发现了还在昏迷中的刘祖文。

刘祖文被捕了，被押到国民党县政府设在北门的监狱。在狱中，敌人对他使用了坐老虎凳、灌辣椒水、手指钉竹签等各种酷刑，被整得死去活来，他就是不说一句话。十余天后，气急败坏的县长杨中明下令在凤凰墩将他杀害，并将他的头颅悬挂在衙门洞上方示众一个月。刘祖文牺牲时，年仅二十二岁。

皮传中、戴文堂、程福元、钟宽堂、董三喜等人突围分散到西南各乡，不久都被民团抓捕杀害。

第六十六章　忠诚铸就热血青春

在誓节渡西边一里多路的周村,彭佩敏在睡梦中被枪声惊醒。她赶快穿好衣服起床,来到堂屋。此时婆婆解氏也起来了。两人打开院门,只见路上跑来跑去的人很多。一个手臂上扎着红布条,手上拿着渔叉的赤卫队员走过来道:"王金林红军正在攻打誓节渡,你们就躲在家里,把门关上,别到处乱跑!"

彭佩敏娘家就在誓节渡街上,有田有山,还有油坊和几爿店铺,家境殷实。少女时期,她和许道珍一起在许济之和阮维贤创办的二高小上过几年新学。两年前,她嫁给许道珍。因为丈夫一直在外面读书,夫妻是离多聚少。去年冬,丈夫从上海回来跟着王金林打游击,一次都没有回过家。公公在县城衙门里做官,在家的日子也很少,家里只有婆婆、她和在二高小读书的小叔子许道琛。两个月前,她找到三叔许端甫,通过他的安排,带着几件衣服和几盒糕饼,秘密到了凉帽山红军驻地。她看见成群结队的年轻人都剃着光头,腰间系着草绳,肩上背着大刀或扛着红缨枪,个个精神抖擞,认真进行各种操练。在一棵大红榉树下,许道珍正在教二十来个北乡赤卫队的战士识字。彭佩敏见丈夫黑瘦了许多,但精神气十足,半点没有往日文绉绉的书生面孔。从山上回到家里,她虽然整天提心吊胆,但常梦见自己也跑到山上,参加红军,和丈夫并肩战斗。

几天前四叔许杰从上海回来,说过几天誓节渡可能乱得很,让她们婆媳俩到新屋地住几天,等形势好点再回来。四叔走后,誓节渡街上依然和往常一样。早上,人们赶着早市,讨价还价,公平交易,市场一片繁荣。茶馆和酒肆也一直开到打更后才打烊。今天凌晨这枪声,应验了四叔的预警。彭佩敏是又高兴又害怕。高兴的是红军终于要攻打誓节渡了,丈夫就要回来了。害怕的是子弹不长眼睛,万一丈夫有个三长两短,自己该怎么活?

断断续续的枪声一直响到快到中午时分,枪声停下不久,就听路上有人边跑边喊:"红军攻打誓节渡失败了,快跑呀!白狗子在到处杀人放火啦!"

彭佩敏婆媳躲在院子里,从门缝里看见一队队来来往往的国民党士兵。下午三点多钟的时候,几个民团的士兵敲开了她们家的门,翻箱倒柜搜查了一遍,临走时,一个小头目大声道:"王金林'共匪'已经被打垮,你们谁家有参加'共匪'的,赶快到镇上去办'自首'。如果不去,一旦抓到,立即杀头。另外,如果有谁敢窝藏'共匪',以'共匪'罪论处!"

村上人都在说,王金林红军这次不仅没有攻下誓节渡,还吃了大亏,被打死打伤几百人,镇南头的大田里,红军的尸体摆了一大排,好多人都在那里看热闹。彭佩敏搀扶裹着小脚的婆婆,装着看热闹的样子挤进人群。因为尸体的头都被布盖着,旁边还有荷枪实弹的士兵看管,人们无法近前辨认。彭佩敏仔细观察每一个死者的左手无名指,因为许道珍的左手无名指没有指甲。一排排看过去,没有发现缺指甲的尸体。

婆媳俩回到家里,已经是掌灯十分。彭佩敏没有心思吃饭,白天听到的和看到的,让她心惊肉跳。

彭佩敏饿着肚子,和十四岁的小叔子许道琛一起来到誓节渡街三叔许端甫家,三婶说三叔已经半个月没有回家了。他俩又到二叔许勉之家,二叔立即答应安排人打听许道珍的下落。第二天,在死人堆里,在刑场上,在国民党监狱里,都没有发现许道珍的踪迹。接下来的四五天时间,一批批"共匪"嫌疑被各地的国民党自卫团和民团、商团等机关逮捕。除重要嫌犯外,大部分都关押在誓节渡、花鼓塘、柏垫、杨滩、独树、石鼓等地区公所或乡公所。一时间,整个广德西乡和南乡处于一片白色恐怖和血雨腥风之中。

许道珍家被陈藻和查宗泉带领的民团先后搜查了两次。有人已经供出许道珍参加了红军,但彭佩敏一口咬定丈夫在上海读书,一年多没有回来了。

一个礼拜后,许济之从城里回来了。他已经知道王金林带领的红军队伍攻打誓节渡失败的消息,正联络何振铎、周爵三、邵德兴、阮维贤等广德西南乡一批同情革命的进步乡绅,利用各种渠道解救王金山、梁其贤、周清远等被捕人员。

一天夜里,彭佩敏听见轻轻的敲门声——这是丈夫敲门的声音,他们事先有过约定。

南门冲突围后,许道珍在黑夜中跟着队伍跑了半夜,翻过了一个又一个山岭。在一个山坡上,他脚下一滑,滚进一个山洼。等他从山洼中爬起来,队伍已经不知去向。他不敢叫喊,凭着直觉朝着队伍前去的方向追赶。走啊走啊,他只知道不停地往前走。他坚信,邓国安带领的红军队伍就在前面。最后,脚步实在是迈不开了,他就想靠着一棵大树喘一口气。这一坐下,他就闭上了眼睛。再一睁眼时,只见地上光影斑驳,已经是日上三竿时分。他站起来查看了一下周围的地形,自己竟然在一个高耸的山头。举目远眺,只见层峦叠嶂、云蒸霞蔚,还有如火般的片片枫林。此刻,他没有杜牧"霜叶红于二月花"的闲情逸致,只希望在这莽莽的山海中找一个眼熟的山峰和村落,来定位脚下的坐标。看了半天,他也没有发现一个熟悉的标志,只看见对面山脚下有几间茅屋。

许道珍取下腰间布袋中剩下的最后一个半生不熟的山芋,吃完后咬牙撑起散了架似的双腿,小心翼翼地向山下蠕行。

许道珍摸下山后,来到一间又破又矮的草屋门口,叫了一声:"请问屋里有人吗?"

"有啊!"屋内走出一个五十来岁破衣烂衫的山里人,他吃惊地打量了一番许道珍,"你、你是谁?"

"我、我……我是红……"许道珍吞吞吐吐。

"看把这娃伤的,快进屋吧!"在男人身后,一个五十来岁的女人看着全身都被荆棘划伤的许道珍道。

"老妈子(老婆),我到下路口去盯着啊!"老汉别着一把弯刀,向山下走去。

在半阴半暗的屋内,女人给许道珍打了盆凉水,端到他面前:"孩子,你一来,我们就看出你是王金林的红军,落难了……"她拎了一个湿手巾把子递给许道珍,"这两天,这山里山外到处都是白狗子,抓了不少人,有的押到桥头河滩就给砍头了!"

"大妈,你们也是农会会员吧?"许道珍小心翼翼地问道。

"我小儿子叫冯成凯,和你差不多大小,也参加了赤卫队,去年腊月,被白狗子逮去,在牡塘砍的头!"女人佝偻着腰,一手递给许道珍一只熟山芋,一手擦拭着眼泪。

"大婶,你儿子的仇我们一定会报的!"许道珍接过山芋,转身向门外走。

"娃子,你这是要走呀?"女人拦住许道珍,"山下白天到处都是白狗子在抓人,有时还突然上山到我们这里来,我凯儿就是不小心在家里被他们抓去的!"女人说完转进屋内。

许道珍走出屋外,抬头茫然四望,眼前的山峦就像一幅巨大的彩色屏障,其中镶嵌着赤橙黄紫的斑斓。他此刻没有心情欣赏这娇若少女般艳丽的秋色,他只想尽快找到队伍,和战友们相聚……

"娃子,这个山叫清明山,我们这个村子叫庙山,你就在山上躲几天,等外面风声小一些,就让我们家老头子送你出去!"女人将一个包裹递给许道珍,"这是凯儿的两件旧衣裳,是一个叫花子从凯儿的尸首上扒下来的,被我们老头子用几个苞米换回来的。山上夜晚寒气重,你带着。这包里还有一个山芋和两个苞米,吃完了你就回来,婶再给你弄!"

"大婶……"许道珍跪倒在女人面前,泪如雨下,他从衣袋中掏出最后一块银圆,"大婶,给你……"

"娃子,你这大洋钱婶子不能收,收了也没用!"望着许道珍满面泪花和疑惑的眼神,女人接着道,"我们这穷人家,拿着这大洋钱上街买东西,人家会起疑心的。"

离开庙山冯家,许道珍在清明山上转悠,采摘了一些野柿子、野杨桃(猕猴桃),挖了一些野葛根、毛根(山药)充饥,隔两天下山探听一下消息。

冯家老汉这几天没有下地干活,每天都是早出晚归,到西坞、桥头、汪家桥、柏垫、独树街一带打听消息,得知西坞的黎学林、大刘村的杨恩宽、余家垱的王炳毅、独树街的龚占魁等几十人被各地民团逮捕杀害了。

转眼一个礼拜过去。借着上弦月微弱的寒光,冯家老汉带着许道珍离开清明山,走了大半夜的山路,来到高山东麓的四方坪。这个地方,许道珍跟随张国泰来过,方圆五六里地没有人家。与老人分别后,许道珍找了个隐蔽的地方好好睡了一觉。

第二天一早,他离开四方坪,经陕西洼来到安沟村最上边的一户姓安的人家,正好碰见了肖行广。肖行广告诉许道珍,邓国安带着刘祖文、黄鸣中等人逃到上海去了,王金林下落不明,可能也逃到外地去了。龚发兴、杨干才、周光义等人叛变投敌后,带领白狗子到处抓人,广德已经没有革命者的立足之地了,不想当叛徒的,就只有离开广德。

许道珍坚定地表示,誓死不当叛徒。他要到上海,追随王金林、邓国安继续革命到底。肖行广非常赞同许道珍的选择,给了他二十块大洋。

许道珍悄悄回到新屋地的老房子,在邻居陈世德的帮助下,潜回周村。休养几天后,许端甫通过在国民党郎溪自卫团三中队担任中队长的吴子华帮忙,让许道珍从毕桥走水路前往上海。

通过三叔许杰的帮助,许道珍联系上了在沪西区委工作的邓国安。不久,邓国安代表党组织派他和王怀仁一起到徽州,了解"徽州兵暴"情况。两人到徽州走访了一个多月,也没有得到"徽州兵暴"任何信息。两人回到宣城后分手,王怀仁回上海,许道珍潜回誓节渡。经过三叔许端甫的安排,他和小两岁的大弟弟许道琦一起又来到上海。许道珍继续在邓国安的领导下开展地下工作,许道琦考入了半免费的创制中学读书。

1932年10月,因为中共沪西区党组织遭到严重破坏,梁其昌、邓国安等地下党组织负责人被捕入狱,没有被捕的同志被组织通知立即转移。许道珍因为多次参加活动,身份已经暴露,随时都有被捕的危险。经三叔许杰的介绍,他到安庆找到当律师的周松甫,周松甫介绍他到皖西石台县大光中学担任教师。

1937年7月7日卢沟桥事变发生,全面抗战爆发。在广德中学担任教师的许道珍和尚金铭、周嘉麟,在许道琦的引导下一起到延安抗大学习。

1938年5月,许道珍、周嘉麟从抗大毕业后,经中共皖南特委派遣回到广德,以八路军退伍人员的身份参加国民党广德县民众抗日动员委员会,发展了张思齐、许道琛、胡惠民、徐步芳等人加入中国共产党。

1938年8月,许道珍担任苏村小学校长,和周嘉麟一起发展了张思敏、陈登科、周嘉麒、许端甫等一批参加过土地革命的进步青年入党。10月,在苏村小学成立党支部。

1938年冬,中共广德县工委成立,隶属中共皖南特委领导,周嘉麟担任书记,许道珍担任组织部长。

1940年3月,中共广郎中心县委成立,张思齐任书记,陈登科任副书记。

1941年1月7日,震惊中外的皖南事变爆发。为了抗击国民党顽固派破坏抗日统一战线,武装反抗顽固派对抗日群众和共产党人的屠杀,许道珍根据中共苏皖区党委的指示,5月从苏南抗日根据地回广德组建郎广游击队。

1943年底,新四军六师十六旅南下挺进苏浙皖边区开辟抗日根据地,许道珍带领游击队下山,建立广德县抗日民主政府并担任县长,胡惠民担任中共广德县委组织部长,周嘉麟担任郎溪县抗日民主政府县长,彭海涛(许道琛)担任中共宣城县委书记。

1945年8月28日,新四军苏浙军区第三纵队司令员陶勇率队收复广德。中共广德县委员会成立,赵荫华担任书记,周嘉麟担任副书记;广德县民主政府成立,许道珍担任县长。

1945年10月2日,粟裕率领江南新四军主力开始北撤。10月5日,中共苏浙皖边区特委和新四军苏浙皖边区司令部成立,留守江南。特委下设太滆、茅山、郎广、浙西四个工委,张思齐担任郎广工委书记,许道珍任副书记。

1947年2月,苏浙皖边工委成立,郎广工委改成郎广分工委。6月,广南县民主政府成立,许道珍兼任广南县民主政府县长。同时,太滆分工委决定在广德北部成立溧郎广(溧阳、郎溪、广德)办事处和宜广长(宜兴、广德、长兴)办事处,胡惠民担任上述两个办事处主任,领导广北游击队坚持武装斗争。

王金林烈士陵园大门

1949年4月20日,渡江战役开始。4月26日,中国人民解放军第三野战军第九兵团第二十七军军长聂凤智率部解放广德。4月27日至28日,许道珍在接受朱学礼等几支国民党地方武装五百余人投诚后,带领几支游击队陆续进城,成立临时政权机构。为支援前线,地方和部队共同组建了广德县支前委员会,许道珍担任支前委员会副主任,领导全县人民开展支前工作,为解放大军筹集粮食和物资。5月9日,中共广德县委、广德县人民政府正式成立,许道珍担任县委书记兼县长。

1951年至1953年镇压反革命运动期间,镇压广德暴动的反动分子翟励学、王德农、黎亚豪和叛徒朱学易等人都被押上历史的审判台。

王金林烈士纪念碑

1980年,广德县人民政府在王金林等革命先烈英勇就义的广德县城北门外凤凰墩修建了烈士陵园,竖起了王金林烈士纪念碑,让广德人民永远铭记和缅怀革命先烈的丰功伟绩。

一卷峥嵘映激烈

读罢《赤胆忠心》，正当小满，楼外细雨潇潇。人间静穆，而我鼓满了一腔思潮，似一枚饱浆的谷粒……

广德人文浩深，其中红色文化更是流布深远。生长于这方厚土的唐国平先生深受熏陶，是一位走笔严谨、创作宽博的作家。其写作涉及散文、诗歌、小说、杂文等，尤以纪实文学为厚，且颇具气候。今年4月，国平先生嘱我为其呕心之作《赤胆忠心》作记。一书在案，心目过处，峰恋入莽苍，长歌出皖南。

《赤胆忠心》是继《赤胆忠魂》之后，国平先生的第二本长篇纪实文学力作。该书六十余章，三十余万字，以革命烈士王金林为轴心，塑造了一批英雄的群像。满卷峥嵘激荡，篇篇热血啸长风。皖南红军独立团主要领导人王金林和他领导的革命志士，觉醒、奋起于血雨腥风之中，在广德、郎溪、宣城边界地区，与虎狼之敌展开了艰苦卓绝的斗争，历九死一生，以顽强的意志、坚贞的信仰，书写了一部波澜壮阔的革命史诗。毋庸置疑，该书不仅是一部革命斗争史，更是一部生命的淬炼史！

苏霍姆林斯基说："对人来说，最大的欢乐，最大的幸福是把自己的精神力量奉献给他人。"《赤胆忠心》中流淌着一股不可阻挡的力量，清冽、醇厚、激昂、充沛、顽强、刚毅、智慧、向善、向美、向上，令人生畏。这种精神与生命的力量，不仅功勋于中国共产党之徽烈，而且必将弥纶百代，启示于人类，警示于当下。

无产阶级革命家王若飞有言："死里逃生唯斗争，铁窗难锁钢铁心。"《赤胆忠心》中彰显着斗争的美学。年轻的王金林与他的战友们，在枪林弹雨中，一次次死里求生，一次次淬炼身心。在严寒酷暑中，与天地斗；在血腥镇压中，与敌人斗；在绝境囹圄中，与自己斗！奥斯特洛夫斯基说："共同的事业，共同的斗争，可以使人们产生忍受一切的力量。"这，便是斗争的意义所在。

本书字里行间激荡着国平先生本人的创作态度、行事态度、人生态度，那是一种笃诚、求实、沉着的精神风貌。譬如，在历史追叙、时空变换、事件推进的宏大之中，小到一个清明馍馍是什么馅，细至一盏之中是什么茶，均有考究；譬如，鸦山、九村、茶冲、夏桥、水榨、苏村、石鼓、月湾、姚家塔、邵家冲、梨壁山、花鼓塘、誓节渡等地名，皆精准无误。

诚然，作为纪实文学，国平先生在该书中很是吝惜文学之虚笔。但是为数不多的文学虚构之处，却恰到好处地点染了平铺直叙的故事情节。这些软糯之笔，涵盖了自然之美、风俗之美、人情之美，恍若于烽火硝烟的情节之中安插的乱世佳人，符采灿然！

凡此可圈可点之处，不一而足。

国平先生用他真诚的笔，挑开历史记忆，为我们还原了先烈们用生命与信仰谱写的辉煌而壮丽的革命史、奋斗史，可谓一卷峥嵘映徽烈。以史为鉴，必将意义深远。"战士的坟墓比奴隶的天堂更明亮"，斯人已逝，精神不朽！《赤胆忠心》见证了我们永不会忘记山河之下睡着人民的儿子，睡着祖国的精魂！如今，王金林和他的战友们曾经战斗过的这片土地和平而昌盛、美丽而富饶。在历史的百年风云里，中国共产党高瞻远瞩，擘画蓝图，踔厉前行，开启了一个震古烁今的新时代。我想，此况可慰先烈，此书可慰先烈！

我与国平相识相交十余载，他于我亦友亦师亦长者。我钦佩他对文学的挚爱，对生活的务实，对人生的负责。在我看来，读《赤胆忠心》，读唐国平，实则读一种弘正之气！我相信，每一个有缘开卷此书的读者，定会受益匪浅。

管窥筐举，姑妄言之。是以为记，兼贺国平兄长大作面世。

张旭光

2023 年 6 月 10 日

（作者系宣城市作协副主席、广德市作协主席）

后　记

　　儿时,最喜欢的事情就是听老人谈古闻。其中,多是《三侠五义》《封神榜》《杨家将》之类。有一次,偶然听到几个老人在一起闲聊,说的是有个叫王金林的白面书生,带领一群"绿林好汉"在无量溪河南岸陆家铺一带"打家劫舍"。如果有被抓住的奸细押到他面前,经审问之后,若他对奸细还面露笑容,奸细必被手下人处死,所以有人给他取了个"笑面虎"的绰号。还说被他杀的人很多,好坏都有,我们小孩听了都毛骨悚然。

　　后来上小学时,教语文和算术的老师叫彭荣忠,是个年过半百的老人,当时是地主成分。有一次,他在课堂上说自己四十年前在广德中学读书时,和几个同学一起到街上看过枪毙王金林。王金林被全副武装的国民党士兵押着游街,从东门经十字街到北门,一路万人空巷。王金林昂首挺胸,高喊"共产党万岁""土地革命万岁"等口号,还高唱《国际歌》。他和几个同学爬到凤凰墩刑场两米来高的围墙上,目睹了王金林被害的过程。

　　我父亲是一个贫农出身的大队干部,新中国成立初期的中共党员。我算是根正苗红,对地主阶级有天然的敌意。但自从听彭老师讲王金林这个革命英雄也是地主家庭出身的教书先生后,我开始喜欢彭老师,也喜欢听他讲课。

　　我的家乡在广德北乡白水塘,这是全县最大的一个自然村落。记忆中,村子中间全是青砖黛瓦、四水归池的徽式民居。一条条青石板铺设的巷道,深邃古朴,蕴藏着许多许多的故事。公元2000年,我正是不惑之年,打算为家乡写一部村志,以期世代传承。于是我便利用几年的节假闲暇,走访了村中的耄耋知事者,基本了解村子近千年的文化传承情况。特别是听到了土地革命时期的王金林、抗日战争时期的许道珍和解放战争时期的胡惠民等人的一些故事后,我热血沸腾，产生了要写一些东西的冲动。

2009年，在准备撰写《赤胆忠魂——许道珍和他的战友》时，为了收集一手资料，我深入广德西乡、南乡走访，许多当年红军烈士的后代都期望我能再写一本关于王金林和他战友的书。我很感动，也做出了承诺。

2011年《赤胆忠魂——许道珍和他的战友》完稿后，我得了场重病，前后住院三四个月时间。出院时，南京军区总医院的科主任说我是积劳成疾，并非常专业地告诫我从此必须远离电脑，放弃写作。可是，在后来的十余年时间里，我始终无法放弃自己的初心，一直在为撰写它的姊妹篇《赤胆忠心——王金林和他的战友》收集资料。

我是一个有着四十多年党龄的中共党员，《赤胆忠心》的创作过程，本人党性又一次得到淬火。因为"广德暴动"失败后，国民党政府的宣传都是反动和负面的，民间很多人不了解这段历史的真相，以讹传讹的很多。我开始想写王金林和他的战友的时候，就是源于一种朴素的阶级感情——还历史一个本源，还先烈们一个公道。但随着资料收集和研究、创作的一步步深入，革命先烈们对党的纪律的坚守和对理想信念的忠贞，一次次撞击着我的灵魂——和平时代，我们不能马放南山！在当今风云诡谲的世界，要"实现人类命运共同体"这个伟大目标，需要每一个中国共产党人都要不忘初心，砥砺前行。我以客观的笔触将发生在20世纪二三十年代的这段荡气回肠的历史，高亢地吟诵出来，就是希望能够激励当下，昭示未来。学史崇德，让我们的家乡永远有座高高耸立的丰碑。

十年磨一剑！2021年底，我决定开始撰写《赤胆忠心》。在写作提纲确定后，我又开始了更多资料的收集和对相关人物的走访。在此过程中，好友许国、王业沁、高崧、周承安、黄德宏、黄传政、张成本、王光霞、黄峻宗、张万林、程少琦、唐汝军、刘家启、陈宗新、王光年、朱英波、晏军等，陪伴我走遍了广德西乡、南乡革命老区的山山水水。他们是我的战友，我们共同见证了革命老区人民的拳拳之心。

十几年来，每有闲暇，我就邀三两好友驱车田野采访调查。王金林妹妹王金山的两个女儿，梁其昌侄儿梁志杰，邓国安的儿子邓有贵(已过世)和孙子邓学军,张国泰的儿子张以德(已过世)和孙子张成本,黄中道的侄儿黄明义,邓达远的侄孙邓华荣,胡惠民儿子胡永华(已过世),王大亚的孙子王德胜,黄鸣中的儿子黄传政,周清远的侄孙周承安,林家旺的孙子林德利,刘开元的儿子刘忠兴,华家宽的侄孙华永锋,周桐旺的侄孙周大安,方良先的儿子方文斌,杜荣春的孙子杜兴年,陈高典的孙子谌祥瑜等人,都是多次接受我的采访,把他们了解的信息毫无保留地链接给我。这些革命前辈的后代,他们对前辈革命精神的继承和坚守,成为我笔耕不辍的精神食粮。

郎溪县姚村镇党委书记陈敬亭,广德市杨滩镇独树社区书记熊长虹、老主任王光年,莫村老书记王保国、书记邱茂春,竹溪村书记吴俊,月湾村书记孙明富,金龙村书记赵雪玲,誓节镇东冲村书记杜德平,花鼓村第一书记余祖德、书记罗兰、老书记王承富,余枫村老书记朱英波,柏垫镇西坞村第一书记陈安兰、书记陈先烈,卢村乡桃山村书记杜凡玉等在革命老区工作的同志,对我的每次造访都是不厌其烦,有的甚至放下手中的工作,陪我走村串户。共同的事业使我们勠力同心,携手前行。

"广德暴动",和比邻的县、市也有直接关联,需要前往收集资料。市委党史和地方志研究室主任许斌同志,与曾担任过广德市委宣传部常务副部长的许国同志(现任广德市新四军历史研究会副会长)一起,都事先主动与这几个县、市的党史和地方志研究室、档案局、新四军历史研究会等单位取得联系。宣城市委党史和地方志研究室汪拥、王斐斐,宣州区委党史和地方志研究室徐永剑,宁国市委党史和地方志研究室朱普敏、新四军历史研究会李为民,安吉县委党史和地方志研究室查道胜,郎溪县文联吴敏、民政局陈胜友、法院退休干部藏永元等同志都毫无保留地提供了相关史料,给予了大力支持。

20世纪50年代至90年代近半个世纪,广德几代党史办工作人员胡发兴、倪宗瑾、张朝友、尹同理、谢国俊、李时来、王振声、李玉堂等同志,对"广德暴动"这一历史事件做了大量的一线调查和研究工作,归档保留了大量珍贵的历史资料和文献。他们兢兢业业、不辞辛劳、严谨治史的工作态度,是不忘初心使命的具体表现。《赤胆忠心——王金林和他的战友》的撰写,得益于他们的辛劳和奉献,在此一并向他们致以革命的敬礼。

《赤胆忠心——王金林和他的战友》一书,在资料收集、撰写、审稿、出版发行等方面,得到了中共广德市委宣传部、市委组织部、市公安局、市委党史和地方志研究室、市退役军人事务局、市文联等单位及誓节、柏垫、杨滩、四合、卢村等乡镇领导的指导和支持,在此一并致谢!

长风破浪会有时,直挂云帆济沧海。王金林、许道珍等革命先辈们用青春和热血开创的革命事业,已经接力到我们手中。接过先辈的旗帜,植根烈士鲜血染红的土地,我们擘画未来,砥砺前行。

今年的重阳节是王金林同志诞辰一百二十周年纪念日。《赤胆忠心——王金林和他的战友》赶在节前梓行,是对先烈们在天之灵的告慰。但由于时间久远,加上本人的认知和写作水平有限,难免挂一漏万,存在诸多不妥之处,还请有缘此书的读者朋友提出宝贵的批评意见,谢谢!

2023 年中元节于卢湖兰馨花园